詞書の語彙論

若林俊英 WAKABAYASHI TOSHIHIDE
kasamashoin

笠間書院版

はじめに

本書は、勅撰和歌集の詞書・左注の語彙について考察したものである。

語彙研究は従来、個別的な語の研究が多くなされてきた。もちろん、国立国語研究所の『婦人雑誌の用語』(国立国語研究所報告4、一九五三年)、『総合雑誌の用語』(国立国語研究所報告12・13、一九五七年・一九五八年)、『明治初期の新聞の用語』(国立国語研究所報告15、一九五九年)などの大規模語彙調査をはじめとして、多くの研究がなされてきたのも事実である。しかし、長期にわたって行なわれてきた個別的な語に関する研究の蓄積と比較したとき、残念ながら、その厚みはいまだしと言わざるを得ない。

本書が考察の対象とした和歌文学に関してみると、当然のことながら和歌部分に関する論及が圧倒的に多い。特に、文学的な方面からは、中古・中世以来の歌論の伝統を踏まえ、非常に詳細な研究がなされている。また、国語学方面からの研究は、やはり歌語の研究、その伝統を踏まえた用語に関する論及が中心であり、総体論的な語彙研究はまだ緒についたばかりであると言える。

語彙の総体論的な研究は、阪倉篤義氏の万葉語彙に関する論及から始まったと言われているが、その後、和歌に関してみると、浅見徹氏の『万葉集』や八代集に関する一連の論及、佐藤武義氏による『山家集』に関する考察、片桐洋一氏による『万葉集』から現代までの歌語に関する考察、阪倉篤義氏による八代集の歌語に関する考察、伊牟田經久氏による『古今和歌集』から『後拾遺和歌集』までに使用された名詞語彙に関する考察、木村雅則氏による『古今和歌集』から『千載和歌集』までに使用された語彙に関する考察、西端幸雄氏による語彙史的にみた八代集の使用語句に関する考察、神谷かおる氏による『古今和歌集』の身体関係語彙に関する考察、安部清哉氏による八代集の形容詞に関する考察、菅原優美氏による平安時代和歌語彙の量的な構造に関する考察などがある。ただし、これらの諸先学の御論は和歌部分に関する考察を中心としたものである。

本書で扱った詞書・左注に関するものとしては、玉上琢彌氏、杉崎一雄氏、片桐洋一氏などによる敬語に関する論及、片桐洋一氏による助動詞「き」に関する考察などをはじめ、用語の個別的な研究が諸先学によってなされている。しかし、詞書・左注の語彙の総体論的な研究は、管見によればほとんどない。このような研究状況からすると、ここで扱った詞書・左注の語彙の総体論的な考察は、和歌文学に関する研究の中で最も未開拓な分野であるとも言える。

本書は、第一部で『古今和歌集』から『続後撰和歌集』までの一〇の勅撰集について考察した。また、第二部では三代集との比較で二条家三代集を、二度本『金葉和歌集』との比較で三奏本『金葉和歌集』を、『詞花和歌集』との関係で『続詞花和歌集』、『詞花和歌集』を批判して編まれた『後葉和歌集』を、『続後撰和歌集』を批判した『秋風和歌集』を、それぞれ考察の対象とした。第一部で考察を八代集とせず、『続後撰和歌集』までとしたのは、上記したように第二部で二条家三代集の語彙に関して述べる必要からである。

以下、いくつかの章の内容について述べる。

第一部第二章の『後撰和歌集』に関して、「平安和文」の語彙と共通しない語群には敬語が多数所属するが、「後撰詞書」の散文的要素の強さにその第一の理由があると考えられる点や、「後撰詞書」は、「古今詞書」よりも物語的性格が強い点などを指摘した。

第三章の『拾遺和歌集』に関して、語種別構成比率でみると、「拾遺詞書」の語彙は、三代集の「詞書」の中で最も漢語の比率が高い点や、延べ語数における漢語の比率の高さは、基幹語彙における人物関係の漢語の頻用に起因していると思われる点などを指摘した。

第四章の『後拾遺和歌集』に関して、形容語の比率の高さは、時代的背景や資料的な問題を踏まえた、撰者通俊の撰集意識による「詞書の長文化」の結果と思われる点や、国名に関する語の使用には、他の「詞書」におけるそれにはない広さと多さがあるが、このような特徴的な使用は、撰者通俊の撰集意識の結果と言える点などを指摘した。

第五章の『金葉和歌集』に関して、混種語の構成比率の高さは、「〇〇卿」という人物呼称の頻用という、撰者俊頼の撰集態度に起因していると思われる点や、異なり語数における形容語の構成比率の高さは、俊頼の詠歌の場への並々ならぬ関心による「詞書」の散文的傾向の強まりの結果であると思われる点などを指摘した。

第九章の『新勅撰和歌集』に関して、「新勅撰詞書」の語彙と「新古今詞書」のそれとの類似度は、「千載詞書」の語彙と「新古今詞書」のそれとの類似度にはおよばないものの、他の八代集の隣接する「詞書」間の類似度のどれよりも高いものとなっている点や、形容語の使用状況からすると「新勅撰詞書」は、「詞書」的性格の非常に強い「詞書」であると言えそうである点などを指摘した。

第一〇章の『続後撰和歌集』に関して、名詞や形容語の比率の高さからして「続後撰詞書」の語彙は、非常に「詞書」らしい「詞書」であると言えそうである点や、「けぶり」や「かは」などの語の頻用は、結び題の盛行という和歌史の流れの中で、それらの語が質的な変化を遂げた結果であると思われる点などを指摘した。

第二部第一章の二条家三代集に関して、品詞別構成比率からみて、「三代集詞書」と比較した場合の「二条家詞書」における名詞の比率の高さ、動詞の比率の低さは、「二条家詞書」を動きの少ない、固定的、類型的なものにしていると言える点や、連体詞「ある」の使用例の少なさは、三代集と比較した場合の二条家三代集における詠者名の匿名性の希薄化の結果であると言える点などを指摘した。

第二章の三奏本『金葉和歌集』に関して、「だいり」という語の頻用は、三奏本『金葉和歌集』編纂に当たっての撰歌資料としての『天徳四年内裏歌合』重視の、また、「おもふ」という語の頻用は、革新性という点で二度本よりも後退させた三奏本『金葉和歌集』の編纂方針の結果である点や、「だい」「びやうぶ」などの語が二度本と比較すると頻用されているが、これは三奏本編纂に当たっての撰者俊頼の撰歌・撰集方針の変更の結果であろう点などを指摘した。

第四章『続詞花和歌集』に関して、「にようばう」の頻用は、『続詞花和歌集』を編纂するに当たり撰者清輔が、比較的長文の「詞書」を付したことが、その要因の一つとなっている点や、「せうそこ」「ふみ」の頻用も、物語的傾向のあらわれとも考えられる点などを指摘した。

第五章『秋風和歌集』に関して、副詞「いと」の頻用は、比較的長文で、物語的性格の強い「詞書」を付した『秋風和歌集』の撰者真観の撰集方針の結果であると思われる点や、年号に関する「しやうぢ」「けんにん」「じようきう」という用例の頻用は、後鳥羽院重視の結果と思われる点などを指摘した。

以上のように、第二部の二条家三代集に関する考察を除き、各歌集の詞書・左注の語彙の性格を総体論的に述べるとともに、他作品との比較によって、各詞書・左注の語彙の特色をあきらかにすることに努めた。また、和歌史の流れの中における各詞書・左注の位置についても論及することも目標の一つとした。

詞書の語彙論

目次

【凡例】

1　テキストは、以下のものによる。

『古今和歌集』――佐伯梅友校注『古今和歌集』（日本古典文学大系8　昭和三三年三月、岩波書店。底本は、二条家相伝本）

『後撰和歌集』――大阪女子大学国文学研究室編『後撰和歌集総索引』（昭和四〇年一二月、大阪女子大学）の本文編（底本は、高松宮家蔵天福二年本）

『拾遺和歌集』――片桐洋一『拾遺和歌集の研究　校本・伝本研究篇』（昭和四五年一二月、大学堂書店）の主底本（底本は天福元年定家書写本臨模中院通茂筆本）

『後拾遺和歌集』――川村晃生校注『後拾遺和歌集』（平成三年三月、和泉書院。底本は、宮内庁書陵部蔵『後拾遺和歌抄』〈四〇五・八七〉）

『金葉和歌集』――川村晃生・柏木由夫・工藤重矩校注『金葉和歌集　詞花和歌集』（新日本古典文学大系9　平成元年九月、岩波書店。底本は、ノートルダム清心女子大学正宗文庫蔵伝二条為明筆本）

『詞花和歌集』――松野陽一校注『詞花和歌集』（昭和六三年九月、和泉書院。底本は、陽明文庫蔵伝為広筆本）

『千載和歌集』――久保田淳・松野陽一校注『千載和歌集』（昭和四四年九月、笠間書院。底本は、静嘉堂文庫蔵伝冷泉為秀筆本）

『新古今和歌集』――久松潜一・山崎敏夫・後藤重郎校注『新古今和歌集』（日本古典文学大系28　昭和三三年二月、岩波書店。底本は、小宮堅次郎氏蔵本）

『新勅撰和歌集』――滝澤貞夫編『新勅撰集総索引』（昭和五七年一〇月、明治書院）の底本（冷泉家旧蔵伝為家筆定家自筆識語穂久邇文庫蔵本）

『続後撰和歌集』――『新編国歌大観　第一巻』（昭和五八年二月、角川書店）所収本（底本は、宮内庁書陵部蔵A本〈四〇五・八八〉）

『続古今和歌集』――『新編国歌大観　第一巻』（昭和五八年二月、角川書店）所収本（底本は、尊経閣文庫蔵伝藤原為氏筆鎌倉時代写本）

三奏本『金葉和歌集』――川村晃生・柏木由夫・工藤重矩校注『金葉和歌集　詞花和歌集』（新日本古典文学大系9　平成元年九月、岩波書店）に付載する、三奏本『金葉和歌集』（底本は、伝後京極良経筆本。『新編国歌大観』により補訂）

『後葉和歌集』――『新編国歌大観　第二巻』（昭和五九年三月、角川書店）所収本（宮内庁書陵部蔵本を底本にし、異本からの六首を加え校訂したもの）

『続詞花和歌集』――『新編国歌大観　第二巻』（昭和五九年三月、角川書店）所収本（底本は、天理図書館蔵本〈九一一・二三・イ四七〉）

『秋風和歌集』――『新編国歌大観　第六巻』（昭和六三年四月、角川書店）所収本（底本は宮内庁書陵部蔵本〈五〇一・一二七〉）

2　語数調査は、1の各テキストの底本により、異本所収歌における詞書・左注は除いた。ただし、『千載和歌集』における八〇五番歌～八〇九番歌は対象とした。

3　単位語の取り方については、宮島達夫編『古典対照語い表』（昭和四六年九月、笠間書院）における認定基準に、おおむね依拠した。また、語数に関して特に断らない場合は、異なり語数とする。

4　本文の引用は1による。引用の後の（　）内の数字は、引用本文の歌番号（「詞花詞書」は、底本の一連番号）を示す。傍線筆者。また、引用に当たって、漢字の字体は現行のものに改めた。なお、（　）内の「古今」「後撰」「後拾遺」「金葉」「詞花」「千載」「新古今」「新勅撰」「続後撰」は、それぞれ「古今詞書」「後撰詞書」「後拾遺詞書」「金葉詞書」「詞花詞書」「千載詞書」「新古今詞書」「新勅撰詞書」「続後撰詞書」を示す。第二部第二章の（　）内の「二」「三」は、それぞれ「金葉詞書」「三奏本金葉詞書」を示す。また、（　）内に「左注」とある場合は、当該例が左注でのものであることを示す。

5　初出に関しては、後に記す「初出一覧」を参照願いたいが、一書に纏めるに当たり出来る限りの用語の統一を図った結果、書きかえた箇所も相当ある。また、中には第一部第二章・第三章・第六章・第七章の第一節、第八章の第一節・第五節のように、大幅に訂正を加えた箇所もある。なお、語数・比率等に関して、調査対象範囲および読み方変更等による再調査の結果、初出とは、その数値等に一部異同がある。

6　本書中の略記は、以下のようにする。

詞書・左注　→「詞書」

『古今和歌集』『後撰和歌集』『拾遺和歌集』『後拾遺和歌集』『金葉和歌集』『詞花和歌集』『千載和歌集』『新古今和歌集』『新勅撰和歌集』『続後撰和歌集』『続古今和歌集』　三代集　二条家三代集　三奏本『金葉和歌集』『後葉和歌集』『続詞花和歌集』『秋風和歌集』の詞書・左注　→「古今詞書」「後撰詞書」「拾遺詞書」「後拾遺詞書」「金葉詞書」「詞花詞書」「千載詞書」「新古今詞書」「新勅撰詞書」「続後撰詞書」「続古今詞書」「三代集詞書」「二条家詞書」「三奏金葉詞書」「後葉詞書」「続詞花詞書」「秋風詞書」

『古典対照語い表』→『語い表』

（ただし、用例数や統計に関する『語い表』の数値は、『フロッピー版古典対照語い表および使用法』（平成元年九月、笠間書院）による。）

第一部　勅撰集の詞書の語彙

第一章　『古今和歌集』

一

本章は、『古今和歌集』の詞書・左注（以下、「古今詞書」と略称する）の自立語語彙の考察である。「古今詞書」については、「はべり」「つかはす」等の語に関する考察や、文体論的考察が、諸先学によって既になされている。[1] しかし、語彙全体を考察したものは、管見した限りでは、未だないようである。

語彙に関する考察を行う場合、常に問題となるのは、単位語のとり方についてである。本書では、種々の点を考慮し、宮島達夫氏編『古典対照語い表』（昭和四六年九月、笠間書院。以下、『語い表』と略称する）【補注i】の凡例において示された規定をおおむね使用させていただいた。また、語数の調査等に関しては、西下経一・滝澤貞夫氏編『古今和歌集総索引』（昭和三三年九月、明治書院）を参照させていただいた。なお、本文の引用は、特に断らない限り、佐伯梅友氏校注『古今和歌集』（日本古典文学大系8　昭和三三年三月、岩波書店。底本は、二条家相伝本）によった。以下の各章に関しては、【凡例】を参照願いたい。

二

「古今詞書」の異なり語数、延べ語数は、**表**(1)のように、それぞれ八八二語、三九一八語である。[2] これを『古今和歌集』の和歌部分での数値[3]と比較すると、異なり語数の割に延べ語数が少ないことがわかる。逆に言うと、和歌部分に比べて詞書・左注（以下、「詞書」と略称する）部分は、異なり語数が豊富であるということになる。

表(1)

	和歌部分	詞書部分
異なり語数	1,994	882
延べ語数	10,015	3,918

表(2)

作品名	異なり語数	延べ語数	平均使用度数
古今（和歌）	1,994	10,015	5.02
古今詞書	882	3,918	4.44
万葉集	6,505	50,070	7.70
竹取物語	1,312	5,124	3.91
伊勢物語	1,692	6,931	4.10
土左日記	984	3,496	3.55
後撰集	1,923	11,955	6.22
蜻蛉日記	3,598	22,398	6.23
枕草子	5,246	32,905	6.27
源氏物語	11,421	207,792	18.19
紫式部日記	2,468	8,737	3.54
更級日記	1,950	7,243	3.71
大鏡	4,819	29,212	6.06
方丈記	1,148	2,527	2.20
徒然草	4,240	17,112	4.04

表(2)は、『語い表』付載の統計表の数値を借用し、平均使用度数（延べ語数／異なり語数）とともに示したものである。この**表**(2)によると、『方丈記』の平均使用度数が異常に小さい点や、当然のことではあるが、延べ語数の多い作品ではそれが大きい点などを指摘できるが、ジャンルと数値との間には何らの関係も見いだせないようである。ただ、延べ語数が一万語以内の作品に限って言えば、「古

今詞書」→『伊勢物語』→『竹取物語』→『更級日記』→『土左日記』→『紫式部日記』→『方丈記』の順に平均使用度数が小さくなっていることがわかるが、この点は注目される。つまり、「古今詞書」の数値が『伊勢物語』のそれに比較的近いことがわかるからである。

『伊勢物語』をはじめとする歌物語と、歌集の「詞書」との間に、何らかの類似点があるであろうことは、すでに諸先学によって論及されていることであるが[4]、語彙の面からみても、この点は首肯できそうである。

三

次に、「古今詞書」における基幹語彙について述べる。

大野晋氏は、「平安時代和文脈系文学の基本語彙に関する二三の問題」(『国語学』八七集、昭和四六年一二月)において、「平安時代和文脈系文学の基本語彙」(以下、「平安和文基本語彙」と略称する)として、度数41以上の一三二一語をあげ、それが延べ語数の79%に当たることを指摘された。また、西田直敏氏は、『平家物語の文体論的研究』(昭和五三年一一月、明治書院)において、「平家物語の基幹語彙」として、度数13以上の一三九四語をあげ、それが延べ語数の76・4%に当たることを指摘された。

「古今詞書」においては、その延べ語数のおおむね1パーミル(四)以上の使用度数をもつ語を、仮に「古今詞書」の「基幹語」と名付けることにした。

度数4以上の語は、異なり語数で一九三語、延べ語数で二九九〇語となる。この二九九〇語は、「古今詞書」の全延べ語数三九一八語の76・3%に当たっている。

「平安和文基本語彙」「平家物語の基幹語彙」が一三〇〇〜一四〇〇語であるのに対し、「古今詞書」の基幹語彙が一九三語であるというのは、奇異に感じられるかもしれない。しかし、「古今詞書」の異なり語数が八八二語である点を考慮すれば、当然のこととも言える。むしろ、ここで注目すべきは、度数4以上の語の延べ語数が、前述のように、「古今詞書」の全延べ語数の76・3％に当たる点である。この76・3％という数値は、先にあげた「平安和文基本語彙」や「平家物語の基幹語彙」の数値に近いが、この事実は、一九三語を「古今詞書」の基幹語彙とすることの妥当性を示しているとは言えないであろうか。

以下、**表**(3)において「古今詞書」の基幹語を度数順にあげ、参考に、『古今和歌集（和歌部分）』『伊勢物語』『源氏物語』での使用度数を、『語い表』の数値をもって示した。また、大野晋氏が示された「平安和文基本語彙」であるかどうかを、○×によって示すと同時に、西田直敏氏が『平家物語』においてなされたように、「古今詞書」の延べ語数三九一八語を三九一・八語ずつ一〇段階に区切り、「使用度数の多い方から最初に延べ語数の10％を占めるクラスを①、次の10％に含まれるものを②というように番号をつけ[5]」た。

表(3)

段階	順位	度数	語		基本	古今	伊勢	源氏
①	一	三二三	よむ	詠	○	一	九三	五一
②	二	一四七	とき	時	○	五一	三三	二二五
	三	一三二	うた	歌	○	○	三六	三三
	四	一一六	ひと	人	○	二三五	一七三	三七三二
	五	一〇三	だい	題	×	○	四	五
③	六	九九	しる	知・領	○	八六	三一	五九一
	七	七六	まかる	罷	○	○	二	二二
	八	五七	いふ	言	○	六二	一三四	一二二八
	九・五	五一	うたあはせ	歌合	×	○	○	○

段階	順位	度数	語		基本	古今	伊勢	源氏
		五一	みる	見	○	一五八	七四	一八三九
④	一一	四九	はな	花	○	一四六	二三	二七三
	一二・五	四六	いへ	家	○	○	一五	八四
		四六	つかはす	遣	○	○	三	四六
	一四・五	四四	す	為	○	一三九	一三三	三〇六〇
		四四	みこ	親王	○	○	二四	一九九
	一六	三五	この	此	○	一三	六五	一六二四
	一七	三四	くわんぴやう	年号	×	○	○	○
	一八	三三	みや	宮	○	三	一九	一〇八三
	一九	三〇	きさい	后	○	○	○	四一
	二〇・五	二七	たてまつる	奉、四段	○	○	一三	二〇三
		二七	もと	元・本・下	○	五	四五	一四九
⑤	二二・五	二六	ある	或	○	○	一〇	六
		二六	くに	国	○	五	三二	五五
	二四	二五	ひ	日	○	二七	一〇	二四〇
	二五	二三	さくら	桜	○	一一	九	五三
	二六	二一	かへし	返	○	○	二九	一四
	二七	二〇	をんな	女	○	○	一三五	三三一
	二八・五	一九	きく	聞	○	三一	二五	五三五
		一九	ところ	所	○	四	三〇	五九八

段階	順位	度数	語		基本	古今	伊勢	源氏
⑤	三一・五	一八	かへる	帰	○	一三	一六	一六八
		一八	これさだ	人名	×	○	○	○
		一八	なる	成	○	七一	五四	九一九
		一八	み	身	○	八〇	二五	六八五
	三五・五	一六	あき	秋	○	一〇八	一六	一三〇
		一六	あひしる	相知	×	○	三	四
		一六	あり	有	○	一七六	二一九	四四五〇
		一六	はる	春	○	七一	一四	一一九
	四〇・五	一五	かの	彼	○	二	二四	七三〇
		一五	ほとり	辺	×	○	六	一五
		一五	みかど	帝・御門	○	○	一三	一二〇
		一五	もの	物・者	○	一二四	五七	一九四二
		一五	ゆき	雪	○	三九	九	八六
		一五	よ	夜	○	四五	二八	二六二
⑥	四五	一四	あそん	朝臣	○	○	○	三三
		一四	なく	鳴、四段	○	九九	二六	二一六
		一四	また	又	○	八	一五	六九八
	五〇	一三	うめ	梅	○	二三	二	三四
		一三	おくる	送・贈	×	○	一	一一
		一三	きやう	京	○	○	一九	八三

段階	順位	度数	語		基本	古今	伊勢	源氏
		一三	ついで	序	○	○	二	二二八
		一三	はべり	侍	○	○	一	一〇九五
		一三	まうでく	詣来	×	○	○	八
		一三	やま	山	○	九一	一七	一四一
	五五	一二	ちる	散	○	六六	八	三四
		一二	とし	年	○	四五	一二	二二九
		一二	ふぢはら	人名	×	○	五	一
	五九	一一	かく	書	○	二	一六	二四七
		一一	すむ	住	○	二〇	一九	七四
		一一	たつ	立、四段	○	五〇	一三	一三五
		一一	のち	後	○	一三	一一	二七七
		一一	ふる	降	○	四七	一三	四二
	六六・五	一〇	おはします	在	○	○	一四	四四三
		一〇	おもふ	思	○	一六三	一一八	二四六八
		一〇	き	木	○	九	六	二九
		一〇	きく	菊	○	一〇	四	二〇
		一〇	たき	滝	○	一〇	六	一二
		一〇	つき	月	○	二八	一二	二〇一
		一〇	なし	無	○	一五三	七五	三三四六
		一〇	ほととぎす	時鳥	○	三四	二	九

段階	順位	度数	語		基本	古今	伊勢	源氏
⑥		一〇	みち	道	○	二〇	一七	一九八
		一〇	をり	折	○	〇	五	三四七
	七七	九	いと	甚	○	四	七〇	四二三七
		九	が	賀	○	〇	二	二二
		九	こと	事	○	五四	五八	四八〇四
		九	これ	此	○	六	二〇	三六八
		九	その	其	○	二	四七	五六八
		九	なら	地名	×	二	三	一
		九	びやうぶ	屏風	○	〇	〇	三七
		九	むかし	昔	○	一五	一四九	三七五
		九	もみぢ	紅葉	○	二一	四	四七
		九	をのこ	男	○	〇	〇	三三
		九	をる	折	○	二三	八	五五
⑦	八六・五	八	あふ	合・逢	○	六三	三六	八八
		八	うう	植	○	一二	六	一四
		八	うへ	上	○	一五	一二	三七八
		八	おほす	仰	○	一	〇	三四
		八	こし	地名	×	三	〇	一
		八	にんな	年号	×	〇	一	〇
		八	わかる	分	○	二三	二	六一

段階	順位	度数	語		基本	古今	伊勢	源氏
		八	をとこ	男	○	○	二〇〇	六五
	九八・五	七	あづま	東	×	○	四	一二
		七	あひだ	間	×	○	三	五
		七	え		○	三	二三	七二一
		七	おなじ	同	○	四	二	二九三
		七	おもしろし	面白	○	○	一三	一四一
		七	かきのもと	人名	×	○	○	○
		七	かた	方	○	二〇	一五	一一五九
		七	きさき	后	○	○	八	三六
		七	さく	咲	○	三七	七	二二
		七	とふ	訪・問	○	一七	一二	一四二
		七	とぶらふ	訪	○	一	二	七三
		七	なりひら	人名	×	○	○	一
		七	はは	母	○	○	五	三八
		七	ひとまろ	人名	×	一	○	○
		七	まうづ	詣	○	○	一二	七五
		七	やよひ	三月	○	○	五	一九
	一一五	六	あふみ	地名	×	二	一	二
		六	うま	馬	○	○	四	五〇
		六	おほいまうちぎみ	大臣	×	○	二	一

段階	順位	度数	語		基本	古今	伊勢	源氏
⑦		六	おもひ	思・喪	○	二五	七	一五六
		六	かた	形	○	○	二	一四
		六	こころ	心	○	一一七	五七	三四一一
		六	さす	鎖	×	五	○	一七
		六	つくる	作	○	二	四	八三
		六	つごもり	晦日	○	○	五	八
		六	とうぐう	春宮	○	○	二	九七
		六	ながる	流	○	二七	三	一三
		六	ひさし	久	○	四	九	一〇六
		六	ひとびと	人人	○	一	八	六九八
		六	まうす	申	○	二	一三	一八七
		六	めす	召	○	○	○	一三〇
		六	やどる	宿	×	二	二	一九
		六	やまと	地名	×	一	二	一七
⑧	一四〇・五	五	あめ	雨	○	一四	一二	四二
		五	いく	行	○	○	三一	二一
		五	いけ	池	○	四	○	二九
		五	いたる	至	○	三	八	一五
		五	うりんゐん	寺名	×	○	○	一
		五	おこす	遣	○	○	九	九

段階	順位	度数	語		基本	古今	伊勢	源氏
		五	おほむべ	大嘗	×	〇	〇	〇
		五	かしら	頭	○	二	〇	二三
		五	かは	川	○	九	四	二五
		五	かはる	変・代	○	一一	六	一九一
		五	かへりまうでく	帰詣来	×	〇	〇	〇
		五	かり	雁	○	一四	四	一四
		五	ごらんず	御覧	○	〇	〇	一八三
		五	さけ	酒	×	〇	六	二
		五	さぶらひ	侍	○	一	〇	一一
		五	しが	地名	×	〇	〇	〇
		五	しのび	忍	×	一	〇	三
		五	すけ	次官	○	〇	一	五四
		五	たうぶ	食	×	〇	〇	〇
		五	たつたがは	地名	×	八	二	〇
		五	たまふ	給	○	〇	七	八一
		五	つかうまつる	仕	○	〇	一五	一九五
		五	にでう	地名	○	〇	五	六〇
		五	はなむけ	餞	×	〇	三	〇
		五	ふ	経	○	三八	二三	二一一
		五	ふみ	文	○	〇	八	二八七

段階	順位	度数	語		基本	古今	伊勢	源氏
⑧		五	ふゆ	冬	○	七	一	一一
		五	へんぜう	人名	×	○	○	○
		五	みやすんどころ	御息所	×	○	一	二
		五	みゆ	見	○	五三	二六	八九〇
		五	ものがたり	物語	○	○	三	一九二
		五	ゐん	院	○	○	一	四一一
		五	ゑ	絵	○	○	一	六八
		五	をしむ	惜	○	八	三	四七
	一七五・五	四	あした	朝	○	二	二	二七
		四	あるじ	主	○	○	一一	四七
		四	いでたつ	出立	○	○	一	三九
		四	いる	入、四段	○	九	九	二三三
		四	うぐひす	鴬	○	二六	二	二三
		四	うち	内・内裏	○	九	七	六二三
		四	うねめ	采女	×	○	○	○
		四	おや	親	○	一	九	一七〇
		四	かへりごと	返言	○	○	三	四〇
		四	かみ	上・守	○	○	一九	一九二
		四	き	人名	×	○	四	一
		四	ここち	心地	○	六	三	八〇六

段階	順位	度数	語		基本	古今	伊勢	源氏
		四	これたか	人名	×	〇	三	〇
		四	さぶらふ	候・侍	〇	〇	七	三七七
		四	しじふ	四十	×	〇	一	一
		四	すざくゐん	朱雀院	×	〇	〇	〇
		四	そうじやう	僧正	×	〇	〇	一
		四	そこ	其処	〇	三	九	二四
		四	ていじ	亭子	×	〇	〇	一
		四	とも	供・伴	〇	〇	三	八一
		四	なぬか	七日	〇	〇	〇	一一
		四	にし	西	〇	一	一	八〇
		四	にはか	俄	〇	〇	二	一〇三
		四	のぼる	上・登・昇	〇	一	四	五二
		四	はじめ	始	〇	二	二	七五
		四	はて	果	〇	四	〇	三一
		四	ひえ	地名	×	〇	二	二
		四	ふかくさ	地名	×	三	一	〇
		四	ふね	舟	〇	八	七	四八
		四	まへ	前	〇	四	七	二五四
		四	みやづかへ	宮仕	〇	〇	八	六七
		四	むすめ	娘	〇	〇	四	一一九

段階	順位	度数	語	基本	古今	伊勢	源氏
⑧		四	やまごえ　山越	×	○	○	一
		四	やまひ　病	×	○	○	二一
		四	やる　遣	○	六	三〇	六四
		四	をみなへし　女郎花	○	一八	○	一五

表(3)から、「古今詞書」における基幹語彙のうち、「平安和文基本語彙」と共通するものは一四九語（77・2%）、共通しないものは四四語（22・8%）であることがわかる。また、非共通語の多くは⑦、⑧段階に所属する語であり、⑥段階までは共通語が非常に多いこともわかる。

以上の点から考えると、使用度数10以上の語の中に「だい（題）」「つかはす（遣）」「はべり（侍）」等の語はあるものの、「詞書」の文体を特色づける語は、主として使用度数9以下の語の中に、その多くがあるように思われる。

四

次に、**三**で行った段階づけを「詞書」の全異なり語八八二語について行い、各段階に所属する語の語種別、品詞別の数を、八八二語に対する各々の比率とともにまとめたものが、**表**(4)である。

表(4)から、「古今詞書」の語彙について、

1　①〜⑤段階では、圧倒的に和語が多く、漢語は二語にすぎない。**三**でもみた通り、上位段階では、「平安和文基本語彙」と一致する語が多い点からすれば、これは当然の結果と言えよう。

2　⑥〜⑨段階においては、漢語の語数は増加するが、各段階の所属語における比率でみると、4・9%（⑦段

表（4）

段階	所属語数	語種別語数			品詞別語数								
		和語	漢語	混種	名詞	動詞	形容	形動	副詞	連体	接続	感動	句等
①	1	1	0	0	0	1	0	0	0	0	0	0	0
②	4	3	1	0	4	0	0	0	0	0	0	0	0
③	5	5	0	0	1	4	0	0	0	0	0	0	0
④	11	10	1	0	7	3	0	0	0	1	0	0	0
⑤	22	22	0	0	15	5	0	0	0	2	0	0	0
⑥	39	35	4	0	23	12	1	0	2	1	0	0	0
⑦	41	39	2	0	23	14	3	0	1	0	0	0	0
⑧	124	110	13	1	85	36	1	1	1	0	0	0	0
⑨	131	119	11	1	95	25	6	0	5	0	0	0	0
⑩	504	438	59	7	348	118	13	7	14	0	1	0	3
計	882	782	91	9	601	218	24	8	23	4	1	0	3
	%	88.7	10.3	1.0	68.1	24.7	2.7	0.9	2.6	0.5	0.1	0.0	0.3

階）～10・5％（⑧段階）の間であり、必ずしも急激に増加しているとは言えない。

3　⑩段階においては、漢語は⑩段階所属語五〇四語の11・7％を占め、語数とともに多少増加が目立つ。

4　混種語は⑧段階から現れるが、その数は、全段階で九語と、非常に少ない。

5　名詞の比率は、68・1％と、非常に高い。

『語い表』付載の統計表によると、そこで示された一四作品のうち、最も名詞の比率の高い作品は『大鏡』で63・9％となっている。「詞書」の名詞の比率が『大鏡』のそれより4・2ポイントも高い点は、「詞書」の文体を考える上で注目に値する。

6　動詞についてみると、①、③段階では、各段階所属語での比率が高く、④～⑧段階においては、34・2％（⑦段階）～27・3％（④段階）と、⑤段階を除き、ほぼ一定している。⑨、⑩段階においては、19・1％（⑨段階）、23・4％（⑩段階）と、⑧段階までより相当低くなっているが、それに反比例するように名詞の比率が、72・5％（⑨段階）、69・1％（⑩段階）と、⑧段階までよりも②段階を除き、それぞれ高くなっている。

7　形容動詞の比率は、0・9％と、非常に低い。

山口仲美氏は、文学作品を、和文系言語・訓読系言語・口誦系言語の三つに分け、形容語（形容詞・形容動詞）の出現について、「和文系言語には形容語が多いが、訓読系言語と口誦系言語には少ない[6]」とされた。「詞書」は、右の三分類によれば、口誦系言語ということになろうが、同じ口誦系言語の『伊勢物語』の異なり語数における形容動詞の比率（2・8％[7]）と比べても、その比率の低さは注目に値する。

のような点がわかった。

五

次に、「古今詞書」と『古今和歌集（和歌部分）』等との共通語と非共通語についてふれる。

ここで「古今詞書」の語彙と比較するのは、『語い表』に示された作品のうち『万葉集』『大鏡』『方丈記』『徒然草』を除く一〇作品（以下、「平安和文作品群」と略称する）、『古今和歌集（和歌部分）』『源氏物語』『竹取物語』『伊勢物語』『更級日記』の各作品（群）の語彙で、それぞれ『語い表』によって使用の有無を調査した。

以下、上記作品（群）を特に比較の対象とした理由を述べると、

1　「平安和文作品群」と『源氏物語』とを対象とした理由は、異なり語数が多く、平安和文脈作品と「詞書」の語彙との共通性をみる上で有益であると考えた。

2　『伊勢物語』を対象としたのは、諸般の事情からして、「古今詞書」と語彙の面で特別な共通性が見いだせそうであると考えた。

3　『竹取物語』と『更級日記』とを対象としたのは、異なり語数が『伊勢物語』に近く、二作品の語彙と「古今詞書」の語彙との共通語率をみることにより、『伊勢物語』の語彙と「古今詞書」の語彙との共通語率の特異性を示すことができると考えた。

となる。

「古今詞書」の語彙と各作品（群）の語彙との共通語・非共通語の異なり語数、共通語率・非共通語率をまとめたものが、**表**(5)である。以下、**表**(5)を中心としてわかることを記すと、

1　全段階を通じての共通語率でみると、「平安和文作品群」が最も高く、『源氏物語』がこれに続く。しかし、これは、異なり語数の多さから考えれば当然の結果と言える。

2　「平安和文作品群」と『源氏物語』においては、⑧段階あたりまで圧倒的に共通語が多い。右の結果は、**三**での結果である、⑥段階までは「平安和文基本語彙」との共通語が多いという点と、多少のズレがあるが、これは、「平安和文基本語彙」ではないが「古今詞書」の語彙との共通語となるもの―たとえば、「あづま（東）」「あふみ（近江）」「やまと（大和）」など―が、「平安和文作品群」『源氏物語』に少なからずあるからである。

3　『竹取物語』『更級日記』においては、⑤段階あたりまでは比較的共通語が多いが、以下、急激に非共通語が増加し、⑦、⑧段階あたりを境として、それが優勢になる。

4　『竹取物語』『伊勢物語』『更級日記』の異なり語数は、それぞれ一三一二語、一六九二語、一九五〇語であり、(8)もし異なり語数と共通語率が比例の関係にあるとすれば、『竹取物語』→『伊勢物語』→『更級日記』と、共通語率が高くなっていくはずである。ところが、**表**(5)のように実際は、『竹取物語』→『更級日記』→『伊勢物語』の順で、共通語率が高くなっている。この点から考えれば、『伊勢物語』の共通語率の高さは、

非常に特異的なものであると言えそうである。

右のような共通語率の高さは、『伊勢物語』と「古今詞書」との共通性・類似性を、語彙面から物語っているものであると言える。【補注ii】

のようになる。

六

詞書や左注は、言うまでもなく、作歌の事情・背景等を説明したものである。とするならば、「詞書」の語彙には、日時・場所・人物・物名等を示すものが多数あることが予想される。ここでは、「詞書」の語彙の特色が色濃く出ていると考えられる、「平安和文作品群」との非共通語をもとにして、「古今詞書」の語彙の性格の一端をみていくことにする。

「古今詞書」と「平安和文作品群」との非共通語は、**表**（5）に示したように一三九語ある。品詞別では、名詞が一二二語、動詞が一五語、その他が二語である。「詞書」の語彙には名詞が多い点は、**四**で既に述べたが、ここでは、その傾向が一層強まり、非共通語の87・8％を占めている。以下、具体的に、動詞、名詞の順にみていく。

非共通語動詞としては、

あむ（浴）・いひおくる（言送）・うる（売）・おましますす（御座）・かへりがつ（帰）・こえまうでく（越詣来）・さけぶ（叫）・すみわたる（住渡）・たうぶ（食）・つかへまつる（仕）・とぶらひつかはす（訪遣）・まかりいたる（罷至）・まかりとぶらふ（罷訪）・もみぢはじむ（紅葉始）・よみあはす（読合）

の各語をあげることができるが、一見して、複合動詞が多いことがわかる。これは、日本語の造語法からすれば当然の結果であると言える。

表（5）

段階	所属語数	平安和文		古今（和歌）		源氏物語		竹取物語		伊勢物語		更級日記	
		共通	非共	共通	非共	共通	非共	共通	非共	共通	非共	共通	非共
①	1	1	0	1	0	1	0	1	0	1	0	1	0
②	4	4	0	2	2	4	0	3	1	4	0	3	1
③	5	4	1	3	2	4	1	4	1	4	1	4	1
④	11	10	1	5	6	10	1	9	2	9	2	8	3
⑤	22	21	1	15	7	21	1	16	6	21	1	19	3
⑥	39	39	0	27	12	39	0	24	15	35	4	33	6
⑦	41	40	1	24	17	38	3	21	20	34	7	31	10
⑧	124	119	5	58	66	104	20	53	71	89	35	70	54
⑨	131	117	14	51	80	99	32	50	81	80	51	55	76
⑩	504	388	116	179	325	318	186	120	384	197	307	153	351
計	882	743	139	365	517	638	244	301	581	474	408	377	505
	%	84.2	15.8	41.4	58.6	72.3	27.7	34.1	65.9	53.7	46.3	42.7	57.3

次に、名詞についてふれる。

一二二語の名詞を、

ア　時に関する語

イ　場所に関する語

ウ　人物に関する語

エ　物名に関する語

オ　和歌に関する語

カ　その他の語

のように、六種類に分類する。なお、この分類は、同時に二つ以上に所属するであろう語も、何れか一箇所に所属させたため、必ずしも厳密なものとはなっていないことを付記しておく。

アの、時に関する語としては、

[例1]　貞観の御時綾綺殿のまへにむめの木ありけり。…（二五五）

[例2]　この哥は承和の御べのきびのくにのうた（一〇八二・左注）

のようなものをあげることができる。同様な語としては、

ぐわんぎやう（元慶）・くわんぴやう（寛平）

がある。

イの、場所に関する語としては、

［例3］ならのいそのかみでらにて郭公のなくをよめる（二四四）

のように、詠歌の場所を示すもの、

［例4］おきのくにになかされける時に、ふねにのりていでたつとて、京なる人のもとにつかはしける（四〇七）

のように、詠歌時の説明に使用されたもの等がある。同様な語としては、

いそのかみ（石上）・おほてら（大寺）・がゐん（雅院）・しちでう（七条）・しもついづもでら（下出雲寺）・せんきゆう（仙宮）・たぢま（但馬）・はなやま（花山）・めいしう（明州）・りうもん（竜門）・りようきでん（綾綺殿）

がある。

ウの、人物に関する語としては、

［例5］…そとほり姫のひとりゐてみかどをこひたてまつりて（一一一〇）

［例6］この哥ある人のいはく、かきのもとの人まろが也（一三五・左注）

のように、詠歌者を示すものもあるが、その多くは、

［例7］ひたちへまかりける時に、ふぢはらのきみとしによみてつかはしける（三七六）

［例8］これさだのみこの家の哥合のうた（一八九）

のように、詠歌の時や場の説明に用いられたものである。また、

［例9］深養父　こひしとはたがなづけけんことならん下（一一一一）

のように、歌の入るべき位置の説明に使用されたもの等もある。同様な語としては、

あきらけいこ（慧子）・おほえ（大江）・おほしかふち（凡河内）・おほより（大頼）・かねみ（兼覧）・きよき（清樹）・きよとも（清友）・きよふ（清生）・きんじやう（今上）・くろぬし（黒主）・こまち（小町）・これをか（惟岳）・さだとき（貞辰）・さだやす（貞保）・さね（実）・しんせいほふし（真静法師）・たかつ（高津）・たかつね（高経）・ただふさ（忠房）・たまひめ（玉姫）・ちふる（千古）・つねなり（経世）・ときはる（時春）・としさだ（利貞）・としもと（利基）・とものり（友則）・なかひら（仲平）・なむまつ（並松）・のちかげ（後蔭）・のぼる（昇）・ひるめ（日霊）・ふんや（文屋）・へんぜう（遍昭）・みよし（三善）・むねさだ（宗定）・むねをか（宗岳）・もとやす（本康）・やすひで（康秀）・よしみね（良岑）

がある。

エの、物名に関する語としては、『古今和歌集』の巻一〇「物名」および「墨滅歌・物名部」に使用された、

［例10］　なし　なつめ　くるみ（四五五）

のようなものがある。ただし、

［例11］　二条の后、春宮のみやすん所と申しける時に、めどにけづりばなさせけるをよませたまひける（四四五）

の「けづりばな」はカに、

［例12］　をがたまの木、友則下（一一〇二・左注）

の類はウに、それぞれ属させた。物名に関する［例10］と同様な語としては、

あはた（粟田）・おきのゐ・おきび（熾火）・かにはざくら（樺）・かはなぐさ（河苔）・かみやがは（紙屋川）・からごと（唐琴）・からはぎ（唐萩）・からもも（唐桃）・きちかう（桔梗）・くれのおも（懐香）・けにごし（牽牛子）・さがりごけ（蘿）・しをに（紫苑）・すみながし（墨流）・ちまき（粽）・にがたけ（苦竹）・はく

わかう（百和香）・ばせをば（芭蕉葉）・びは（枇杷）・めど（蓍）・やまがき（山柿）・やまし（知母）・りうたん（竜胆）・をがたま（小賀玉）

がある。

オの、和歌に関する語としては、

［例13］　朱雀院のをみなへしあはせによみてたてまつりける（二三〇）

［例14］　あふみぶり（一〇七一）

のようなものがある。同様な語としては、

いせうた（伊勢歌）・うたあはせ（歌合）・かへしもの（返物）・きくあはせ（菊合）・さがみうた（相模歌）・しはつやまぶり（四極山曲）・ひたちうた（常陸歌）・まんえふしふ（万葉集）・みちのくうた（陸奥歌）・みづくきぶり（水茎曲）

がある。

カの、その他の語に関しては、

［例15］　あひしれりける人のやうやくかれがたになりけるあひだに、やけたるちの葉にふみをさしてつかはせりける（七九〇）

のようなものがある。また、

［例16］　又は、さくらあさのをふのした草（八九二・左注）

のように、歌句の異伝の中に使用された語等もある。のようなものがある。右の［例15］［例16］と同様な語としては、

あがたみ（県見）・いまいま（今今）・おほなほび（大直毘）・おほむべ（大嘗）・かはせうえう（川逍遙）・かれやう（離様）・けづりばな（削花）・さりゑ（舎利会）・しやうげん（将監）・たけがり（茸狩）・とりもの

（採物）・なにどり（何鳥）・のび（野火）・はちじふ（八十）・はなつみ（花摘）・みちなか（道中）・もくろく（目録）・やまとまひ（大和舞）・らうあん（諒闇）・ろくじふ（六十）がある。

以上、名詞の使用実態をみてきたが、ここでまとめると、

1　時・場所・人物・物名に関する語が多い（71・3％）。
2　時に関する語は、すべて詠歌の時を示している。
3　場所に関する語は、必ずしも詠歌の場所を示したものばかりではない。
4　人物に関する語は、そのほとんどが詠歌の時や場の説明に使用されたものである。
5　物名には、植物に関する語が多い。
6　物名に関する語には、非共通語が多い。
7　和歌に関する語は、「詞書」を特色づけるものであると言える。

等を指摘することができる。

6と7について、以下、補足説明する。

『古今和歌集』巻一〇「物名」と「墨滅歌・物名部」に所属する名詞の異なり語数は五三語[9]であり、うち、エに属するものは二六語となっている。したがって、「平安和文作品群」との非共通語率は、49・1％となるが、「詞書」全体のそれとの非共通語率が15・8％であることからして、6の点は妥当性を持つ。

次に、7に関して記す。

「詞書」と「平安和文作品群」との共通使用語の中には、オに分類できるような語が少なからずある。たとえば、「いつもじ（五文字）」「が（賀）」「かひうた（甲斐歌）」「だい（題）」「ながうた（長歌）」などがそうである。ここ

では、これらのうち、「いつもじ」と「かひうた」の二語について、「平安和文作品群」でどのように使用されているかをみる。

「いつもじ」という語は、『伊勢物語』と『源氏物語』に、各一例使用されている。

[例17]　…ある人のいはく、「かきつばたといふ五文字を句の上にすへて、旅の心をよめ」といひければ、よめる。…（『伊勢物語』九段）(10)

[例18]　…「…懸想の、をかしきいどみには、「あだ人の」といふ五文字を、休めどころにうちおきて、言の葉は、続きたるよりある心地すべかめり」など、わらひ給ふ。…（『源氏物語』玉鬘）(11)

『伊勢物語』の例は、『古今和歌集』（四一〇番）の詞書とほぼ同様の使用例である。また、『源氏物語』の例は、源氏が和歌を論じた会話の中で使用したものである。

「かひうた」という語は、『土左日記』に、

[例19]　…あるひと〴〵、をりふしにつけて、からうたども、ときにつかはしきいふ。また、あるひと、にしぐになれど、かひうたなどいふ。…（『土左日記』一二月二七日）(12)

のような形で使用されている。この用例は、詞書部分での使用ではないが、和歌に関する一連の記述の中でのものであると言える。

以上、わずか三例の用例では、軽々に論じることはできないが、ある種の傾向だけは読み取れそうである。つまり、オに分類でき得る共通使用語は、他作品においても、「詞書」的部分や、その延長線上にある記述部分に使用されやすい、ということである。このように考えると、このオに分類した語群は、「詞書」における最も特徴的な語群であると言えそうである。

七

以上、いくつかの方面から、「古今詞書」の自立語語彙をみてきたが、大略、次のような結論を得た。

1 「古今詞書」の自立語語彙における異なり語数は八八二語、延べ語数は三九一八語である。

2 「古今詞書」の基幹語彙として、一九三語をあげることができる。

3 「古今詞書」の基幹語彙のうち、大野晋氏が示された「平安時代和文脈系文学の基本語彙」と共通するものは一四九語で、共通語率は77・8%となる。

4 「古今詞書」の異なり語数における語種別語数と、その比率は、

和語…七八二語　88・7%

漢語…　九一語　10・3%

混種語…　九語　1・0%

となり、特に、⑤段階あたりまでは、圧倒的に和語が多い。

5 「古今詞書」の異なり語数における品詞別構成比率では、名詞が68・1%と、非常に高い。

6 「古今詞書」の異なり語数における形容動詞の比率は、同じ口誦系言語の作品である『伊勢物語』でのそれと比較しても、非常に低い。

7 「古今詞書」と各作品（群）との共通語率をみると、「平安和文作品群」とのそれが一番高く、『源氏物語』との共通語率がそれに次ぐ。

8 「古今詞書」と『伊勢物語』との共通語率には、「古今詞書」と『竹取物語』や『更級日記』との共通語率にはみられない高さがある。

9　「詞書」に使用された「うたあはせ」「いせうた」等の和歌関係の語は、「詞書」における最も特徴的な語群である。

大体、以上のような点が指摘できるが、特に、4・5・6・8・9は、「詞書」の文体を考えてゆく上でのヒントになると考えられる。

【注】

（1）　奥村恒哉「古今集の詞書の考察―書式及び『はべり』の使用に関する諸問題―」（『国語国文』二六巻四号、昭和三二年四月）、玉上琢彌「敬語と身分―八代集の詞書を材料に―」（『源氏物語研究　源氏物語評釈　別巻一』昭和四一年三月、角川書店）、島田良二「古今集の詞書の検討」（『平安前期私家集の研究』昭和四三年四月、桜楓社）、杉崎一雄「『つかはす』の敬語性とその一用法―特に、改まった言いかたにおける―」（『共立女子短期大学文科紀要』二〇号、昭和五二年二月）、片桐洋一「古今和歌集の場（上・下）」（『文学』四七巻七号・八号、昭和五四年七月・八月）、その他。

（2）　築島裕『平安時代語新論』（昭和四四年六月、東京大学出版会）の五八八頁では、異なり語数を九四八語とされる。

（3）　『語い表』付載の統計表による。

（4）　（1）の奥村論文や、片桐洋一『伊勢物語の研究　研究篇』（昭和四三年二月、明治書院）、その他。ただし、片桐氏は、「歌集の文体はあくまで和歌を伝えるためのものであり、物語の文体は人物の事績を伝えるためのものである」（前掲書、第一篇第一章）として、詞書と歌物語とは根本的に相違したものであるとされる。

（5）　『平家物語の文体論的研究』（昭和五三年一一月、明治書院）八四頁。

（6）　「平安仮名文における形容詞・形容動詞」（『国語語彙史の研究　一』昭和五五年五月、和泉書院）。

（7）　（3）書。

（8）　（3）書。

（9）「返し」、「…の花」「…の木」「…のみや」「在郭公下空蝉上」の傍線部分の類、（四三九）（四四五）（四五六）（四六八）の詞書と（一一〇五）の左注に使用された名詞は、語数から除外した。ただし、（四三九）の「をみなへし」、（四四五）の「めど」、（四五六）の「からごと」は、語数に入れた。

（10）阪倉篤義他校注『竹取物語　伊勢物語　大和物語』（日本古典文学大系9　昭和三二年一〇月、岩波書店）一一六頁。

（11）山岸徳平校注『源氏物語　二』（日本古典文学大系15　昭和三四年一一月、岩波書店）三七三頁。ただし、漢字の字体は現行のものに改めた。

（12）鈴木知太郎他校注『土左日記　かげろふ日記　和泉式部日記　更級日記』（日本古典文学大系20　昭和三二年一二月、岩波書店）三〇頁。

【補注】

（i）用例数や統計に関する『語い表』の数値は、宮島達夫・中野洋・鈴木泰・石井久雄編『フロッピー版古典対照語い表および使用法』（平成元年九月、笠間書院）によって訂正した。

（ii）表（5）に関して、水谷静夫「語彙の共通度について」（『計量国語学』七号、昭和三三年一二月）所載の式により共通度を計算する（「平安和文作品群」とのものを除く）と、『古今和歌集（和歌部分）』とが０・１４５、『源氏物語』とが０・０５５、『竹取物語』とが０・１５９、『伊勢物語』とが０・２２６、『更級日記』とが０・１５４となる。この数値からも「古今詞書」と『伊勢物語』との共通性・類似性の高さが指摘できよう。

第二章　『後撰和歌集』

一

『後撰和歌集』は、村上天皇の勅命により清原元輔・紀時文・大中臣能宣・源順・坂上望城によって撰せられた第二勅撰集であり、その部立や作者層の特色については、

貴族の恋を中心とする日常生活での褻の歌を主な撰集素材とし、人間関係に興味を示した撰集態度による。(1)

と言われているものである。本章では、主として筆者がかつて調査した『古今和歌集』『新古今和歌集』の「詞書」(2)の自立語語彙と比較することにより、「後撰詞書」の自立語語彙の特色の一端をみる。

二―1

「後撰詞書」の異なり語数・延べ語数は、**表**(1)で示したように、それぞれ一二七六語、七〇〇三語である。筆者が行った「古今詞書」「新古今詞書」に関する同様な調査(3)での数値と比較すると、平均使用度数において、「古今詞書」よりも多く、「新古今詞書」とほぼ同じであることがわかった。

表（1）

作品名	異なり語数	延べ語数	平均使用度数
古今詞書	882	3,918	4.44
後撰詞書	1,276	7,003	5.49
新古今詞書	1,427	7,945	5.57

2

次に、「後撰詞書」における基幹語彙について考えることにする。

ある作品のどの程度の語をもって基幹語と考えるかについては、論議のあるところであろう。例えば、西田直敏氏は『平家物語の文体論的研究』（昭和五三年一一月、明治書院）において、「平家物語の基幹語」を一三九四語とし、それが延べ語数の76・4％に当たることを指摘された。[4]

ところで、「後撰詞書」において、延べ語数の1パーミル以上の使用度数を持つ語は、異なり語数で一八〇語、延べ語数で四九八一語となる。この四九八一語という数値は、全延べ語数七〇〇三語の71・1％に当たり、前述した西田氏の76・4％という数値に比較的近いものとなっている。従って、この一八〇語を仮に「後撰詞書」の基幹語彙とし、以下、考察に使用する。

3

次に、大野晋氏が「平安時代和文脈系文学の基本語彙に関する二三の問題」（『国語学』八七集、昭和四六年一二月）において示された「平安時代和文脈系文学の基本語彙」（以下、「平安和文基本語彙」と略称する）と二―2であげた「後撰詞書」の基幹語彙の関係について考えることにする。

右の考察を行うにあたり、西田直敏氏が『平家物語』の語彙研究において行われたものとおおむね同様な方法により、「後撰詞書」の語彙と「平安時代和文脈系文学」（以下、「平安和文」と略称する）の語彙とをそれぞれ段階分け

表（2）

段階	共通基幹語	「平安時代和文脈系文学」の語彙における所属段階								非共通基幹語
		①	②	③	④	⑤	⑥	⑦	⑧	
①	3	1	0	0	0	1	0	1	0	0
②	4	0	1	1	0	1	0	1	0	0
③	4	2	0	0	0	1	0	0	1	1
④	15	1	4	2	4	1	2	0	1	0
⑤	17	2	2	0	1	8	2	1	1	4
⑥	42	0	1	6	8	11	10	6	0	4
⑦	62	0	1	6	7	9	11	13	15	24
計	147	6	9	15	20	32	25	22	18	33

した。

表(2)は、前記のように段階分けした後、「後撰詞書」の基幹語彙と「平安和文基本語彙」の部分のみ抜き出し、それらの共通語・非共通語数を、前者を基準として段階別にまとめたものである。以下、**表**(2)をもとに、両者の所属段階の差が上、下各一段階までの場合は許容範囲とし、二段階以上の差がある語を「後撰詞書」独特の使用例であるとみなし、考察の対象とした。なお、「後撰詞書」の基幹語彙は、段階分けによると⑦段階までとなるが、「新古今詞書」での同様な調査[6]と比較する都合上、「平安和文基本語彙」の方は、参考として⑧段階の一部までの数値を示した。

表(2)から、ここでの考察の対象となるものは、「後撰詞書」における①段階二語、②段階二語、③段階四語、④段階八語、⑤段階六語、⑥段階一五語、⑦段階二三語の、計六〇語である。この六〇語を具体的に示すと、

Ⅰ　「後撰詞書」の語彙における所属段階の方が上位のもの

つかはす（遣）・をんな（女）・かへし（返）・もと（元・本・下）・をとこ（男）・まかる（罷）・いへ（家）・ひさし（久）・あそん（朝臣）・あした（朝）・かへりごと（返言）

Ⅱ　「平安和文」の語彙における所属段階の方が上位のもの

ありし（有）・す（為）・こころ（心）・こと（事）・なる（成）・みる（見）・もの（物・者）・いと（甚）・おもふ（思）・なし（無）・ほど（程）・いか（如何）・いま（今）・え（得・副詞）・おなじ（同）・かた（方）・かの（彼）・この（此）・その（其）・つく（付・着、下二段）・つね（常）・まうす（申）・まへ（前）・み（身）・みゆ（見）・よ（夜）・いかが（如何）・いづ（出）・うち（内・内裏）・おはします（在）・おもひいづ（思出）・かく（斯）・かはる（変・代）・かみ（上・守）・くるま（車）・けしき（気色）・さぶらふ（侍・候）・さま（様）・とる（取）・なか（中・仲）・なほ（尚・猶）・まだ（未）・みや（宮）・むかし（昔）・ものがたり（物語）・やう（様）・やま（山）・わたる（渡）・ゐん（院）

のように、Ⅰ所属語一一語、Ⅱ所属語四九語となる。

Ⅰに所属する一一語を分類すると、

ア　和歌関係　かへし・かへりごと
イ　敬語　つかはす・まかる
ウ　時・時間　あした・ひさし
エ　人物　あそん・をんな・をとこ
オ　場所・場面　いへ・もと

のようになる。

以上、Ⅰに所属する語群は、右の分類からでもわかるように、『後撰和歌集』が勅撰集である点と、作歌の事情や作品の主題等について説明を加えるという「詞書」の性格から考え、頻用されて然るべきものであると言えよう。

筆者は、「新古今詞書」においても同様な調査を行った(7)が、そこで抽出された語群との共通語である「つかはす」

「かへし」「いへ」「まかる」「あそん」「あした」は、「詞書」的性格が特に強い語群であると言える。

次に、「平安和文」の語彙における所属段階の方が上位の語群についてふれる。

ここに所属する語は、上掲四九語であるが、「新古今詞書」における同様な調査(8)による語群との共通語として、「あり」「す」「こと」「なる」「みる」「もの」「おもふ」「なし」「ほど」「おなじ」「かた」「この」「その」「み」「よ」「おはします」「おもひいづ」「かみ」「みや」「むかし」「ゐん」の二一語を指摘することが出来る。

ところで、宮島達夫氏は、『語い表』付載の統計表5において、一四作品に共通する語として一三七語をあげておられるが、上掲四九語のうちこの一三七語と共通する語は三二語、共通しない語は一七語となっている。また、前掲した「新古今詞書」との共通語二一語のうち、宮島氏の示された一三七語との共通語は一六語であることもわかった。

以上、「平安和文」の語彙における所属段階の方が上位の語群について少々ふれたが、これらのうち「新古今詞書」との共通語、特に、抽象関係(9)を示す「もの」「こと」、存在・消滅関係の「あり」、形容詞の「なし」、連体詞の「この」「その」等の語は、具体性や簡潔性を基本とする「詞書」の性格とは相容れないものであると言えそうである。

次に、「平安和文基本語彙」ではない語についてふれる。

前述のものとしては、

だい(題)・あひしる(相知)・おくる(送・贈)・かきつく(書付)・まうでく(詣来)・いひつかはす(言遣)・これかれ(此彼)・はじめて(始)・までく(詣来)・あづま(東)・あひかたらふ(相語)・あひだ(間)・いたし(甚・痛)・いひいる(言入)・いひかはす(言交)・うたあはせ(歌合)・えんぎ(年号)・かねすけ(人名)・かよはす(通)・かれがた(離方)・かれこれ(彼此)・こふ(乞)・ざうし(曹司)・さけ(酒)・さだいじん(左

大臣）・たうぶ（食）・ともだち（友達）・ほとり（辺）・ほふわう（法皇）・まかりいづ（罷出）・まかりかへる（罷帰）・みちのくに（陸奥国）・やまと（大和）

の三三語を指摘することが出来る。

右のうち、「新古今詞書」における同様な調査[10]による語群との共通語は、「だい」「かきつく」「うたあはせ」「えんぎ」「ほとり」「みちのくに」「はじめて」の七語に過ぎない。うち三語が和歌関係の語である点には注意を要するが、この「平安和文基本語彙」ではない語群において、より目立つのは敬語の多さであろう。すなわち、「まうでく」「いひつかはす」「までく」「たうぶ」「まかりいづ」「まかりかへる」の六語である。「新古今詞書」においては「まうしつかはす」だけである点を考えると、その敬語使用は特異であると言える。では、何故このように敬語が多いのであろうか。筆者は、

1　散文的要素が強い。

2　勅撰集の「詞書」である。

を主たる理由と考えているが、この点については、今後とも考えたい。

三—1

表(3)は、**二**—3において行った「後撰詞書」の段階分けを、全異なり語について行い、各段階所属語の品詞別、語種別語数をまとめたものである。以下、**表**(3)を中心とし、「後撰詞書」の語彙に関し、品詞別、語種別特色について、いささかみることにする。

表（3）

段階	所属語数	語種別語数			品詞別語数								
		和語	漢語	混種	名詞	動詞	形容	形動	副詞	連体	接続	感動	句等
①	3	3	0	0	2	1	0	0	0	0	0	0	0
②	4	4	0	0	2	2	0	0	0	0	0	0	0
③	5	4	1	0	2	3	0	0	0	0	0	0	0
④	15	15	0	0	9	4	1	0	1	0	0	0	0
⑤	21	21	0	0	10	9	1	0	1	0	0	0	0
⑥	46	45	1	0	19	16	4	1	2	4	0	0	0
⑦	86	75	11	0	49	30	3	0	4	0	0	0	0
⑧	127	110	14	3	70	45	3	3	6	0	0	0	0
⑨	321	291	28	2	200	88	16	4	10	0	1	1	1
⑩	648	553	82	13	395	198	23	15	13	1	0	2	1
計	1,276	1,121	137	18	758	396	51	23	37	5	1	3	2
	%	87.9	10.7	1.4	59.4	31.0	4.0	1.8	2.9	0.4	0.1	0.2	0.2

2

まず、品詞別特色についてふれる。

筆者は、かつて、「古今詞書」および「新古今詞書」の語彙の品詞別特色について考えたことがある[11]が、この二作品において特異であったのは、名詞の比率の高さということである。すなわち、「古今詞書」においては68・1％、「新古今詞書」においては71・8％であるが、この数値は、『語い表』付載の統計表2で示された一四作品のどれよりも高いものであり、ここに「詞書」の文章の特色の一端が表れていると考えられるものであった。一方、「後撰詞書」における名詞の比率は、**表**(3)でわかるように、59・4％となっている。この数値を『語い表』における一四作品と比較すると、『大鏡』の63・9％よりは低く、『万葉集』の59・7％や『徒然草』の59・1％に近いものであることがわかる。

作品のジャンルと品詞別構成比率については、その関連性に着目した論文[12]、また、それを否定的にとらえた論文等[13]、諸先学が卓見を述べられているが、いずれにしても「後撰詞書」における名詞の比率59・4%は、「古今詞書」や「新古今詞書」におけるそれとは際だった違いがあると言える。

右と同様に、「後撰詞書」が他の二歌集の「詞書」と著しく異なっている点として、形容詞・形容動詞の比率の高さを指摘することができる。

「古今詞書」においては、形容詞2・7%、形容動詞0・9%、「新古今詞書」においては、それぞれ2・9%、1・4%と、この二作品間では大差はないようである[14]。ところが、「後撰詞書」においては、**表**(3)でわかるように、形容詞4・0%、形容動詞1・8%となっている。この数値は、前述一四作品とは比較にならない低さではあるが、注目に値するものであろう[15]。

以上、「後撰詞書」における品詞別構成比率が、相対的に前述一四作品に類似し、「古今詞書」や「新古今詞書」のそれとは趣を異にしていることについてふれたが、この点から考えると、「後撰詞書」は、所謂「詞書」らしくないものであると言えそうである。

3

次に、語種別特色についていささかふれる。

全段階を通しての比率は、**表**(3)で示したように、和語87・9%、漢語10・7%、混種語1・4%となっている。

漢語について段階別にみると、⑦段階あたりから目立つが、⑨段階8・7%〜⑧段階11・0%と、必ずしも下位段階になるほど増加していくとは言えないものとなっている。

和語についてみると、同様な調査を行った[16]「古今詞書」における比率(88・7%)とほぼ等しく、日本語における和語の優勢を物語るものとなっている。

以上、「後撰詞書」の語彙の語種別構成比率に関してみたが、全般的には「古今詞書」におけるそれと同様な傾向を示していると言えそうである。

四

次に、「後撰詞書」の語彙と、以下に示す各作品の語彙との共通語・非共通語について考えることにする。ここで比較の対象とした各作品について、その理由をいささか述べると、

1 『古今和歌集』および『新古今和歌集』は、勅撰集の代表的な作品―形式・時代等において―であり、その「詞書」も同様な意味において重要であると考えられる。

2 『伊勢物語』の語彙は、「古今詞書」の語彙との関係において特異と思える共通性が見られ、「後撰詞書」の語彙との関係においても同様な点が見いだせると考えられる。

3 『源氏物語』『竹取物語』『更級日記』の三作品については、平安時代の代表的な作品であり、「古今詞書」の語彙との共通性については既に調査したことがある[17]ので、その結果と比較できる。

4 『大鏡』『徒然草』の語彙と「新古今詞書」のそれとについても、既に調査したことがあり[18]、3と同様、その結果と比較することができる。

ということになる。

表(4)は、「後撰詞書」の語彙を中心とし、その共通語・非共通語についてまとめたものである。この**表**(4)によると、『竹取物語』『更級日記』を除き⑤段階あたりまでは共通語数に大差はない。⑦〜⑩段階では、『源氏物語』との共通語が非常に多く、語彙量の比較的多い『大鏡』『徒然草』が続き、次いで、『伊勢物語』の順となる。

表（4）

段階	所属語数	古今詞書		新古今詞書		竹取物語		伊勢物語		源氏物語		更級日記		大　鏡		徒然草	
		共通	非共	共通	非共	共通	非共	共通	非共	共通	非共	共通	非共	共通	非共	共通	非共
①	3	3	0	3	0	3	0	3	0	3	0	2	1	3	0	3	0
②	4	4	0	4	0	4	0	4	0	4	0	4	0	4	0	3	1
③	5	5	0	5	0	3	2	5	0	5	0	4	1	5	0	4	1
④	15	15	0	15	0	14	1	14	1	15	0	14	1	15	0	15	0
⑤	21	20	1	21	0	16	5	20	1	21	0	17	4	20	1	18	3
⑥	46	39	7	41	5	35	11	42	4	45	1	38	8	43	3	42	4
⑦	86	62	24	68	18	46	40	69	17	80	6	58	28	72	14	69	17
⑧	127	78	49	80	47	63	64	84	43	119	8	73	54	96	31	82	45
⑨	321	125	196	148	173	117	204	152	169	263	58	157	164	205	116	181	140
⑩	648	131	517	141	507	132	516	188	460	427	221	165	483	295	353	228	420
計	1,276	482	794	526	750	433	843	581	695	982	294	532	744	758	518	645	631
共通度		0.288		0.242		0.201		0.243		0.084		0.197		0.142		0.132	

全段階を通しての共通語数においても、『源氏物語』『大鏡』『徒然草』の順となり、『伊勢物語』がそれに続く。また、共通度[19]においては、「古今詞書」の語彙とのそれが最も高く、『伊勢物語』「新古今詞書」の語彙とのそれが続く。

以上、**表**（4）を中心にしてまとめると、

1　⑤段階あたりまでは、『竹取物語』『更級日記』を除き、各作品とも「後撰詞書」との共通語数に大差はない。

2　全段階を通しての共通語数では、語彙量の多い『源氏物語』『大鏡』『徒然草』においてそれが多い。

3　語彙量が中程度（一六九二語）の『伊勢物語』との共通語が比較的多い。

4　「古今詞書」との共通語率が最も高い。

5　『伊勢物語』との共通語率は、「古今詞書」とのそれにはおよばないものの、注目に値する高さである。

のような諸点が指摘できる。

五―1

『伊勢物語』と「詞書」との共通性・類似性については、諸先学の説かれるところであるが、筆者も『伊勢物語』と「古今詞書」とのそれについて、語彙面から考えたことがある。[20] ここでは、『伊勢物語』の語彙と「後撰詞書」のそれとの関係についてふれることにする。

表(5)〜(7)は、「古今詞書」「後撰詞書」「新古今詞書」の語彙と『伊勢物語』の語彙との各段階における共通語数・共通語占有率、共通度を、三歌集の「詞書」の語彙を中心にしてまとめたものである。以下、**表**(5)〜(7)からわかる点を示す。

1　各段階での共通語占有率においては、⑤段階あたりまで各「詞書」間に大差は認められないが、⑥段階以降においては、「新古今詞書」における占有率が他の「詞書」におけるそれよりも相当低いと言える。

2　「古今詞書」と「後撰詞書」との占有率においては、⑧段階あたりまで差はあまり感じられないが、⑨、⑩段階では、「古今詞書」におけるそれが「後撰詞書」におけるそれより相当高い。

3　全段階における共通度は、「新古今詞書」→「古今詞書」→「後撰詞書」の順に高くなる。

以上のような点を指摘することができるが、3で示したように、「後撰詞書」の語彙と『伊勢物語』の語彙との共

表（5）

段階	所属語	共通語	占有率
①	1	1	100.0
②	4	4	100.0
③	5	4	80.0
④	11	9	81.8
⑤	22	21	95.5
⑥	39	35	89.7
⑦	41	34	82.9
⑧	124	89	71.8
⑨	131	79	60.3
⑩	504	198	39.3
合計	882	472	53.7
共　通　度			0.226

表（6）

段階	所属語	共通語	占有率
①	3	3	100.0
②	4	4	100.0
③	5	5	100.0
④	15	14	93.3
⑤	21	20	95.2
⑥	46	42	91.3
⑦	86	69	80.2
⑧	127	84	66.1
⑨	321	152	47.4
⑩	648	188	29.0
合計	1,276	581	45.5
共　通　度			0.243

表（7）

段階	所属語	共通語	占有率
①	2	2	100.0
②	4	3	75.0
③	5	4	80.0
④	8	8	100.0
⑤	17	14	82.4
⑥	38	26	68.4
⑦	69	51	73.9
⑧	162	88	54.3
⑨	312	135	43.3
⑩	810	186	23.0
合計	1,427	517	36.2
共　通　度			0.199

通度が、「古今詞書」の語彙と『伊勢物語』の語彙とのそれよりも高いことは注目に値する。

以上から考えると、速断はできないものの、語彙面でみる限り、『伊勢物語』の語彙は「古今詞書」の語彙よりも「後撰詞書」のそれとの方が関係深いと言えそうである。

2

「後撰詞書」の語彙の方が「古今詞書」の語彙よりも『伊勢物語』のそれと関係深い可能性がある点については、**五**―1において指摘した。ここでは、占有率の点で前記の点と矛盾しているとも思われる⑨、⑩段階所属語について少々考える。

ここでの考察の対象とするのは、前記二歌集の「詞書」の⑨、⑩段階所属語のうち、「古今詞書」と『伊勢物語』との共通語で、「後撰詞書」と共通しない一一六語、「後撰詞書」と『伊勢物語』との共通語で、「古今詞書」と共通しない一九〇語である。

「古今詞書」と『伊勢物語』との共通語について、その品詞別構成比率をみると、名詞69・8％、動詞20・7％、形容詞3・4%、形容動詞0・9%、副詞4・3%、その他0・9%となっている。また、「後撰詞書」と『伊勢物語』との共通語について同様にみると、名詞52・1%、動詞31・1%、形容詞7・9%、形容動詞2・6%、副詞4・2%、その他2・1%のようになっている。これらの数値から特徴的なことは、「後撰詞書」と『伊勢物語』との共通語における名詞の比率の低さと、それに反比例する動詞・形容詞・形容動詞の比率の高さであろう。

ところで、「古今詞書」の全異なり語における各品詞の比率は、名詞68・1%、動詞24・7%、形容詞2・7%、形容動詞0・9%、副詞2・6%、その他0・9%となっている。(21) これを共通語における比率と比較すると、共通語においては副詞の比率が高いのが目立つ程度である。同様に、**表**(3)で示した「後撰詞書」の全異なり語における品詞別構成比率と共通語におけるそれとを比較すると、共通語においては名詞の比率が低く、形容詞・形容動詞・副詞の比率が相当高いことがわかる。

形容詞・形容動詞はともに情意・状態を表現するものであるが、これらが多いという事実は何を意味するのであろうか。やはり、「後撰詞書」は「古今詞書」などと比較した場合、「詞書」の特性の一つ―簡潔性―において劣るということであろうか。換言すれば、「後撰詞書」は「古今詞書」より、より物語的性格を持っていると言えるのではなかろうか。(22)

3

次に、**五**―2において取り上げた「後撰詞書」一九〇語、「古今詞書」一一六語に関して、語種の面から考えていくことにする。

まず、和語をみると、「後撰詞書」においては91・6%、「古今詞書」においては91・4%と、全段階における比率(23)87・9%(「後撰詞書」)、88・7%(「古今詞書」)よりも、それぞれ3・7ポイント、2・7ポイント高くなっていることがわかる。

次に、漢語と混種語についてふれる。

「後撰詞書」一九〇語中漢語は一四語（7・4％）、混種語は二語（1・1％）と、全段階におけるよりも、それぞれ3・3ポイント、0・3ポイント低い。一方、「古今詞書」一一六語をみると、漢語は七語（6・0％）、混種語は三語（2・6％）と、漢語は全段階における比率[24]10・3％よりも4・3ポイント低く、混種語は全段階における比率[25]1・0％よりも1・6ポイント高いことがわかる。

全段階における語種別構成比率においては、「後撰詞書」も「古今詞書」も同様な傾向がみられる点は、既述した通りであるが、⑨、⑩段階に限ってみると、前記のような差があるのは何故なのであろうか。『伊勢物語』との共通語という、より純化された語群において和語の比率が高い点、前述したように、「後撰詞書」の物語的性格の一端と考えたいが、如何であろうか。

六

以上、「後撰詞書」の自立語語彙に関してみてきたが、ここで大要を記述することにより、本章のまとめとする。

1　「後撰詞書」の異なり語数は一二七六語、延べ語数は七〇〇三語である。

2　「後撰詞書」における基幹語彙と「平安和文」の語彙との比較において、以下の点が指摘できる。

イ　「平安和文」の語彙における所属段階の方が、「後撰詞書」における所属段階より上位の語群は、具体性や簡潔性を基本とする「詞書」の性格とは相容れないものである。

ロ　「平安和文」の語彙と共通しない語群には敬語が多数所属するが、「後撰詞書」の散文的要素の強さにその第一の理由があると考えられる。

3 「後撰詞書」の品詞別構成比率は、「古今詞書」や「新古今詞書」のそれと比較した場合、相対的に『語い表』所載の一四作品に類似している。
4 『伊勢物語』の語彙は、「古今詞書」の語彙よりも「後撰詞書」のそれとの共通性が高いようである。
5 「後撰詞書」は、「古今詞書」よりも物語的性格が強い。

【注】
(1) 犬養廉他編『和歌大辞典』(昭和六一年三月、明治書院)の『後撰和歌集』の項(杉谷寿郎氏執筆)。
(2) 本書第一部第一章・第八章。
(3) (2)に同じ。
(4) 『平家物語の文体論的研究』(昭和五三年一一月、明治書院)八四頁。
(5) (4)に同じ。
(6) 本書第一部第八章。
(7) (6)に同じ。
(8) (6)に同じ。
(9) 『語い表』三三九頁の分類による。「存在・消滅」等も同じ。
(10) (6)に同じ。
(11) (6)に同じ。
(12) 大野晋「基本語彙に関する二三の研究―日本の古典文学作品に於ける―」(『国語学』二四集、昭和三一年三月)。
(13) 山口仲美「平安仮名文における形容詞・形容動詞」(『国語語彙史の研究　一』昭和五五年五月、和泉書院)。
(14) (2)に同じ。
(15) 山口氏は(13)論文において、平安和文を三種に分類されたが、異なり語数における「後撰詞書」の品詞構成比は、そのうちの漢文訓読系言語・口誦系言語におけるそれに近いものとなっている。前述の点、延べ語数（形容詞3・3％、形容動詞0・8％）においては、より明瞭である。

(16) 本書第一部第一章。

(17) (16) に同じ。

(18) (6) に同じ。

(19) 水谷静夫「語彙の共通度について」（『計量国語学』七号、昭和三三年一二月）所載の式によって共通度を計算した。

(20) (16) に同じ。

(21) (16) に同じ。

(22) 西下経一『日本文学史　平安時代前期（上）』（日本文学史講座　第四巻　昭和一七年一一月、三省堂）、片桐洋一『伊勢物語の研究　研究篇』（昭和四三年二月、明治書院）二六頁〜三六頁、佐藤高明「後撰集の恋歌の詞書について」（『言語と文芸』三八号、昭和三八年一一月）等参照。

(23) (16) に同じ。

(24) (16) に同じ。

(25) (16) に同じ。

＊ 片桐洋一氏は、「『後撰集』の物語性」（『国語と国文学』四四巻一〇号、昭和四二年一〇月）その他において、「女」「男」のような語と『後撰和歌集』の物語的性格との関係についてふれておられる。なお、筆者も「三代集の『詞書』の語彙について」（『城西文学』一三号、平成二年一二月）において、「ひと」「をんな」「をとこ」の使用実態から、歌物語である『伊勢物語』の語彙と「後撰詞書」の語彙との類似性についてふれている。

第三章　『拾遺和歌集』

一

『拾遺和歌集』は、『古今和歌集』『後撰和歌集』とともに三代集と称せられるものである。そこに採られた和歌は、褻の歌を重んじた後撰集とは対照的に、晴の歌が多くなり、特に屏風歌の占める割合は増大している。…（略）…全体として古今集の伝統に立ち戻ろうとする、この集の姿勢を認めることができるものであり、

古今集で培われた和歌観や史観を、さらに進展・深化させている側面を評価することができようとされるものでもある。[1]このような点から、本章では、主として『古今和歌集』『後撰和歌集』の「詞書」の自立語語彙と比較することにより、「拾遺詞書」の自立語語彙の特色について考える。

二―1

「拾遺詞書」の異なり語数・延べ語数を、筆者が以前調査した「古今詞書」「後撰詞書」[2]におけるそれとともに示したものが**表（1）**である。

表(1)でわかるように、「拾遺詞書」の異なり語数・延べ語数は、それぞれ、一二八七語、五二〇三語であり、その平均使用度数は4・04である。「拾遺詞書」は、平均使用度数においては、三代集の中で最小であるが、一方、異なり語数においては、「後撰詞書」よりも多いことも表(1)からわかる。換言すれば、延べ語数の割に異なり語数が多く、バラエティーに富んでいるとも言えそうである。

平均使用度数の点からみると「拾遺詞書」は、「古今詞書」をおおむね踏襲し、「後撰詞書」の特異性を浮き彫りにする結果となっている。

表(1)

作品名	異なり語数	延べ語数	平均使用度数
古今詞書	882	3,918	4.44
後撰詞書	1,276	7,003	5.49
拾遺詞書	1,287	5,203	4.04

2

次に、「拾遺詞書」の基幹語彙について考えることにする。

ある作品において、延べ語数のどの程度を占める語をもってその作品の基幹語とするかについては、様々な考え方があろうが、ここでは、延べ語数のおおむね1パーミル(五)以上の度数を持つ語を、仮に基幹語としたい。

「拾遺詞書」において使用度数5以上の語は、異なり語数で一九三語、延べ語数で三四九一語となる。この延べ語数三四九一語は、「拾遺詞書」における全延べ語数五二〇三語の67・1%に当たるが、筆者が以前調査した「後撰詞書」における71・1%、「新古今詞書」における71・7%(3)と、比較的近い数値となっている。したがって、この一九三語を「拾遺詞書」の基幹語彙とすることには、ある程度の妥当性があると考え、以下、考察に使用する。

表（2）

段階	共通基幹語	「平安時代和文脈系文学」の語彙における所属段階								非共通基幹語
		①	②	③	④	⑤	⑥	⑦	⑧	
①	2	0	0	1	1	0	0	0	0	1
②	5	1	0	0	0	2	0	2	0	0
③	8	1	2	0	1	1	2	0	1	0
④	13	2	1	1	2	5	0	1	1	3
⑤	29	0	2	3	3	11	0	5	5	4
⑥	39	1	2	0	7	7	7	10	5	17
⑦	56	0	1	4	4	7	13	14	13	16
計	152	5	8	9	18	33	22	32	25	41

三―1

大野晋氏は、「平安時代和文脈系文学の基本語彙に関する二三の問題」（『国語学』八七集、昭和四六年一二月）において、『竹取物語』『伊勢物語』『源氏物語』等一〇作品の語彙により「平安時代和文脈系文学の基本語彙」（以下、「平安和文基本語彙」と略称する）を示されたが、以下、「拾遺詞書」の基幹語彙と、この「平安和文基本語彙」を比較し、考察を加えることにする。

表（2）は、西田直敏氏が『平家物語』においてなされた段階分け[4]とおおむね同様な方法により「拾遺詞書」の語彙および「平安時代和文脈系文学」（以下、「平安和文」と略称する）の語彙を段階分けし、「拾遺詞書」の基幹語彙および「平安和文基本語彙」の部分のみ抜き出し、前者をもとにして、両者の共通語・非共通語数を各段階別に示したものである。

段階分けをした場合、どの程度の所属段階差から、その使用が特異であるとみなすかについては、議論の余地があろうが、ここでは、その差が上、下各一段階までは許容範囲とし、二段階以上の所属段階差がある語をもって特徴的な使用例であるとみなし、以下、考察を行う。

2

表（2）から、「拾遺詞書」における所属段階の方が上位の語が、①段階二語、②段階四語、③段階四語、④段階二語、⑤段階一〇語、⑥段階五語の、計二七語、「平安和文」の語彙における所属段階の方が上位の語が、③段階一語、④段階三語、⑤段階五語、⑥段階一〇語、⑦段階一六語の、計三五語、それぞれあることがわかる。以下、具体的に示す。

Ⅰ「拾遺詞書」の語彙における所属段階の方が上位のもの

しる（知・領）・とき（時）・びやうぶ（屏風）・よむ（詠）・つかはす（遣）・もと（元・本・下）・をんな（女）・いへ（家）・まかる（罷）・うた（歌）・かへし（返）・が（賀）・かた（形）・あそん（朝臣）・くだる（下）・なくなる（無）・ある（或）・ゑ（絵）・さいゐん（斎院）・め（妻・女）・もみぢ（紅葉）・あした（朝）・みやすどころ（御息所）・おこす（遣）・はづき（八月）・ながす（流）・なぬか（七日）

Ⅱ「平安和文」の語彙における所属段階の方が上位のもの

ひと（人）・あり（有）・もの（物・者）・こと（事）・なる（成）・ひとびと（人人）・また（又、副詞）・みや（宮）・うち（内・内裏）・よ（夜）・おなじ（同）・まへ（前）・つく（付・着、下二段）・なく（鳴、四段）・ほど（程）・わたる（渡）・この（此）・さぶらふ（侍）・なし（無）・あまた（数多）・え（副詞）・おもふ（思）・かの（彼）・かへる（帰）・つかうまつる（仕）・ふみ（文）・いま（今）・うへ（上）・おほし（多）・かく（斯）・これ（此）・ちゆうじやう（中将）・まうす（申）・めのと（乳母）・としごろ（年頃）

ところで、宮島達夫氏は、『語い表』付載の統計表5において、一四作品に共通する語として一三七語をあげておられるが、この一三七語と前掲各語群とは、どのような関係になっているのであろうか。以下、具体的に示す。

一四作品共通語と共通する語は、Ⅰにおいては「しる」「とき」「もと」の三語、Ⅱにおいては「ひと」「あり」「もの」「こと」「なる」「また」「うち」「よ」「おなじ」「つく」「なく」「ほど」「わたる」「この」「なし」「あまた」「おもふ」「かの」「かへる」「いま」「おほし」「かく」「これ」の二三語となることがわかる。これからしても、「平安和文基本語彙」が和文の基層語として広く作品に使用されていた点、また逆に、「拾遺詞書」の語彙が一般の和文脈系文学の語彙とは異なった性格のものである点が指摘できるであろう。

3

次に、「拾遺詞書」における所属段階の方が上位の語について、いささかふれる。前述の語は、上掲したように二七語であるが、それを分類すると、

ア　和歌関係　よむ・うた・かへし
イ　敬語　つかはす・まかる
ウ　時・時間　とき・あした・はづき・なぬか
エ　人物　をんな・あそん・め・さいゐん・みやすどころ
オ　場所・場面　もと・いへ
カ　その他　しる・びやうぶ・が・かた・くだる・なくなる・ある・ゑ・もみぢ・おこす・ながす

のようになる。この分類は、必ずしも厳密なものではないが、ここに所属する語の傾向をうかがうことはできるであろう。すなわち、詞書・左注が、

和歌・俳句などの作者・制作の動機・日時・場所・場面・対象・目的、その他前後の事情等について記し、また作品の主題・内容等について説明を加えたもの(5)

であることから考え、頻用されて当然と言えるものである。

筆者は、「後撰詞書」「新古今詞書」において同様な調査を行い、その二歌集の「詞書」に共通する「つかはす」「かへし」「いへ」「まかる」「あそん」「あした」の六語を「詞書」的性格の特に強い語群であるとしたが[6]、これら六語は、「拾遺詞書」においても前掲したように、この二七語に所属していることは、注目に値する。

4

次に、「平安和文基本語彙」と共通しない語群についてふれる。

前述の語としては、四一語を指摘できるが、これを、「拾遺詞書」における所属段階の方が上位の語群において行ったのと同様に分類すると、

ア　和歌関係　だい（題）・うたあはせ（歌合）・いひおこす（言遣）・かきつく（書付、下二段）

イ　敬語　いひつかはす（言遣）・まうでく（詣来）・まかりかよふ（罷通）・まかりくだる（罷下）・まかりかくる（罷隠）

ウ　時・時間　えんぎ（延喜、年号）・てんりやく（天暦、年号）・ね（子）・よねん（四年）・はじめて（始）

エ　人物　ゐんゆうゐん（円融院）・うだいじん（右大臣）・みなもと（源）・さだいじん（左大臣）・れんぎこう（廉義公）・ていじ（亭子）・うだいしやう（右大将）・せいしんこう（清慎公）・あつただ（敦忠）・さだふん（定文）・せつしやう（摂政）・ふぢはら（藤原）・れいぜいゐん（冷泉院）・もとよし（元良）

オ　場所・場面　だいり（内裏）・つくし（筑紫）・みちのくに（陸奥）・ほとり（辺）・うぶや（産屋）・さんでう（三条）・ふぢつぼ（藤壷）

カ　その他　けさう（懸想）・しやうじ（障子）・つきなみ（月次）・えん（宴）・やどる（宿）・ごじふ（五十）

のようになる。この分類によると、ウ・エ・オに関する語が多いことがわかるが、やはり「詞書」の語彙の特色がよく表れている語群であると言える。

筆者は、「後撰詞書」「新古今詞書」においても同様な調査を行った。それによると、「後撰詞書」においては三三語、「新古今詞書」においては三六語これに属していることがわかったが、これらの語群を、「拾遺詞書」を中心にして比較すると、「後撰詞書」との共通語が一〇語、「新古今詞書」との共通語も一〇語あることがわかる。また、三作品に共通する語が「だい」「うたあはせ」「かきつく」「えんぎ」「はじめて」「みちのくに」「ほとり」の七語あることもわかった。

右の七語のうち、時・時間を示す「えんぎ」「はじめて」、場所・場面を示す「みちのくに」「ほとり」を除く三語が和歌に関する語である点は注目に値する。これら三語は、時代を越えた典型的な「詞書」の語彙、すなわち、「詞書」の基層語とでも言うべきものであろう。

次に、イの敬語についてふれることにする。

「拾遺詞書」の基幹語彙のうち「平安和文基本語彙」と共通しないものは四一語、うち敬語関係は五語であることは既述した。この数値は、「新古今詞書」の場合（三六語中一語）と比較すると、非常に多いと言えそうであるが、一方、「後撰詞書」の場合（三三語中六語）と比較すると、必ずしも多いとは言えないものである。このように敬語関係語彙の点から考えると、「拾遺詞書」における語彙は、「後撰詞書」におけるそれと比較的近い性格を持っていると言えそうである。

表（3）

段階	所属語数	語種別語数			品詞別語数								
		和語	漢語	混種	名詞	動詞	形容	形動	副詞	連体	接続	感動	句等
①	3	2	1	0	2	1	0	0	0	0	0	0	0
②	5	4	1	0	2	3	0	0	0	0	0	0	0
③	8	8	0	0	5	3	0	0	0	0	0	0	0
④	16	13	3	0	13	3	0	0	0	0	0	0	0
⑤	33	29	4	0	20	11	0	0	1	1	0	0	0
⑥	56	41	14	1	37	13	4	0	1	1	0	0	0
⑦	131	97	29	5	88	34	3	0	4	2	0	0	0
⑧	116	86	26	4	81	29	4	0	2	0	0	0	0
⑨	209	166	39	4	165	34	5	2	3	0	0	0	0
⑩	710	549	141	20	539	132	17	9	8	0	0	1	4
計	1,287	995	258	34	952	263	33	11	19	4	0	1	4
	％	77.3	20.0	2.6	74.0	20.4	2.6	0.9	1.5	0.3	0.0	0.1	0.3

四―1

次に、三―1において行ったのと同様な段階分けを「拾遺詞書」の全語彙について行い、各段階における語種別・品詞別語数をまとめたものが**表**(3)である。以下、品詞別、語種別に、その特色を考えることにする。

　まず、品詞別特色についてふれる。

表(3)でわかるように、「拾遺詞書」の名詞の比率は74・0％であるが、これは「古今詞書」の68・1％、「新古今詞書」の71・8％とほぼ同様の数値である。この数値は、かつてもふれたように、[7]『語い表』所載の一四作品のどれよりも高いものである。一方、名詞以外についてみても、「拾遺詞書」は、「古今詞書」や「新古今詞書」の品詞別構成比率と類似している。以上のような点において、「拾遺詞書」の語彙は、品詞別構成比率上、典型的な「詞書」の語彙であると言える。

　次に、語種別特色について考えることにする。

全段階を通しての異なり語数における比率は、**表**(3)のように、和語77・3％、漢語20・0％、混種語2・6％となっているが、和語についてみると、「古今詞書」(88・7％)、「後撰詞書」(87・9％)と「新古今詞書」(70・5％)の中間に位置することがわかる。

和語の77・3％という数値を『語い表』付載の統計表でのものと比較すると、中世の作品である『方丈記』(78・0％)に近いものであることがわかった。一方、**表**(3)には示さなかったが、延べ語数でみると、「拾遺詞書」は78・4％であり、この数値は、一四作品のどれよりも低いものであることもわかった。

2

四—1でみた「拾遺詞書」の和語の比率の低さは注目に値するものであるが、これは漢語の比率の高さと反比例の関係にあると思われるので、以下、「拾遺詞書」における漢語について考えることにする。

表(4)は、「後撰詞書」と「拾遺詞書」における漢語の異なり語数・延べ語数を、各総数に対する比率とともに示したものである。

ところで、一般に異なり語数での比率と延べ語数での比率をみた場合、和語においては後者の方が高く、漢語においては、逆に、異なり語数での比率の方が高いと考えられる。(8) ところが、**表**(4)で示した「拾遺詞書」においては、わずかな差ではあるが、異なり語数での比率よりも延べ語数でのそれの方が高い。これは、非常に特徴的であると言える。また、表には示さなかったが、「拾遺詞書」の基幹語彙における漢語の異なり語数での比率は18・7％、「後撰詞書」のそれは7・2％であるが、この差も注目に値するものであろう。このような点から考えると、「拾遺詞書」と「後撰詞書」との漢語使用比率の相違は、全体を通してのそれよりも、基幹語彙におけるそれの方が、より大きいと言えそうである。

では、「拾遺詞書」の基幹語彙における漢語（三六語）にはどのような傾向が見いだせるのであろうか。一言で言うと、人物に関する漢語が多いということである。つまり、「拾遺詞書」の基幹語彙における漢語のうち「後撰詞書」においても基幹語となる六語を除いた三〇語中、約半数の一六語が人物関係となっているが、この人物に関する漢語の多用が全体の比率に影響を与えていると言えよう。

以上、「拾遺詞書」の漢語の比率の高さについてみてきた。「拾遺詞書」の基幹語彙における人物に関する漢語の頻用は、歌物語的性格の強い「後撰詞書」と比較した場合、詠歌の事情の説明を中心とする簡潔な「詞書」らしい「詞書」としての「拾遺詞書」の性格を物語っているのではなかろうか。

表（4）

	後撰詞書	拾遺詞書
異なり語数	137	258
%	10.7	20.0
延べ語数	481	1,052
%	6.9	20.2

五

次に、「拾遺詞書」の語彙と、「古今詞書」「後撰詞書」『竹取物語』『伊勢物語』『源氏物語』『更級日記』『大鏡』『徒然草』の各作品の語彙との共通語・非共通語[9]についてみることにより、「拾遺詞書」の語彙の特色の一端にふれる。

表（5）は、「拾遺詞書」の語彙を中心とし、その共通語・非共通語、共通度[10]についてまとめたものである。

以下、**表**（5）からわかるところを示す。

1　④段階あたりまでは、共通語数にそれほど大きな差はないが、⑤段階あたりから『竹取物語』『更級日記』の共通語数が他作品のそれと比較した場合、少なくなる。

2　下位段階においては、語彙量の多い『源氏物語』との共通語が圧倒的に多く、次いで、『大鏡』『徒然草』

表（5）

段階	所属語数	古今詞書		後撰詞書		竹取物語		伊勢物語		源氏物語		更級日記		大　鏡		徒然草	
		共通	非共	共通	非共	共通	非共	共通	非共	共通	非共	共通	非共	共通	非共	共通	非共
①	3	3	0	3	0	2	1	3	0	3	0	2	1	3	0	2	1
②	5	5	0	5	0	5	0	5	0	5	0	5	0	5	0	5	0
③	8	8	0	8	0	8	0	8	0	8	0	8	0	8	0	8	0
④	16	14	2	15	1	11	5	13	3	14	2	12	4	15	1	10	6
⑤	33	30	3	32	1	22	11	27	6	32	1	24	9	32	1	29	4
⑥	56	42	14	47	9	29	27	39	17	51	5	35	21	54	2	40	16
⑦	131	80	51	108	23	60	71	79	52	115	16	80	51	108	23	94	37
⑧	116	53	63	69	47	28	88	47	69	92	24	49	67	80	36	62	54
⑨	209	77	132	86	123	54	155	83	126	147	62	79	130	130	79	100	109
⑩	710	106	604	168	542	135	575	177	533	374	336	180	530	295	415	230	480
計	1,287	418	869	541	746	353	934	480	807	841	446	473	814	730	557	580	707
共通度		0.239		0.268		0.157		0.192		0.071		0.171		0.136		0.117	

等、比較的語彙量の多い作品との共通語数がそれに続く。

3　全段階を通しての共通語は、『源氏物語』『大鏡』『徒然草』において多いが、それほど語彙量の多くない「後撰詞書」や『伊勢物語』がそれに次ぐ点が目を引く。

4　共通度でみると、「後撰詞書」とのそれが最も高く、以下、「古今詞書」『伊勢物語』の順となる。

以上のような点が指摘できるが、4でもふれたように、「拾遺詞書」の語彙は、歌物語である『伊勢物語』の語彙との共通度が比較的高い点は注意を要する。ただし、「後撰詞書」と『伊勢物語』とのそれが0・243[11]である点から考えれば、その共通度は低いとも言える。また、「後撰詞書」における同様な調査と比較した場合、全ての作品において、「拾遺詞書」での共通度の方が低い。この点に、散文的要素を持った「後撰詞書」と、その要素のより少ない「拾遺詞書」との差がみうけられると言えそうである。

六

前節において、「拾遺詞書」の語彙と『伊勢物語』の語彙との共通度は比較的高いものの、「後撰詞書」の語彙と『伊勢物語』の語彙とのそれには及ばないことについてふれた。ここでは、『伊勢物語』の語彙と「古今詞書」「後撰詞書」「拾遺詞書」の語彙との順位相関をみることにより、『伊勢物語』の語彙と「後撰詞書」の語彙との類似性を指摘したい。

前述のことをするに当たっては、『語い表』付載の『伊勢物語』に関する「上位五〇語の使用度数と使用率」で示された五〇語のうち、「古今詞書」「後撰詞書」「拾遺詞書」のいずれの「詞書」においても使用された四一語を考察の対象とした。

右の四一語に関し、『伊勢物語』を中心にして、使用頻度により順位づけしたものが**表**(6)である。この表をもとにし、スピアマンの計算式[12]により順位相関係数を計算したところ、『伊勢物語』と「古今詞書」との間が0・283、『伊勢物語』と「後撰詞書」との間が0・520、『伊勢物語』と「拾遺詞書」との間が0・339のようになった。これで見る限り、『伊勢物語』と「古今詞書」、『伊勢物語』と「拾遺詞書」との間には、それぞれ強い相関は認められない。また、『伊勢物語』と「後撰詞書」との間の相関も、必ずしも強いとは言えないものであるが、『伊勢物語』と他の二つの「詞書」との相関と比較した場合、やはりその差は歴然としている。

七

以上、「拾遺詞書」の自立語語彙について、いくつかの観点からみてきたが、ここで要点を示すことにより、本章のまとめとする。

表（6）

No	単　語	伊勢	古今	後撰	拾遺	No	単　語	伊勢	古今	後撰	拾遺
1	あり	1	20	9	13	22	あふ（合）	21.5	32.5	19.5	21
2	をとこ	2	32.5	7	15.5	23	とき	23	2	13	2
3	ひと（人）	3	4	1	7	24	くに	24	13	23	24.5
4	むかし	4	29	37.5	41	25	しる	25	5	6	1
5	をんな	5	15	2	6	26	ところ	26	16.5	12	8
6	いふ	6	6	5	10.5	27	かへし	27	14	3	14
7	す（為）	7	9.5	8	3	28	よ（夜）	28	22	30	22
8	おもふ	8	25.5	21	28	29	なく（泣）	29.5	24	40	23
9	よむ	9	1	25	4	30	いづ	29.5	40.5	36	34.5
10	なし（無）	10	25.5	24	26	31	み（身）	32	18.5	27.5	34.5
11	みる	11	7	16	9	32	きく（聞）	32	16.5	14	20
12	いと（甚）	12	29	22	38	33	いま	32	38.5	33.5	31
13	この	13	11	33.5	24.5	34	みこ	34.5	9.5	19.5	18
14	こと	14	29	10	17	35	かの	34.5	22	26	28
15	こころ	15.5	35	15	34.5	36	ふ（経）	37	36	35	40
16	もの	15.5	22	11	15.5	37	はな（花）	37	8	17.5	12
17	なる	17	18.5	17.5	19	38	え（得）	37	34	30	28
18	その	18.5	29	27.5	34.5	39	よ（世）	39	40.5	41	38
19	く（来）	18.5	37	30	38	40	これ	40.5	29	39	31
20	もと	20	12	4	5	41	かく（斯）	40.5	38.5	37.5	31
21	うた	21.5	3	32	10.5						

1　「拾遺詞書」の語彙における異なり語数は一二八七語、延べ語数は五二〇三語である。

2　延べ語数の1パーミル以上の度数を持つ語を「拾遺詞書」の基幹語とすると、それは、異なり語数で一九三語、延べ語数で三四九一語となる。又、この延べ語数三四九一語は、「拾遺詞書」における全延べ語数五二〇三語の67・1%に当たる。

3　「拾遺詞書」の基幹語彙のうち、「平安和文基本語彙」と共通しないものは、「詞書」の語彙を特色づけるものであり、その中には「詞書」の基層語とでも言うべきものが含まれている。

4　敬語使用の点からみると、「拾遺詞書」は、「古今詞書」よりも「後撰詞書」に近いと言える。

5　「拾遺詞書」の語彙は、品詞別構成比率上、「古今詞書」や「新古今詞書」に類似している。

6　語種別構成比率でみると、「拾遺詞書」の語彙は、三代集の「詞書」の中で最も漢語の比率が高い。また、漢語の異なり語数における比率と延べ語数におけるそれとを比較すると、延べ語数での比率の方が高いが、この点は、非常に特徴的である。

7　6でもふれた延べ語数における比率の高さは、基幹語彙における人物関係の漢語の頻用に起因していると思われる。また、それは、「拾遺詞書」と「後撰詞書」の性格の違いを端的に示しているとも考えられる。

8　「拾遺詞書」の語彙と他作品の語彙との全段階を通しての共通語数は、語彙量の多い『源氏物語』『大鏡』『徒然草』において多いが、語彙量のそれほど多くない「後撰詞書」や『伊勢物語』での共通語数がそれに次ぐ点は注目に値する。

9　共通度は、「後撰詞書」とのそれが最も高く、以下、「古今詞書」『伊勢物語』の順となる。

【注】

（1）犬養廉他編『和歌大辞典』（昭和六一年三月、明治書院）の『拾遺和歌集』の項（平田喜信氏執筆）。
（2）本書第一部第一章・第二章。
（3）本書第一部第八章。
（4）『平家物語の文体論的研究』（昭和五三年一一月、明治書院）八四頁。
（5）国語学会編『国語学大辞典』（昭和五五年九月、東京堂出版）の「詞書・左注」の項（井手至氏執筆）。
（6）本書第一部第二章。
（7）（6）に同じ。
（8）『語い表』の一四作品においても全て、和語では延べ語数、漢語では異なり語数での比率の方が高くなっている。また、現代語や話しことばにおいても同様なことは言えそうである（石綿敏雄『日本語のなかの外国語』昭和六〇年三月、岩波書店、第二章参照）。
（9）『竹取物語』以下六作品における語の有無は、『語い表』によった。
（10）共通度は、水谷静夫「語彙の共通度について」（『計量国語学』七号、昭和三三年一二月）で示された計算式によった。
（11）（6）に同じ。
（12）田中章夫「語彙研究における順位の扱い」（『国語語彙史の研究　七』昭和六一年一二月、和泉書院）で示されたものによった。

第四章　『後拾遺和歌集』

一

『後拾遺和歌集』は、周知のように、白河天皇の勅命により、白河朝の復古・天皇中心主義を背景に、三代集にならって編纂された[1]ものであり、

総じて古今集以下の構成上の規範に拠る点が多いことも否定し得ないが、同時に素材面を含めての新機軸による構成も認めざるを得ず、旧風に則りながらも、併せて編者の庶幾する新風が幅広く示されている[2]ものでもある。

『後拾遺和歌集』の歌風・構成・詞書等については、諸先学により、叙景歌の変質、雑部の詞書の長文化傾向、題知らず歌、「心を詠める」の急増、地名歌の増大、暦日による和歌の排列、漢詩の浸透等に関する考察[3]がなされている。

本章では、このような「後拾遺詞書」の自立語語彙について、主として三代集の「詞書」の自立語語彙と比較することにより、その特色の一端をみることにする。

表（1）

作品名	歌　数（A）	異なり語数（B）	延べ語数（C）	B／A	C／A
古今詞書	1,111	882	3,918	0.79	3.53
後撰詞書	1,425	1,276	7,003	0.90	4.91
拾遺詞書	1,351	1,287	5,203	0.95	3.85
後拾遺詞書	1,218	1,572	9,007	1.29	7.40

二—1

「後拾遺詞書」の自立語語彙は、異なり語数で一五七二語、延べ語数で九〇〇七語であり、平均使用度数は5・73となる。これらの数値をかつて調査した三代集における「詞書」(4)と比較すると、そのすべてにおいて「後拾遺詞書」での数値が大きくなる。たとえば、平均使用度数でみると、「古今詞書」「後撰詞書」「拾遺詞書」におけるそれは、それぞれ4・44、5・49、4・04となり、「後撰詞書」に比較的近いものとなっている。また、**表**(1)は、各歌集における歌数(5)と異なり語数・延べ語数との関係を示したものであるが、「後拾遺詞書」におけるB／A、C／Aの値は、他の「詞書」における同様な数値よりも相当高く、これからも「後拾遺詞書」の語彙の豊富さが浮きぼりにされる。したがって、諸先学が説かれる『後拾遺和歌集』の雑部における詞書の長文化傾向(6)は、「後拾遺詞書」における一般的傾向であるとも言えそうである。

2

次に、「後拾遺詞書」の基幹語彙についてふれる。

どのような語をもって、その作品の基幹語とするかについては、検討の必要があろうが、ここでは、延べ語数のおおむね1パーミル（六）以上の使用度数を持つ語をもって、仮に基幹語とする。

前述のようにすると、「後拾遺詞書」の基幹語彙は、異なり語数で一八七、延べ語数で六〇七五となる。この延べ語数六〇七五語は、「後拾遺詞書」の全延べ語数九〇〇七語の67・4％となる。この数値は、西田直敏氏が調査された『平家物語』の基幹語彙における同様な数値76・4％[7]、大野晋氏が示された「平安時代和文脈系文学の基本語彙」（以下、「平安和文基本語彙」と略称する）での同様な数値79％[8]とは、かなりの差があるものの、筆者がかつて調査した「後撰詞書」「拾遺詞書」「千載詞書」「新古今詞書」の語彙における同様な数値、71・1％、67・1％、71・6％、71・7％[9]と比較的近いものとなっている。したがって、この一八七語を「後拾遺詞書」の基幹語彙とすることには、ある程度の妥当性があると考え、以下の基幹語彙に関する考察に使用した。

三―1

次に、「後拾遺詞書」の基幹語彙と、大野晋氏が示された「平安和文基本語彙」とを比較し、いささか考察を加えたい。

表(2)は、「後拾遺詞書」の語彙と「平安時代和文脈系文学」（以下、「平安和文」と略称する）の語彙とを、それぞれ累積使用率により一〇段階に分け、「後拾遺詞書」の基幹語彙と「平安和文基本語彙」に関する部分を抜き出し、前者を基準にして、段階別にその所属語数を示したものである。したがって、「後拾遺詞書」の基幹語彙は、その累積使用率からして、**表**(2)のように⑦段階の一部までとなるが、「平安和文基本語彙」の方は、考察の都合上、⑧段階の一部まで示した。なお、表中の「非共通基幹語」とは、あくまでも「平安和文基本語彙」と共通しないという意味であり、「平安和文」にその使用例がないという意味ではないことを一言つけ加えておく。

ところで、どの程度の所属段階差がある語をもって特異な使用語とするかについては、慎重な検討が必要であろうが、ここでは、上、下各二段階以上の差があるものをもって特異な使用語とする。

前述のような条件をもとにすると、**表**(2)からわかるように、特異な使用語は、①段階一語、②段階三語、③段

表（2）

段階	共通基幹語	「平安時代和文脈系文学」の語彙における所属段階								非共通基幹語
		①	②	③	④	⑤	⑥	⑦	⑧	
①	2	0	1	0	0	1	0	0	0	0
②	6	2	0	1	0	2	0	1	0	0
③	9	0	2	1	3	1	1	0	1	1
④	16	2	2	2	3	3	2	1	1	1
⑤	30	1	4	2	4	10	4	3	2	3
⑥	50	0	1	3	5	12	8	13	8	9
⑦	42	1	0	2	3	7	12	13	4	18
計	155	6	10	11	18	36	27	31	16	32

階三語、④段階八語、⑤段階一二語、⑥段階一七語、⑦段階一三語の、計五七語となる。以下、具体的にそれらを示すと、

Ⅰ 「後拾遺詞書」の語彙における所属段階の方が上位の語

よむ（詠）・つかはす（遣）・もと（元・本・下）・をんな（女）・いへ（家）・ころ（頃）・まかる（罷）・あそん（朝臣）・うた（歌）・かへし（返）・さき（先・前）・うぢ（宇治、地名）・おこす（遣）・かへりごと（返言）・くだる（下）・びやうぶ（屏風）・あした（朝）・さつき（五月）・つとめて（早朝）・なくなる（無）・なぬか（七日）・にふだう（入道）・はづき（八月）・ふみつき（七月）

Ⅱ 「平安和文」の語彙における所属段階の方が上位の語

あり（有）・こと（事）・なる（成）・もの（物・者）・うち（内・内裏）・うへ（上）・おもふ（思）・この（此）・なし（無）・ほど（程）・みや（宮）・いづ（出）・かく（斯）・かた（方）・その（其）・つく（付・着、下二段）・なか（中・仲）・まうす（申）・よ（世・代）・わたる（渡）・いかが（如何）・いと（甚）・いま（今）・けふ（今日）・こ（子）・すぐ（過）・とうぐう（東宮）・としごろ（年頃）・なく（鳴、四段）・にようご（女御）・みゆ（見）・むかし（昔）・ゐん（院）

のように、Ⅰに二四語、Ⅱに三三語、それぞれ所属している。以

下、I、IIの順に具体的に考察を加える。

2

まず、Iの「後拾遺詞書」における所属段階の方が上位の語についてふれる。

ここに所属するのは、前掲の二四語であるが、これらを「後撰詞書」「拾遺詞書」「詞花詞書」「千載詞書」「新古今詞書」の語彙における同様な語群[10]と比較すると、全作品と共通する「つかはす」「まかる」をはじめとして、その多くは他作品と共通している。他の「詞書」における同様な語群と共通しないものは、「ころ」「うぢ」「さつき」「つとめて」「ふみつき」の、わずか五語に過ぎない。この五語をみて特徴的なことは、すべてが時・場所に関するものであるということである。ここに「詞書」の持つ一般的な性格がよく表れていると同時に、「後拾遺詞書」の特徴がうかがえそうである。なお、このIにおいて注目しなければならないものとして、「さき」「ころ」があろうが、以下、この二語についていささかふれる。

「後拾遺詞書」における「さき（先・前）」の使用度数は47であるが、うち四四例が、

［例1］　宇治前太政大臣花みになむ、とききてつかはしける（一一三）

［例2］　関白前大まうちぎみいへにて、かつまたのいけをよみ侍りけるに（一〇五三）

のような、人物に関する使用例である。この四四例の「さき」が使用されている和歌（四一首）の詠者を、上野理氏がなされた時代区分[11]によって分類してみると、赤染衛門・伊勢大輔・公任・相模・能因・頼宗等、その多くが第二期・第三期の歌人であり、第四期の歌人と考えられるのは、顕房・俊房等、数人に過ぎない。このようなことから考えると、第二期・第三期を重視した撰者通俊の撰歌態度が[12]、結果的に「詞書」で「宇治前太政大臣」「関白前左大臣」「関白前太政大臣」「前伊勢守義孝」「前蔵人」「前斎院」「前僧正明尊」「前中宮」「二条前太政大臣」「入道

前太政大臣」「六条前斎院」のような人物表記を行わせることとなり、それが「さき」の頻用に結びついたと考えられる。[13] なお、「うぢ（宇治）」の頻用についても、その多くが「宇治前太政大臣」としてのものであり、やはり撰者通俊の撰歌態度の結果と考えられる。

次に、「ころ（頃）」についてふれる。

表(3)は、かつて調査した「詞書」と「後拾遺詞書」とに使用された「ころ」と「とき（時）」の使用度数をまとめたものである。この**表**(3)を一瞥するだけで「後拾遺詞書」における「ころ」の頻用がわかるであろう。[14] このような各「詞書」における「ころ」の使用差は、単に撰集資料の差としては片づけられないと思われるので、以下、「後拾遺詞書」における「ころ」の使用実態を、「とき」と比較することによってみることにする。

〔例3〕 一条院御時、殿上人はるのうたとてこひはべりければよめる（一〇）

のような「御時」の用例を除いた「とき」の使用度数は57となるが、これらの用例を、より詳しくみると、その多くが、[15]

〔例4〕 冷泉院春宮と申しける時、…（一六八）

〔例5〕 通宗朝臣のとのかみにてはべりけるとき、…（一一一二）

のような類型化した表現の中で使用されていることがわかる。一方、「ころ」においては、その使用はバラエティーに富むが、「とき」の用例にみられるような、「人物ヲ…（地位・身分）…トイウ時」「人物ガ…（地位・身分）…デアル時」のようなものはほとんどみられず、

〔例6〕 大江公資相模の守にはべりけるとき…、遠江守にてはべりけるころ…（九一五）

〔例7〕 橘則長ちちのみちのくにのかみにてはべりけるころ、…（九五四）

のような例が散見される程度である。

では、このような表記上の偏りが「後拾遺詞書」に特有なものであるかどうか確認するため、「拾遺詞書」をみることにする。

「拾遺詞書」における「ころ」と「とき」の使用度数は、**表**(3)のとおりであるが、「後拾遺詞書」における［例3］のような使用例を除いた場合、「とき」の使用度数は68となる。

「後拾遺詞書」における［例4］［例5］のような場合は、「拾遺詞書」においても同様に「とき」が使用され、例外はないようである。しかし、そのような用例は、「とき」を使用した六八例の約30%の二一例に過ぎず、他は、

［例8］　承平四年中宮の賀し給ける時の屛風に（四七）

［例9］　天暦御時前栽のえんせさせ給ける時（二九四）

のような時を限定した場面での使用例が多いものの、中には「ころ」を使用することも可能な例もある。なお、「拾遺詞書」における「ころ」の用法は、「後拾遺詞書」におけるそれと差はないようである。

以上のような点から考えると、「拾遺詞書」での「とき」の比較的自由な使用と異なり、『後拾遺和歌集』の撰者通俊は、［例4］［例5］のような類型化した表現では、原則的に「とき」を使用し、それ以外では、限定的な時を示す「とき」の使用が可能であろう「詞書」[16]の場合でも、漠然と時を表す「ころ」を使用するという、書式の統一・整備をしているようである。そして、このような撰集意識が、結果的に「ころ」を頻用することになったのであろう。

表（3）

	こ　ろ	と　き
古今詞書	2	147
後撰詞書	31	59
拾遺詞書	23	150
後拾遺詞書	73	100
詞花詞書	21	42
千載詞書	27	382
新古今詞書	53	241

3

次に、IIの「平安和文」の語彙における所属段階の方が上位の語群についてふれる。

ここでの考察の対象となるのは、前掲の三三語であるが、これらをかつて調査した「詞書」の同様な語群と比較すると、「古今詞書」とは一九語、「後撰詞書」とは二四語、「拾遺詞書」とは一八語、「詞花詞書」とは二二語、「千載詞書」とは一七語、「新古今詞書」とは一七語、それぞれ共通することがわかった。また、六作品と共通する「あり」「なる」「もの」「おもふ」「なし」、五作品と共通する「こと」「うへ」「この」「ほど」「みや」「その」「みゆ」をはじめとして、ほとんどが他作品と共通しており、共通しないものは、「けふ」「すぐ」「にようご」の、三語に過ぎないこともわかった。

表(4)は、各「詞書」での「けふ」「すぐ」「にようご」の使用度数を示したものである。この**表**(4)からは、「けふ」「すぐ」に関して、「後拾遺詞書」以外の「詞書」においては基幹語にもならない[17]ほど使用度数が少ないことがわかる。むしろ、「後拾遺詞書」での使用度数の多さが注目に値するものであろうこともわかる。

以下、「けふ（今日）」について、いささかふれる。

「後拾遺詞書」における「けふ」の使用度数は、**表**(4)でわかるように10である。これらの「けふ」の中には、

［例10］　ひごろけふとたのめたりける人の、さもあるまじげにみえ侍ければよめる（六六三）

のような使用例もある[18]ものの、他は、

［例11］　正月七日卯日にあたりてはべりけるに、けふはうづゑつきてや、など通宗朝臣のもとよりいひにおこせてはべりければよめる（三二）

のような会話（書簡・心話を含む）中での用例であり、一般的に長文の「詞書」で使用されている。

ところで、『後拾遺和歌集』における長文の詞書について、武田早苗氏は、長文の詞書が増加するのは、単に資料的な問題にとどまらず、後拾遺集の側に和歌の詠まれた事情やそれらをめぐるエピソードをも幅広くとどめようとする意識が介在していたからにちがいないと思う。(19)とされているが、武田氏の言われるような撰者通俊の意識が、結果的に「けふ」の頻用につながっていると思われる。(20)

以上、「平安和文」の語彙における所属段階の方が上位の語群をみてきた。ここには、「あり」「なし」「もの」「こと」「なる」「この」「その」等、簡潔性と具体性とを重視する「詞書」の性格とは対極にあると考えられる語が、当然のことながら多数所属していることがわかった。

表（4）

	け　ふ	す　ぐ	にようご
古今詞書	1	2	0
後撰詞書	1	1	3
拾遺詞書	0	0	10
後拾遺詞書	10	9	9
金葉詞書	0	1	3
詞花詞書	1	0	2
千載詞書	1	4	1
新古今詞書	1	4	16

【補注 i】

4

次に、「平安和文基本語彙」とは共通しない語群についてふれることにする。

ここで考察の対象となるのは、表(2)で示したように三二語である。便宜的にではあるが、この三二語を分類すると、

ア　和歌関係　いひおこす（言遣）・いひつかはす（言遣）・うたあはせ（歌合）・かきつく（書付）・だい（題）・むすびつく（結付）

イ　時・時間　えいしよう（永承、年号）・にねん（二年）・ね（子）・はじめて（始）・よねん（四年）

ウ　人物　いちでうゐん（一条院）・うだいじん（右大臣）・ごれいぜいゐん（後冷泉院）・さだより（定頼）・じやうとうもんゐん（上東門院）・だいじやうだいじん（太政大臣）・ちち（父）

エ　場所・場面　かれがれ（離離）・だいり（内裏）・つくし（筑紫）・はなみ（花見）・みちのくに（陸奥国）・やまでら（山寺）・ゐなか（田舎）

オ　その他　いたし（甚・痛）・いひわたる（言渡）・おとづる（訪・問）・たのむ（頼、下二段）・まうでく（詣来）・まかりくだる（罷下）・もてあそぶ（翫）

のようになる。

この分類および所属語からは、ここに所属する語の多くが和歌に関するものと、「詞書」の基本的要素である時・人・所に関するものであることがわかるであろう。

ところで、この「平安和文基本語彙」とは共通しない語群には、他の「詞書」における同様な語群と共通するものと、共通しないものがあるが、以下、共通しない語を中心に、いささか述べたい。

表(5)は、「平安和文基本語彙」とは共通しない「後拾遺詞書」の基幹語彙のうち、『金葉和歌集』を除く他の六作品の「詞書」の基幹語とはならない一一語と、各「詞書」における使用度数をまとめたものである。(21)

表(5)に示した一一語は、三代集の「詞書」において使用されていないものと、使用されているものとに、大きく二分することができる。前者としては、「いちでうゐん」「えいしよう」「ごれいぜいゐん」「さだより」「かれがれ」の五語を指摘できるが、うち、「かれがれ」を除く四語は、時代や撰集資料の関係で、三代集の「詞書」においては使用され得ない語であることがわかる。また、後者のうち、前後の「詞書」での使用度数との関係で、「後拾遺詞書」において特にその度数が注目に値する語としては、「ちち」「むすびつく」「ゐなか」を指摘できよう。

このうち「ちち」「むすびつく」と、前者で指摘した「かれがれ」については、**三**—3でもふれた「けふ」と同様

表（5）

	古今	後撰	拾遺	後拾遺	金葉	詞花	千載	新古今
いちでうゐん	0	0	0	9	5	2	6	1
いひわたる	1	5	0	9	0	1	0	2
えいしよう	0	0	0	16	2	1	1	3
おとづる	0	4	1	10	9	2	2	4
かれがれ	0	0	0	11	6	1	1	1
ごれいぜいゐん	0	0	0	18	8	2	3	6
さだより	0	0	0	11	0	0	1	0
ちち	3	3	1	14	1	1	2	1
むすびつく	1	1	1	10	4	0	2	3
もてあそぶ	0	0	1	10	7	0	0	1
ゐなか	0	1	3	11	0	0	0	1

【補注ii】

に、エピソードの記述に気を配る『後拾遺和歌集』の撰者通俊の撰集意識の結果の頻用とは考えられないであろうか。

以上の他に、この「平安和文基本語彙」とは共通しない語群において注意しなければならない語として、「つくし」「はなみ」の二語を指摘したい。

表(6)は、各「詞書」における「つくし（筑紫）」「はなみ（花見）」の使用度数を示したものである。(22) この**表**(6)によれば、「つくし」は「拾遺詞書」で、「はなみ」は「詞花詞書」で、それぞれ基幹語とはなっているものの、どちらも「後拾遺詞書」において、特に頻用されていることがわかるであろう。

ところで、久保田淳氏は、「後拾遺詞書」に表れた「自覚的な花見」について、

花見という行為が多く見出されることには、受動的にではなく、能動的、積極的に自然に働きかけ、これに耽溺してゆこうとする心を認めてよいであろう。(23)

とされ、「はなみ」という語の増加を、叙景歌の変質という観点からとらえられている。とするならば、この「はなみ」という語は、ある種の時代語的要素を持ったものであると言

えるであろうし、その頻用は、撰者通俊の撰集意識によっているとも言えそうである。

一方、「つくし」の頻用は、『後拾遺和歌集』の歌風の特性の一つである地名歌の増大ともかかわっていると思われるが、「ゐなか」という語の頻用とともに、

この集の各部の随所に種々の地名を配置したことは、勅撰集たる後拾遺集に、この国を隅々まで統治する天皇の政治性のシンボルとしての意味合を付与せしめている、とも考え得るであろう。(24)

とされるような、撰者通俊の撰集意識に基づいていると考えることができるのではなかろうか。

表（6）

	つくし	はなみ
古今詞書	2	1
後撰詞書	3	1
拾遺詞書	7	0
後拾遺詞書	21	10
金葉詞書	4	4
詞花詞書	1	3
千載詞書	1	2
新古今詞書	6	4

【補注iii】

以上、「平安和文基本語彙」とは共通しない語群についてみてきたが、ここには多くの「詞書」と共通する、いわゆる「詞書」の基層語的なものと、撰者の撰集意識や時代的制約を背景にした、ある種の時代語的なものとが混在していることがわかった。

四―1

次に、「後拾遺詞書」の語彙の語種別、品詞別特色についてふれることにする。

表(7)は、「後拾遺詞書」の語彙に関して、語種別、品詞別の異なり語数・延べ語数と、それぞれの構成比率とをまとめたものである。以下、この**表**(7)を用い、語種別、品詞別の順に、その使用実態について、いささかの考察を加えたい。

2

まず、語種別の使用実態についてふれる。

「後拾遺詞書」の語彙の異なり語数における語種別構成比率は、**表**(7)に示したように、和語80・6%、漢語17・2%、混種語2・2%である。これらの数値を、かつて調査した他の「詞書」でのもの[25]と比較すると、和語においては、「古今詞書」「後撰詞書」よりは低く、「拾遺詞書」「詞花詞書」「千載詞書」「新古今詞書」よりは高いものであることがわかる。一方、漢語においては、和語と逆の関係にあることがわかる。この点からすると、「後拾遺詞書」の語彙における語種別構成比率は、おおむね、時代が新しくなるにつれて和語の比率が低下し、漢語の比率が高まるという、「詞書」の語彙の語種別構成比率における一般的傾向の枠内にあるものであると言える。

一般の散文においても、時代が下るにつれて漢語の比率が高まることが『語い表』の統計からも見てとれるが、保守的と考えられる和歌に関わる「詞書」においても、時代の影響を強く受けていることが、前述のような結果からもうかがえる。

3

次に、品詞別の使用実態についてふれる。

『語い表』所載の一四作品のうち、異なり語数における名詞の比率が最も高い作品は、『大鏡』で63・9%、次いで『万葉集』が59・7%となっているが、「後拾遺詞書」におけるそれは、**表**(7)に示したように68・8%であり、『大鏡』における比率よりも高い。また、かつて調査した「詞書」における名詞の比率[26]と比較すると、「後撰詞書」よりも相当高く、「古今詞書」「詞花詞書」より多少高いものの近似し、「拾遺詞書」「千載詞書」「新古今詞書」よ

表（7）

	所属語数	語種別語数			品詞別語数								
		和語	漢語	混種	名詞	動詞	形容	形動	副詞	連体	接続	感動	句等
異計	1,572	1,267	270	35	1,082	361	57	30	33	6	1	1	1
	%	80.6	17.2	2.2	68.8	23.0	3.6	1.9	2.1	0.4	0.1	0.1	0.1
延計	9,007	7,950	979	78	5,237	3,237	222	62	159	86	2	1	1
	%	88.3	10.9	0.9	58.1	35.9	2.5	0.7	1.8	1.0	0.02	0.01	0.01

り低いものであることもわかった。一方、異なり語数における動詞の比率に関してみると、『語い表』所載のどの作品よりも低く、他の「詞書」[27]との比較では、名詞の場合と逆の関係となっていることがわかった。また、形容語（形容詞・形容動詞・副詞・連体詞）の比率（8・0%）について、『語い表』所載の一四作品と比較すると、『万葉集』における比率よりは高いものの、他の作品におけるそれよりも低いことがわかった。一方、他の「詞書」[28]との比較では、「後撰詞書」における比率（9・1%）に次いで高く、「詞花詞書」におけるそれ（7・9%）に近似したものであることもわかった。また、形容語の延べ語数における比率（5・9%）に関して、他の「詞書」[29]と比較すると、異なり語数の場合と同様、「後撰詞書」における比率（7・9%）に次いで高いこともわかった。

ところで、筆者はかつて「後撰詞書」における形容詞・形容動詞の比率の高さに注目し、「古今詞書」との比較において、「後撰詞書」の物語的性格の強さを指摘したことがあるが[30]、この「後拾遺詞書」の形容語の比率の高さも注目に値するものであろう。では、いったい、このような形容語の比率の特異性は、いかなる理由によるのであろうか。やはり、説話文学の発展・興隆という時代的背景[31]や、『栄花物語』や『今昔物語集』との共有歌が多い[32]という資料的な問題を踏まえた、撰者通俊の撰集意識が「詞書」の散文的傾向をまねき、結果的に形容語の頻用につながったと考えることはできないであろうか。

以上、「後拾遺詞書」の語彙における品詞別構成比率をみてきたが、一般の散文よりも名詞の比率が高く、動詞の比率が低いという、他の「詞書」と同様な傾向にあることがわかった。また、形容語の比率からみると、「後撰詞書」を除く他の「詞書」よりも散文的傾向が強いものであることもわかった。

五―1

『後拾遺和歌集』の歌風・構成・詞書等の特性については、**一**でもふれたが、以下では、これらの特性のうち、地名歌の増大、暦日的排列という二点について、その反映が「後拾遺詞書」の語彙にみられるかどうかを考えることにする。

2

『後拾遺和歌集』の歌風の特性の一つとして、地名歌の多さがあげられている。**三**―4では、「詞書」における「つくし」の頻用についてふれたが、以下、歌風の特性との関係で特徴的であろうと思われる「後拾遺詞書」に使用された地名関係語彙について再度考えたい。

表(8)は、「後拾遺詞書」の語彙と、三代集の「詞書」のそれとにおける地名と思われる語の異なり語数・延べ語数、他の「詞書」とは共通しない地名と思われる語[33]の異なり語数、各「詞書」における異なり語数・延べ語数に対する比率をまとめたものである。この**表**(8)から、地名に関する語の異なり語数の比率においては、「古今詞書」が最も高く、次いで「後拾遺詞書」「拾遺詞書」の順に、また、延べ語数における比率においても同様な順となることがわかる。一方、他の「詞書」とは共通しない語における比率をみると、「後拾遺詞書」が最も高く、次いで「古今詞書」「拾遺詞書」の順となる。

以上、地名に関する語全体について、その比率をみたが、ここからは、当初予想したような「後拾遺詞書」の語

表（8）

作品名	異なり語数	比　率	延べ語数	比　率	非共通語	比　率
古今詞書	90	10.2	174	4.4	34	3.9
後撰詞書	68	4.8	127	1.8	17	1.2
拾遺詞書	111	8.2	204	3.9	48	3.6
後拾遺詞書	147	9.4	365	4.1	77	4.9

彙の特異性は見いだせなかった。

次に、地名に関する語のうち、最もその性格が強いと思われる国名に関する語についてみることにする。

各「詞書」で使用された国名に関する語は、異なり語数でみると、「古今詞書」では一七語、「後撰詞書」では二一語、「拾遺詞書」では二一語、「後拾遺詞書」では四〇語となり、地名に関する語全体でみた場合とかなり様子が違ってくる。また、国名に関する語のうち、他の「詞書」とは共通しないものは、「古今詞書」に三語、「後撰詞書」に三語、「拾遺詞書」に五語、「後拾遺詞書」に一六語ある。この結果は、「後拾遺詞書」における国名に関する語の使用の特異性を示すものと言えそうである。

次に、前述の、他の「詞書」とは共通しない国名を示す語を具体的に示すと、

ア　「古今詞書」でのみ使用されたもの

かふち（河内）・しもつふさ（下総）・たぢま（但馬）

イ　「後撰詞書」でのみ使用されたもの

あはぢ（淡路）・いなば（因幡）・とさ（土佐）

ウ　「拾遺詞書」でのみ使用されたもの

いはみ（石見）・おほすみ（大隅）・かづさ（上総）・ひぜん（肥前）・ぶぜん（豊前）

エ　「後拾遺詞書」でのみ使用されたもの

いが（伊賀）・いづも（出雲）・いよ（伊予）・きい（紀伊）・すはう（周防）・

たんご（丹後）・たんば（丹波）・ちくご（筑後）・ちくぜん（筑前）・ながと（長門）・のと（能登）・ははき（伯耆）・びぜん（備前）・びっちゅう（備中）・ゑちぜん（越前）・をはり（尾張）のようになる。これをみれば、「後拾遺詞書」において単独で使用されている語が、東海道・北陸道・山陰道・山陽道・南海道・西海道と、非常に広範囲なものであることがわかる。

以上、地名に関する語をみてきたが、「後拾遺詞書」における国名に関する語の使用には、他の「詞書」にはない多さと広さがあり、この点において特徴的であると言えそうである。

3

次に、暦日関係の語についてみる。

表(9)は、「後拾遺詞書」の語彙と、それに先行する三代集の「詞書」の語彙とにおける暦日関係の語[34]の異なり語数・延べ語数をまとめたものである。この**表**(9)をみると、「後拾遺詞書」における数値は、異なり語数で三五語と、最も少ない「古今詞書」の約二・七倍となっていることがわかる。しかし、各「詞書」の異なり語数との関係からすれば、「古今詞書」1・5％、「後撰詞書」1・7％、「拾遺詞書」2・6％、「後拾遺詞書」2・2％となり、「後拾遺詞書」での使用は、必ずしも特徴的であるとは言えない。これは、暦日に関する異なり語の絶対数が少ない以上、当然の帰結と思われる。

一方、暦日関係の語の延べ語数の、各「詞書」の全延べ語数に対する比率をみると、「後拾遺詞書」では2・4％となり、「古今詞書」「後撰詞書」「拾遺詞書」での同様な値、0・7％、1・1％、1・8％と、相当差があることがわかる。

次に、「古今詞書」「後撰詞書」「拾遺詞書」「後拾遺詞書」に使用された月を示す「むつき（一月）」から「しは

表（9）

作品名	異なり語数	延べ語数
古今詞書	13	27
後撰詞書	22	75
拾遺詞書	34	95
後拾遺詞書	35	216

す（十二月）」までの延べ語数をみると、[35]それぞれ一八語、五一語、四二語、一一三語となる。これらの数値と各歌集における歌数との関係をみると、「古今詞書」では六一・七首に一語の割で「月」を示す語が使用されているのに対し、「後拾遺詞書」においては、約六倍に当たる一〇・八首に一語の割で使用されていることがわかる。また、「後拾遺詞書」には、「むつき」から「しはす」までのすべての使用例があるのに対し、「古今詞書」には「きさらぎ（二月）」「さつき（五月）」「はづき（八月）」「かむなづき（十月）」「しもつき（十一月）」、「後撰詞書」には「きさらぎ」「しもつき」、「拾遺詞書」には「きさらぎ」「みなづき（六月）」「しもつき」の使用例が、それぞれないこともわかった。

以上、暦日関係の語についていささかみてきた。

『後拾遺和歌集』の和歌の暦日的排列について、川村晃生氏は、

広く言えば文学（における季節）と現実（における暦日上の生活サイクル）との食い違いを解消するためであった。[36]

とされたが、このような撰者通俊の撰集意識の結果、「後拾遺詞書」において暦日関係の語が頻用されたのであろう。

六

西端幸雄氏は、八代集について、その各歌集の和歌における使用語彙を精査された結果、『後拾遺和歌集』に歌風の転換点があるとする一般的な考え方に対して、

八代集を、語彙史の面から見ると、『拾遺集』に大きな転換点がある[37]

とされた。

勅撰集は、当然のことながら、撰者の撰集意識が色濃く反映するものである。そして、詞書が「撰者の、読者に対する享受の指示[38]」である以上、「詞書」には、歌風の転換の反映がみうけられる可能性がある。以下、西端氏のようなとらえ方が「詞書」の語彙に関しても言えるかどうか、「古今詞書」「後撰詞書」「拾遺詞書」「後拾遺詞書」の語彙を用い、いささか考えたい。

まず、各「詞書」における初出語についてふれる。

「古今詞書」を除く各「詞書」における初出語は、七九四語、六七〇語、六七四語となるが、それらは、それぞれの異なり語数に対する比率でみると、62・2%、52・1%、42・9%となる。この数値からすると、「後撰詞書」における初出語の比率が非常に高く、「後撰詞書」の語彙の特異性が思われる。しかし、この数値には注意が必要であろう。すなわち、「詞書」使用されやすい語の多くが、前の「詞書」における初出語とされるので、後の「詞書」になればなるほど初出語は限定され、この点から考えれば、前述の数値は当然の帰結とも思われるからである。一方、ある「詞書」が、その直前の「詞書」の語彙とどの程度共通するかをみると、「後撰詞書」は四八二語、「拾遺詞書」は五四一語、「後拾遺詞書」は六三六語、それぞれ共通している。また、これらは、各「詞書」における異なり語数の、それぞれ37・8%、42・0%、40・5%となる。

次に、水谷静夫氏が示された類似度D'を計算[39]すると、**表**(10)のようになる。この**表**(10)から、「後撰詞書」の語彙と「拾遺詞書」のそれとの類似度D'は0・797と、「拾遺詞書」の語彙と「後拾遺詞書」のそれとの類似度D'0・811より、わずかではあるが低いことがわかる。以上のような点からすると、「詞書」の語彙においても、和歌の語彙と同様に、『拾遺和歌集』あたりが転換点になると考えられなくはないが、なお検討の余地もあるので、この点に関しては、今後の課題としたい。なお、「拾遺詞書」の語彙と「後拾遺詞書」のそれとの類似度D'と、「後撰詞書」の語彙と「拾遺詞書」のそれとの類似度D'との差が、前述のようにわずかである点には、注意を要するであろう。これは、**四**―3でもふれたように、「後撰詞書」の語彙と「後拾遺詞書」の語彙とに共通する「詞書」の散文的性格が、「拾遺詞書」の語彙と「後拾遺詞書」の語彙との類似度D'を低いものとし、結果的に、「後撰詞書」の語彙と「拾遺詞書」のそれとの類似度D'と似たような数値になったのであろう。

表（10）

	後拾遺詞書	拾遺詞書	後撰詞書
古今詞書	0.771	0.759	0.818
後撰詞書	0.825	0.797	
拾遺詞書	0.811		

七

以上、「後拾遺詞書」の自立語語彙に関して、いくつかの観点から、その使用実態をみてきたが、その要点を再掲することにより、本章のまとめとする。

1　「後拾遺詞書」の自立語語彙における異なり語数・延べ語数は、それぞれ一五七二語、九〇〇七語であり、平均使用度数は5・73となる。

2　延べ語数の1パーミル以上の使用度数を持つ語を基幹語とすると、「後拾遺詞書」のそれは、異なり語数で一八七語、延べ語数で六〇七五語となる。また、この六〇七五語は、全延べ語数の67・4％に当たる。

3　「後拾遺詞書」では、「さき」や「ころ」が頻用されているが、これらは、上野氏の時代区分による二、三期の詠者の重視や、書式の統一・整備という、撰者通俊の撰集態度の結果であると考えられる。

4　「後拾遺詞書」の基幹語彙のうち、「平安和文基本語彙」とは共通しない語群には、和歌関係の「うたあはせ」「かきつく」「だい」「むすびつく」等をはじめとする、他の多くの「詞書」の同様な語群と共通する、「詞書」の基層語的なものと、撰者の撰集意識による「はなみ」「つくし」等や、時代的制約を背景にした「いちでうゐん」「えいしよう」等、ある種の時代語的なものとが混在していることがわかった。

5 「後拾遺詞書」の語彙は、語種別構成比率からみると、おおむね、時代が新しくなるにつれて和語の比率が低下し、漢語の比率が高まるという、「詞書」の語彙における一般的傾向の枠内のものであると言える。

6 「後拾遺詞書」の語彙における形容語の比率の高さは、時代的背景や資料的な問題を踏まえた、撰者通俊の撰集意識による「詞書の長文化」の結果と思われる。

7 「後拾遺詞書」における国名に関する語の使用には、他の「詞書」におけるそれにはない広さと多さがある。また、暦日関係の「月」を示す語も、歌数との関係からすると、他の「詞書」よりも頻用されていると言える。「後拾遺詞書」におけるこれらの特徴的な使用は、撰者通俊の撰集意識の結果と言える。

8 語彙面から八代集をみて、その転換点を『拾遺和歌集』に求めようとする考え方がある。「拾遺詞書」の語彙においても、初出語や類似度D'の結果からすると、それが言えそうであるが、なお検討の余地もあるので、この点に関しては、今後の課題としたい。

【注】

（1） 犬養廉他編『和歌大辞典』（昭和六一年三月、明治書院）の『後拾遺和歌集』の項（上野理氏執筆）。

（2） 川村晃生校注『後拾遺和歌集』（平成三年三月、和泉書院）解題、一〇頁。

（3） 久保田淳「勅撰集と私家集—平安後期の場合—」（『和歌文学研究』二五号、昭和四四年一二月）、実川恵子「『後拾遺集』の詞書をめぐって」（『文芸論叢』一四号、昭和五三年三月）、武田早苗「後拾遺集の詞書をめぐって」（『中古文学』三九号、昭和六二年五月）、実川恵子「後拾遺集『題しらず』歌の二、三の問題」（『文芸論叢』一七号、昭和五六年三月）、武内はる恵「『後拾遺和歌集』の『題不知』をめぐって」（『和歌文学研究』五五号、昭和六二年一一月）、井上宗雄「再び『心を詠める』について—後拾遺・金葉集にみられる詞書の一傾向—」（『立教大学日本文学』

三九号、昭和五二年一二月）、百目鬼恭三郎「後拾遺時代における歌枕の創出」（『共立女子短期大学文科紀要』二九号、昭和六一年二月）、実川恵子「後拾遺集『名所歌』小考」（『文芸論叢』二八号、平成四年三月）、川村晃生「『後拾遺集』巻頭歌群をめぐって」（『和歌文学研究』四二号、昭和五五年四月）、武田早苗「後拾遺和歌集の四季部・恋部の構成について」（『横浜国大国語研究』二号、昭和五九年三月）、川村晃生「和歌と漢詩文―後拾遺時代の諸相―」（『中古文学と漢文学Ｉ』和漢比較文学叢書3　昭和六一年一〇月、汲古書院）、その他。

（4）本書第一部第一章〜第三章。

（5）歌数に関しては、【凡例】に示した各テキストの底本によって数えた。

（6）（3）実川論文（『文芸論叢』一四号）、武田論文（『中古文学』三九号）、その他。

（7）『平家物語の文体論的研究』（昭和五三年一一月、明治書院）八四頁。

（8）「平安時代和文脈系文学の基本語彙に関する二三の問題」（『国語学』八七集、昭和四六年一二月）。

（9）本書第一部第二章・第三章・第七章・第八章。

（10）本書第一部第二章・第三章・第六章〜第八章。

（11）『後拾遺集前後』（昭和五一年四月、笠間書院）第七章「後拾遺集の歌風」五二二頁〜五二四頁。

（12）（11）書、五二七頁。

（13）武田早苗「『後拾遺集』詞書についての一考察」（『相模国文』一八号、平成三年三月）において、「作者表記や詞書中の人名、また先に取り上げた詞書記載においてもかなり根源的な整備・統一の意図を看取することができるのは、これらが後拾遺集の本性、その和歌観とでも言うべきものと深く関連している故ではないだろうか」とされている。

（14）『金葉和歌集』に関しては、詳細な調査はしていないが、増田繁夫・居安稔恵・柴崎陽子・寺内純子編『金葉和歌集総索引　本文・索引』（昭和五一年一二月、清文堂）によれば、「ころ」は三五例、「とき」は六四例ある。この数値からしても、「後拾遺詞書」では「ころ」が頻用されていると言えよう。【補注.iv】

（15）例外と思われるものの歌番号を示すと、以下のようになる。
（二二）（四五六）（五四八）（六九二）（七三二）（七三四）（七六四）（八四五）（一〇一九）（一一〇七）（一一三八）（一一六四）

(16)「後拾遺詞書」における表現の統一・整備については、(3) 井上論文、室達志「勅撰集の詞書の研究『後拾遺集』から『千載集』まで」(『国語国文学科研究論文集』二七号、昭和五七年三月)、(13) 武田論文、同「『後拾遺集』作者表記についての一考察」(『和歌文学研究』六四号、平成四年一一月) 等で詳述されている。

(17)『金葉和歌集』に関しては、(14) 書により度数を数えた。なお、『金葉和歌集』の詞書・左注の語彙における基幹語彙については未調査であるが、「すぐ」は基幹語ではないと思われる。

(18) 心話中での用例とも考えられる。この用例を前述のようにとらえると、一〇例すべてが会話・書簡・心話での使用例となる。

(19) (3) 武田論文 (『中古文学』三九号)。

(20) たとえば、[例11] の歌に関して、「伊勢大輔集Ⅰ」(『私家集大成 中古Ⅱ』昭和五〇年五月、明治書院) をみると、当該部分の詞書は、

あらたまのとしもわかなもつむ人は　うつゐつきてやのへにいつらん

返

うつゐつきつまゝほしきをたまさかに　君とふ日のゝわかなゝりけり

のように「返」となっているだけである。このような点からしても、「けふ」の使用が撰者の撰集意識と関係していることがわかるであろう。

(21)『金葉和歌集』の詞書・左注の基幹語彙に関しては未調査であるので、(14) 書により度数を数え、参考として示した。

(22) (21) に同じ。

(23) (3) 久保田論文。

(24) (2) 書、解題、一七頁。

(25) 各「詞書」の異なり語数における和語・漢語・混種語の語種別構成比率は、**表** (A) のようになる。

(26) 各「詞書」の異なり語数における名詞・動詞の構成比率は、**表** (B) のようになる。

(27) (26) に同じ。

(28) 各「詞書」の異なり語数・延べ語数における形容語の構成比率は、**表**（C）のようになる。
(29) (28) に同じ。
(30) 本書第一部第二章。
(31) (3) 武田論文（『中古文学』三九号）参照。
(32) (11) 書によれば、『栄花物語』との共有歌は七一首（四四二頁）、『今昔物語集』との共有歌は二八首（四五〇頁）である。
(33) ここでは、

正月七日、周防内侍のもとへつかはしける　（三七）

三条太政大臣左右をかたわきて、前栽うゑはべりて、…　（二五一）

のような「すはう」「さんでう」も地名扱いしている。【補注v】

表（A）

作品名	和　語	漢　語	混種語
古今詞書	88.7	10.3	1.0
後撰詞書	87.9	10.7	1.4
拾遺詞書	77.3	20.0	2.6
詞花詞書	78.3	19.3	2.4
千載詞書	67.7	29.6	2.8
新古今詞書	70.5	26.7	2.8

表（B）

作品名	名　詞	動　詞
古今詞書	68.1	24.7
後撰詞書	59.4	31.0
拾遺詞書	74.0	20.4
詞花詞書	66.8	24.8
千載詞書	73.4	19.2
新古今詞書	71.8	20.3

表（C）

作品名	異なり	延　べ
古今詞書	6.7	5.4
後撰詞書	9.1	7.9
拾遺詞書	5.2	3.9
詞花詞書	7.9	4.9
千載詞書	6.1	3.4
新古今詞書	6.2	3.4

(34) ここでは、
二月十五夜月あかく侍けるに、大江佐国が許につかはしける（一一八三）
の「じふごや」のような例、「後撰詞書」における「しごぐわつ（四五月）」のような例も、その対象とした。
(35) ここでは、「うるふやよひ（閏三月）」「くぐわつじん（九月尽）」のような用例は除外した。
(36) (3)川村論文（『和歌文学研究』四二号）。
(37) 「語彙史の立場から見た『拾遺和歌集』―使用語句の性格を統計的に見る―」（『国語語彙史の研究　十四』平成六年八月、和泉書院）。
(38) 井上宗雄「勅撰和歌集の詞書について―主として後拾遺集～新勅撰集の場合―」（『平安朝文学研究』復刊一号、昭和五六年七月）。
(39) 「用語類似度による歌謡曲仕訳『湯の町エレジー』『上海帰りのリル』及びその周辺」（『計量国語学』一二巻四号、昭和五五年三月）、『数理言語学』（昭和五七年一月、培風館）第三章「用語の類似度」、『語彙』（朝倉日本語新講座2昭和五八年四月、朝倉書店）第五章第四節「数量化Ⅳ類による作品解析」、その他。

【補注】

(i) 表(4)に関して、「金葉詞書」における「けふ」「すぐ」「にようご」の使用度数は、後日調査の結果、それぞれ1、2、3であることがわかった。注（17）参照。
(ii) 表(5)に関して、「金葉詞書」における「いちでうゐん」から「ゐなか」までの使用度数は、後日調査の結果、それぞれ0、0、2、3、6、8、0、1、3、6、0であることがわかった。なお、もし「金葉詞書」の基幹語を除外すると、「かれがれ」「ごれいぜいゐん」「もてあそぶ」の三語は、ここでの考察の対象から外れる。注（21）参照。
(iii) 表(6)に関して、「金葉詞書」における「つくし」「はなみ」の使用度数は、後日調査の結果、それぞれ6、3であることがわかった。注（22）参照。
(iv) 注（14）に関連して、「金葉詞書」における「ころ」「とき」の使用度数は、後日調査の結果、それぞれ24、46であることがわかった。

（v）注（33）に関連して、「こし」「きび」「みちのく」「みちのくに」は国名扱いしなかった。なお、「つのくに」の「つ」は国名扱いし、「きのくに」の「き」と「きい（紀伊）」は別語とし、それぞれ国名扱いした。

第五章　『金葉和歌集』

一

『金葉和歌集』は、白河院の下命により源俊頼が編纂したものであるが、周知のように、三代集時代の歌人と当代歌人を中心として編まれた初奏本、当代歌人を中心とした二度本が、いずれも却下された後、三奏本が中書本のまま嘉納された。その結果、二度本系統の本が世間に流布した。[1]このような状況を鑑み、本章では、二度本系統の本の[2]「詞書」を考察の対象とした。

『金葉和歌集』の歌風・構成・詞書等については、諸先学により、当代歌人の多さ、巻八の「題詠人不知」歌群の口語的俗性、万葉的詠風の存在、題詠歌の多さ、四季歌の多さ、詞書の改変、等についての考察[3]がなされている。本章では、このような「金葉詞書」に関して、主としてその前後の『後拾遺和歌集』『詞花和歌集』の「詞書」の自立語語彙と比較することにより、その特色の一端をみることにする。

二―1

「金葉詞書」の異なり語数は九七六語、延べ語数は四二一八語であり、その平均使用度数は4・32となる。この4・32という数値を、かつて調査した「詞書」[4]と比較したところ、「後撰詞書」「後拾遺詞書」「千載詞書」「新古今詞書」よりも相当低く、「古今詞書」に近似し、「拾遺詞書」「詞花詞書」よりは高いものであることがわかった。

『金葉和歌集』は、その革新性が特色とされるが[5]、「金葉詞書」の語彙における平均使用度数でみる限り、他の「詞書」の語彙におけるそれより、「古今詞書」の語彙におけるそれに近似する点、注目に値する。あるいは、『金葉和歌集』の伝統尊重[6]の側面の反映とも考えられるが、この数値の意味するところについては、今後とも考えたい。

2

次に、基幹語彙についてふれる。

どのような語をもって、その作品の基幹語とするかについては、より慎重に検討する必要があろうが、ここでは、延べ語数のおおむね1パーミル（四）以上の使用度数を持つ語をもって、仮に基幹語としたい。

基幹語を右のようにすると、「金葉詞書」の語彙における基幹語彙は、異なり語数で一九四語、延べ語数で三一二五語となる。この三一二五語は、「金葉詞書」の全延べ語数四二一八語の74・1%となる。この数値は、大野晋氏が示された「平安時代和文脈系文学の基本語彙」（以下、「平安和文基本語彙」と略称する）における同様な数値79%[7]、西田直敏氏が調査された『平家物語』の基幹語彙における同様な数値76・4%[8]、筆者がかつて調査した「詞書」の基幹語彙における同様な数値67・1%（「拾遺詞書」）〜76・3%（「古今詞書」）とも比較的近似したものとなっている。したがって、この一九四語を「金葉詞書」の基幹語彙とすることには、ある程度の妥当性もあると考え、以下、基幹語彙に関する考察に使用した。

三―1

次に、「金葉詞書」の語彙の語種別、品詞別特色についてふれることにする。

表(1)は、「金葉詞書」の語彙に関して、語種別、品詞別の異なり語数・延べ語数と、それぞれの構成比率とをまとめたものである。以下、この**表**(1)をもとにし、その使用実態について、語種別、品詞別の順に、いささか考察したい。

2

まず、語種別の使用実態についてふれることにする。

「金葉詞書」の語彙における語種別構成比率は、**表**(1)に示したように、異なり語数においては、和語78・3%、漢語16・9%、混種語4・8%、また、延べ語数においては、和語88・5%、漢語9・0%、混種語2・5%となる。これらの数値を、かつて調査した他の「詞書」における同様な数値[9]と、以下、比較したい。

和語に関して異なり語数では、「古今詞書」「後撰詞書」「後拾遺詞書」よりは低く、「詞花詞書」に近似し、「拾遺詞書」「新古今詞書」「千載詞書」よりは高いことがわかった。また、延べ語数では、「後撰詞書」「古今詞書」よりは低く、「後拾遺詞書」に近似し、「詞花詞書」「千載詞書」「新古今詞書」「拾遺詞書」よりは高いこともわかった。つまり、当然といえば当然のことではあるが、前後の「詞書」である「後拾遺詞書」「詞花詞書」の語彙における数値と、相対的に近似したものとなっている。

漢語についてみると、異なり語数では、「古今詞書」「後撰詞書」よりは高く、「千載詞書」「新古今詞書」「拾遺詞書」「詞花詞書」「後拾遺詞書」よりは低いことがわかった。また、延べ語数でも同様な結果となった。この漢語

表（1）

	所属語数	語種別語数			品詞別語数								
		和語	漢語	混種	名詞	動詞	形容	形動	副詞	連体	接続	感動	句等
異計	976	764	165	47	655	238	37	13	23	7	1	0	2
	%	78.3	16.9	4.8	67.1	24.4	3.8	1.3	2.4	0.7	0.1	0.0	0.2
延計	4,218	3,735	378	105	2,499	1,541	77	26	56	16	1	0	2
	%	88.5	9.0	2.5	59.2	36.5	1.8	0.6	1.3	0.4	0.02	0.0	0.05

での結果は、時代が下るにつれて和語の比率が低下し、漢語の比率が高まるという、「詞書」の語彙の語種別構成比率における一般的な傾向の大枠内にあると、おおむね言えそうである。しかし、「金葉詞書」の漢語の構成比率が、「拾遺詞書」「後拾遺詞書」におけるそれよりも、異なり語数・延べ語数のいずれにおいても低率であるのは、気になるところであるが、この点に関しては、和語対その他という観点、すなわち、混種語との合計で比較するというとらえ方で考えれば納得できるものであるとも言えそうである。つまり、「後拾遺詞書」の異なり語数・延べ語数における構成比率は、19・4％、11・8％となり、「金葉詞書」のそれらにおける構成比率が、21・7％、11・5％となるからである。なお、「拾遺詞書」の語種別構成比率の特異性については、かつて述べたことがある[10]ので、ここではふれない。

次に、混種語についてふれる。

混種語の比率について、漢語との合計で考えるならば、「詞書」の語種別構成比率の一般的傾向の大枠からはずれるものとはならない、という点については前述した。しかし、「金葉詞書」における混種語の構成比率は、異なり語数・延べ語数のいずれにおいても特異であることも事実であろう。この特異性は、一体、何に起因しているのであろうか。以下、この点について考えたい。

「金葉詞書」の混種語で最も特徴的なのは、「○○卿」という語の頻用であろう。「金葉詞書」には、この「○○卿」という用例が、異なり語数で二三、延べ語数で四〇あるが、他の「詞書」においては、「詞花詞書」に、「金葉詞書」と共通する

「つねのぶきやう」（二例）が、また、「新古今詞書」には、「金葉詞書」とは共通しない「つねふさきやう」「よりすけきやう」（各二例）、「きんつぐきやう」「きんときさやう」「としなりきやう」「のりながきやう」（各一例）がある程度である。

次に、「金葉詞書」の前後の「詞書」である「後拾遺詞書」「詞花詞書」においては、どのような人物呼称がなされているかをみると、まず「後拾遺詞書」では、

［例1］　基長中納言東山に花み侍けるに、ぬのころもきたるこ法師してたれともしらせでとらせ侍ける（一一二四）

［例2］　大納言公任、はなのさかりにこむといひておとづれはべらざりければ（一一二七）

［例3］　民部卿泰憲近江守にはべりけるとき、三井寺にて哥合しはべりけるに、卯花をよめる（一七二）

のように、「詞花詞書」では、

［例4］　修理大夫顕季大宰大弐にてくだらんとし侍けるに馬にぐしていひつかはしける（一八三）

［例5］　中納言俊忠家歌合によめる（二一五）

［例6］　津の国にこそべといふ所にこもりゐて、前大納言公任の許へいひつかはしける（三三〇）

のように表現している。[11]このような呼称は、他の「詞書」においてもなされているものであり、「詞書」における人物呼称としては、極めて一般的なものである。

以上のような点からして、「金葉詞書」における「○○卿」という人物呼称は特異なものであり、それが頻用されている「金葉詞書」自体も特異なものであると言えそうである。また、「○○卿」とされる対象の多くが、当代または近代の人物[12]であることにも注意が必要であろう。

周知のように、『金葉和歌集』の二度本は、「初奏本・三奏本に比して最も当代性が強く、革新的な内容に富んでいる[13]」ものである。このような当代重視の姿勢が、撰者俊頼をして、当代・近代の詠者に対して「卿」をもって遇

する結果となったのであろう。このように考えると、「○○卿」という人物呼称の頻用、その結果による「金葉詞書」の語彙における混種語の比率の高さは、俊頼の撰集態度に起因していると言えそうである。

3

次に、品詞別の使用実態についてふれる。

「金葉詞書」の語彙における名詞の構成比率は、**表**(1)に示したように、異なり語数では67・1%、延べ語数では59・2%となる。これらの数値を『語い表』所載の一四作品や、かつて調査した「詞書」における同様な数値[14]と、以下、比較してみることにする。

『語い表』所載の一四作品のうち、異なり語数における名詞の比率が最も高い作品は『大鏡』の63・9%である。一方、「詞書」において、『大鏡』より低率なのは「後撰詞書」(59・4%)のみで、他の「詞書」は、いずれも65%以上である。特に、「拾遺詞書」は74・0%と、非常に高率となる。このように名詞の比率の高い「詞書」にあって、「金葉詞書」の比率は、「後撰詞書」、「詞花詞書」(66・8%)に次いで、下から三番めのものとなっている。また、延べ語数においては、『語い表』所載の諸作品のいずれよりも高く、「詞書」との比較においては、「後撰詞書」(54・0%)、「詞花詞書」(57・8%)、「後拾遺詞書」(58・1%)に次いで低いものとなっている。

次に、動詞についてみると、『語い表』所載一四作品において、異なり語数での構成比率が最も低い作品は『大鏡』(25・8%)である。一方、「詞書」においては「後撰詞書」が31・0%と、『大鏡』より高率となっているものの、他の「詞書」は、すべて『大鏡』より低率である。このような中にあって「金葉詞書」は、「後撰詞書」、「詞花詞書」(24・8%)、「古今詞書」(24・7%)に次ぐものとなっている。また、延べ語数においては、『語い表』所載一四作品と「詞書」八作品との間には、異なり語数においてみられたような傾向はみられず、「詞書」のうち、『語い表』所載一四作品における平均使用比率33・3％よりも高率となるのが五作品、低率となるのが三作品となっている。この中で「金葉詞書」は、「後撰詞書」（37・9％）、「詞花詞書」（37・2％）に次ぐ高率となっている。

次に、形容語類（形容詞・形容動詞・副詞・連体詞）についてふれる。

「金葉詞書」における形容語類の構成比率は、異なり語数で8・2％、延べ語数で4・1％となる。この数値を『語い表』所載の一四作品におけるそれと比較すると、異なり語数においては『万葉集』（7・1％）を除く一三作品より、また、延べ語数においては一四作品すべてより、それぞれ低率であることがわかった。ここに「詞書」の語彙の特色の一端をみることが出来るであろう。また、他の「詞書」でのそれと比較してみると、異なり語数においては「後撰詞書」（9・1％）に次ぎ、「後拾遺詞書」（8・0％）、「詞花詞書」（7・9％）に近似したものであり、延べ語数においては「後撰詞書」「後拾遺詞書」「古今詞書」「詞花詞書」よりは低く、「拾遺詞書」「千載詞書」「新古今詞書」よりは高いものであることもわかった。

筆者は、かつて「後撰詞書」や「後拾遺詞書」の語彙における形容語類の構成比率の高さについて、それらの「詞書」の物語的性格の強さや散文的性格を、その因と考えた[15]。では、この「金葉詞書」の異なり語数における比率の高さは、どのように考えたらよいのであろうか。やはり、撰者である俊頼の「歌の詠歌事情の詮索を出典を超えて可能なかぎり追求の手をゆるめない[16]」撰集態度が「詞書」の散文的傾向をまねき、結果的に形容語が頻用されることとなったとは考えられないであろうか。

四―1

次に、「金葉詞書」の基幹語彙と、大野晋氏が示された「平安和文基本語彙」との比較を通し、「金葉詞書」の語彙の性格の一端にふれたい。

表(2)

段階	共通基幹語	「平安時代和文脈系文学」の語彙における所属段階 ①	②	③	④	⑤	⑥	⑦	⑧	非共通基幹語
①	1	0	0	0	0	1	0	0	0	0
②	3	1	2	0	0	0	0	0	0	0
③	7	1	1	0	1	0	2	1	1	0
④	9	2	0	1	3	2	0	0	1	1
⑤	16	0	2	1	4	5	1	2	1	3
⑥	37	1	1	4	2	12	8	5	4	10
⑦	48	0	1	4	4	9	8	12	10	24
⑧	26	0	2	1	1	1	7	6	8	9
計	147	5	9	11	15	30	26	26	25	47

表(2)は、「金葉詞書」の語彙および「平安時代和文脈系文学」(以下、「平安和文」と略称する)の語彙を、それぞれ累積使用率によって一〇段階に分け、「金葉詞書」の基幹語彙および「平安和文基本語彙」に関する部分のみ抜き出し、前者を基準にして、各段階における所属語数を示したものである。したがって、「金葉詞書」の基幹語彙および「平安和文基本語彙」は、その累積使用率からして、**表**(2)のように、それぞれ⑧段階の一部までとなる。

ところで、このような考察を行う場合、特徴語をどのように選ぶかは、慎重に検討すべきであろうが、ここでは、上、下各二段階以上の差があるものをもって特異な使用語とした。

右のようなものを特異な使用語とすると、それは、①段階一語、③段階五語、④段階三語、⑤段階六語、⑥段階一二語、⑦段階一八語、⑧段階一二語の、計五七語であることが**表**(2)からわかる。以下、具体的にそれらを示すと、

Ⅰ 「金葉詞書」の語彙における所属段階の方が上位の語

よむ(詠)・いへ(家)・うた(歌)・こひ(恋)・つかはす(遣)・まかる(罷)・ほととぎす(時鳥)・うぢ(宇治、地名)・かへし(返)・あそん(朝臣)・ぐす(具)・ふぢ(藤)・たび(旅)

II 「平安和文」の語彙における所属段階の方が上位の語

ひと（人）・す（為）・あり（有）・もの（物・者）・なる（成）・しる（知・領）・うへ（上）・ところ（所）・はべり（侍）・ほど（程）・まへ（前）・また（又）・かた（方）・なし（無）・あまた（数多）・いかが（如何）・ちゆうぐう（中宮）・いづ（出）・かく（書）・これ（此）・その（其）・なく（鳴、四段）・みち（道）・みゆ（見）・いか（如何）・いる（入、四段）・おはします（在）・しのぶ（偲・忍、四段）・たてまつる（奉、四段）・みや（宮）・むすめ（娘）・わたる（渡）・うち（内・内裏）・おく（置）・おもふ（思）・この（此）・ちる（散）・つかひ（使）・とふ（訪・問）・べん（弁）・まつ（松）・めす（召）・れい（例）・わする（忘）

のようになる。以下、I、IIの順に、その使用実態について、いささかふれる。

2

まず、「金葉詞書」の語彙における所属段階の方が上位の語群について具体的にみることにする。

ここに所属するのは、上掲一三語であるが、これらをかつて調査した勅撰集の「詞書」での同様な語群と比較すると、「つかはす」「まかる」は七作品と、「よむ」「いへ」「うた」「あそん」は六作品と、「かへし」は五作品と、それぞれ共通していることがわかった。また、「たび」「こひ」は二作品と、「うぢ」「ぐす」は一作品と、それぞれ共通し、他の「詞書」における同様な語群と共通しないのは「ほととぎす」「ふぢ」の二語にすぎないこともわかった。

この「金葉詞書」の語彙における所属段階の方が上位の語群に属する語の多くは、先にもふれたように、他の「詞書」においても使用例がある。「ほととぎす」「ふぢ」に関しても**表**（3）に示すように、他の「詞書」にも使用例がある。これらの語は、時代の変遷とはあまり関係なく、歌題となる可能性の高い、したがって、「詞書」には

表（3）

	古　今	後　撰	拾　遺	後拾遺	金　葉	詞　花	千　載	新古今
ほととぎす	10	2	6	11	18	5	21	15
ふぢ	3	2	4	5	10	1	2	2

比較的使用されやすい語であると言えそうである。と同時に、表（3）からは、これらの語が他の「詞書」における使用度数と比較した場合、「金葉詞書」において頻用されていることもわかった。

「ほととぎす」「ふぢ」が、「金葉詞書」において頻用されていることは、前述の通りであるが、これはいかなる理由によるのであろうか。以下、「ふぢ」「ほととぎす」の順に、いささかふれたい。

「ふぢ（藤）」は、典型的な春の景物を、また、「ほととぎす」は、典型的な夏の景物を、それぞれ表す語であり、八代集において好まれていたことは表（3）からも見てとれるであろう。『金葉和歌集』の「春部」では、「藤花」は、九三首中八首で詠まれている。これは、「桜」の二八首に次ぎ、「梅」（五首）、「山吹」（四首）などよりも多い。このような「藤花」という伝統的な春の景物を取り入れた撰歌態度(17)が、結果的に「詞書」での「ふぢ」の頻用につながったのであろう。

これと同様なことは「ほととぎす（時鳥）」についても言えるであろう。『金葉和歌集』の「夏部」では、「ほととぎす」は、六二首中二三首で詠まれている。この二三首という数値は、「夏部」で「ほととぎす」に次ぐ「菖蒲」に関する和歌（八首）の、実に三倍弱となるが、このような撰歌態度(18)が、「ふぢ」の場合と同様に、「詞書」で「ほととぎす」という語を頻用することにつながったと考えられる。

また、この語群で注意を要する語として、「こひ」「うぢ」「ぐす」の三語を指摘することができるであろう。

表（4）

	古今	後撰	拾遺	後拾遺	金葉	詞花	千載	新古今
こひ	0	1	0	5	65	5	106	68
うぢ	1	1	0	22	16	4	2	5
ぐす	0	2	0	2	11	6	2	2

表（4）は、上掲三語の「詞書」での使用度数をまとめたものである。この**表**（4）から、これら三語は、三代集の「詞書」においては使用例がないか少なく、「後拾遺詞書」あたりから急増するという点で共通していることがわかる。以下、「こひ」「うぢ」「ぐす」の順に、その使用実態についていささかふれたい。

まず、「こひ（恋）」の頻用についてふれる。

『金葉和歌集』は、周知のように、一〇巻仕立てとなっており、「恋部」に上、下二巻を当てているが、「こひ」の頻用は、このことが関係していると思われる。と同時に、堀河天皇に奏覧された『堀河百首』、及び堀河院崩御後の永久四年（一一一六）に、堀河院において披講された『永久百首』の二種の百首歌は、十世紀後半から十一世紀前半にかけて続々と製作された初期百首歌以後、一度沈滞していた百首歌を、再び歌壇を総動員する形で復活せしめたものであり、しかも百首すべてに歌題を設定するという、いわゆる組題百首の新趣向によっての意欲的な試みでもあった[19]。と言われるような時代的な流れ、しかも撰歌資料として最も重視したのが『堀河百首』である点などがあいまって、結果的に「こひ」が頻用されることとなったと思われる。

次に、「うぢ（宇治）」についてふれる。

「うぢ」の使用度数は、**表**（4）に示したように16である。これらの用例のうち七例は、

［例7］　宇治前太政大臣家歌合によめる（四九）

のように、出典である歌合の明示に使用されたものである。同様に、出典である歌合の明示に使用されたものとしては、

〔例8〕　宇治入道前太政大臣三十講歌合に、月心をよめる（二〇一）

という用例がある。また、「宇治前太政大臣」に関する

〔例9〕　宇治前太政大臣京極の家の御幸（三五）

のようなものも四例ある。

以上のような用例以外の、地名を示す用例としては、

〔例10〕　宇治平等院の寺主になりて宇治に住みつきて、比叡の山のかたをながめやりてよめる（五九〇）

の二例を含め、計四例に過ぎない。

以上、「うぢ」の使用実態をみてきたが、「金葉詞書」における「うぢ」の頻用は、主として撰集資料としての『嘉保元年八月十九日前関白師実歌合』重視の結果によると言える。とするならば、「うぢ」の頻用は、撰者俊頼の撰集態度の所産であるということになろう。

次に、「ぐす（具）」についてふれる。

「金葉詞書」における「ぐす」の使用度数は、**表**（4）に示したように11であるが、これらは、

〔例11〕　堀河院御時、女御殿女房達あまた具して花見ありきけるによめる（五三）

のような、「花見」などの折に「ぐす」という用例と、

〔例12〕　経平卿筑紫へまかりけるに具してまかりける日、公実卿のもとにつかはしける（三四八）

のような、地方へ下る折に「ぐす」という用例に、ほぼ二分されることがわかる。「金葉詞書」に次いで「ぐす」の使用度数の多い「詞花詞書」においても、ほぼ同様に使用されている。このような状況・場面は、「金葉詞書」「詞花詞書」以外の「詞書」においても、当然あるであろうにもかかわらず、この「ぐす」という語は使用されていない。これらの「ぐす」は、「○○にぐす」「○○をぐす」のように、詠歌の場面や状況を、より詳細に記述する

場合に使用されている。このような「ぐす」の頻用は、前にもふれたように、『金葉和歌集』の撰者である俊頼の詠歌の場への並々ならぬ関心[20]の結果であるとは考えられないであろうか。

3

次に、「平安和文」の語彙における所属段階の方が上位の語群についてふれることにする。

ここに所属するのは、上掲した四四語であるが、これらをかつて調査した「詞書」における同様な語群と比較すると、「古今詞書」とは二二語、「後撰詞書」とは一九語、「拾遺詞書」とは一七語、「後拾遺詞書」とは一七語、「詞花詞書」とは二四語、「千載詞書」とは二二語、「新古今詞書」とは二〇語、それぞれ共通することがわかった。また、七作品と共通する「あり」「もの」「なる」「なし」「おもふ」、六作品と共通する「うへ」「ほど」「まへ」「その」「みゆ」「みや」「この」、五作品と共通する「す」「かた」「なく」「うち」をはじめとして、そのほとんどが他作品と共通しており、共通しないものは「しる」「たてまつる」「おく」「ちる」「つかひ」「べん」「まつ」「めす」「れい」の九語に過ぎないことがわかった。

表(5)は、各「詞書」における上掲九語の使用度数をまとめたものである。この九語のうち、「しる」は、「平安和文」の語彙における所属段階が③段階、「金葉詞書」におけるそれが⑤段階、「金葉詞書」以外の「詞書」におけるそれが①〜④段階、「たてまつる」は、「平安和文」の語彙における所属段階が⑤段階、「金葉詞書」におけるそれが⑦段階、「金葉詞書」以外の「詞書」におけるそれが③〜⑥段階と、両語とも「金葉詞書」の語彙における所属段階の低さが目を引くものとなっている。また、「べん」「れい」の二語は、「金葉詞書」以外の「詞書」の語彙においては、使用例がないか、あっても基幹語彙にもならない程度の少なさで、むしろ「金葉詞書」における使用度数の多さが注目に値するものとなっていることもわかった。以下、「しる」「たてまつる」「れい」の順に、いさ

表（5）

	古今	後撰	拾遺	後拾遺	金葉	詞花	千載	新古今
しる	99	150	192	125	18	60	83	241
たてまつる	27	14	14	23	5	18	101	160
おく	1	2	5	7	4	0	5	3
ちる	12	8	1	9	4	6	6	6
つかひ	3	5	5	9	4	2	2	4
べん	0	0	0	3	4	0	1	2
まつ	1	5	4	19	4	2	10	9
めす	6	7	4	5	4	5	16	9
れい	0	1	1	3	4	1	0	5

さかふれることにする。

「しる（知・領）」の使用度数は、**表**（5）でわかるように18である。うち一七例は、

［例13］ 題不知（二〇九）

［例14］ 題詠人不知（二二〇）

のような類型化された「詞書」中での使用である。右のような類型化された「詞書」中以外での使用例は、

［例15］ …夜の夢に、枕上に知らぬ人の立ちてよみかける歌（五八八）

の一例に過ぎない。

「しる」の使用例の多くが「題知らず」のような類型化された「詞書」中でのものである点は、「金葉詞書」以外の「詞書」においても、ほぼ同様であろうと思われる。したがって、「金葉詞書」における「しる」の使用度数の少なさは、「題知らず」という類型化された「詞書」の少なさに起因すると考えられるであろう。では、なぜ「金葉詞書」において「題知らず」のような「詞書」が頻用されなかったのであろうか。やはり、諸先学が説かれるような、撰者俊頼の題詠歌重視の姿勢(21)が「題知らず」のような「詞書」の減少につながり、それが結果的に「しる」の用例の少なさとなったとは考えられないであろうか。

次に、「たてまつる（奉）」についてふれる。

「金葉詞書」における「たてまつる」の使用度数は5と、他の「詞書」と比較した場合、非常に少ない。以下、なぜ「金葉詞書」においてこのように少ないのかを、前後の「詞書」である「後拾遺詞書」「詞花詞書」における使用実態と比較することにより考えたい。

「後拾遺詞書」においては「たてまつる」が二三例使用されているが、うち一一例は、

［例16］　冷泉院春宮と申ける時、百首の哥たてまつりけるなかに（一六八）

［例17］　うへのをのこども、ところのなをさぐりてうたたてまつりはべりけるに、あふさかのせきのこひをよませたまひける（六三二）

のような、「歌（を）たてまつる」というものであることに注意が必要であろう。一方、「詞花詞書」においては、

［例18］　堀河院御とき百首歌たてまつり侍けるに春たつ心をよめる（一）

のような、「百首歌（を）たてまつる」という用例一四例を含め、「歌（を）たてまつる」という用例が一五例と、圧倒的多数を占めている。

ところで、「金葉詞書」における「たてまつる」の用例は、

［例19］　堀河院御時、花の散りたるをかき集めて、…中宮の御方に奉らせ給たりけるを、宮の御覧じて歌よめと仰せ言ありければ（六五）

［例20］　例ならぬ事ありて煩ひけるころ、上東門院に柑子奉るとて人に書かせて奉りける（五六二）

［例21］　後冷泉院御時、近江の国より白烏を奉りたりけるを…各　歌をよみて奉れ、さてよくよみたらん人に見せん、…（五六六）

の五例であるが、うち［例20］と［例21］の各一例が「歌をたてまつる」意の用例であることがわかる。「金葉詞

書」におけるこのような「たてまつる」の使用実態からすると、「後拾遺詞書」「詞花詞書」とあまり変わりがないようにも思える。しかし、「金葉詞書」の中には、［例16］や［例18］と類似した状況における、

［例22］　堀河院の御時百首歌めしけるに、立春の心をよみ侍ける（一）

［例23］　百首歌中に鶯の心をよめる（一二）

のような「詞書」や、［例17］に類似した、

［例24］　鳥羽殿にて人〳〵歌つかうまつりけるに、卯花のこゝろをよめる（九八）

のような「詞書」もあることに注意する必要があろう。詠者を主体とした「たてまつる」を使用する「後拾遺詞書」「詞花詞書」に対して、「金葉詞書」は、尊者を主体とした「めす」や、人物を排除した「なか」のような語を使用し、また、同じく詠者を主体としながらも「つかうまつる」を使用するなど、その記述形式において差があるからである。このような点から考えると、「たてまつる」が「金葉詞書」に頻用されていないのは、撰者俊頼の撰集態度に起因するということになろう。

次に、「れい（例）」についてみることにする。

「金葉詞書」における「れい」の使用度数は4であるが、うち二例は、

［例25］　心地例ならぬころ、人のもとよりいかゞなど申たりければよめる（六一三）

のように「心地れいならず」という形で、また、他の二例も、

［例26］　例ならぬ事ありて煩ひけるころ、上東門院に柑子奉るとて人に書かせて奉りける（五六二）

のように「例ならぬ事」の形で、いずれも病気に関する場面で使用されている。

右のような用法が特異なものであるかどうかをみるため、前後の「詞書」である「後拾遺詞書」「詞花詞書」における使用実態と比較すると、まず、「後拾遺詞書」における「れい」の使用度数は3であるが、そのいずれもが

病気に関するものであることがわかった。また、「詞花詞書」における使用度数は1。その使用例も、「後拾遺詞書」の場合と同様、病気に関するものであった。以上のような点からすると、「金葉詞書」における「れい」の用法は、特異とも思われないものであると言えそうである。しかし、ここで注意しなければならないことは、「金葉詞書」における病気に関する表現は、「れい」を使用するのが主で、それ以外には、［例26］に引いた「れい」と併用された「わづらふ」や、

［例27］人の娘の母の物へまかりたりける程に、重き病をして隠れなんとしける時、書き置きてまかりける歌（六一九）

のような「やまひをす」という表現がある程度であるのに対し、「後拾遺詞書」や「詞花詞書」においては、「れい」を使用した表現は、むしろ少数であるということである。たとえば、「後拾遺詞書」においては、

［例28］ひさしくわづらひけるころ、かりのなきけるをききてよめる（二七五）

のように「わづらふ」で表現するのが一般的なようであるし、[22]「詞花詞書」においては、

［例29］病おもく成侍にけるころ、雪のふるをみてよめる（三五七）

［例30］大江挙周朝臣おもくわづらひて、かぎりにみえ侍ければよめる（三五八）

のように「やまひおもくなる」「わづらふ」で表現するのが一般的なようである。[23]このような他の「詞書」における使用実態からすると、「金葉詞書」においては、例外はあるものの、表現の統一がなされ、その結果、「れい」が他の「詞書」よりも頻用されたと言えそうである。

4

次に、「平安和文基本語彙」とは共通しない[24]語群についてふれる。

ここに該当するのは、表(2)に示したように四七語である。この語群には、他の七作品の「詞書」と共通する「うたあはせ（歌合）」「だい（題）」「いひつかはす（言遣）」「かきつく（書付）」「つくし（筑紫）」「はじめて（始）」「たなばた（七夕）」「ふぢはら（藤原）」「ほとり（辺）」「まうでく（詣来）」や、六作品の「詞書」と共通する「だいじやうだいじん（太政大臣）」「にねん（二年）」「くれ（暮）」「みなもと（源）」「なら（奈良）」のような、「詞書」の文体基調語[25]的なものから、他の「詞書」とは共通しない「せつしやうさだいじん（摂政左大臣）」「よみびと（詠人）」「さねゆききやう（実行卿）」「きんざねきやう（公実卿）」「としただきやう（俊忠卿）」「めいげつ（明月）」のような、「金葉詞書」の語彙の性格の一端をうかがわせるであろうものまで、共に所属している。また、三代集の「詞書」にはみられず、「後拾遺詞書」または「金葉詞書」以降のすべての「詞書」に用例のある、「ごれいぜいゐん（後冷泉院）」「じやうとうもんゐん（上東門院）」「おちば（落葉）」「かれがれ（離離）」「じようりやく（承暦）」（以上、「後拾遺詞書」から）、「ほりかはゐん（堀河院）」「とばどの（鳥羽殿）」「いくはうもんゐん（郁芳門院）」「じつしゆ（十首）」（以上、「金葉詞書」から）のような、時代を反映した、時代語とでも言い得るものも所属している。以上のように、この語群の性格は一様ではない。しかし、かつて言及した[26]ように、当然のことながら、

> 作者・制作の動機・日時・場所・場面・対象・目的、その他前後の事情等について記し、また作品の主題・内容等について説明を加えたもの[27]

である「詞書」の性格を物語る和歌に関する語や、時・人・所に関する語が多数所属していることだけは指摘しておきたい。

五

以上、「金葉詞書」の自立語語彙に関して、いくつかの観点から、その使用実態をみてきたが、その要点を再掲

することにより、本章のまとめとする。

1　「金葉詞書」の自立語語彙における異なり語数・延べ語数は、それぞれ九七六語、四二一八語であり、平均使用度数は4・32となる。

2　延べ語数のおおむね1パーミル以上の使用度数をもつ語を基幹語とすると、「金葉詞書」のそれは、異なり語数で一九四語、延べ語数で三一二五語となる。また、この三一二五語は、全延べ語数四二一八語の74・1%に当たる。

3　混種語の構成比率の高さは、「○○卿」という人物呼称の頻用という、撰者俊頼の撰集態度に起因している。

4　異なり語数における形容語の構成比率の高さは、俊頼の詠歌の場への並々ならぬ関心による「詞書」の散文的傾向の強まりの結果である。

5　「金葉詞書」において特徴的な「ほととぎす」「ふぢ」の頻用は、四季部の伝統性を重視した俊頼の撰集態度の、また、「こひ」「うぢ」「ぐす」の頻用は、俊頼の撰歌資料や、詠歌の事情を詳細に記述するという撰集態度の結果である。

6　「金葉詞書」において特徴的な「しる」「たてまつる」「れい」の用例の少なさは、題詠歌重視による「題しらず」という類型的な「詞書」の少なさや、散文的傾向を帯びた「詞書」の増加、それらとは相反するような表現の統一化という、撰者俊頼の撰集態度の結果である。

いちおう、以上のようにまとめることができるであろう。本章で行なわなかった類似度【補注i】や意味分野別構造分析法【補注ii】による考察に関しては、今後の課題としたい。

【注】

(1) 大曾根章介他編『日本古典文学大事典』(平成一〇年六月、明治書院)の『金葉和歌集』の項(川村晃生氏執筆)、川村晃生・柏木由夫「『金葉和歌集』解説」(川村晃生・柏木由夫・工藤重矩校注『金葉和歌集　詞花和歌集』新日本古典文学大系9　平成元年九月、岩波書店)等参照。

(2) 伝本については、平沢五郎『金葉和歌集の研究』(昭和五一年五月、笠間書院)が詳細である。

(3) 井上宗雄「再び『心を詠める』について―後拾遺・金葉集にみられる詞書の一傾向―」(『立教大学日本文学』三九号、昭和五二年一二月)、上野理『後拾遺集前後』(昭和五一年四月、笠間書院)、川村晃生「『金葉集』の一方法」(『国語と国文学』六六巻二号、昭和六四年二月)、後藤重郎「勅撰和歌集詞書研究序説―千載和歌集を中心として―」(『講座平安文学論究　第三輯』昭和六一年七月、風間書房)、島田良二「後拾遺集と金葉集の恋歌について」(『平安文学研究』四五輯、昭和四五年一一月)、滝澤貞夫「金葉集の評価」(『講座平安文学論究　第三輯』昭和六一年七月、風間書房)、(1)川村・柏木解説、その他。

(4) 本書第一部第一章〜第四章、第六章〜第八章。

表(A)は、各「詞書」の平均使用度数をまとめたものである。

(5) (1)川村・柏木解説。

(6) (5)に同じ。

(7) 「平安時代和文脈系文学の基本語彙に関する二三の問題」(『国語学』八七集、昭和四六年一二月)。

(8) 『平家物語の文体論的研究』(昭和五三年一一月、明治書院)。

(9) 各「詞書」の語彙における語種別構成比率をまとめると、**表**(B)のようになる。

(10) 本書第一部第三章。

(11) [例5]の「俊忠」に関して、「金葉詞書」には、

俊忠卿家歌合によめる(一一七)

のような用例ある。

(12) 「○○卿」とされる人物の多くが『金葉和歌集』撰進の数十年程度以内に没しているか、撰進時に生存している。

たとえば、『拾遺和歌集』の成立（一〇〇六年頃）以前に没した人物としては「つねすけきやう」のみである。

(13)（1）川村・柏木解説、四三九頁。

(14) 各「詞書」における名詞・動詞・形容語・その他の比率をまとめると、**表**（C）のようになる。

(15) 本書第一部第二章・第四章。

(16)（3）滝澤論文、六頁。

表（A）

作品名	異なり語数	延べ語数	平均使用度数
古今詞書	882	3,918	4.44
後撰詞書	1,276	7,003	5.49
拾遺詞書	1,287	5,203	4.04
後拾遺詞書	1,572	9,007	5.73
金葉詞書	976	4,218	4.32
詞花詞書	719	2,651	3.69
千載詞書	1,252	7,008	5.60
新古今詞書	1,427	7,945	5.57

表（B）

	異なり語数			延べ語数		
	和　語	漢　語	混種語	和　語	漢　語	混種語
古今詞書	88.7	10.3	1.0	91.3	8.3	0.4
後撰詞書	87.9	10.7	1.4	92.6	6.9	0.5
拾遺詞書	77.3	20.0	2.6	78.4	20.2	1.4
後拾遺詞書	80.6	17.2	2.2	88.3	10.9	0.9
金葉詞書	78.28	16.9	4.8	88.5	9.0	2.5
詞花詞書	78.30	19.3	2.4	84.4	14.0	1.6
千載詞書	67.7	29.6	2.8	83.4	14.9	1.7
新古今詞書	70.5	26.7	2.8	79.5	19.0	1.5

(17)「ふぢ」は、「春部」で八例、「賀部」「雑部下」で各一例使用されている。
(18)「ほととぎす」は、「夏部」で一六例、「恋部下」「雑部下」で各一例使用されている。
(19)(1)川村・柏木解説、四三二頁。
(20)(3)滝澤論文。
(21)(3)滝澤論文、島田論文、上野書。
(22)「わづらふ」で表現した用例は、他に八例ある。
(23)「おもくなる」で表現した用例は、他に二例、「わづらふ」で表現した用例は、他に一例、それぞれある。
(24)ここで「共通しない」というのは、あくまでも「平安和文基本語彙」とは共通しないという意味であり、平安時代和文脈系文学作品に、その使用例がないという意味ではない。
(25)(8)書において西田氏は、「表現的様相を特色づけ、他の作品と異なる文体印象を与える要因となる」ものを「文体基調語」とされている(一五四頁)が、これを借用した。
(26)本書第一部第四章。
(27)国語学会編『国語学大辞典』(昭和五五年九月、東京堂出版)の「詞書・左注」の項(井手至氏執筆)。

【補注】

(i)水谷静夫「用語類似度による歌謡曲仕訳『湯の町エレジー』『上海帰りのリル』及びその周辺」(『計量国語学』一二巻四号、昭和五

表(C)

	異なり語数				延べ語数			
	名詞	動詞	形容語	その他	名詞	動詞	形容語	その他
古今詞書	68.1	24.7	6.7	0.5	60.1	34.4	5.4	0.1
後撰詞書	59.4	31.0	9.1	0.5	54.0	37.9	7.9	0.1
拾遺詞書	74.0	20.4	5.2	0.4	66.7	29.3	3.9	0.1
後拾遺詞書	68.8	23.0	8.0	0.2	58.1	35.9	5.9	0.04
金葉詞書	67.1	24.4	8.2	0.3	59.2	36.5	4.1	0.1
詞花詞書	66.8	24.8	7.9	0.6	57.8	37.2	4.9	0.2
千載詞書	73.4	19.2	6.1	1.3	63.8	32.6	3.4	0.2
新古今詞書	71.8	20.3	6.2	1.7	67.3	29.0	3.4	0.3

五年三月)、『数理言語学』(昭和五七年一月、培風館) 等で示された類似度D'、宮島達夫「語いの類似度」(『国語学』八二集、昭和四五年九月) で示された類似度Cなど。なお、本書の第四章、第六章などでは、類似度D'による考察を行っている。

(ii) 田島毓堂「語彙研究法としての意味分野別構造分析法概説」(『比較語彙研究の試み 5』平成一二年三月)、「意味分野別構造分析法—語彙研究法としての—」(『名古屋大学文学部研究論集 文学』四六、平成一二年三月)、その他。

第六章　『詞花和歌集』

一

崇徳上皇の院宣により藤原顕輔が撰上した『詞花和歌集』は、巨視的にみれば千載集以後の開花期へ向けての模索の時期に撰せられたものであると言われ、その歌風や特徴に関しては、格調高い歌と趣向に走った歌とが混在しており、統一感に欠けるきらいがある[(2)]と言われるものでもある。このような点から、本章では、主として三代集や『千載和歌集』『新古今和歌集』の「詞書」の自立語語彙と比較することにより、「詞花詞書」の自立語語彙の性格の一端をみる。

二―1

「詞花詞書」の自立語語彙の異なり語数・延べ語数は、それぞれ七一九語、二六五一語であり、平均使用度数は3・69である。これらの数値を「三代集詞書」「千載詞書」「新古今詞書」と比較してみると[(3)]、そのすべてが小さいものであることがわかる。たとえば、平均使用度数でみると、「三代集詞書」は6・87、「千載詞書」は5・6

表（1）

作品名	歌　　数	異なり語数	延べ語数	異なり／歌数	延べ／歌数
古今詞書	1,111	882	3,918	0.79	3.54
後撰詞書	1,425	1,276	7,003	0.90	4.91
拾遺詞書	1,351	1,287	5,203	0.95	3.85
詞花詞書	409	719	2,651	1.76	6.48
千載詞書	1,285	1,252	7,008	0.97	5.45
新古今詞書	1,978	1,427	7,945	0.72	4.02

0、「新古今詞書」は5・57である。これらから考えると、「詞花詞書」の語彙は、延べ語数の割に異なり語数は多いものの、全体的な語彙量も少なく、変化に乏しいもののようにもみえる。

ところで、**表**(1)は、筆者がかつて調査した勅撰和歌集の「詞書」における異なり語数・延べ語数[4]と、歌数の関係をまとめたものである。この**表**(1)でわかるように、『詞花和歌集』の歌数は、他の歌集に比べて非常に少なく、必然的に、異なり語数・延べ語数が少ないものの、歌数との関係からいうと、異なり語数も延べ語数も他の歌集におけるよりも相対的に多いことがわかる。この点を考慮すると、「詞花詞書」の語彙は、異なり語数・延べ語数の絶対数は少ないものの、質的な面では、決して他の「詞書」の語彙に劣るものではないとも言えそうである。

2

次に、「詞花詞書」の基幹語彙についてふれる。

ある作品において、どのような語をもってその作品の基幹語とするかについては、色々な考え方があろうが、ここでは、延べ語数のおおむね1パーミル（三）以上の使用度数を持つ語をもって、仮に基幹語とする。

「詞花詞書」において1パーミル以上の度数を持つ語は、異なり語数で一九三語、延べ語数で二〇一五語となる。この延べ語数二〇一五語は、「詞花詞書」の全延べ語数の76・0%となるが、この数値は、筆者がかつて調査した「後撰詞書」「拾遺詞書」での同様な値71・1%、67・1%とは多少差があるものの、西田直敏氏が示された『平家物語』の基幹語彙での同様な値76・4%[5]や、大野晋氏が示された「平安時代和文脈系文学の基本語彙」（以下、「平安和文基本語彙」と略称する）での同様な値79%[6]、かつて調査した「古今詞書」での同様な値76・3%と比較的近いものである。このことからして、この一九三語を「詞花詞書」の基幹語彙とすることには、ある程度の妥当性もあると考えられる。したがって、以下の考察における基幹語彙に関するものには、この一九三語を使用する。

三―1

次に、「詞花詞書」の基幹語彙を「平安和文基本語彙」と比較し、考察を加えることにする。

表（2）は、西田直敏氏が『平家物語』の語彙の考察に関してなされた[7]のとおおむね同様な方法により「詞花詞書」の語彙と「平安時代和文脈系文学」（以下、「平安和文」と略称する）の語彙とをそれぞれ段階分けし、「詞花詞書」の基本語彙をもとにして、各所属語数をまとめたものである。

ところで、所属段階差がどの程度あれば特異な語であるとみなすかについては、議論の分かれるところであろうが、ここでは、その差が上、下各二段階以上あるものをもって特徴的な使用語とみなす。

2

表（2）でわかるように、特徴的な使用語は、①段階一語、③段階四語、④段階四語、⑤段階八語、⑥段階一四語、⑦段階一三語、⑧段階一九語の、計六三語である。以下、具体的にそれらを示すと、

Ⅰ　「詞花詞書」の語彙における所属段階の方が上位の語

表（2）

段階	共通基幹語	「平安時代和文脈系文学」の語彙における所属段階								非共通基幹語
		①	②	③	④	⑤	⑥	⑦	⑧	
①	1	0	0	0	0	1	0	0	0	0
②	3	1	1	1	0	0	0	0	0	1
③	6	1	1	0	1	1	1	0	1	2
④	11	1	0	0	1	6	2	1	0	1
⑤	14	1	3	2	3	2	1	1	1	5
⑥	34	1	2	3	5	6	7	7	3	5
⑦	38	0	3	2	4	4	5	12	8	14
⑧	32	1	1	2	3	7	5	5	8	26
計	139	6	11	10	17	27	21	26	21	54

よむ（詠）・いへ（家）・まかる（罷）・つき（月）・うた（歌）・さき（先・前）・つかはす（遣）・あそん（朝臣）・くだる（下）・あした（朝）・かた（形）・ぐす（具）

II 「平安和文」の語彙における所属段階の方が上位の語

す（為）・ひと（人）・なし（無）・こころ（心）・もの（物・者）・なる（成）・はべり（侍）・おはします（在）・あり（有）・うへ（上）・その（其）・ひとびと（人人）・ひ（日）・まへ（前）・まうす（申）・なか（中・仲）・み（身）・おもふ（思）・きこゆ（聞）・みや（宮）・ほど（程）・この（此）・かた（方）・いま（今）・みゆ（見）・つく（付・着、下二段）・かの（彼）・いづ（出）・なく（泣・鳴）・いかが（如何）・たつ（立、四段）・ちゆうぐう（中宮）・こ（子）・とふ（訪・問）・はかなし（果無）・いと（甚）・よ（世・代）・え（副詞）・おなじ（同）・おほし（多）・おぼゆ（覚）・あき（秋）・かはる（変・代）・こゑ（声）・とし（年）・むすめ（娘）・あめ（雨）・とも（供・伴）・ふね（船）・ゆき（雪）・わする（忘、下二段）

のように、Iに一二語、IIに五一語、それぞれ所属している。以下、I、IIの順にみることにする。

3

「詞花詞書」の語彙における所属段階の方が上位の語については前掲したが、これらの語を「古今詞書」「後撰詞書」「拾遺詞書」「千載詞書」「新古今詞書」の基幹語彙における同様な語群と比較すると、「まかる」「つかはす」の二語がすべての「詞書」と、「よむ」「うた」の二語が「後撰詞書」以外の「詞書」と、「いへ」「あそん」の二語が「千載詞書」以外の「詞書」と、「あした」が「後撰詞書」「拾遺詞書」「新古今詞書」と、「くだる」「かた」の二語が「拾遺詞書」と、それぞれ共通していることがわかる。

ところで、前掲の各「詞書」とは共通しないものは「つき」「さき」「ぐす」の三語であるが、そのうち「つき」と「さき」について、その使用実態をいささかみることにする。

八代集の四季の部に詠まれた「月」について浅見徹氏は、

三代集のころまでは、「月」を季節感をもって眺めることは少なかった。しかしその後季節との結び付きが急速に深まる。それは主として秋の景物としての月であるが、同時に他の季節においてもそれぞれの「月」を愛でるようになる。(8)

と述べておられるが、以下、これを手がかりとして「つき（月）」について考える。

「古今詞書」「後撰詞書」「拾遺詞書」「詞花詞書」「千載詞書」「新古今詞書」における「つき」の使用度数と使用率（パーミルで表示）を示すと、**表**(3)のようになる。この**表**(3)から、三代集と比較して、「詞花詞書」において「つき」が頻用されていることがわかる。

ところで、『詞花和歌集』の撰歌対象は、通説では『後撰和歌集』以降であると解されている。この点を考慮して、「詞書」に「つき」の語が使用された二九首（うち三首は重複使用）の作者を勅撰集での初出をもとに分類すると、『後撰和歌集』一名（二首、一例）、『拾遺和歌集』九名（一〇首、一一例）、『後拾遺和歌集』八名（一〇首、一一例）、『金葉和歌集』四名（四首、四例）、『詞花和歌集』三名（四首、五例）となる。これからすると、「つき」の語が使用された「詞書」を持つ和歌の作者は、『拾遺和歌集』以降の人物であると、おおむね言えそうである。

以上のような点からみると、浅見氏の言われるような「歌」における題材の変化が「詞書」にも反映され、「詞花詞書」での「つき」の語の頻用となったと考えてよさそうである。【補注i】

次に、「さき（先・前）」についてふれることにする。

表(4)は、「古今詞書」「後撰詞書」「拾遺詞書」「詞花詞書」「千載詞書」「新古今詞書」に使用された「さき」の使用度数と使用率（パーミルで表示）をまとめたものである。これによると「さき」は、いわゆる「三代集」において少なく、「詞花詞書」以下の「詞書」で多いことがわかる。【補注ii】特に、「詞花詞書」において使用率が相当高いが、その理由と思われることについて、以下、いささか述べる。

表（3）

作品名	延べ語数	使用率（‰）
古今詞書	10	2.55
後撰詞書	13	1.86
拾遺詞書	24	4.61
詞花詞書	32	12.07
千載詞書	74	10.56
新古今詞書	71	8.94

前記の点を考えるに当たり、「さき」の語が使用された「詞書」を持つ和歌の作者と、その時代との関係をみることにする。

作者に関して、当代の歌人であるかどうかの目安を、便宜的に「没年が前勅撰集宣下の年以降であること」[9]とすれば、「詞花詞書」に使用された一八例の「さき」のうち、

高内侍、正言、具平親王、道済、能因（二例）、頼宗（二例）、資業、頼綱、
匡房、康資王母

の一〇名（一二例）は、ほぼ当代ではないと考えられる。同様に、「千載詞書」に

おける三二例の「さき」の用例中二二例（二四名）、「新古今詞書」における四〇例中一七例（一六名）は、それぞれ当代の作者のものではないことがほぼ確実なものであると考えられる。この「詞花詞書」における一二例、「千載詞書」における二二例、「新古今詞書」における一七例は、それぞれの延べ語数に対する比率でみると、4・53パーミル、3・14パーミル、2・14パーミルとなるが、これらの数値は、先に**表**(4)で示したものと同様、「詞花詞書」における「さき」の使用率を注目させるものとなっている。

以上のような点からすると、「詞花詞書」における「さき」の頻用は、撰者顕輔の撰集意識の反映とは考えられないであろうか。

表（4）

作品名	延べ語数	使用率（‰）
古今詞書	3	0.77
後撰詞書	5	0.71
拾遺詞書	2	0.38
詞花詞書	18	6.79
千載詞書	32	4.57
新古今詞書	40	5.03

以上、「詞花詞書」における所属段階の方が上位の語群をみてきたが、そのほとんどが他の「詞書」とも共通するものであり、「詞書」的性格の非常に強いものであることがわかった。また、共通しないものは、題材の変化や撰者の意識等、和歌史と密接に関係した、ある意味での時代語的要素を持ったものであろうこともわかった。

4

次に、「平安和文」の語彙における所属段階の方が上位の語群についてふれる。

上記に属する語は、前掲の五一語であるが、これらをかつて調査した「詞書」の基幹語彙における同様な語群と比較すると、「古今詞書」とは二八語、「後撰詞書」とは二七語、「拾遺詞書」とは二〇語、「千載詞書」とは二三語、「新古今詞書」とは二三語、それぞれ共通していることがわかった。また、五作品と共通しているものは、「なし」「もの」「なる」「まへ」「あり」「おもふ」「おなじ」の七語、四作品と共通しているものは、「す」「うへ」「その」「ひとびと」「みや」「ほど」「この」「みゆ」の八語、三作品と共通しているものは、「ひと」「はべり」「おはします」「まうす」「み」「つく」「かた」「かの」「なく」「え」の一〇語であり、他の「詞書」と共通しないものは、わずか一〇語に過ぎない。

この「平安和文」の語彙における所属段階の方が上位のものには、「なし」「もの」「あり」「その」「ひとびと」「この」「ひと」「かの」等、簡潔性と具体性の重視という、一見矛盾した「詞書」の文章には比較的使用されにくい語が、当然のことではあるが、多数所属していることがわかる。

ところで、この語群では「こころ（心）」という語にも注目しなければならないであろう。なぜなら、「千載詞書」において頻用された「…こころを詠める」という形式が、前後の歌集の「詞書」に比して非常に少ないからである[10]。これはいかなることを示しているのであろうか。

井上宗雄氏は、

金葉集は、単純な題が「心をよめる」で、複雑な題が「ことをよめる」で、これが「法則」のようなものであったらしい。

とし、

詞花集は金葉集の書き方を襲っているが、数は減少している。千載集は複雑な題も単純な題もすべて「心をよめる」に統一されている。

と言われている[11]。

確かに、「詞花詞書」における「こころ」の用例一二例中一一例が「…こころを詠める」か、それに類した表現中で、五二例の「こと」の用例中三六例が「…ことを詠める」か、それに類した表現中で、それぞれ使用されている。このことから、「こころ」や「こと」が題詠に関係していることは理解できるが、「こころ」の度数が少ない理由は、依然として理解できない。ただ、『金葉和歌集』の「こころを詠める」歌一三二首、「ことを詠める」歌一三七首[12]との比較から考えた場合、「詞花詞書」で「こころ」の度数が少ないのは、井上氏の言われる「複雑な題」が「単純な題」に比して相対的に多いという、題詠そのものの質的な変化の反映と、単純に考えるべきかもしれない。

5

次に、「平安和文基本語彙」とは共通しない語についてふれる。

ここに属するのは、**表**(2)で示したように五四語であるが、それらは、

ア　和歌関係　だい（題）・うたあはせ（歌合）・いひつかはす（言遣）・ひやくしゆ（百首）・かきつく（書付）

イ　時・時間　にねん（二年）・くわんな（寛和、年号）・よねん（四年）・じようりやく（承暦、年号）・てんとく（天徳、年号）・ふゆごろ（冬頃）・よもすがら（終夜）

ウ　人物　だいじやうだいじん（太政大臣）・しんゐん（新院）・ほりかはゐん（堀河院）・だいぶ（大夫）・あきすけ（顕輔）・ふぢはら（藤原）・いへなり（家成）・うだいじん（右大臣）・たちばな（橘）・としつな（俊綱）・おほえ（大江）・あきすゑ（顕季）・いつき（斎院）・しゆり（修理）・しらかはゐん（白河院）・たいくわうたいこうぐう（太皇太后宮）・れいぜいゐん（冷泉院）

エ　場所・場面　だいり（内裏）・さきやう（左京）・つ（津）・みちのくに（陸奥国）・かも（賀茂）・きやうごく（京極）・さんざう（山庄）・あふみ（近江）・さんでう（三条）・しらかは（白川）・だざい（太宰）・はなみ（花見）・はりま（播磨）・ふしみ（伏見）・ほとり（辺）

オ　題材　おちば（落葉）

カ　その他　まうでく（詣来）・までく（詣来）・いであふ（出会）・おほせ（仰）・こふ（乞）・たのむ（頼）・に

ん（任）・わする（忘、四段）・やまひ（病）のように、便宜的にではあるが、分類できる。

右の分類でわかるように、ここに属するのは、時・所・人という、「詞書」にとって最も基本的な要素に関する語が中心であり、この点で「平安和文基本語彙」と共通しないのも然るべきであるものが多いことは言うまでもない。ただ、かつて調査した五作品の「詞書」と比較した場合、アの「だい」「うたあはせ」「いひつかはす」「かきつく」や、ウの「うだいじん」、エの「みちのくに」「ほとり」のように、他の多くの「詞書」の語彙における同様な語群とも共通するものが属しているのと同時に、その多くは、一、二の「詞書」と共通するに過ぎないことにも注意を払う必要があろう。これらから考えると、この語群には、「詞書」の基層語的なものと、各「詞書」の時代を反映した、ある種の時代語的なものとが混在していると言えそうである。

四—1

次に、「詞花詞書」の語彙の品詞別、語種別特色についてふれることにする。

表(5)は、「詞花詞書」の語彙に関して、語種別、品詞別の異なり語数・延べ語数と、それぞれの構成比率をまとめたものである。以下、語種別、品詞別の順に、その使用実態をみることにする。

2

まず、語種別の使用実態についてふれる。

「詞花詞書」の語彙における異なり語数での語種別構成比率は、**表**(5)に示したように、和語78・3%、漢語19・3%、混種語2・4%となっている。これらの数値は、かつて調査した同様な数値と比較した場合、和語にお

表（5）

	所属語数	語種別語数			品詞別語数								
		和語	漢語	混種	名詞	動詞	形容	形動	副詞	連体	接続	感動	句等
異計	719	563	139	17	480	178	28	10	15	4	0	0	4
	%	78.3	19.3	2.4	66.8	24.8	3.9	1.4	2.1	0.6	0.0	0.0	0.6
延計	2,651	2,238	371	42	1,531	986	70	11	31	18	0	0	4
	%	84.4	14.0	1.6	57.8	37.2	2.6	0.4	1.2	0.7	0.0	0.0	0.2

いては「古今詞書」「後撰詞書」と「千載詞書」「新古今詞書」との中間に位置することがわかる。また、漢語においても、前記のような位置関係にある。[13] この点からみると「詞花詞書」の語彙は、おおむね時代が新しくなるにつれて和語の比率が低くなり、漢語の比率が高くなるという、「詞書」の語種別構成比率の変化の枠内にあると言える。すなわち、『詞花和歌集』の撰集態度にもかかわらず、その「詞書」は、時代の反映が色濃くうかがえるものとなっている。

次に、品詞別の使用実態についてみることにする。

「詞花詞書」の語彙における名詞の異なり語数での構成比率は、**表**（5）でわかるように66・8％であるが、この数値を『語い表』所載の一四作品と比べると、『大鏡』の63・9％に比較的近いものの、どの作品の比率よりも高いことがわかる。また、かつて調査した五作品の「詞書」の語彙における比率と比較すると、「後撰詞書」の59・4％に次いで低いものであることがわかった。

次に、動詞の構成比率であるが、これも『語い表』所載の諸作品と比較すると、名詞の場合と同様に『大鏡』に近似した値となるものの、やはりどの作品よりも低いものとなっている。また、他の「詞書」の語彙における比率と比較すると、「後撰詞書」の31・0％に次いで高いものとなっている。

「詞書」の語彙における延べ語数での名詞と動詞との比率をみた場合、名詞においては「後撰詞書」が54・0％と一番低く、次いで、「詞花詞書」、「古今詞書」（60・1％）の順となる。また、動詞においては「後撰詞書」が37・9％と一番高く、以下、「詞花詞書」、「古今詞書」(34・4%)と続く。

形容語(形容詞・形容動詞・副詞・連体詞)における比率をみると、異なり語数では9・1%の「後撰詞書」が一番高く、次いで、「詞花詞書」(7・9%)、「古今詞書」(6・7%)の順となる。また、延べ語数での比率をみても「後撰詞書」が7・9%と一番高く、「古今詞書」(5・4%)、「詞花詞書」の順となる。

以上、「詞花詞書」の語彙における品詞別構成比率は、「千載詞書」や「新古今詞書」のそれよりも相対的に「後撰詞書」のそれに近似したものであることがわかった。また、「後撰詞書」の語彙における品詞別構成比率が相対的に和文脈系作品の品詞別構成比率に近いものである点[14]からすれば、「詞花詞書」の語彙は、品詞別構成比率からみる限り、いわゆる「詞書」らしい「詞書」ではなく、散文的要素を比較的多く含んだ、「詞書」性の低いものであると言えそうである。

五―1

次に、「詞花詞書」の語彙と、「三代集詞書」「千載詞書」「新古今詞書」『伊勢物語』『源氏物語』『紫式部日記』『更級日記』『大鏡』『方丈記』『徒然草』の各語彙との共通度[15]をみることにより、「詞花詞書」の性格の一端をみたいと思う。

表(6)は、「詞花詞書」の語彙を中心にし、各作品の語彙との共通語・非共通語数を段階別に示したものである。なお、『伊勢物語』以下の七作品における各語の有無については、『語い表』によった。以下、**表**(6)からわかる点を記す。

段階別共通語数については、④段階あたりまで『方丈記』を除き、あまり差はないが、⑤段階を過ぎるあたりから「詞書」関係や、語彙量の多い『源氏物語』『大鏡』『徒然草』と、その他の作品との差が大きくなる。全段階を

表（6）－1

段階	所属語数	三代集詞書		千載詞書		新古今物語		伊勢物語		源氏物語	
		共通	非共	共通	非共	共通	非共	共通	非共	共通	非共
①	1	1	0	1	0	1	0	1	0	1	0
②	4	4	0	4	0	4	0	4	0	4	0
③	8	8	0	8	0	8	0	6	2	7	1
④	12	12	0	12	0	12	0	11	1	12	0
⑤	19	17	2	18	1	17	2	12	7	15	4
⑥	39	35	4	34	5	36	3	30	9	35	4
⑦	52	47	5	45	7	47	5	31	21	46	6
⑧	58	51	7	47	11	46	12	34	24	47	11
⑨	110	84	26	73	37	78	32	62	48	87	23
⑩	416	222	194	177	239	196	220	142	274	273	143
計	719	481	238	419	300	445	274	333	386	527	192
共通度		0.186		0.270		0.262		0.160		0.045	

通しての共通語数では、語彙量の最も多い『源氏物語』とのそれが最も多い。次いで、「三代集詞書」『大鏡』「新古今詞書」「千載詞書」『徒然草』の順となるが、『大鏡』や『徒然草』は語彙量が比較的多い作品であることや、他は「詞書」であることからすれば、この結果は十分予想されるものである。

共通度については、「千載詞書」の語彙とのそれが最も高く、以下、「新古今詞書」「三代集詞書」『伊勢物語』の順となる。この順序についても、上位三作品が「詞書」である点や、『伊勢物語』の文章と「詞書」のそれとの類似性から考えれば、当然の帰結であると言えるであろう。

ところで、ここに示した共通度は、『源氏物語』の語彙と「詞花詞書」の語彙との共通語数が最も多いにもかかわらず、その共通度が最も低いということでもわかるように、比較する二作品間の語彙量によって大きく左右されるという問題点を持っている。したがって、対象とする作品間の共通性については、語彙量を考慮した上で、大きな傾向はとらえ得るが、本章にお

表(6)－2

段階	所属語数	紫式部日記		更級日記		大　鏡		方丈記		徒然草	
		共通	非共	共通	非共	共通	非共	共通	非共	共通	非共
①	1	1	0	1	0	1	0	0	1	1	0
②	4	4	0	3	1	4	0	3	1	3	1
③	8	4	4	6	2	6	2	5	3	6	2
④	12	11	1	10	2	12	0	7	5	12	0
⑤	19	14	5	13	6	17	2	13	6	18	1
⑥	39	33	6	31	8	37	2	22	17	32	7
⑦	52	33	19	34	18	41	11	22	30	35	17
⑧	58	34	24	36	22	42	16	24	34	37	21
⑨	110	57	53	58	52	82	28	28	82	71	39
⑩	416	144	272	148	268	211	205	78	338	189	227
計	719	335	384	340	379	453	266	202	517	404	315
共通度		0.117		0.146		0.089		0.121		0.089	

ける「詞花詞書」と「千載詞書」「新古今詞書」との場合などは、その差が必ずしも明確なものとはなり得ない。このような点を考慮し、次に、水谷静夫氏が示された類似度D'の計算式[16]を使用し、「詞花詞書」の語彙についてみることにする。

2

表(7)は、「詞花詞書」の語彙と「古今詞書」「後撰詞書」「拾遺詞書」の語彙との類似度D'の値を示したものである。これでみると、「詞花詞書」は「後撰詞書」との類似度が相対的に高いことがわかる。これは、**四**—2で述べた「詞花詞書」の語彙と「後撰詞書」の語彙との相対的な類似性の高さを、類似度の点から裏付けるものとなっている。

次に、「三代集詞書」の語彙と「詞花詞書」「千載詞書」「新古今詞書」の語彙との類似度D'を計算したところ、それぞれ0・796、0・797、0・819のようになった。いずれも非常に高い値を示しているが、特に、「三代集詞書」と「新古今詞書」との類似度の高さは、他の二者と明確に区別できるものとなっている。ここでの数値は、かつて調査した順位相関係数の面からみた「新古今詞書」の語彙と「三代集詞書」の語彙との相関の強さ[17]を類似度から裏付けている。

ところで、「三代集詞書」と「詞花詞書」「千載詞書」との類似度D'では、わずかではあるが、「三代集詞書」と「千載詞書」でのものの方が高い点、前述の通りである。この差はいかなる所から生じたものなのであろうか。

表(7)

作品名	類似度D'
古今詞書	0.727
後撰詞書	0.766
拾遺詞書	0.759

表(8)

作品名	類似度D'
古今詞書	0.742
後撰詞書	0.769
拾遺詞書	0.754

表(8)は、「千載詞書」の語彙と「古今詞書」「後撰詞書」「拾遺詞書」の語彙との類似度D'の値を示したものである。この**表**(8)と、前掲**表**(7)からみると、「古今詞書」と「詞花詞書」「千載詞書」との類似度の差が、「三代集詞書」と「詞花詞書」「千載詞書」との類似度の差に大きく関係していることがわかる。

三代集と『詞花和歌集』や『千載和歌集』については、

そののち後拾遺はよき歌あまりこぼれて候ける世なれば、撰たてられたるやうげすしく候、金葉集、詞花、きやうきやうなるやうに候、千載おちしづまり、まことに勅撰がらはめでたく候[18]

という二条家流の和歌史の考え方があるが、「詞書」の語彙についても、類似度の点からみる限り、「千載詞書」の語彙は、「詞花詞書」の語彙を飛び越え、「三代集詞書」の語彙、特に「古今詞書」の語彙と関係していると言えそうである。

六

次に、順位相関係数の点からみた「詞花詞書」の語彙と他の「詞書」の語彙との関係についてふれる。

ここで対象とするのは、「詞花詞書」「千載詞書」「新古今詞書」「三代集詞書」の各「詞書」の基幹語彙のうち共通する以下の六七語である。

よむ（詠）・いふ（言）・しる（知・領）・だい（題）・こと（事）・うたあはせ（歌合）・す（為）・とき（時）・いへ（家）・まかる（罷）・つき（月）・みる（見）・うた（歌）・もと（元・本・下）・ひと（人）・をんな（女）・かみ（上・守）・ころ（頃）・はな（花）・つかはす（遣）・たてまつる（奉、四段）・あそん（朝臣）・かへる（帰）・くに（国）・ところ（所）・のち（後）・きく（聞）・なし（無）・はべり（侍）・こころ（心）・もの（物・者）・よ（夜）・なる（成）・かく（書）・ひ（日）・まへ（前）・あした（朝）・あふ（合・逢）・あり（有）・うへ（上）・かへし（返）・はる（春）・かへりごと（返言）・その（其）・まうす（申）・やま（山）・しのぶ（偲・忍、四段）・なか（中・仲）・ひとびと（人人）・み（身）・をのこ（男）・おもふ（思）・さくら（桜）・ひさし（久）・うだいじん（右大臣）・かきつく（書付）・ほととぎす（時鳥）・ほど（程）・めす（召）・もみぢ（紅葉）・とほし（遠）・まうづ（詣）・みゆ（見）・あき（秋）・おなじ（同）・とし（年）・ゆき（雪）

以上の六七語に関して、スピアマンの計算式[19]を用いて順位相関係数を計算したところ、「詞花詞書」と「千載詞書」が０・６３４、「詞花詞書」と「新古今詞書」が０・７２０、「千載詞書」と「新古今詞書」が０・７９８となることがわかった。また、「三代集詞書」と「詞花詞書」「千載詞書」「新古今詞書」との相関係数は、それぞれ０・７７３、０・６３２、０・７００であることもわかった。

以上、順位相関係数でみる限り、「詞花詞書」の語彙は各「詞書」の語彙と、それぞれ強い相関関係にあり、そのことからすると、当然のことではあるが、各「詞書」の語彙には高い類似性があると言える。

ところで、五—2の類似度でみた通り、「詞花詞書」の語彙は三代集の伝統から相対的に距離を置いたものとなっていた。ところが、順位相関係数によってみると、「詞花詞書」と「三代集詞書」との相関係数が「千載詞書」や「新古今詞書」と「三代集詞書」との相関係数よりも大きくなる。この係数の大きさは、既述した類似度での結果や共通度から考えると奇異に感じられるものであろう。しかし、

1 『詞花和歌集』の入集歌は、当代のものが少なく、『後撰和歌集』以降の、主として過去のものが中心である。

2 「三代集詞書」の語彙の頻度順位は、「古今詞書」の語彙の度数よりも「後撰詞書」や「拾遺詞書」のそれらに、より大きく影響されている。

3 順位相関係数の計算の対象とする語が「各『詞書』の基幹語彙のうち共通するもの」という、非常に限定されたものであるため、各「詞書」を特色づける語のうち、使用度数の小さいものはもれてしまう。

等の点を考え合わせると、必ずしも矛盾したものとは言えないであろう。

例えば、2についてみると、計算対象の六七語のうち、「古今詞書」「後撰詞書」「拾遺詞書」においても基幹語となっている五〇語を「古今詞書」「後撰詞書」「拾遺詞書」の各「詞書」ごとに頻度順に並べ、「三代集詞書」の頻度順との差が一〇以上あるものを数えると、「古今詞書」においては一七語、「後撰詞書」においては五語、「拾遺詞書」においては九語と、圧倒的に「古今詞書」の場合が多い。また、調査対象の語に相違はあるものの、かつて調査した「古今詞書」「後撰詞書」「拾遺詞書」の語彙と「三代集詞書」の語彙との順位相関係数[20]をみると、それぞれ0・768、0・825、0・845となり、「三代集詞書」の語彙の頻度順位が「後撰詞書」や「拾遺詞書」の語彙の頻度順位に大きく影響されていることがわかるであろう。このような点から考えてみると、類似度での結

果と矛盾しているようにみえる順位相関係数も、首肯できるものと言える。

以上、「詞花詞書」の自立語語彙についてみてきたが、ここでその要点を再掲することにより、本章のまとめとする。

七

1 「詞花詞書」の自立語語彙における異なり語数は七一九語、延べ語数は二六五一語である。

2 延べ語数のおおむね1パーミル以上の度数を持つ語を基幹語とすると、「詞花詞書」のそれは、異なり語数で一九三語、延べ語数で二〇一五語となる。また、この二〇一五語は、全延べ語数の76・0%に当たる。

3 「詞花詞書」の基幹語彙のうち、「詞花詞書」の語彙における所属段階の方が「平安和文」の語彙におけるそれよりも上位の語は一二語あり、その多くは他の「詞書」での同様な語群と共通している。また、共通しない語のうち、「つき」は歌における題材の変化の「詞書」への反映によって、「さき」は撰者顕輔の撰集意識の反映によって、それぞれ頻用された、ある意味での時代語的要素を持ったものと言える。

4 「詞花詞書」の基幹語彙のうち、「平安和文」の語彙における所属段階の方が「詞花詞書」の語彙におけるそれよりも上位の語群には、当然のことながら、簡潔性・具体性という点からして劣ると考えられるものが多数属している。また、ここに属する「こころ」の度数の少なさは、「複雑な題」が「単純な題」に比して多いという、『詞花和歌集』における題詠そのものの質的な変化の反映と考えられる。

5 「詞花詞書」の基幹語彙のうち、「平安和文基本語彙」と共通しない語群には、「詞書」の基層語的なものと、各「詞書」の時代を反映した、ある種の時代語的なものが混在している。

6 「詞花詞書」の語彙における品詞別構成比率は、「千載詞書」や「新古今詞書」の語彙におけるそれよりも、相対的に「後撰詞書」の語彙におけるそれに近似している。この点からすると、「詞花詞書」の語彙は、散文的要素を比較的多く持った、「詞書」性の低いものであると言える。

7 「詞花詞書」の語彙と他作品の語彙との共通語数では、語彙量の最も多い『源氏物語』とのそれが最も多く、次いで、「三代集詞書」『大鏡』「新古今詞書」「千載詞書」の順となる。

8 「詞花詞書」の語彙と「古今詞書」「後撰詞書」「拾遺詞書」の語彙との類似度D'をみると、「後撰詞書」の語彙とのそれが相対的に高い。

9 類似度D'でみると、「千載詞書」の語彙は、「詞花詞書」の語彙を飛び越え、「三代集詞書」の語彙と類似していると言えるが、この「三代集詞書」と「千載詞書」との類似度の高さには、「古今詞書」と「千載詞書」との類似度が大きく寄与している。

10 順位相関係数からすると、「詞花詞書」の語彙は、他の「詞書」の語彙と、それぞれ強い相関関係にあることがわかる。

【注】

（1） 犬養廉他編『和歌大辞典』（昭和六一年三月、明治書院）の『詞花和歌集』の項（井上宗雄氏執筆）。

（2） 大曾根章介他編『日本古典文学大事典』（平成一〇年六月、明治書院）の『詞花和歌集』の項（加藤睦氏執筆）。

（3） 本書第一部第七章・第八章、および拙著『「詞書」の語彙―三代集を中心に―』（城西大学学術研究叢書11 平成八年一二月）、拙稿「三代集の『詞書』の語彙について」（『城西文学』一三号、平成二年一二月）。ただし、後の拙著・拙稿の語数・比率等に関しては、調査対象範囲および読み方等の変更による再調査の結果、その数値等に一部異同がある。

（4） 本書第一部第一章〜第三章、第七章・第八章。

なお、歌数に関しては、【凡例】に示した各テキストの底本によって数えた。
(5)『平家物語の文体論的研究』(昭和五三年一一月、明治書院)第二章第一節「語彙研究の方法」。
(6)「平安時代和文脈系文学の基本語彙に関する二三の問題」(『国語学』八七集、昭和四六年一二月)。
(7)(5)に同じ。
(8)「八代集における季節」(『国語語彙史の研究　七』昭和六一年一二月、和泉書院)。
(9)実際の詠歌時期および活躍時期との関係で問題はあろうが、いちおうの目安にはなると考えられる。
(10)『金葉和歌集』の「詞書」は未調査なので使用率等は不明であるが、増田繁夫・居安稔恵・柴崎陽子・寺内純子編『金葉和歌集総索引　本文・索引』(昭和五一年一二月、清文堂)によると、「こころ」が一五五例あり、歌数との関係から考えても「詞花詞書」より非常に多いと思われる。【補注iii】
(11)「再び『心を詠める』について—後拾遺・金葉集にみられる詞書の一傾向—」(『立教大学日本文学』三九号、昭和五二年一二月)。
(12)(11)に同じ。
(13)「古今詞書」「後撰詞書」「千載詞書」「新古今詞書」の各語彙における異なり語数での和語の比率は、それぞれ88・7%、87・9%、67・7%、70・5%。また、漢語の比率は、それぞれ10・3%、10・7%、29・6%、26・7%である。
(14)本書第一部第二章。
(15)水谷静夫「語彙の共通度について」(『計量国語学』七号、昭和三三年一二月)。
(16)「用語類似度による歌謡曲仕訳『湯の町エレジー』『上海帰りのリル』及びその周辺」(『計量国語学』一二巻四号、昭和五五年三月)、『数理言語学』(昭和五七年一月、培風館)第三章「用語の類似度」、『語彙』(朝倉日本語新講座2昭和五八年四月、朝倉書店)第五章第四節「数量化Ⅳ類による作品解析」、その他。
(17)本書第一部第七章。
(18)『越部禅尼消息』。引用は『群書類従　九輯　文筆部・消息部』(昭和五二年八月、続群書類従完成会、訂正三版第三刷)による。

(19) 田中章夫「語彙研究における順位の扱い」(『国語語彙史の研究　七』昭和六一年一二月、和泉書院)に示されているものによった。

(20) (3) 拙著。本章において順位相関係数の計算の対象とした六七語中一七語を抜き、新たに二七語を加えた、計七七語で計算した数値である。

【補注】

(i) 表(3)において示さなかった『後拾遺和歌集』『金葉和歌集』の「詞書」における「つき」の使用度数は、後日の調査によると、それぞれ57、53であり、その使用率は、それぞれ6・33パーミル、12・57パーミルであることがわかった。この数値からしても、浅見氏の言われるような「歌」における題材の変化が『後拾遺和歌集』以降、急速に起こり、その反映として「詞書」が変化してきたことがわかる。

(ii) 表(4)において示さなかった『後拾遺和歌集』『金葉和歌集』の「詞書」における「さき」の使用度数は、後日の調査によると、それぞれ47、20であり、その使用率は、それぞれ5・22パーミル、4・74パーミルであることがわかった。この数値からすると、「さき」の使用率は、三代集の「詞書」と『後拾遺和歌集』の「詞書」との間に非常に大きな差があることがわかる。

(iii) 注(10)の『金葉和歌集』の「詞書」における「こころ」の使用例は、後日の調査によると、一一六例あることがわかった。なお、井上宗雄氏は、(11)論文において「こころを詠める」歌を一三二首とされているが、これは調査資料による相違であると思われる。

第七章　『千載和歌集』

一

藤原俊成撰の『千載和歌集』は、藤原定家撰の『新勅撰和歌集』、藤原為家撰の『続後撰和歌集』とともに二条家三代集と呼ばれ、中世以降、重視された。その意義や特徴に関しては、

『後拾遺和歌集』以降顕著になったあらわな理知・趣向を尊ぶ傾向に対し、哀寂味を基調とする素直な主情性を重視する。…（略）…視覚的、聴覚的な感覚の冴えを見せる作品や、本歌取・物語取等新古今時代に開花する技法の先駆となる作品も少なくない。(1)

と言われるものである。本章では、主として三代集や『新古今和歌集』の「詞書」の自立語語彙と比較することにより、「千載詞書」の自立語語彙の特色の一端をみる。

二―1

「千載詞書」の異なり語数・延べ語数は、それぞれ一二五二語、七〇〇八語であり、平均使用度数は5・60である。これらの数値を、以前調査したことのある三代集や『新古今和歌集』の「詞書」とともに示したもの(2)が**表**

(1)である。

表(1)から、「千載詞書」は、異なり語数・延べ語数のいずれにおいても「新古今詞書」より少ないことがわかる。一方、平均使用度数においては、「新古今詞書」とほぼ同じであることもわかる。

2

次に、「千載詞書」の基幹語彙についてふれる。

ある作品(群)の基幹語彙を認定する場合の基準については、様々な考え方があろうが、ここでは、延べ語数のおおむね1パーミル(七)以上の使用度数を持つ語をもって、仮に基幹語とする。

「千載詞書」において使用度数7以上の語は、異なり語数で一四二語、延べ語数で五〇一九語である。この延べ語数五〇一九語は、全延べ語数の71・6%となるが、筆者が以前調査した「後撰詞書」「拾遺詞書」「新古今詞書」における同様な数値71・1%、67・1%、71・7%[3]と比較的近い数値であることからして、この一四二語を「千載詞書」の基幹語彙とすることには、ある程度の妥当性があると考えられる。したがって、以下の考察においては、この一四二語を基幹語彙として使用する。

表(1)

作品名	異なり語数	延べ語数	平均使用度数
三代集詞書	2,346	16,124	6.87
千載詞書	1,252	7,008	5.60
新古今詞書	1,427	7,945	5.57

三―1

次に、「千載詞書」の基幹語彙と、大野晋氏が示された「平安時代和文脈系文学の基本語彙」[4](以下、「平安和文基本語彙」と略称する)とを比較し、考察を加えたい。

表（2）

段階	共通基幹語	「平安時代和文脈系文学」の語彙における所属段階								非共通基幹語
		①	②	③	④	⑤	⑥	⑦	⑧	
①	1	0	0	0	0	1	0	0	0	0
②	2	0	0	0	1	0	1	0	0	0
③	2	0	2	0	0	0	0	0	0	0
④	6	0	0	1	1	2	0	1	1	2
⑤	13	4	1	1	1	3	2	0	1	2
⑥	30	0	3	5	8	4	4	5	1	5
⑦	42	1	2	0	5	13	8	6	7	17
⑧	13	0	0	1	1	1	2	7	1	7
計	109	5	8	8	17	24	17	19	11	33

表（2）は、西田直敏氏が『平家物語』においてなされた[5]のとおおむね同様な方法により「千載詞書」の語彙と「平安時代和文脈系文学」（以下、「平安和文」と略称する）の語彙とを段階分けし、「千載詞書」の基幹語彙および「平安和文基本語彙」に関する部分のみ抜き出し、前者をもとにして、両者の共通語・非共通語数を段階別に示したものである。

段階分けを行った場合、どの程度の所属段階差から、その使用が特異であるとみなすかについては、様々な考え方があろう。ここでは、上、下各二段階以上の所属段階差がある語をもって特徴的な使用語とみなし、以下の主たる考察の対象とした。

2

表（2）によると、特徴的な使用語は、①段階一語、②段階二語、④段階二語、⑤段階七語、⑥段階一七語、⑦段階二一語、⑧段階五語の計五五語、うち「千載詞書」における所属段階の方が上位のものは七語、「平安和文」の語彙における所属段階の方が上位のものは四八語となる。以下、具体的に示すと、

Ⅰ　「千載詞書」の語彙における所属段階の方が上位の語

よむ（詠）・とき（時）・うた（歌）・つかはす（遣）・こひ

（恋）・まかる（罷）・たび（旅）

II 「平安和文」の語彙における所属段階の方が上位の語

す（為）・ひと（人）・こと（事）・あり（有）・みる（見）・はべり（侍）・なる（成）・もの（物・者）・おもふ（思）・また（又）・うへ（上）・うち（内・内裏）・その（其）・ひとびと（人人）・きく（聞）・ひ（日）・み（身）・なか（中）・おなじ（同）・まゐる（参）・ところ（所）・かの（彼）・なし（無）・ほど（程）・よ（世・代）・まへ（前）・よ（夜）・ゐん（院）・いづ（出）・なく（泣・鳴）・かへる（帰）・はる（春）・あふ（逢）・しのぶ（偲・忍、四段）・ちゆうじやう（中将）・かみ（上・守）・にようばう（女房）・たつ（立、四段）・つかうまつる（仕）・みこ（御子）・かく（書）・みち（道）・ゆく（行）・みゆ（見）・わたる（渡）・をとこ（男）・ついで（序）・ふる（降）

以上のようになるが、これらの語群のうち、宮島達夫氏が『語い表』において示された「一四作品共通語」と共通するものは、Iには一語、IIには三一語あることがわかる。また、樺島忠夫氏が「平安時代文学基本語彙」として示された三〇一語[6]との共通語は、Iにおいては四語、IIにおいては四二語【補注i】であることもわかった。

3

次に、「千載詞書」の語彙における所属段階の方が上位の七語について、より具体的にみると、そのすべてが、かつて調査した「新古今詞書」での同様な語群と共通することがわかった。また、「拾遺詞書」での同様な語群と比較してみると、和歌に関する「よむ」「うた」、敬語の「つかはす」「まかる」、時に関する「とき」の五語が共通することもわかった。

ここで注意しなければならないのは、「こひ」「たび」という二語が、「新古今詞書」とは共通し、「拾遺詞書」とは共通しないということである。「千載詞書」における「こひ」「たび」という語の頻用[7]は、和歌の題材の変化によるものであろうが、そのような観点から見ると、この二語は、ある意味での時代語的要素を持ったものといえようか。

次に、「平安和文」の語彙における所属段階の方が上位の語群についてふれる。

ここに属するのは、前掲した四八語であるが、これらは「新古今詞書」における同様な語群と比較すると、その約60％の二九語が、「拾遺詞書」における語群と比較すると、約45％の二一語が、それぞれ共通している。すなわち、ここには、かつてもふれたが[8]、「もの」「こと」「ひと」「あり」「なし」「また」等に代表される、「詞書」本来の簡潔性・具体性とは対極にある、「詞書」に比較的使用されにくい語が多数所属していることがわかる。

次に、「平安和文基本語彙」と共通しない語についてふれる。

ここに属するのは、**表**(2)でわかるように三三語である。これらの語は、便宜的ではあるが、

ア　和歌関係　ひやくしゆ（百首）・だい（題）・うたあはせ（歌合）・かきつく（書付、下二段）・じつしゆ（十首）

イ　時・時間　はじめて（始）[9]・にねん（二年）・ぐわんねん（元年）

ウ　人物　ほりかはゐん（堀川院）・うだいじん（右大臣）・すとくゐん（崇徳院）・せつしやう（摂政）・だいじやうだいじん（太政大臣）・ないだいじん（内大臣）・にでうゐん（二条院）・しらかはゐん（白河院）・としただ（俊忠）

エ　場所・場面　やしろ（社）・だいじやうゑ（大嘗会）・ほふしやうじ（法性寺）・かも（賀茂）・やまでら（山寺）[10]・とばどの（鳥羽殿）・なかのゐん（中院）

オ　題材　しゆつくわい（述懐）・くれ（暮）[11]・いはひ（祝）・おちば（落葉）・うのはな（卯花）・せきぢ（関路）

カ　その他　こもりゐる（籠居）・ゆきがた（悠紀方）・すきがた（主基方）

のように、分類することができる。

右の分類でわかるように、ここには、「詞書」の基本的要素である作者や時、場所・場面、題材等に関する語が多数含まれており、その点において、「詞書」で頻用されて然るべきものであるといえる。

四—1

次に、「千載詞書」の語彙の語種別、品詞別特色についてみることにする。

表(3)は、「千載詞書」の語彙に関して、異なり語数・延べ語数における語種別、品詞別語数を、構成比率とともに示したものである。以下、**表**(3)により、「千載詞書」の語彙について語種別、品詞別の順に考える。

2

まず、語種別特色についてふれる。

「千載詞書」の語彙の語種別構成比率は、**表**(3)のように、和語67・7％、漢語29・6％、混種語2・8％である。「千載詞書」における漢語の比率を、後掲**表**(4)に示した「詞書」におけるそれらと比較すると、三代集[12]のの「詞書」における比率よりも高いのは当然としても、中世の「新古今詞書」における26・7％よりも高い点は注目に値する。ただし、延べ語数における比率でみると、「千載詞書」は14・9％であり、「新古今詞書」の19・0％と比較すると、相当低率になっている。一方、『語い表』所載の諸作品と比較すると、『徒然草』(28・1％)や『大鏡』(25・5％)に比較的近似する点、やはり和歌の世界の一翼を担う「詞書」の世界にも時代の反映が色濃くみられるということであろうか。

表（3）

	所属語数	語種別語数			品詞別語数								
		和語	漢語	混種	名詞	動詞	形容	形動	副詞	連体	接続	感動	句等
異計	1,252	847	370	35	919	241	39	13	20	4	1	0	15
	%	67.7	29.6	2.8	73.4	19.2	3.1	1.0	1.6	0.3	0.1	0.0	1.2
延計	7,008	5,848	1,041	119	4,469	2,283	113	17	69	40	2	0	15
	%	83.4	14.9	1.7	63.8	32.6	1.6	0.2	1.0	0.6	0.03	0.0	0.2

3

2で、「千載詞書」の語彙における漢語の比率は、異なり語数でみると、「新古今詞書」におけるそれよりも高いが、延べ語数でみると、反対に、相当低い点についてふれたが、ここでは、この点について、より詳しくみることにする。

表（4）は、各「詞書」における漢語の異なり語数・延べ語数と、それぞれの全異なり語数、全延べ語数に対する比率、異なり語数での比率を一とした場合の延べ語数での比率の比を一覧にしたものである。

表（4）においては、「拾遺詞書」における比の大きさと、「千載詞書」における比の小ささが注目に値する。一方、『語い表』所載の諸作品における同様の値を計算すると、院政期の作品である『大鏡』が0・58、中世の作品である『方丈記』が0・53、『徒然草』が0・44となる。また、中古の作品でみると、『伊勢物語』『古今和歌集（和歌部分）』が0・49〜0・50、『更級日記』『源氏物語』『枕草子』『蜻蛉日記』が0・54〜0・57、『土左日記』『竹取物語』が0・64、『後撰和歌集（和歌部分）』が0・67、『紫式部日記』が0・87であることがわかる。

言うまでもなく、平均使用度数には、各作品で相当な差があり、その差を無視した上での比の比較には問題もある。しかし、「後撰詞書」「千載詞書」「新古今詞書」における比の比較は、平均使用度数もほぼ等しい点[13]から考え、有効性を持つと思われる。

表（4）

作品名	異なり語数	比率A	延べ語数	比率B	比B／A
古今詞書	91	10.3	327	8.3	0.81
後撰詞書	137	10.7	481	6.9	0.65
拾遺詞書	258	20.0	1,052	20.2	1.01
千載詞書	370	29.6	1,041	14.9	0.50
新古今詞書	381	26.7	1,511	19.0	0.71

以上のような点からみると、「千載詞書」の漢語使用は、『語い表』所載の作品の多くと似たような傾向を持つものの、「後撰詞書」や「新古今詞書」と比較した場合、異質なものであると言えそうである。

4

次に、品詞別特色についてふれる。

表(3)により、「千載詞書」の語彙の品詞別構成比率をみると、名詞が73・4％であることが目を引く。この値は、「拾遺詞書」の74・0％、「新古今詞書」の71・8％に比較的近いものであることがわかる。一方、延べ語数における比率でみると、「千載詞書」は63・8％であり、この値は、「拾遺詞書」の66・7％、「新古今詞書」の67・3％と比較すると多少低いものの、「古今詞書」の60・1％よりも高いものであることもわかる。また、「千載詞書」のこれらの値は、『語い表』所載の一四作品のどれよりも高いものである。

次に、形容語（形容詞・形容動詞・副詞・連体詞）をみると、「千載詞書」における異なり語数での比率は6・1％となるが、この値は、『語い表』所載の一四作品のどれよりも低いものである。[14] しかし、「詞書」が、

和歌・俳句などの作者・制作の動機・日時・場所・場面・対象・目的、その他前後の事情等について記し、また作品の主題・内容等について説明を加えたもの[15]

であることからして、この形容語の比率の低さは、むしろ当然であると思われる。

以上みてきたように、「千載詞書」の語彙は、品詞別構成比率からすると、一般の和文脈系文学作品より名詞の比率が高く形容語の比率が低い[16]、「詞書」の語彙の特色とも考えられる性格を具備したものであると言える。

五

次に、「千載詞書」の語彙と、「三代集詞書」「新古今詞書」『竹取物語』『伊勢物語』『源氏物語』『更級日記』『大鏡』『方丈記』『徒然草』の各語彙との共通性についてみることにより、「千載詞書」の語彙の特色の一端にふれる。**表**(5)は、「千載詞書」の語彙を中心にし、各作品の語彙との共通語・非共通語数、共通度[17]についてまとめたものである。なお、『竹取物語』以下の作品における各語の有無については、『語い表』によった。以下、**表**(5)からわかる点について述べる。

まず、共通語数についてであるが、語彙量の比較的少ない『竹取物語』や『方丈記』との共通語数が⑥段階あたりから、他作品のそれと比較した場合、少なくなってくる。また、全体を通しての共通語数では、語彙量の多い『源氏物語』とのものが圧倒的に多く、次いで、「新古今詞書」と『大鏡』がほぼ並び、「三代集詞書」『徒然草』がそれらに続く。各「詞書」との共通語数の多さは当然といえようが、語彙量の比較的多い『大鏡』や『徒然草』との共通語数が思ったほど多くない[18]のが目を引く。

次に、共通度についてであるが、「新古今詞書」とのそれが最も高く、「三代集詞書」『伊勢物語』『更級日記』がそれに次ぐ。語彙量の比較的少ない『方丈記』との共通度は、平安期の『竹取物語』のそれに次ぐものの、院政期の『大鏡』や中世の『徒然草』との共通度の低さは、共通語数の少なさ同様、注目される。

表（5）

段階	所属語数	三代集詞書		新古今詞書		竹取物語		伊勢物語		源氏物語	
		共通	非共	共通	非共	共通	非共	共通	非共	共通	非共
①	1	1	0	1	0	1	0	1	0	1	0
②	2	2	0	2	0	2	0	2	0	2	0
③	2	2	0	2	0	2	0	2	0	2	0
④	8	8	0	8	0	5	3	7	1	7	1
⑤	15	14	1	15	0	12	3	13	2	13	2
⑥	35	34	1	35	0	25	10	28	7	33	2
⑦	59	49	10	59	0	31	28	39	20	52	7
⑧	148	102	46	128	20	48	100	83	65	111	37
⑨	303	176	127	195	108	92	211	119	184	201	102
⑩	679	237	442	213	466	106	573	144	535	329	350
計	1,252	625	627	658	594	324	928	438	814	751	501
	共通度		0.210		0.326		0.145		0.175		0.063

段階	所属語数	更級日記		大　鏡		方丈記		徒然草	
		共通	非共	共通	非共	共通	非共	共通	非共
①	1	1	0	1	0	0	1	1	0
②	2	2	0	2	0	1	1	2	0
③	2	2	0	2	0	2	0	2	0
④	8	4	4	6	2	4	4	6	2
⑤	15	13	2	14	1	11	4	13	2
⑥	35	31	4	34	1	22	13	30	5
⑦	59	37	22	52	7	26	33	45	14
⑧	148	85	63	105	43	57	91	99	49
⑨	303	128	175	177	126	70	233	151	152
⑩	679	162	517	262	417	95	584	223	456
計	1,252	465	787	655	597	288	964	572	680
	共通度		0.170		0.121		0.136		0.116

六

次に、順位相関の観点から「千載詞書」の語彙についてふれる。

右のことを行うに当たっては、「千載詞書」「三代集詞書」「新古今詞書」の各基幹語彙のうち、三作品（群）に共通する七五語を用いた。

表(6)は、対象とする七五語を「千載詞書」の使用頻度順に並べ、各「詞書」における頻度順位とともに示したものである。この**表**(6)をもとにし、スピアマンの計算式[19]により順位相関係数を計算したところ、「千載詞書」と「新古今詞書」との間が0・784、「千載詞書」と「三代集詞書」との間が0・647、「新古今詞書」と「三代集詞書」との間が0・704、という結果を得たが、以上の相関係数から考えると、各「詞書」の語彙の間には、強い相関が認められる。特に、「千載詞書」と「新古今詞書」との相関は、非常に強いと言える。

一方、対象となっている語が同一ではないので、単純な比較はできないが、かつて計算した「三代集詞書」と「古今詞書」「後撰詞書」「拾遺詞書」との相関係数[20]と、今回行った「三代集詞書」と「千載詞書」との相関係数から考えると、「千載詞書」と「三代集詞書」との相関は相当強いものの、「三代集詞書」と「古今詞書」等との相関よりは弱いものであると言える。しかし、これは時代的な条件等を勘案すると、当然の帰結と思われるものであろう。

ところで、「千載詞書」と「三代集詞書」との順位相関係数は、「新古今詞書」と「三代集詞書」とのそれと比較することにより、注目されるであろう。すなわち、『古今和歌集』から脱却して、新しい『古今和歌集』たらんとした『新古今和歌集』の「詞書」の語彙と「三代集詞書」のそれとの相関が、『新古今和歌集』よりは相対的に保守的と考えられる『千載和歌集』の「詞書」の語彙と「三代集詞書」のそれとの相関よりも強いからである。何故

No	単　語	千　載	新古今	三代集	No	単　語	千　載	新古今	三代集
41	ゆき	40	41.5	62	59	よ	58	43.5	43.5
42	ところ	42.5	27	17	60	かみ	61	74.5	57
43	もの	42.5	49	20	61	なし	61	58.5	43.5
44	まうづ	44	39	65	62	ひさし	61	33	28
45	おもふ	47	63	40.5	63	ゐん	63	58.5	60
46	その	47	55	57	64	あした	65.5	43.5	46
47	ひとびと	47	31	59	65	あそん	65.5	37.5	26
48	めす	47	71.5	74	66	すむ	65.5	45	53.5
49	をのこ	47	46.5	69.5	67	とほし	65.5	71.5	72
50	かへる	50.5	40	34.5	68	かく	69	41.5	39
51	はる	50.5	26	47.5	69	みち	69	67.5	50
52	あふ	52.5	49	33	70	もみぢ	69	55	57
53	しのぶ	52.5	49	38	71	うめ	73	58.5	68
54	かきつく	55	63	50	72	さくら	73	71.5	40.5
55	かへりごと	55	63	37	73	はは	73	55	65
56	はじめて	55	74.5	69.5	74	ふる	73	63	50
57	ほど	58	67.5	53.5	75	ゆめ	73	53	67
58	まへ	58	63	62					

表（6）

No	単　語	千　載	新古今	三代集	No	単　語	千　載	新古今	三代集
1	よむ	1	2	3	21	もと	20.5	22	8
2	とき	2	4	6	22	をんな	22	19	7
3	うた	3	1	13	23	あり	23.5	67.5	16
4	こころ	4	9	29	24	まうす	23.5	30	62
5	いふ	5	8	10	25	とし	25	34	30.5
6	つかはす	6	10	1	26	きく	27	35.5	22
7	たてまつる	7	7	36	27	くに	27	46.5	30.5
8	しる	8	4	4	28	ころ	27	20.5	34.5
9	はな	9	23.5	19	29	うだいじん	30	67.5	75
10	だい	10	4	2	30	ひ	30	35.5	25
11	つき	11	17	42	31	み	30	32	47.5
12	うたあはせ	12	6	23	32	なか	32	23.5	65
13	いへ	13	12	14	33	おなじ	34	71.5	52
14	のち	14	20.5	32	34	かへし	34	15	12
15	す	15.5	16	11	35	やま	34	29	55
16	はべり	15.5	25	18	36	あき	36.5	28	45
17	まかる	17	14	9	37	また	36.5	51	27
18	ひと	18	13	5	38	ほととぎす	38	52	72
19	みる	19	18	15	39	うへ	40	58.5	72
20	こと	20.5	11	21	40	なる	40	37.5	24

このような結果になるかについては興味をひくが、その解明は今後の課題としたい。

七

「千載詞書」の漢語の使用が、使用比の点で「後撰詞書」や「新古今詞書」と異なった、特異なものであることについては既にふれた。ここでは、その特異性が何によっているのかについて考えることにする。

表(7)は、「千載詞書」「新古今詞書」「三代集詞書」における漢語の延べ語数、各「詞書」の基幹語彙における漢語の延べ語数を、各全延べ語数に対する比率とともに示したものである。この**表**(7)をみるとわかるように、「千載詞書」では、延べ語数における漢語の比率との関係において、基幹語彙における漢語の比率が「三代集詞書」「新古今詞書」よりも小さいようである。この基幹語彙における漢語の延べ語数での比率の小ささが、「千載詞書」における漢語の特異性に関係しているようである。

右の点をより具体的に言うと、基幹語の一つである「だい（題）」の使用度数の少なさが「千載詞書」の漢語使用比の特異性に関係している可能性があるということである。例えば、「新古今詞書」における「だい」の使用度数は241であるが、「千載詞書」において「新古今詞書」と同様な比率で「だい」が使用されたとすると、その度数は217となり[21]、**表**(4)で示した比は0・56となる。また、「三代集詞書」と同様な比率でそれが使用されたとすると、その度数は196、比は0・55となる。この数値でわかるように、「だい」の使用度数のみに「千載詞書」における漢語使用比の特異性の要因を求めることはできないであろ

表（7）

作品名	延べ語数	比　率	基幹語延べ語数	比　率
三代集詞書	1,860	11.5	963	9.3
千載詞書	1,041	14.9	482	9.6
新古今詞書	1,511	19.0	872	15.3

うが、大きに関係していることだけは確かである。では、「千載詞書」において、何故「だい」という語の使用度数が少ないのであろうか。井上宗雄氏は、『千載和歌集』の詞書に関して、

千載集は複雑な題も単純な題もすべて「心をよめる」に統一されている。…(略)…単純な題も複雑な題も、要するにその美的本質(趣旨)を詠むという精神が強烈に確認されたからであろうか。[22]

とされているが、題詠の確立[23]による「詞書」そのものの変容が影響していると考えてよさそうである。

八

以上、「千載詞書」の自立語語彙について、いくつかの観点からみてきたが、ここでその要点を示すことにより、本章のまとめとする。

1 「千載詞書」の語彙における異なり語数は一二五二語、延べ語数は七〇〇八語である。

2 延べ語数の1パーミル以上の度数を持つ語を基幹語とすると、「千載詞書」のそれは、異なり語数で一四二語、延べ語数で五〇一九語となる。この五〇一九語は、「千載詞書」の全延べ語数の71・6%に当たる。

3 「千載詞書」の語彙における所属段階の方が「平安和文」の語彙におけるそれよりも上位の七語のうち、「こひ」「たび」という二語は、時代語的要素を持ったものである。

4 「千載詞書」の基幹語彙のうち、「平安和文基本語彙」と共通しないものには、作者や時、場所・場面、題材等に関する語が多く含まれており、その意味で、「詞書」の語彙を特色づける語群である。

5 「千載詞書」の語彙における漢語の異なり語数での比率は29・6%と、注目に値する高さであるが、ここには時代の反映が色濃くうかがえる。

6 「千載詞書」の語彙における漢語の使用は、延べ語数での比率と異なり語数での比率との関係において、「後

撰詞書」や「新古今詞書」とは異質なものである。

7　「千載詞書」の語彙は、品詞別構成比率からすると、名詞の比率が高く形容語の比率が低い、「詞書」の語彙の特色とも考えられる性格を具備したものである。

8　「千載詞書」の語彙と他作品の語彙との共通語数では、語彙量の多い『源氏物語』とのそれが圧倒的に多く、次いで、「新古今詞書」『大鏡』がほぼ並び、「三代集詞書」『徒然草』がそれらに続く。

9　共通度は、「新古今詞書」とのそれが最も高く、「三代集詞書」『伊勢物語』『更級日記』とのそれが続く。

10　順位相関係数からみると、「三代集詞書」「千載詞書」「新古今詞書」の各語彙の間には、それぞれ強い相関が認められる。特に、「千載詞書」の語彙と「新古今詞書」の語彙との相関係数は0・784であり、非常に強い相関関係にある。また、「千載詞書」の語彙と「三代集詞書」のそれとの相関より、「新古今詞書」の語彙と「三代集詞書」のそれとの相関の方が強い点も注目される。

11　6でもふれた「千載詞書」の語彙における漢語使用の特異性には、「千載詞書」における「だい」という語の使用度数の少なさが大いに関係していると考えられる。

【注】

（1）　大曾根章介他編『日本古典文学大事典』（平成一〇年六月、明治書院）の『千載和歌集』の項（渡部泰明氏執筆）。

（2）　本書第一部第八章、および拙著『「詞書」の語彙―三代集を中心に―』（城西大学学術研究叢書11　平成八年一二月）、拙稿「三代集の『詞書』の語彙について」（『城西文学』一三号、平成三年一月）。ただし、後の拙著・拙稿の語数・比率等に関しては、調査対象範囲および読み方等の変更による再調査の結果、その数値等に一部異同がある。

（3）　本書第一部第二章・第三章。

（4）　「平安時代和文脈系文学の基本語彙に関する二三の問題」（『国語学』八七集、昭和四六年一二月）。

(5)『平家物語の文体論的研究』(昭和五三年一一月、明治書院)八四頁。
(6)『日本語はどう変わるか―語彙と文字―』(岩波新書　昭和五六年一月、岩波書店)六八~七一頁。
(7)「古今詞書」「後撰詞書」「拾遺詞書」「千載詞書」「新古今詞書」における「こひ」と「たび」の使用度数を示すと、**表**(A)のようになる。
(8)本書第一部第八章。
(9)結び題での使用例もあるが、多くは時間に関するものである。
(10)結び題での使用例もあるが、多くは場所に関するものである。
(11)ほとんどが結び題での使用例である。
(12)「古今詞書」に関しては、本書第一部第一章参照。
(13)「後撰詞書」の平均使用度数は5・49、「新古今詞書」のそれは5・57であり、「千載詞書」における数値とほぼ等しい。
(14)『語い表』所載の一四作品中、最も形容語の比率の低い作品は、『万葉集』の7・1%である。また、「千載詞書」の延べ語数における形容語の比率は3・4%である。一方、前述の一四作品では、ほとんどの作品において、異なり語数における比率より、延べ語数における比率の方が高い点からすると、この3・4%という数値は注目に値するものであろう。
(15)国語学会編『国語学大辞典』(昭和五五年九月、東京堂出版)の「詞書・左注」の項(井手至氏執筆)。
(16)かつて調査した各「詞書」の形容語の異なり語数における比率は、「古今詞書」が6・7%、「後撰詞書」が9・1%、「拾遺詞書」が5・2%、「新古今詞書」が6・2%である。【補注ii】参照。
(17)共通度は、水谷静夫「語彙の共通度について」(『計量国語学』七号、昭和三三年一二月)で示された計算式によった。
(18)「千載詞書」と異なり語数において大差のない「拾遺詞書」と『大鏡』『徒然草』との共通語数は、それぞれ七三〇語、五八〇語と、「千載詞書」と『大鏡』『徒然草』との共通語数よりも多い。各作品の成立年代を考慮すると、「千

表(A)

作品名	こ　ひ	た　び
古今詞書	0	1
後撰詞書	1	6
拾遺詞書	0	3
千載詞書	106	25
新古今詞書	68	26

載詞書」と『大鏡』『徒然草』との共通語数は少ないともいえよう。また、「拾遺詞書」と『大鏡』との共通語数は、「拾遺詞書」の全異なり語数の56・7％、「千載詞書」と『大鏡』とのそれは52・3％であることからしても、前述のことは言えそうである。

(19) 田中章夫「語彙研究における順位の扱い」（『国語語彙史の研究　七』昭和六一年一二月和泉書院）に示されているものによった。

(20) （2）の拙著・拙稿参照。

(21) 「新古今詞書」延べ語数／「新古今詞書」での「だい」使用度数＝「千載詞書」延べ語数―「千載詞書」での「だい」の使用度数＋x／x によりx＝217を得た。また、「三代集詞書」に関しても、同様な計算を行い、196という度数を得た。

(22) 「再び『心を詠める』について―後拾遺・金葉集にみられる詞書の一傾向―」（『立教大学日本文学』三九号、昭和五二年一二月）。

(23) 題詠の確立が、「題知らず」の減少と「心を詠める」の増加という形で典型的に表れるとするならば、以下に示した「千載詞書」における「こころ」の使用度数の多さも、その傍証となろう。

表（B）は、各「詞書」における「こころ」の度数と、全延べ語数に対する「こころ」の比率をまとめたものである。

【補注】

(i) 注（6）書との比較で、IIに属する「その」「かの」「いづ」「つかうまつる」「ゆく」に関して、樺島氏は「平安時代文学基本語彙」とはされていないが、氏が示された「そ」「か」「いづる」「つかまつる」「いく」と同語とし、数に加えた。

(ii) 注（16）に関して、八代集の「詞書」における形容語の比率は、本書第一部第五章の注（14）の**表**（C）参照。

表（B）

作品名	こころ	比　率
古今詞書	6	0.15
後撰詞書	53	0.76
拾遺詞書	4	0.08
千載詞書	303	4.32
新古今詞書	149	1.88

第八章　『新古今和歌集』

一

『新古今和歌集』は、後鳥羽院の下命により、源具通・藤原有家・藤原定家・藤原家隆・藤原雅経・寂蓮によって撰せられた勅撰集である。内容的には、

新古今集はその名の示すごとく「新しい古今集」であり、政治の面では延喜天暦の治が庶幾されたごとく、和歌の面においては古今・後撰両集とりわけ古今集を庶幾して撰せられたものであった。[1]

と言われるものである。このような点から、本章では、主として『古今和歌集』の「詞書」の自立語語彙と比較することにより、「新古今詞書」の自立語語彙の性格の一端をみる。

二—1

「新古今詞書」における異なり語数・延べ語数は、それぞれ一四二七語、七九四五語である。[2] 筆者は、「古今詞書」に関して、同様な調査を行ったが、[3] その数値と比較すると、**表**(1)のように、平均使用度数において「新古今詞書」の方が多いことがわかる。

2

次に、「新古今詞書」における基幹語彙について考える。

「新古今詞書」における延べ語数七九四五語のおおむね1パーミル（八）以上の使用度数を持つ語は、異なり語数で一五九語となる。この一五九語の延べ語数五六九三語は、全延べ語数の71・7％に当たる。この71・7％は、『平家物語』の基幹語彙における76・4％[4]、「古今詞書」の基幹語彙における76・3％[5]という数値に、比較的近いものである。したがって、この一五九語を「新古今詞書」の基幹語彙とする。

以下、考察を行うに先立ち、西田直敏氏が『平家物語』の語彙においてなされた段階分け[6]を、ほぼ同様な方法により、「新古今詞書」の自立語語彙について行った。それによると、当然のことながら基幹語彙は、⑧段階の一部までということになる。

表（1）

作品名	異なり語数	延べ語数	平均使用度数
古今詞書	882	3,918	4.44
新古今詞書	1,427	7,945	5.57

3

表(2)は、「新古今詞書」における基幹語彙と、大野晋氏が「平安時代和文脈系文学の基本語彙に関する二三の問題」（『国語学』八七集、昭和四六年一二月）において示された「平安時代和文脈系文学の基本語彙」（以下、「平安和文基本語彙」と略称する）との共通語・非共通語数を、段階別[7]にまとめたものである。以下、**表**(2)をもとにして「新古今詞書」の語彙の性格を考えるに当たり、「新古今詞書」の語彙における所属段階と「平安時代和文脈系文学」（以下、「平安和文」と略称する）の語彙における所属段階との差が上、下各一段階までの場合は許容範囲と

表（2）

段階	共通基幹語	「平安時代和文脈系文学」の語彙における所属段階								非共通基幹語
		①	②	③	④	⑤	⑥	⑦	⑧	
①	2	0	0	0	0	1	1	0	0	0
②	2	0	0	1	1	0	0	0	0	2
③	4	0	2	0	0	1	0	1	0	1
④	8	3	0	0	0	1	1	1	2	0
⑤	14	0	1	1	4	7	1	0	0	3
⑥	32	0	3	2	5	8	5	5	4	6
⑦	51	2	4	5	3	6	11	17	3	18
⑧	10	0	0	0	3	2	1	3	1	6
計	123	5	10	9	16	26	20	27	10	36

し、二段階以上の差がある語を「新古今詞書」独特の使用例であるとみなし、考察の対象とした。

表（2）から、ここでの考察の対象となるものは、「新古今詞書」の語彙における①段階二語、②段階一語、③段階二語、④段階七語、⑤段階二語、⑥段階一四語、⑦段階二〇語、⑧段階六語の、計五四語であることがわかる。以下、具体的にそれらを示すと、

Ⅰ　「新古今詞書」の語彙における所属段階の方が上位の語

うた（歌）・よむ（詠）・とき（時）・たてまつる（奉、四段）・つかはす（遣）・いへ（家）・まかる（罷）・かへし（返）・こひ（恋）・あそん（朝臣）・にふだう（入道）・たび（旅）・あした（朝）

Ⅱ　「平安和文」の語彙における所属段階の方が上位の語

こと（事）・ひと（人）・す（為）・みる（見）・はべり（侍）・ひとびと（人人）・まゐる（参）・み（身）・きく（聞）・ひ（日）・なる（成）・みや（宮）・よ（夜）・また（又）・もの（物・者）・あり（有）・みゆ（見）・その（其）・かた（方）・この（此）・ちゆうじやう（中将）・なし（無）・おもふ（思）・よ（世・代）・ほど（程）・おなじ（同）・おはします（在）・おもひいづ（思出）・かぜ（風）・にようばう

(女房)・ふみ(文)・まへ(前)・ゐん(院)・みち(道)・むかし(昔)・あまた(数多)・うへ(上)・かみ(上・守)・だいなごん(大納言)・つく(付、下二段)・ふかし(深)のようになる。以下、Ⅰに示した一三語をもう少し詳しくみると、

ア　和歌　うた・よむ・かへし
イ　敬語　たてまつる・つかはす・まかる
ウ　時・時間　とき・あした
エ　人物　あそん・にふだう
オ　題材　こひ・たび
カ　場所・場面　いへ

のように分類できる。これらのものは、詞書・左注が、

和歌・俳句などの作者・制作の動機・日時・場所・場面・対象・目的、その他前後の事情等について記し、また作品の主題・内容等について説明を加えたもの(8)

であり、『新古今和歌集』が勅撰集であることを考えるならば、頻用されて然るべき語群ということになろう。

次に、「平安和文」の語彙における所属段階の方が上位の語について少々ふれる。

ここに属する語は、Ⅱに示した四一語であるが、その性格は必ずしも一様ではないようである。ただし、「こと」「ひと」「ひとびと」「もの」「その」「この」「あり」「なし」「また」等の語は、「詞書」の持つ具体性や簡潔性という点において、適さないものであるとは言えそうである。

次に、「平安和文基本語彙」との非共通基幹語についてふれる。なお、ここで言う「非共通基幹語」とは、あくまでも「平安和文基本語彙」と共通しない語という意味であり、「平安和文」にその語が使用されていないという

意味ではないことを付記しておく。

非共通基幹語は、**表**(2)に示したように、三六語ある。その三六語は、

ア　和歌　だい（題）・ひやくしゆ（百首）・うたあはせ（歌合）・ごじつしゆ（五十首）・せんごひやくばん（千五百番）・わかどころ（和歌所）・かきつく（書付）・じつしゆ（十首）

イ　敬語　まうしつかはす（申遣）

ウ　時・時間　えんぎ（延喜、年号）・くれ（暮）・ぐわんねん（元年）・てんりやく（天暦、年号）・ろくねん（六年）・じふごや（十五夜）・はじめて（始）[9]

エ　人物　せつしやうだいじやうだいじん（摂政太政大臣）・しゆかくほふしんわう（守覚法親王）・すとくゐん（崇徳院）・ほりかはゐん（堀川院）・くわんぱくだいじやうだいじん（関白太政大臣）・うだいじん（右大臣）・じやうとうもんゐん（上東門院）・ないだいじん（内大臣）

オ　題材　しゆつくわい（述懐）

カ　場所・場面　くまの（熊野）・ほとり（辺）・だいじやうゑ（大嘗会）・やしろ（社）・さいしようしてんわうゐん（最勝四天王院）・みちのくに（陸奥国）・みなせ（水無瀬）・かすが（春日）・かも（加茂・賀茂）

キ　その他　しやうじ（障子）・しゆぎやう（修行）

のように分類できる。

アからカまでは、既述した共通語のうちのIにおける分類項目と同様であり、「詞書」に頻用される必然性の高い語群であると言える。キの「その他」に属させた二語についてみると、二語とも「古今詞書」においては使用されていない点は注目に値する。このあたりに、「古今詞書」の語彙と「新古今詞書」のそれとの差がありそうであ

るが、ここでは指摘にとどめる。

三

次に、「新古今詞書」の語彙の品詞別・語種別特色についてふれることにする。

表(3)は、**二**—2において行った段階分けに基づき、各段階に所属する語の品詞別・語種別の語数を、全異なり語数一四二七語に対する各々の比率とともにまとめたものである。以下、**表**(3)を中心にしてわかることを、I品詞別特色、II語種別特色の順に、箇条的に記す。

I　品詞別特色について

1　『語い表』付載の統計表によると、そこで取り上げられた一四作品中、一番名詞の比率の高い作品は、『大鏡』で63・9%。次いで、『万葉集』の59・7%となっている。また、筆者が以前調査した「古今詞書」においては、68・1%という高率を示したが、[10]「新古今詞書」においては、それよりもさらに3・7ポイント高くなっている。

右の名詞の比率の高さは、「詞書」の語彙の持つ特色の一端—表現の具体性、簡潔性—に関係していると考えられる。

2　動詞について、各段階の全所属語数に対する比率でみると、①～⑥段階においては、⑤段階を除き25%以上と、高率を示しているが、⑦段階以下では、多少の例外はあるものの、傾向としては漸減している。

3　形容詞の比率は2・9%、形容動詞の比率は1・4%となっている。これは、「古今詞書」における形容詞2・7%、形容動詞0・9%[11]に比べると多少高いが、他の和文系言語作品と比較すれば低率であると言える。

表（3）

段階	所属語数	語種別語数			品詞別語数								
		和語	漢語	混種	名詞	動詞	形容	形動	副詞	連体	接続	感動	句等
①	2	2	0	0	1	1	0	0	0	0	0	0	0
②	4	2	2	0	3	1	0	0	0	0	0	0	0
③	5	5	0	0	2	3	0	0	0	0	0	0	0
④	8	8	0	0	6	2	0	0	0	0	0	0	0
⑤	17	14	2	1	14	3	0	0	0	0	0	0	0
⑥	38	29	8	1	24	12	1	0	1	0	0	0	0
⑦	69	55	13	1	47	17	3	0	0	2	0	0	0
⑧	162	118	41	3	116	34	8	1	2	1	0	0	0
⑨	321	227	77	8	219	67	10	5	10	1	0	0	0
⑩	810	546	238	26	593	149	20	14	10	0	0	0	24
計	1,427	1,006	381	40	1,025	289	42	20	23	4	0	0	24
	%	70.5	26.7	2.8	71.8	20.3	2.9	1.4	1.6	0.3	0.0	0.0	1.7

4　副詞についてみると、『語い表』における一四作品のどの構成比率よりも低い。しかし、これが勅撰集の「詞書」の語彙の一般的特色であるかどうかは、「古今詞書」でのそれが2・6%[12]と、『源氏物語』『枕草子』『大鏡』より高い点、「詞書」の語彙量が少ない点などからして、必ずしも明確ではない。

II　語種別特色について

1　和語の比率が非常に低い。

『語い表』付載の統計表によると、ここでとられた一四作品中、一番和語の比率の低い作品は、『徒然草』で68・3%、次に低い作品は、『大鏡』で69・7%となっている。また、『平家物語』については、基幹語彙における比率ではあるが、西田直敏氏によって、65・0%という数値が出されている。[13]一方、筆者が以前調査した「古今詞書」における和語が88・7%[14]であった点などもあわせて考えると、この「新古今詞書」における和語の構成比率の低さは注目に値する。

2　漢語の比率が高い。

『語い表』によると、漢語の比率の高い作品は、『徒然草』で28・1％。次いで、『大鏡』の25・5％となっている。また、『平家物語』におけるそれの比率は、諸先学の御研究[15]より考えると、35〜40％程度と思われる。このような数値からすると、「新古今詞書」における漢語の構成比率は、右にあげた諸作品には及ばないものの、相当に高いものであると言えそうである。

3　日本語の語種構成からみて当然のことと言えるが、①〜⑤段階においては、②段階に二語、⑤段階に二語と、それぞれ漢語はあるものの、圧倒的に和語が多い。

4　各段階所属語に対する漢語の比率は、⑥・⑦段階19・6％、⑧・⑨段階24・9％、⑩段階29・4％と、増加していく。

5　混種語は、全体で四〇語、2・8％と、非常に少ないが、「古今詞書」におけるそれ[16]と比較すると、構成比率で約三倍となっている。

四—1

次に、各作品や「平安和文基本語彙」との共通語・非共通語について考えてみたい。

ここで比較の対象とするのは、「古今詞書」『伊勢物語』『大鏡』『平家物語』『方丈記』『徒然草』の六作品の語彙と、前記した「平安和文基本語彙」である。なお、語の有無を調査するに当たって、『伊勢物語』『大鏡』『方丈記』『徒然草』については『語い表』を、「平安和文基本語彙」については、大野氏の前掲論文を、また、『平家物語』については、北原保雄・小川栄一氏編『延慶本平家物語　索引編〈上・下〉』（平成八年二月、勉誠社）を、それぞれ使用させていただいた。

2

次に、各作品等を比較の対象とした理由について述べる。

1　「平安和文基本語彙」を対象としたのは、平安期の基本語彙と比較することにより、中世の作品である「新古今詞書」の語彙の特色をあきらかにできると考えたからである。

2　「古今詞書」との比較は、それを行うことにより、「詞書」の語彙の一般的性格があらわれると考えたからである。

3　『伊勢物語』については、「古今詞書」の語彙との比較を既に行っている[17]ので、今回比較することにより、「新古今詞書」の語彙の特色が、より鮮明になると考えたからである。

4　『大鏡』以下の作品については、院政期から中世にかけての代表的作品と比較することにより、中世語彙としての共通性がうかがえると考えたからである。

大略、以上のような理由によるが、以下、具体的にみることにする。

3

表(4)は、「新古今詞書」を中心とし、各作品等との各段階における共通語・非共通語の数を、全段階を通しての比率とともに示したものである。

表(4)によると、①段階から⑥段階あたりまでは、『方丈記』をのぞき、各作品とも、その共通語率に大差はない。しかし、⑦段階になると、『大鏡』『平家物語』が、他作品よりも共通語率において高くなり、⑨段階に至り、『平家物語』が『大鏡』を大きく上回るようになる。全段階を通しての共通語率でみると、『平家物語』とのそれが

表（4）

段階	所属語数	古今詞書		基本語彙		伊勢物語		大鏡		平家物語		方丈記		徒然草	
		共通	非共	共通	非共	共通	非共	共通	非共	共通	非共	共通	非共	共通	非共
①	2	2	0	2	0	2	0	2	0	2	0	0	2	2	0
②	4	3	1	2	2	3	1	3	1	4	0	2	2	3	1
③	5	5	0	4	1	4	1	4	1	4	1	3	2	4	1
④	8	7	1	8	0	8	0	7	1	7	1	5	3	6	2
⑤	17	14	3	14	3	14	3	14	3	14	3	13	4	14	3
⑥	38	28	10	32	6	26	12	34	4	35	3	20	18	30	8
⑦	69	49	20	51	18	51	18	61	8	65	4	34	35	54	15
⑧	162	87	75	96	66	88	74	124	38	147	15	53	109	113	49
⑨	312	104	208	145	167	135	177	189	123	253	59	81	231	173	139
⑩	810	107	703	182	628	186	624	309	501	506	304	109	701	249	561
計	1,427	406	1,021	536	891	517	910	747	680	1,037	390	320	1,107	648	779
	%	28.5	71.5	37.6	62.4	36.2	63.8	52.3	47.7	72.7	27.3	22.4	77.6	45.4	54.6

最も高く、以下、『大鏡』『徒然草』の順となっていることがわかる。また、共通語率の低い方をみると、『方丈記』との共通語率が最も低く、「古今詞書」とのそれが続く。

以上、**表**(4)を中心にしてまとめると、

1　⑥段階あたりまでは、各作品とも共通語率に大差はない。

2　中世の『平家物語』、院政期の『大鏡』との共通語率が高い。

3　語彙量の少ない『方丈記』との共通語率が低い。

等の諸点が指摘できる。【補注i】

次に、共通語率について、いささか補足する。「古今詞書」の基幹語彙と「平安和文基本語彙」との共通語率は、筆者の調査によると77・2%(18)であった。また、「新古今詞書」の基幹語彙と「平安和文基本語彙」とのそれは、**表**(2)により、77・4%であることもわかる。この二つの数値からすると、「古今詞書」「新古今詞書」の基幹語彙と「平安和文基本語彙」との共通語率には、ほとんど差がないと言ってもよさ

そうである。

次に、『伊勢物語』についてふれる。

「古今詞書」の語彙と『伊勢物語』のそれとの共通語率は53・7%[19]であった。それに対して、「新古今詞書」の語彙と『伊勢物語』のそれとの共通語率は、**表**(4)のように36・2%となっている。全体を通した場合、二つの共通語率には大きな差があるが、⑤段階あたりまでのそれには大差はない。このことから考えると、⑥段階以下の共通語率の差が—所属語数の面からみても—全体的な比率を決定づけていると言えそうである。また、「新古今詞書」の語彙と『平家物語』『大鏡』のそれとの共通語率の高さについても、その理由は、同様に、下位段階における共通語率に求められる。

表(5)は、「新古今詞書」の語彙と各作品の語彙との共通語のうち、単独に共通する語の数を、段階別、作品別にまとめ、単独共通語率とともに示したものである。この**表**(5)をみると、単独共通語の多くは⑨・⑩段階所属語であることがわかる。また、**表**(4)で示した共通語率の高い『平家物語』『大鏡』『徒然草』が、単独共通語率においても高いことがわかる。このような点からしても、下位段階の共通語率が全体のそれを決定するということは妥当性を持つと考えられる。

4

以上、「新古今詞書」の語彙と各作品の語彙との共通語・非共通語についてみてきたが、これらから考えると、当然といえばそれまでのことではあるが、「新古今詞書」の語彙のうち、上位段階のものは、時代を越えた「日本語の基層語というべきもの[20]」であり、下位段階のものには、時代語とでもいうべきものが多数含まれていると言えそうである。とするならば、ある歌集の「詞書」の語彙の特色を求めようとする場合は、下位段階の語に着目すべ

表（5）

所属段階	古今詞書	基本語彙	伊勢物語	大　鏡	平家物語	方丈記	徒然草
①	0	0	0	0	0	0	0
②	0	0	0	0	0	0	0
③	1	0	0	0	0	0	0
④	0	0	0	0	0	0	0
⑤	0	0	0	0	0	0	0
⑥	0	0	0	0	2	0	0
⑦	0	0	1	0	2	0	0
⑧	0	0	1	2	12	0	1
⑨	1	0	1	7	29	0	6
⑩	7	1	5	27	143	2	11
計	9	1	8	36	188	2	18
単独　%	0.63	0.07	0.56	2.52	13.17	0.14	1.26

きであろうし、「詞書」全体の特色を見いだそうとする場合は、むしろ基幹語彙に目を向けるべきかもしれない。

五—1

「新古今詞書」に漢語が頻用されていることは、三において既に述べたが、何故多数あるのか、その使用実態を、以下でみていくことにする。

2

「古今詞書」において10・3％であった漢語[21]の使用が、「新古今詞書」においては、表（3）のように26・7％と、約二・六倍になっている。これはいかなる理由によるのであろうか。

筆者は、

1　中世という時代

2　「詞書」の質的変化

の二点を、増加の主たる理由であると考える。

右のうち1については、既に諸先学の説かれる[22]ところであるので、以下、2について考えることにする。

前記の点を考察するに当たっては、表(3)に示した三八一語の漢語のうち、「平安和文基本語彙」ならびに「古今詞書」『伊勢物語』『大鏡』『平家物語』『方丈記』『徒然草』の各語彙のどれとも共通しない一一七語を主たる対象とする。

3

「詞書」の質的変化の第一として、『古今和歌集』にはなかった「釈教部」が、『新古今和歌集』にはあるという点をあげることができる。以下、「新古今詞書」において釈教部にのみ使用されている漢語についてふれたい。

釈教部では、

［例1］　勧持品の心を（一九二九）

［例2］　摂政太政治大臣家百首歌に、十楽の心をよみ侍りけるに、聖衆来迎楽（一九三八）

［例3］　法師品　加刀杖瓦石　念仏故応忍のこゝろを（一九五〇）

のように、品名・楽名・経典中の句等に、他作品との非共通語である漢語が多用されている。これらの用例は、歌題やそれに準ずるものとなっている。右と同様な用例としては、「不酤酒戒」「蓮華初開楽」「作是教已　復至他国」等、他に三五語ある。また、非共通語には、

［例4］　人のみまかりけるのち、結縁経供養しけるに、…（一九七八）

［例5］　菩提寺の講堂のはしらに、むしのくひたりけるうた（一九二二）

のように、歌題以外の、説明部分での用例も、計一一例ある。

釈教部には、以上の他に、他作品との共通語ではあるが、［例1］［例2］と同様に、歌題となっている漢語が、

［例6］　法華経二十八品歌、人々によませはべりけるに、提婆品のこゝろを（一九二八）

［例7］　心経のこゝろをよめる（一九三七）

等、計一〇例ある。また、［例6］［例7］と同様に他作品との共通語ではあるが、［例4］［例5］と同様に、説明部分に使用された漢語が、

［例8］　比叡山中堂建立のとき（一九二一）

［例9］　維摩経十喩中に此身如夢といへるこゝろを（一九七三）

等、一五例ある。

以上のような点から考えると、「新古今詞書」における漢語多用の一因として、上述したように、釈教部の存在をあげることができそうである。【補注ⅱ】

4

質的変化の二点めとしては、結び題の存在をあげることができる。

「新古今詞書」において結び題に使用された漢語(23)は、異なり語数で一七語【補注ⅲ】ある。この一七語は、以下のように四種に分類できる。

ア　非共通語で、結び題としてのみ使用されたもの。

イ　非共通語ではあるが、結び題以外の用例もあるもの。

ウ　共通語で、「新古今詞書」においては結び題としてのみ使用されたもの。

エ　共通語で、「新古今詞書」においては結び題以外の用例もあるもの。

以下、具体的にみると、アには、

［例10］　詩をつくらせて歌に合はせ侍りしに、水郷春望といふ事を（二五）
［例11］　和歌所歌合に、羇中暮といふことを（九五七）
［例12］　をのこども、詩を作りて歌にあはせ侍りしに、山路秋行といふ事を（三六〇）
等、計七語を、イには、
［例13］　社頭納涼といふ事を（一八八五）
［例14］　待客聞郭公といへるこゝろを（一九八）
の二語を、ウには、
［例15］　海浜重夜といへる事をよみ侍りし（九四三）
の二語を、エには、
［例16］　月前述懐といへる心をよめる（一五一一）
［例17］　寄風懐旧といふ事を（一五六二）
等、計六語を、それぞれ属させることができる。
右から、結び題に使用された漢語一七語（全漢語異なり語数三八一語の約4・5％）中、九語が非共通語である点、九語が結び題のみに使用されている点がわかるが、これらはやはり注目に値するであろう。
「新古今詞書」には、以上みてきた結び題や、3の釈教部での用例の他に、
［例18］　擣衣をよみ侍りける（四八一）
［例19］　曲水宴をよめる（一五一）
のような歌題として使用された漢語がある。
［例18］は、非共通語で、歌題としてのみ使用されたものであり、［例19］は、非共通語ではあるが、歌題以外で

の使用例もあるものである。

5

質的変化の三点めとしては、甲斐睦朗氏の言われる「詠歌の二次的事情を述べる詞書[24]」の増加ということが指摘できよう。すなわち、

〔例20〕　五十首歌たてまつりし時（四）

〔例21〕　百首歌たてまつりし時（一七）

のように、何を題として詠んだのかわからないような「詞書」が増加してきたということである。「五十首」や「百首」の用例の中には、

〔例22〕　百首歌たてまつりし時、春の歌（三）

のように、季節を示したものや、

〔例23〕　五十首うたたてまつりし時、月前草花（三九三）

のように、歌題を明示したものも多数ある。

右の〔例22〕〔例23〕のような用例は、厳密な意味では「詠歌の二次的事情を述べる詞書」とは言えないものであろうが、その延長線上にあるものであると言える。

「新古今詞書」においては、詠歌の時・場、出典等を示す漢語が多数使用されている。以下、具体的にそれらを示す。

詠歌の場や出典等、和歌に直接関係する漢語には、上記「五十首」とともに、

〔例24〕　花十首歌よみ侍りけるに（一二四）

［例25］　千五百番歌合に、春歌（七四）

のような語がある。同様なものは、他に二語ある。

時に関しては、

［例26］　永承四年内裏歌合に（四一一）

［例27］　元久元年八月十五夜、和歌所にて、田家見月といふ事を（四二五）

のような語がある。同様なものは、他に二語ある。また、他作品との共通語ではあるが、時に関しては、

［例28］　永治元年、譲位ちかくなりて、よもすがら月をみてよみ侍りける（一五〇七）

［例29］　二月十五日のくれがたに、伊勢大輔がもとにつかはしける（一九七四）

のような語がある。同様なものは、他に二九語ある。

6

「新古今詞書」には、『伊勢物語』等の作品と共通しない漢語が、3～5でふれた他に、四五語ある。以下、具体的に何例か示す。

人物に関するものとしては、

［例30］　祐子内親王家歌合ののち、鹿の歌よみ侍りけるに（四五二）

［例31］　内にひさしくまゐりたまはざりけるころ、五月五日、後朱雀院の御返事に（一二四〇）

のような語がある。同様なものは、他に一八語ある。

官位・官職およびそれに準ずるものとしては、

［例32］　摂政太政大臣、百首歌よませ侍りけるに（三五〇）

［例33］　贈皇后宮にそひて、春宮にさぶらひける時、…（一四九二）

のような語がある。同様なものは、他に七語ある。

寺名・地名・場所名に関しては、

［例34］　小野宮におほきおほいまうちぎみ、月輪寺に花見侍りける日よめる（一五〇）

［例35］　おなじとき、外宮にてよみける（一八七二）

のような語がある。同様なものは、他に七語ある。

時・行事（儀式）、その他に関しては、

［例36］　覚快法親王かくれ侍りて、周忌のはてに、墓所にまかりてよみ侍りける（八四一）

［例37］　建久六年、東大寺供養に行幸の時、…（一四五六）

［例38］　…かき置きたる文ども、経のれうしになさんとて、…（八二六）

のような語がある。同様なものは、他に四語ある。

7

以上、「新古今詞書」における漢語のうち、『伊勢物語』等の諸作品と共通しない一一七語を中心にみてきたが、それによると、

1　釈教部に漢語が多用されている。

2　結び題として漢語が多用されている。

3　歌合・百首等の出典や、詠出の場や時を示す漢語が多い。

4　人名、官位・官職、寺名等に漢語が多用されている。

ということがわかった。このうち、4は、「古今詞書」においてもみられるところであるので、「新古今詞書」における漢語多用の要因とは言い難い。とするならば、上述したように、「詞書」そのものの質的な変化に、その因を求めるのが妥当であると言えよう。

六

以上、「新古今詞書」の自立語語彙についてみてきたが、以下、大略を箇条的に記すことにより、本章のまとめとする。

1 「新古今詞書」の語彙における異なり語数は一四一七語、延べ語数は七九四五語である。

2 「新古今詞書」の基幹語彙として、一五九語をあげることができる。この一五九語の延べ語数は五六九三語で、全延べ語数の71・7%を占める。

3 「新古今詞書」の語彙における所属段階と「平安和文」の語彙における所属段階との間で二段階以上の差がある「新古今詞書」の特徴的使用語は五四語である。このうち、「新古今詞書」の語彙における所属段階の方が上位の語は一三語で、それらはすべて「詞書」に多用されて然るべき語群であることがわかった。

4 「新古今詞書」の異なり語数における品詞別構成比率では、名詞が71・8%と、非常に高い。この数値は、「古今詞書」におけるそれよりも3・7ポイント高いものである。

5 「新古今詞書」の異なり語数における品詞別構成比率でみると、形容詞・形容動詞のそれは、それぞれ2・9%、1・4%となっている。これらの数値は、『源氏物語』等の平安時代和文脈系文学作品での同様の数値と比較しても、相当低いものである。

6 「新古今詞書」の語彙の異なり語数における語種別語数と、その比率は、

和語　一、〇〇六語　70・5％
漢語　三八一語　26・7％
混種語　四〇語　2・8％

となり、日本語の語構成から考えると当然のことではあるが、⑤段階あたりまでは、圧倒的に和語が多い。ただ、全段階を通しての比率をみると、「新古今詞書」は、相対的に和語の構成比率が低く、漢語の構成比率が高いと言える。

7　6でもふれたように、漢語の構成比率が高い。

8　「新古今詞書」の語彙と、「平安和文基本語彙」および『伊勢物語』等六作品の語彙との共通語率をみると、『平家物語』とのそれが最も高く、『大鏡』『徒然草』がそれに続く。

9　「新古今詞書」には、7で述べたように、漢語が頻用されているが、その主たる理由としては、

1　中世という時代の影響

2　「詞書」自体の質的変化―I釈教部の存在　II結び題の多用　III「詠歌の二次的事情を述べる詞書」の増加―

の二点をあげることができる。

おおむね、以上のような点が指摘できようが、本章において行わなかった「詞書」の語彙の史的展開に関する考察については、今後の課題としたい。

【注】

（1）　犬養廉他編『和歌大辞典』（昭和六一年三月、明治書院）の『新古今和歌集』の項（後藤重郎氏執筆）。

（2）［例3］の「加刀杖瓦石　念仏故応忍」のような経典中の句も一語として数えた。
（3）本書第一部第一章。
（4）西田直敏『平家物語の文体論的研究』（昭和五三年一一月、明治書院）八四頁。
（5）（3）に同じ。
（6）（4）に同じ。
（7）「平安時代和文脈系文学」の語彙においても、「新古今詞書」と同様の段階分けを行った。
（8）国語学会編『国語学大辞典』（昭和五五年九月、東京堂出版）の「詞書・左注」の項（井手至氏執筆）。
（9）一例結び題としての用例があるが、他の七例はそれ以外のものであるので、ここに属させた。
（10）（3）に同じ。
（11）（3）に同じ。
（12）（3）に同じ。
（13）（4）書、一五一頁。
（14）（3）に同じ。
（15）佐藤武義「『平家物語』における漢語の研究」（『宮城教育大学紀要』五巻、昭和四六年三月）、白井清子「軍記物語の語彙に関する一考察」（『文学』四二巻一二号、昭和四九年一二月）、金田一春彦・清水功・近藤政美編『平家物語総索引』（昭和四八年四月、学習研究社）、（4）書。
（16）（3）に同じ。
（17）（3）に同じ。
（18）（3）に同じ。
（19）（3）に同じ。
（20）（4）書、一五四頁。
（21）（3）に同じ。
（22）佐藤喜代治「近代の語彙Ⅰ」（『講座国語史3　語彙史』昭和四六年九月、大修館書店）、その他。

(23)詩文の引用中での漢語も、ここに所属させた。
(24)「古今集の文章論的研究(二)」―詞書の機能を中心として―」(『国語国文学報』二八号、昭和五〇年六月)。

【補注】
(i)表(4)に関して、水谷静夫「語彙の共通度について」(『計量国語学』七号、昭和三三年一二月)所載の式により共通度を計算する(『平家物語』とのものを除く)と、「古今詞書」とが0・213、「平安和文基本語彙」とが0・242、『伊勢物語』とが0・199、『大鏡』とが0・136、『方丈記』とが0・142、『徒然草』とが0・129となる。この数値から、「平安和文基本語彙」や「古今詞書」との共通度が高く、『伊勢物語』との共通度がそれらに続くことがわかる。なお、「新古今詞書」と『伊勢物語』との共通度は、「後撰詞書」「古今詞書」と『伊勢物語』との共通度(それぞれ0・243、0・226)よりも低い点、注目に値する。
(ii)釈教部には3で示した語以外に、「新古今詞書」においては釈教部以外にも使用された、他作品との非共通語が一語、他作品との共通語が一一語、それぞれある。
(iii)初出において、結び題に使用された漢語は、異なり語数で六一語とした。今回、用例数等の見直しに当たって、
Ⅰ　歌題を出来る限り訓読みした。
Ⅱ　『平家物語』での有無に関して依拠する索引を都合により変更した。
結果、一七語となった。

第九章　『新勅撰和歌集』

一

『新勅撰和歌集』は、後堀河天皇の勅命により藤原定家が撰進したものであるが、途中で院の崩御などもあり、複雑な過程をたどって成立したものである。内容的には、

道家ら九条家、公経・実氏ら西園寺家の貴顕や、実朝ら幕府関係者、定家と私交のあった者などの歌を多く収め、集の定家的性格は顕著である。(1)

とされるものであるが、撰歌の定家的性格は、当然、「詞書」にもあると思われる。このような点から本章では、主として、定家の父に当たる藤原俊成撰の『千載和歌集』、定家が撰者の一人として加わった『新古今和歌集』の「詞書」の自立語語彙の使用実態と比較し、「新勅撰詞書」の自立語語彙の性格をみる。

二―1

「新勅撰詞書」の異なり語数・延べ語数は、それぞれ一〇五四語、五〇五〇語となる。したがって、平均使用度数は4・79となる。この数値は、かつて調査した八代集の「詞書」の自立語語彙における同様な数値(2)と比較した

場合、「後撰詞書」「後拾遺詞書」「千載詞書」「新古今詞書」におけるそれよりも低く、「古今詞書」「拾遺詞書」「金葉詞書」「詞花詞書」におけるそれよりも高いものであることがわかる。また、八代集の「詞書」の平均使用度数の単純平均は4・86となるが、【補注】これらからして、「新勅撰詞書」の平均使用度数は、「詞書」の自立語語彙におけるそれとして、きわめて平均的なものであると言える。

2

次に、用語の類似度の点から、「新勅撰詞書」の語彙についてみることにする。

類似度の計算式にはさまざまなものがあるが、[3] ここでは水谷静夫氏が示された類似度D'[4]を使用したい。

表(1)は、「新勅撰詞書」の語彙と、「古今詞書」「千載詞書」「新古今詞書」のそれとの類似度D'についてまとめたものである。この**表**(1)からは、

1 「千載詞書」と「新古今詞書」との類似度D'。

2 「古今詞書」と「新古今詞書」との類似度D'。

が注目に値する高さであることがわかる。また、「新古今詞書」と「新勅撰詞書」との類似度も、1ほどではないものの、非常に高い[5]ことがわかる。一方、2に関しては、新しい『古今和歌集』たらんとした『新古今和歌集』の性格上、それらの「詞書」の類似度が高いのは、当然の結果とも言えよう。それに対して、「古今詞書」と「新勅撰詞書」との類似度の低さは、気になるものであるが、その理由は、必ずしも明確ではない。

ところで、佐藤恒雄氏は、『明月記』の記述を手がかりとして、『新勅撰和歌集』編纂時の定家について、

新古今時代のまっ只中にあった当時の、自らを中心とする最も典型的な方法と歌風を完全に否定し、尋常のものと考えぬというところまで、定家の思考は変化していることを凝視しなければならない。[6]

とされている。このような定家の新古今時代歌に対する姿勢が「詞書」にも影響したのかもしれない。そして、「新勅撰詞書」の語彙は、新しい『古今和歌集』を庶幾した『新古今和歌集』の「詞書」の語彙とは趣を異にしたものとなった結果、「古今詞書」との類似度が低くなったとするのは、うがち過ぎであろうか。

三―1

次に、「新勅撰詞書」の語彙の語種別、品詞別構成比率の特色についてみることにする。**表**(2)は、八代集の「詞書」の語彙に関して、異なり語数・延べ語数における語種別、品詞別構成比率をまとめたものである。また、**表**(3)は、「新勅撰詞書」の語彙における語種別、品詞別の異なり語数・延べ語数と、それぞれの構成比率をまとめたものである。

表(2)で、八代集の「詞書」における名詞の異なり語数での比率は、「後撰詞書」が最も低く、「拾遺詞書」が最も高いことがわかる。また、延べ語数においては、「後撰詞書」が最も低く、「新古今詞書」が最も高いこともわかる。また、これらの数値と、**表**(3)に示した「新勅撰詞書」における同様な数値とを比較すると、異なり語数・延べ語数のどちらにおいても「新勅撰詞書」の方が高率であることがわかる。また、『語い表』所載の一四作品の語彙における名詞の比率と比較した場合、異なり語数において最も高率の『大鏡』(63・9%)、延べ語数において最も高率の『古今和歌集（和歌部分）』『大鏡』(53・2%)よりも、異なり語数における「後撰詞書」での比率をのぞき、すべての「詞書」におけるそれらの方が高いことがわかる。なお、「後撰詞書」における名詞の比率が、例外的に『語い表』所載諸作品におけるそれと近似しているのは、「後撰詞書」の物語的性格の反映の結果であると考えられるが、この点については既にふれた。(7)

表（1）

	古　今	千　載	新古今
新勅撰	0.699	0.829	0.851
新古今	0.752	0.861	
千　載	0.742		

表（2）

		語種別比率			品詞別比率						
		和語	漢語	混種語	名詞	動詞	形容詞	形動	副詞	連体	他
古今	異	88.7	10.3	1.0	68.1	24.7	2.7	0.9	2.6	0.5	0.5
	延	91.3	8.3	0.4	60.1	34.4	1.5	0.3	1.5	2.2	0.1
後撰	異	87.9	10.7	1.4	59.4	31.0	4.0	1.8	2.9	0.4	0.5
	延	92.6	6.9	0.5	54.0	37.9	3.3	0.8	2.9	1.0	0.1
拾遺	異	77.3	20.0	2.6	74.0	20.4	2.6	0.9	1.5	0.3	0.4
	延	78.4	20.2	1.4	66.7	29.3	1.7	0.3	1.2	0.7	0.1
後拾遺	異	80.6	17.2	2.2	68.8	23.0	3.6	1.9	2.1	0.4	0.2
	延	88.3	10.9	0.9	58.1	35.9	2.5	0.7	1.8	1.0	0.04
金葉	異	78.3	16.9	4.8	67.1	24.4	3.8	1.3	2.4	0.7	0.3
	延	88.5	9.0	2.5	59.2	36.5	1.8	0.6	1.3	0.4	0.1
詞花	異	78.3	19.3	2.4	66.8	24.8	3.9	1.4	2.1	0.6	0.6
	延	84.4	14.0	1.6	57.8	37.2	2.6	0.4	1.2	0.7	0.2
千載	異	67.7	29.6	2.8	73.4	19.2	3.1	1.0	1.6	0.3	1.3
	延	83.4	14.9	1.7	63.8	32.6	1.6	0.2	1.0	0.6	0.2
新古今	異	70.5	26.7	2.8	71.8	20.3	2.9	1.4	1.6	0.3	1.7
	延	79.5	19.0	1.5	67.3	29.0	1.8	0.4	0.8	0.4	0.3

表（3）

	所属語数	語種別語数			品詞別語数								
		和語	漢語	混種	名詞	動詞	形容	形動	副詞	連体	接続	感動	句等
異計	1,054	690	330	34	800	189	24	7	14	4	1	1	14
	%	65.5	31.3	3.2	75.9	17.9	2.3	0.7	1.3	0.4	0.1	0.1	1.3
延計	5,050	3,799	1,182	69	3,571	1,354	64	10	28	7	1	1	14
	%	75.2	23.4	1.4	70.7	26.8	1.3	0.2	0.6	0.1	0.02	0.02	0.3

「新勅撰詞書」における名詞の比率は、この「後撰詞書」とは対極にあるものであり、より「詞書」的性格の強いものであると言える。この点は、「新勅撰詞書」における形容語（形容詞・形容動詞・副詞・連体詞）の比率が、異なり語数・延べ語数のいずれにおいても、八代集の「詞書」における形容語の比率の最も低い作品よりも低率である[8]ことからしても言えるであろう。[9]

2

次に、語種別構成比率についてふれる。

表(2)および**表**(3)をみると、「新勅撰詞書」の漢語の比率は、異なり語数・延べ語数のいずれにおいても、八代集の「詞書」における場合よりも高率であることがわかる。これは、いかなる理由によるのであろうか。時代が下るにしたがい漢語の比率が高まるという、一般的傾向にその理由を求めることは容易であるが、果たしてそれだけなのであろうか。以下、時代的にも比較的近い「千載詞書」「新古今詞書」との比較を中心にして考えたい。

「千載詞書」「新古今詞書」「新勅撰詞書」において、単独で使用されている漢語の異なり語数・延べ語数を順に示すと、「千載詞書」においては、一八三、二二三、「新古今詞書」においては、一六五、二四七、「新勅撰詞書」においては、一四八、二四六となる。これらの数値を各「詞書」における全使用語数に対する比率でみると**表**(4)のようになる。この**表**(4)でわかるように、異なり語数における比率は、「千載詞書」「新勅撰詞書」「新古今詞書」の順に高率となるが、延べ語数における比率でみると、「新勅撰詞書」「千載詞書」「新古今詞書」の順となる。すなわち、「新勅撰詞書」は、異なり語数に比して延べ語数が多い、つまり、「新勅撰詞

表（4）

	千　載	新古今	新勅撰
異なり語数	14.6	11.6	14.0
延べ語数	3.2	3.1	4.9

書」における単独使用漢語には高頻度語が多いことがわかる。この点をよりわかりやすくするために、各「詞書」の単独使用漢語のうち、後述する基幹語彙であるものの数値をあげると、「千載詞書」においては存在せず、「新古今詞書」のおいては、異なり語数三、延べ語数五四、「新勅撰詞書」においては、異なり語数七、延べ語数八四となることがわかる。以上のような点からすると、「新勅撰詞書」における漢語の比率の高さは、漢語の増加という時代的傾向とともに、特に、高頻度の漢語の増加と関係していると言えそうである。

3

次に、「新勅撰詞書」において単独使用された漢語を具体的にみることにする。

上述の語は、「けんぽう（建保）」「きうあん（久安）」「ごきやうごく（後京極）」「くわんき（寛喜）」「ごほふしやうじ（後法性寺）」「かうしん（庚申）」「にほんしんわう（二品親王）」の七語であるが、この語群において特徴的なのは、年号に関するものが三語、人物に関するものが三語、それぞれあることであろう。詞書が、「和歌の前にあって、その歌の作歌事情・季節・詠んだ場所などを散文で説明したもの[10]」である以上、年号や人物に関する漢語は頻用されて当然のものであるとも言えるが、以下、その使用が特徴的であると思われるいくつかの語についてふれたい。

年号に関する三語のうち、「けんぽう」「くわんき」の二語は、『新古今和歌集』撰進後の年号であり、「千載詞書」「新古今詞書」に使用され得ないものである。しかし、「きうあん」に関しては、少々、注意が必要であろう。「きうあん」は、『千載和歌集』『新古今和歌集』撰進以前の、平安末期の年号である。したがって、当然、それらの歌集の「詞書」においても使用される可能性を持ったものであるからである。

「新勅撰詞書」における「きうあん」の使用度数は13であるが、うち一二例は、

[例1] 久安百首歌たてまつりける時、三月尽歌（一三六）
[例2] 久安百首歌たてまつりける秋歌（三二四）
[例3] 久安百首歌に、たきもの（一三五八）

のように「久安百首歌」とするものであり、そのような形をとらないものは、

[例4] 久安六年、崇徳院に百首歌たてまつりけるとき、はるのうた（一一）

とする一例にすぎない。一方、「新古今詞書」における久安百首歌に関する「詞書」では、詠者が崇徳院の場合は、

[例5] 百首歌の中に（七一）
[例6] 百首歌めしける時の春歌（一三一）
[例7] 百首歌に、初秋の心を（二八六）
[例8] 百首歌めしける時（六八五）

のように「百首歌に」「百首歌めしける時」のような形で、また、詠者が崇徳院以外の場合は、

[例9] 崇徳院に百首歌たてまつりける時、春の歌（一三）
[例10] 崇徳院に百首歌たてまつりける時（三四）
[例11] 崇徳院に百首歌たてまつりけるに（四一三）
[例12] 崇徳院御時、百首歌めしけるに（四三一）

のように「崇徳院に百首歌たてまつりける」に代表される形で、それぞれ統一されており、「新勅撰詞書」におけるような「久安百首歌」という表現を使用しない。ここに『新古今和歌集』の撰者の撰集意識と、『新勅撰和歌集』の撰者定家の撰集意識との差がみてとれるであろう。

次に、「ごほふしやうじ」という用例についてふれたい。

「新勅撰詞書」における「ごほふしやうじ」の使用度数は8であるが、それらは、

［例13］　後法性寺入道前関白家歌合に、もみぢをよみ侍ける（三四四）

［例14］　後法性寺入道前関白家百首歌よみ侍けるに、たびのこゝろをよみてつかはしける（五二一）

［例15］　後法性寺入道前関白舎利講のついで、ひと〴〵十如是歌よませ侍けるに、如是躰の心を（六一九）

のように、「後法性寺入道前関白」という形で使用されている。後法性寺入道前関白は、周知のように藤原兼実のことであるが、この人物は、撰者定家の庇護者である藤原良経の父に当たる人物である。このような人物呼称の統一が、結果的に「ごほふしやうじ」という語の頻用となったのであろう。なお、この藤原兼実に関して「新古今詞書」では、

［例16］　入道前関白太政大臣、右大臣に侍りける時、百首歌よませ侍りけるに、立春のこゝろを（五）

［例17］　入道前関白、右大臣に侍りける時、百首歌よませ侍りける郭公歌（二〇一）

のように、「入道前関白（太政大臣）」で人物呼称を統一している。

次に、「ごきやうごく」という用例についてふれる。

「新勅撰詞書」における「ごきやうごく」の使用度数は13であるが、それらは、

［例18］　後京極摂政、左大将に侍ける時、百首歌よませ侍けるに（一七）

［例19］　後京極摂政家に百首歌よませ侍ける恋歌（七七二）

［例20］　後京極摂政の家の歌合に、暁霞をよみ侍ける（四七）

［例21］　後京極摂政家百首歌よみ侍けるに（八三〇）

のように、「後京極摂政」という形で使用されている。後京極摂政は、藤原良経のことであるが、この人物は、上述したように撰者定家の庇護者である。『新勅撰和歌集』に三六首入集していることからしても、定家は良経を重

要視していることがわかるが、このような良経重視の姿勢が人物呼称としての「後京極摂政」という形式への統一、そして多用につながり、結果的に「ごきやうごく」の頻用となったのであろう。

次に、「にほんしんわう」という用例についてふれる。

「新勅撰詞書」には、

〔例22〕　入道二品親王家に五十首歌よみ侍けるに、山家月（二六六）

〔例23〕　入道二品親王家にて、秋月歌よみ侍けるに（二九三）

〔例24〕　入道二品親王家に五十首歌よみ侍けるに、寄煙恋（六八七）

のような「にほんしんわう」の用例が、計五例ある。これらの使用例からして、人物呼称としての「にほんしんわう」の使用に関しては、形式的にいちおうの統一がなされていることがわかる。しかし、前掲した〔例24〕と同一歌題にもかかわらず、

〔例25〕　入道二品親王家五十首、寄煙恋（七六一）

のような使用例もあることからすると、「詞書」としての統一は必ずしも十分とは言えない。なお、「にほんしんわう」は、道助法親王であり、その主催した『建保六年道助法親王家五十首』からは一三首入集、道助自身も一一首採られており、(11)定家にとって重視した対象であったと思われるが、そのことが結果的に、人物呼称としての「にほんしんわう」の使用につながったのであろう。

以上、「新勅撰詞書」に使用された漢語のうち、「千載詞書」「新古今詞書」では使用されていないいくつかの語について、その使用実態をみてきた。その結果、「新勅撰詞書」における「きうあん」「ごほふしやうじ」「ごきやうごく」「にほんしんわう」の頻用は、特定の人物の重視や、形式的な統一を図ろうとする定家の撰集姿勢によるものであることがわかった。

ところで、『新勅撰和歌集』の撰者定家の「詞書」に対する姿勢について諸先学はどのように見ておられるのであろうか。たとえば、樋口芳麻呂氏は、歌合を出典とする歌に関する詞書の不備・誤りを具体的に指摘されている。[12] また、山下三十鈴氏は、樋口氏の説を踏まえ、撰集がかなり杜撰なものであるとされつつも、私歌集の詞書との比較を通して、

何時、誰がという詠作年代、固有名詞を明示しようとする態度であり、出典とされた資料をもとに一首一首丹念に考証されていることがわかる。[13]

と結論づけられている。また、生澤喜美恵氏も、

新勅撰集の撰集において、定家は、撰集資料の選び方、作者名の選び方、また、詞書の文体に非常に、自己の決めた原則に忠実であると考えられる。[14]

と評価されている。

定家が記載した「詞書」に対する諸先学の評価は、上掲したいくつかの論考からでも、微妙に相違していることがわかる。筆者は、その当否を論ずるものを持たないが、しかし、ここでふれた諸語は、形式の統一という点においての諸先学の論の一端を跡づけるものともなっていると言えそうである。[15]

四—1

次に、「新勅撰詞書」における基幹語彙についてふれる。

どのようなものを、ある作品の基幹語とするかについては、基幹語という用語の定義とともに慎重な検討を要するが、ここでは、おおむね延べ語数の1パーミル（五）以上の使用度数を持つ語をもって、基幹語とする。

右のような語を基幹語とすると、「新勅撰詞書」の語彙における基幹語彙は、異なり語数で一五七語、延べ語数

で三七三二語となる。この延べ語数三七三二語は、「新勅撰詞書」の全延べ語数五〇五〇語の73・9％となるが、この数値は、かつて調査した同様な数値とほぼ同様なものであり、[16]その点からも、この一五七語を基幹語彙とすることに、ある程度の妥当性はあると考える。

2

次に、1で述べた「新勅撰詞書」の基幹語彙と、大野晋氏が示された「平安時代和文脈系文学の基本語彙」（以下、「平安和文基本語彙」と略称する）[17]との比較を通して「新勅撰詞書」の語彙の性格の一端をみることにする。

表(5)は、「新勅撰詞書」の語彙および「平安時代和文脈系文学」（以下、「平安和文」と略称する）の語彙を、それぞれ累積使用率によって一〇段階に分け、「新勅撰詞書」の基幹語彙および「平安和文基本語彙」に関する部分のみ抜き出し、前者を基準として、各段階における所属語数を示したものである。この**表**(5)から、「新勅撰詞書」における特徴的使用語を指摘するには、様々な方法があると思われる。また、その方法の適否についても、慎重な検討が必要であろうが、ここでは、上、下各二段階以上の差があるものをもって特徴的な使用語とする。

「新勅撰詞書」の基幹語彙における特徴的使用語を、右のように規定すると、それは、①段階一語、②段階一語、③段階一語、④段階三語、⑤段階八語、⑥段階一二語、⑦段階一八語、⑧段階一三語の、計五七語となる。以下、具体的にそれらを示すと、

Ⅰ　「新勅撰詞書」の語彙における所属段階の方が上位の語

よむ（詠）・うた（歌）・いへ（家）・こひ（恋）・つかはす（遣）・かへし（返）・にふだう（入道）・びやうぶ（屏風）・まかる（罷）・あした（朝）

Ⅱ　「平安和文」の語彙における所属段階の方が上位の語

表（5）

段階	共通基幹語	「平安時代和文脈系文学」の語彙における所属段階								非共通基幹語
		①	②	③	④	⑤	⑥	⑦	⑧	
①	1	0	0	0	0	1	0	0	0	0
②	2	0	0	1	0	0	1	0	0	1
③	3	0	1	0	1	0	1	0	0	1
④	5	0	1	0	1	1	0	1	1	1
⑤	16	2	1	1	0	6	2	2	2	2
⑥	20	1	1	2	7	5	1	2	1	12
⑦	39	2	3	1	4	8	8	9	4	13
⑧	22	0	2	1	1	3	6	5	4	19
計	108	5	9	6	14	24	19	19	12	49

いふ（言）・す（為）・みる（見）・はべり（侍）・ひと（人）・うへ（上）・なか（中・仲）・ひ（日）・みや（宮）・おなじ（同）・ところ（所）・まうす（申）・こと（事）・ひとびと（人人）・み（身）・よ（夜）・とし（年）・にようばう（女房）・まへ（前）・いづ（出）・まゐる（参）・もの（物・者）・うち（内・内裏）・しのぶ（忍）・ちゆうじやう（中将）・なし（無）・なる（成）・みこ（親王）・よ（世・代）・かく（書）・あまた（数多）・あり（有）・たつ（立、四段）・ゐん（院）・あめ（雨）・おもひいづ（思出）・かへる（帰）・かみ（上・守）・せうしやう（少将）・ちゆうなごん（中納言）・ふる（降）・ほど（程）・よし（由）・おもふ（思）・かた（方）・きく（聞）・すむ（住）

のように、Iに一〇語、IIに四七語、それぞれ所属することがわかる。

3

次に、「新勅撰詞書」の語彙における所属段階の方が上位の語について、より具体的にみることにする。

ここに属するのは、上掲した一〇語であるが、これらの語を、筆者がかつて調査した八代集での結果と比較すると、「つかはす」「まかる」が八作品の「詞書」と、「よむ」「うた」「いへ」が七作品の「詞書」と、「かへし」「あした」が六作品の「詞書」と、それぞれ共通している。これらの語が、多くの作品の「詞書」と共通しているのに対し、「にふだう」が「後拾遺詞書」「新古今詞書」の二作品と、「びやうぶ」が「拾遺詞書」と共通しているのは注目に値する。なお「こひ」については、『詞花和歌集』を例外として、『金葉和歌集』以降の「詞書」と共通していることから、「こひ」という概念が、主として中世以降に頻用されるものであることもわかる。以下、「にふだう」「びやうぶ」の順に、その使用実態をみることにする。

4

まず、「にふだう（入道）」についてふれる。

表(6)は、八代集の「詞書」および「新勅撰詞書」における「にふだう」および「びやうぶ」の使用度数を示したものである。[18] この**表**(6)からすると、「にふだう」は「拾遺詞書」から使用され、「後拾遺詞書」を例外として、頻用されるのは「千載詞書」からであると言えそうである。また、「にふだう」の使用例をみると、その多くは人物呼称に使用されたものであることがわかる。たとえば、「新古今詞書」の場合は、

〔例26〕　入道前関白、右大臣に侍りける時、百首歌よませ侍りける郭公歌（二〇一）

〔例27〕　入道前関白太政大臣、右大臣に侍りける時、百首歌よませ侍りけるに、立春のこゝろを（五）

のように、そのほとんどが兼実に関する「入道前関白」「入道前関白家」「入道前関白太政大臣」「入道前関白太政大臣家」「入道前関白太政大臣家歌合」という形で使用されたものである。このような点からすると、「新古今詞書」における「にふだう」の頻用は、撰歌資料に負っている、換言すれば、撰者の撰集方針の結果であると言えそうである。では、「新勅撰詞書」における「にふだう」の頻用はいかなる理由によるのであろうか。以下、具体的

表（6）

	古　今	後　撰	拾　遺	後拾遺	金　葉	詞　花	千　載	新古今	新勅撰
にふだう	0	0	1	13	1	1	15	26	25
びやうぶ	9	1	132	33	2	7	4	33	25

に用例をみると、

［例28］　入道二品親王家に五十首歌よみ侍けるに、山家月（二六七）

［例29］　宇治入道前関白の家にて、七夕歌よみ侍ける（二一五）

［例30］　後法性寺入道前関白舎利講のついで、ひと〴〵十如是歌よませ侍けるに、如是躰の心を（六一九）

［例31］　法性寺入道前関白、中納言中将に侍ける時、山家早秋といへるこゝろをよませ侍けるに（二〇四）

［例32］　法成寺入道前摂政家に、法華経廿八品歌よませ侍けるに、序品（五八二）

のような使用例がある。

［例28］の「入道二品親王」は、「道助」のことであるが、「入道二品親王家五十首」のような使用例もある。また、［例29］の「宇治入道前関白」は、「頼通」のことで、「宇治入道前関白家歌合」のような使用例も、［例30］の「後法性寺入道前関白」は、「兼実」のことで、「後法性寺入道前関白家百首歌」「後法性寺入道前関白百首歌」のような使用例も、［例31］の「法性寺入道前関白」は「忠通」のことで、「法性寺入道前関白家歌合」のような使用例も、［例32］の「法成寺入道前摂政」は、「道長」のことで、「法成寺入道前摂政家歌合」のような使用例も、それぞれある。

以上みたように、「新勅撰詞書」における「にふだう」の例も、その多くは人物呼称に使用されているが、「新古今詞書」のように「兼実」に集中することはない。「新勅撰和歌集」の撰歌に関して山下三十鈴氏は、撰者の好尚に合った自由な選択がなされたというよりは、むしろ体制の面が強調され、当代以外の各時代の作品には平等に対処し、一時代の歌で終るのではなく客観的な立場から和歌の歴史的展開を示そうと意図されたのではないかと思うのである。(19)

と言われているが、このような定家の撰集方針の結果、「新古今詞書」と比較した場合、必然的に人物呼称において「にふだう」とする人物が多彩になったと思われる。また、その結果として「新勅撰詞書」において「にふだう」が頻用されることになったのであろう。

5

次に、「びやうぶ（屏風）」についてふれたい。

「新勅撰詞書」における「びやうぶ」の使用度数は、**表**(6)に示したように25である。以下、いくつか具体的にあげると、

〔例33〕　延喜七年三月、内の御屏風に、元日ゆきふれる日（三）
〔例34〕　寛喜元年十一月女御入内屏風、江山人家柳をよみ侍ける（二八）
〔例35〕　寛喜元年女御入内屏風、杜辺山井流水ある所（一八八）
〔例36〕　三条右大臣家屏風に（八）
〔例37〕　泥絵屏風、石清水臨時祭（四八二）
〔例38〕　文治六年女御入内屏風に（六八）

のような用例がある。これらの用例からわかるように、「新勅撰詞書」における「びやうぶ」の頻用は、他の「詞書」の場合と同様、撰歌資料としての屏風歌の重視の結果であるということになろう。

ところで、「新勅撰詞書」において「びやうぶ」が使用された「詞書」をみていると、ある特徴に気づかされる。それは、［例34］や［例35］にあげた「寛喜元年入内屏風」歌に関して、屏風歌であることの明示とともに、多くの場合、歌題（もしくは、それに類するもの）も示されているということである。この点、［例38］にあげた「文治六年女御入内屏風」歌の場合と比較すると、その差は歴然としている。[20]では、なぜこのような差があるのであろうか。比較の必要上、「新古今詞書」における「びやうぶ」の使用状況をみると、屏風歌に関係がない一例を除く三二例中一九例が、屏風歌の明示のみの「詞書」中での使用であることがわかる。また、「文治六年女御入内屏風」歌とする「詞書」で使用された六例中、歌題をも示すのは二例であることもわかる。このような点からすると、『新勅撰和歌集』の撰集に当たって撰者定家は、自己の主家に当たる関白藤原道家の長女竴子の入内に関する『寛喜元年（十一月）女御入内屏風和歌』を撰歌資料として重視し[21]、それからの入集歌には、他の場合以上に「詞書」にも注意を払ったと思われる。その結果として、他の屏風歌の場合よりも歌題を記載する「詞書」が増加したのであろう。

五―1

次に、「新勅撰詞書」の基幹語彙のうち、「千載詞書」「新古今詞書」の基幹語とはならないものについてふれることにする。

「新勅撰詞書」の基幹語彙のうち、「千載詞書」「新古今詞書」で基幹語とはならないものは、それぞれ、五六語、四九語ある。これらのうち共通するものを除くと、結局、「新勅撰詞書」の基幹語彙のうち、他の二作品において基幹語とはならないものは三七語であることがわかる。以下、これらのうち、問題になりそうな二、三の語について、その使用実態をみることにする。

まず、「だいり（内裏）」の用例についてふれることにする。

この「だいり」という語を検討するに当たっては、類似した意味を持つ「うち（内・内裏）」の例と対照させて考えたい。

表(7)は、八代集の「詞書」および「新勅撰詞書」における「だいり」[22]および「うち」の使用度数である。また（　）内の数値は、「うち」の用例中、「だいり」と意味的に重なり（内裏・宮中、天皇の意）があると思われる用例数である。この**表**(7)からは、

1　「だいり」の意味を含む「うち」の用例は、「後撰詞書」から出現する。[23]

2　「後拾遺詞書」「金葉詞書」「詞花詞書」「千載詞書」で「だいり」が、「だいり」の意味を含む「うち」よりも多用されている。

3　「新勅撰和歌集」の成立に近い「新古今詞書」においては「だいり」と、その意味を含む「うち」の使用度数が同じであるが、「新勅撰詞書」においては「だいり」の方が優勢である。

のような点がみてとれるであろう。

以下、「新勅撰詞書」における「だいり」の使用実態をみることにする。

「新勅撰詞書」における「だいり」は、

［例39］　建保六年内裏歌合、秋歌（三〇六）

［例40］　康保三年内裏菊合に（三一三）

［例41］　建暦二年内裏詩歌合、羇中眺望といへるこゝろをよみ侍ける（五三三）

表（7）

	古今	後撰	拾遺	後拾遺	金葉	詞花	千載	新古今	新勅撰
だいり	0	0	8	24	7	12	6	5	20
うち	4	12(4)	13(9)	22(14)	4(2)	2	16	7(5)	9(6)

のように「年号名＋内裏歌合」という形式中[24]のものがほとんどで、それ以外のものは、

〔例42〕　建暦二年春、内裏に詩歌をあはせられ侍けるに、山居春曙といへるこゝろをよみ侍ける（九三）

の一例にすぎない。ただし、この例も、〔例41〕と同じ「内裏詩歌合」に関する「詞書」中での用例であることにも注意が必要であろう。

では、他の「詞書」において、「だいり」はどのように使用されているのであろうか。以下、それをみると、「拾遺詞書」においては八例中三例が、「後拾遺詞書」においては二四例中二二例が、「金葉詞書」においては七例中五例が、「詞花詞書」においては一二例すべてが、「千載詞書」においては六例中四例が、「新古今詞書」においては五例中三例が、「年号名＋内裏歌合」という形式中[25]で使用されている。このことからすると、「新勅撰詞書」における「だいり」の使用は、和歌史的には、ごく普通の類型的なものであると言えそうである。

「新勅撰詞書」における「だいり」という用例の使用が類型的なものであるとしても、「千載詞書」や「新古今詞書」と比較すると、その用例の多さは歴然としている。その頻用はいかなる理由によるのであろうか。もう一度「拾遺詞書」から「新古今詞書」までの「年号名＋内裏歌合」の用例をみると、「後拾遺詞書」以降の「詞書」におけるそれらの多くは、「後拾遺詞書」に示された「内裏歌合」と共通している[26]ことに気づかされる。『後拾遺和歌集』は、天皇新政の復活という時代背景のもとに成立したものであり、「内裏歌合」は、その復活という和歌史の流れの中で、撰歌資料としても重要な位置を占めている。その結果、「後拾遺詞書」において「だいり」が頻用されたと考えられる。それに対して、「金葉詞書」以下の「詞書」に

おける「年号名＋内裏歌合」という形式中の「だいり」は、使用度数が減少している。また、撰歌資料としての「内裏歌合」も、その多くが「後拾遺詞書」の場合と共通しており、結果的にあまり重要視されていないようである。

「新勅撰詞書」には、上述したように、「新古今詞書」などと比較すると、「だいり」が頻用されている。この使用で特徴的なのは、［例39］にあげたような「建保六年内裏歌合」という形式中で一三例使用されていることであろう。また、「だいり」は、「建保六年内裏歌合」以外の歌合の明示にも使用されているが、その使用された「内裏歌合」は、［例40］にあげた『康保三年内裏菊合』の用例を除き、順徳天皇の治世に開催されたもの[27]であることにも注意が必要であろう。承久の乱の関係者である順徳院の詠歌を勅撰集の入集歌とすること、それをたとえ撰者が願っても、政治的な状況が許さなかったのであろう。だからこそ定家は、撰歌資料として順徳天皇治世の「内裏歌合」を重視したのではなかろうか。そして、その結果、「新勅撰詞書」で「だいり」が頻用されたのであろう。

3

次に、「めいしよ（名所）」についてふれたい。

「めいしよ」は、八代集の「詞書」においては「新古今詞書」に、

［例43］ 教長卿、名所歌よませ侍りけるに（一六〇七）

という用例があるのみである。一方、「新勅撰詞書」においては、

［例44］ 名所歌よみ侍けるに（一二七二）

［例45］ 名所歌たてまつりけるに、すゞか山（一二八九）

［例46］ 名所百首歌たてまつりける時よめる（一二九七）

のような「名所（百首）歌」という形で用いられるほか、

［例47］　建保三年内大臣家百首歌よみ侍けるに、名所恋といへる心をよめる（七四六）

［例48］　前関白家歌合に、名所月をよみ侍ける（一二九二）

のような歌題中での使用例もある。

「新勅撰詞書」には、上記したような「めいしよ」の用例が、計一三例あるが、このような「めいしよ」の頻用は、平安中期以降の名所歌合の流行、それに続く名所題百首歌の出現など、時代の嗜好を踏まえた撰者定家の撰歌の結果とも言えるものであろう。

4

次に、「のがる（逃）」についてふれたい。

「のがる」は、「新勅撰詞書」に八例ある。一方、八代集においては、「千載詞書」「新古今詞書」に、各三例あるものの、他の「詞書」には一例もない。この使用度数からして、「のがる」は、「新勅撰詞書」において頻用されていると言えそうである。以下、具体的に「のがる」の使用実態についてみると、「千載詞書」の用例は、

［例49］　世を遁れて後、白河の花見て詠める（一〇六二）

のようなもの、また、「新古今詞書」の用例は、

［例50］　世をのがれて後、百首歌よみ侍りけるに、花の歌とて（一四六五）

のようなものであり、いずれも「出家する・隠遁する」意の「よをのがる」という形で使用されていることがわかる。また、「新勅撰詞書」における使用例をみると、そのほとんどが、

［例51］　世をのがれてのち、修行のついであさか山をこえ侍けるに、むかしのことおもひいで侍てよみ侍ける

表（8）

	古　今	後　撰	拾　遺	後拾遺	金　葉	詞　花	千　載	新古今	新勅撰	続後撰
よをのがる	0	0	0	0	0	0	3	3	7	3
よをそむく	0	0	0	6	0	1	3	5	0	1
出家す	0	0	2	0	1	0	0	1	3	1

（五三五）

のような「千載詞書」「新古今詞書」と同様な「よをのがる」という形での使用であり、

[例52]　しばし世をのがれて、大原山いゐむろのたになどにすみわたり侍けるころ、熊野御幸の御経供養の導師のがれたきもよおし侍て、みやこにいで侍けるに、…（一一五二）

の例が唯一、それらとは相違したものである。

ところで、この「よをのがる」とほぼ同様な「出家する・隠遁する」意で用いられるものに、「よをそむく」という表現がある。以下、比較のために八代集で使用された「よをそむく」表現についてもみることにする。

表(8)は、八代集の「詞書」および「新勅撰詞書」「続後撰詞書」において「出家する・隠遁する」意で使用された「よをのがる」「よをそむく」表現の使用度数をまとめたものである。なお、参考に「出家す」の使用度数も示した。この**表**(8)からは、

1　三代集においては両表現とも使用されず、「後拾遺詞書」から、まず「よをそむく」表現が使用され、ついで、「千載詞書」から「よをのがる」表現が使用される。

2　八代集においては「よをそむく」表現が優勢であるが、「新勅撰詞書」においては、もっぱら「よをのがる」表現が使用されている。

のような点がみてとれる。また、次の「続後撰詞書」においては、「よをのがる」表現優勢の傾向は変わらないものの、「よをそむく」表現もあり、このことからしても「新勅撰詞書」の「よをのがる」表現は特異であると言えそうである。

「新勅撰詞書」における「出家する・隠遁する」意の「よをのがる」表現への傾斜が、結

表（9）

	古　今	後　撰	拾　遺	後拾遺	金　葉	詞　花	千　載	新古今	新勅撰	続後撰
おい	0	1	0	0	0	0	0	1	6	5
おゆ	1	2(1)	2	2	2	0	1(1)	4(1)	0	0

果的に「新勅撰詞書」における「のがる」の頻用につながったのであろうが、何故「よをそむく」表現を使用しなかったのかについては、必ずしも明確ではない。あるいは、「そむく」の持つ反社会的語感を撰者定家が嫌った結果かもしれないが、この点については今後とも考えたい。

5

次に、「おい（老）」についてみることにする。

「新勅撰詞書」には、「おい」の使用例が六例あるが、それらはすべて、

[例53]　おいのゝち、はるのはじめによみ侍ける（四六三）

のように「おいののち」（年をとってから、年老いて後）という形での使用である。では、このような形式での使用が「詞書」における一般的な用法であったかどうか、以下、考えたい。

表(9)は、八代集の「詞書」および「新勅撰詞書」「続後撰詞書」における「おい」および「おゆ（老）」の使用度数をまとめたものである。「おい」は、この**表**(9)でわかるように、「後撰詞書」および「新古今詞書」でも各一例使用されている。

「後撰詞書」での用例は、

[例54]　雪のあした、おいをなげきて（四七二）

というものである。また、「新古今詞書」での用例は、

[例55]　おいののち、むかしをおもひいで侍りて（一六七二）

というものである。

次に、「おゆ」の使用例についてみると、**表**(9)における使用度数には、「後撰詞書」における、

〔例56〕 年おいてのち、梅花うへて、あくるとしの春おもふ所ありて（四七）

のような、「おいてのち」とほぼ同意となる「おいてのち」表現中の用例のほか、「新古今詞書」における、

〔例57〕 としのくれに、身のおいぬる事をなげきてよみ侍りける（七〇二）

のような、必ずしも同意とは言えない用例の度数も含んでいるが、大きな傾向はつかめると思う。なお、**表**(9)の「おゆ」の使用度数の右の（ ）内の数値が「おいてのち」表現に使用された「おゆ」の度数である。

この**表**(9)からは、「おいののち」表現は、「(とし) おいてのち」表現にとってかわるような形で「新古今詞書」あたりから使用されたことがみてとれる。[28] このような点からすれば、「おいののち」表現は、必ずしも定家特有の表現とは言えないものの、定家の好んだ表現、または、定家の時代に好まれた表現であったとは言えそうである。したがって、「おい」の使用は、結果的には撰者定家の好尚によるとも言えそうである。

六

以上、「新勅撰詞書」の自立語語彙に関して、「千載詞書」「新古今詞書」におけるそれらとの比較を中心にして、その使用実態の一端をみてきた。ここで、その要点を再掲することにより、本章のまとめとする。

1 「新勅撰詞書」の自立語語彙における異なり語数・延べ語数は、それぞれ一〇五四語、五〇五〇語となる。
また、平均使用度数は4・79となる。

2 延べ語数の1パーミル以上の使用度数をもつ語を基幹語とすると、「新勅撰詞書」におけるそれは、異なり語数で一五七語、延べ語数で三七三二語となる。また、この三七三二語は、全延べ語数五〇五〇語の73・9%

に当たる。

3　「新勅撰詞書」の語彙と「新古今詞書」のそれとの類似度Dは、「千載詞書」の語彙と「新古今詞書」のそれとの類似度Dにはおよばないものの、他の八代集の隣接する「詞書」間の類似度Dのどれよりも高いものとなっている。

4　品詞別構成比率に関してみると、「新勅撰詞書」における名詞の比率は、異なり語数・延べ語数のどちらにおいても、八代集の「詞書」におけるそれらよりも高率である。また、形容語の比率は、異なり語数・延べ語数のどちらにおいても、八代集の「詞書」におけるそれらよりも低率である。これらのことから考えると、「新勅撰詞書」は、「後撰詞書」とは対極にある、「詞書」的性格の非常に強い「詞書」であると言える。

5　「きうあん」「ごほふしやうじ」「ごきやうごく」などの頻用は、特定の人物の重視や、「詞書」の形式の統一を図ろうとする撰者定家の編纂・撰集方針の結果であると言える。

6　「びやうぶ」の頻用は、撰歌資料としての屏風歌重視の結果であろう。特に、定家の主家に当たる藤原道家の長女竴子の入内に関する『寛喜元年（一一月）女御入内屏風和歌』を重視し、その「詞書」には、他の屏風歌のそれよりも、より注意を払っていることがうかがわれる。

7　「だいり」の頻用は、順徳天皇治世における内裏歌合を撰歌資料として重視した結果であると思われる。

8　「新勅撰詞書」における「のがる」は、そのほとんどが「出家する・隠遁する」意の「よをのがる」という形で使用されている。前後の「詞書」が、「よをのがる」とほぼ同様な意味を持つ「よをそむく」と併用するのに対し、「新勅撰詞書」は、「よをそむく」を使用していない点で特異であると言える。これは、あるいは、撰者定家が「そむく」の持つ反社会的語感を嫌った結果かもしれない。

【注】

（1）犬養廉他編『和歌大辞典』（昭和六一年三月、明治書院）の『新勅撰和歌集』の項（樋口芳麻呂氏執筆）。

（2）本書第一部第一章～第八章。

（3）たとえば、宮島達夫「語いの類似度」（『国語学』八二集、昭和四五年九月）や、（4）に示す水谷静夫氏のもの等がある。

（4）「用語類似度による歌謡曲仕訳『湯の町エレジー』『上海帰りのリル』及びその周辺」（『計量国語学』一二巻四号、昭和五五年三月）、『数理言語学』（昭和五七年一月、培風館）、その他。

（5）隣接する勅撰集の「詞書」間の類似度D'についてみると、「古今詞書」と「後撰詞書」とは0・818、「後撰詞書」と「拾遺詞書」とは0・797、「拾遺詞書」と「金葉詞書」とは0・821、「金葉詞書」と「詞花詞書」とは0・803、「詞花詞書」と「千載詞書」とは0・811、「後拾遺詞書」と「金葉詞書」とは0・822、「千載詞書」と「新古今詞書」とは0・861となる。また、これらの類似度D'の平均値は0・819である。このような数値からすれば、「新古今詞書」と「新勅撰詞書」の類似度Dの0・851という数値は、非常に高いものであると言える。

（6）「新勅撰和歌集成立への道」（『新古今集とその時代』和歌文学論集8、平成三年五月、風間書房）。

（7）本書第一部第二章および第四章。

（8）各「詞書」における形容語（形容詞・形容動詞・副詞・連体詞）の異なり語数・延べ語数と、その比率をまとめたものが**表**（A）である。

（9）山口仲美氏は、「平安仮名文における形容詞・形容動詞」

表（A）

	異なり語数		延べ語数	
	度　数	%	度　数	%
古今詞書	59	6.7	211	5.4
後撰詞書	116	9.1	553	7.9
拾遺詞書	67	5.2	203	3.9
後拾遺詞書	126	8.0	529	5.9
金葉詞書	80	8.2	175	4.1
詞花詞書	57	7.9	130	4.9
千載詞書	76	6.1	239	3.4
新古今詞書	89	6.2	270	3.4
新勅撰詞書	49	4.6	109	2.2

（『国語語彙史の研究　一』昭和五五年五月、和泉書院）において、平安仮名文学作品を文体的観点から、和文系言語と訓読系言語と口誦系言語の三つに分類し、

口誦系言語、すなわち、歌物語では、詠歌に至るまでの事情を要約的に述べるだけであるため、形容語は、余り必要なかったのであろう。

とされたが、「詞書」の語彙・文体を考える上で示唆に富む。なお、物語的性格の強い、散文的性格を持つ「詞書」の語彙における形容語の構成比率は高いという点については、本書第一部第二章・第四章・第五章等でふれた。

（10）（1）書、「詞書」の項（桑原博史氏執筆）。

（11）久曽神昇・樋口芳麻呂校訂『新勅撰和歌集』（岩波文庫　昭和三六年四月、岩波書店）解題による。

（12）「新勅撰和歌集と歌合―新勅撰和歌集出典考一―」（『国語国文学報』七集、昭和三三年二月）。

（13）「新勅撰和歌集の構成」（小沢正夫・島津忠夫編『古今新古今とその周辺』昭和四七年七月、大学堂書店）。

（14）「新勅撰集の編集―資料本文改変と配列―」（『国語と国文学』六六巻六号、平成元年六月）。

（15）生澤氏は、（14）論文で、良経歌に関して、『新勅撰和歌集』における「詞書」と、『秋篠月清集』における「詞書」を比較し、

歌合歌の場合は歌題をそのまま詞書にはできないが、同じ歌合歌、百首歌であるのに様々な詞書が付されている点に注目したい。

とされている。本稿では、「詞書」における良経の呼称が統一されている点を指摘したものであり、生澤氏の結論との矛盾はない。

（16）八代集の「詞書」における数値では、最高が「古今詞書」の76・3％、最低が「拾遺詞書」の67・1％であり、平均は71・9％となる。

（17）「平安時代和文脈系文学の基本語に関する二三の問題」（『国語学』八七集、昭和四六年一二月）。

（18）他に「にふだううだいじん」「にふだうしきぶきやう」「にふだうしんわう」「にふだうせつしやう」「にふだうだいじやうだいじん」「にふだうだいなごん」のような用例も、「拾遺詞書」に四例、「後拾遺詞書」に八例、「詞花詞書」に二例、「千載詞書」に三例、「新古今詞書」に二例、「新勅撰詞書」に二例、それぞれある。

(19)(13)に同じ。

(20)「寛喜」の場合は、一一例中歌題がないもの二例、「文治」の場合は、五例中歌題がないもの四例、上掲以外の屏風歌の場合は、九例中歌題がないもの五例。なお、「寛喜」「文治」に関しては、あくまでもそれぞれの屏風歌であると明示した「詞書」に関してのみ考察の対象とした。

(21)(11)解題では、二四首入集とする。

(22)漢字表記の「内裏」という用例は、「うち」とは読まず、「だいり」と読んだ。

(23)「古今詞書」には、「宮のうち」という使用例（九六二）が一例ある。

(24)「年号名＋内裏菊合」「年号名＋内裏詩歌合」という形式中の用例もあるが、すべて「年号名＋内裏歌合」で代表させた。

(25)「年号名＋内裏」と「歌合」との間に「の」や「後番（の）」のようなものが挿入されている例もあるが、すべて「年号名＋内裏歌合」で代表させた。

(26)「後拾遺詞書」から「新古今詞書」までの「年号名＋内裏歌合」の使用度数をまとめると**表**(B)のようになる。この**表**(B)でわかるように、「金葉詞書」以降の「詞書」における用例の多くが「後拾遺詞書」の用例と一致している。なお、**表**(B)の「詞花詞書」における『承暦四年内裏歌合』は、『承暦二年内裏後番歌合』の誤り（松野陽一校注『詞花和歌集』昭和六三年九月、和泉書院。一九一番歌頭注）であるが、底本（陽明文庫本）のままとした。

(27)「建保六年内裏歌合」以外には、「建暦二年内裏歌合」「建保二年

表（B）

	後拾遺	金　葉	詞　花	千　載	新古今
天徳四年内裏歌合	2	0	3	0	0
寛和元年八月七日内裏歌合	1	0	0	0	0
寛和元年八月十日内裏歌合	2	0	0	0	0
寛和二年内裏歌合	0	0	6	0	0
永承四年内裏歌合	10	0	0	0	2
永承六年内裏歌合	1	0	0	1	0
承暦二年内裏歌合	5	5	1	2	1
承暦二年内裏後番歌合	1	0	1	1	0
承暦四年内裏歌合	0	0	1	0	0

内裏歌合」「建保三年内裏歌合」（以上、各一例）、「建保五年内裏歌合」（二例）の用例がある。

（28）「千載詞書」にある、

［例A］　上の男共老後恋といへる心を仕りけるに、詠ませ給うける（八六四）

における「老後恋」は、「おいてのちのこひ」と読んだが、これを「おいののちのこひ」と読めば、「おいののち」表現は、「千載詞書」から使用されたことになる。また、「新古今詞書」にある、

［例B］　老後、つのくになる山でらにまかりこもれりけるに、…（一六六八）

における「老後」は、「おいてのち」と読んだが、これも「おいののち」と読めば、「新古今詞書」における「おいののち」表現は二例ということになる。

【補注】

八代集の「詞書」における平均使用度数に関しては、本書第一部第五章の注（4）の表（A）参照。

第一〇章　『続後撰和歌集』

一

『続後撰和歌集』は、後嵯峨院の下命により藤原為家が撰進したものであり、内容的には、当代賛頌の念が顕著で、温雅平淡な歌が多く、後世の二条派歌人から花実相応の集と評せられたものであり、[1] 為家の子孫、特に嫡流の二条家が歌壇の主流を占めたこともあって、勅撰集をはじめ後代の和歌に与えた影響は大きい。[2]

とされるものでもある。本章では、主として、為家の祖父である俊成が撰進した『千載和歌集』、父定家が撰者の一人として加わった『新古今和歌集』、および、定家が単独で撰進した『新勅撰和歌集』の詞書の自立語語彙と比較し、「続後撰詞書」の自立語語彙の性格の一端をみる。

二―1

「続後撰詞書」の異なり語数・延べ語数は、それぞれ九四九語、四九四六語となり、平均使用度数は5・21となる。この平均使用度数5・21という数値は、かつて調査した八代集の「詞書」や「新勅撰詞書」の自立語語彙における同様な数値(3)と比較した場合、「後撰詞書」「後拾遺詞書」「千載詞書」「新古今詞書」におけるそれよりも小さく、「古今詞書」「拾遺詞書」「金葉詞書」「詞花詞書」「新勅撰詞書」におけるそれよりも大きいものである。また、八代集における平均使用度数の単純平均が4・86【補注】であることからしても、「続後撰詞書」におけるそれは平均的なものであることがわかる。

2

次に、語種別、品詞別構成比率についてみることにする。

表(1)は、八代集の「詞書」および「新勅撰詞書」の自立語語彙に関して、異なり語数・延べ語数における語種別、品詞別構成比率をまとめたものである。また、**表**(2)は、「続後撰詞書」の自立語語彙に関して、語種別、品詞別の異なり語数・延べ語数と、それぞれにおける構成比率をまとめたものである。この**表**(1)および**表**(2)を使用し、以下、語種別構成比率、品詞別構成比率の順にふれることにする。

まず、語種別構成比率をみると、和語は、異なり語数・延べ語数のいずれにおいても八代集の「詞書」および「新勅撰詞書」におけるそれよりも低く、「新勅撰詞書」のそれに近似したものであることがわかる。また、漢語は、異なり語数・延べ語数のいずれにおいても、上掲九作品の「詞書」のどれよりも高率となっている。

和語の異なり語数において、「続後撰詞書」と最も近似した値をとるのは、上記したように「新勅撰詞書」であり、「千載詞書」「新古今詞書」がそれに続く。また、延べ語数においては、「新勅撰詞書」「拾遺詞書」「新古今詞書」の順となる。一方、漢語についてみると、異なり語数において「続後撰詞書」と最も近似した値をとるのは「新勅撰詞書」であり、「千載詞書」「新古今詞書」がそれに続く。また、延べ語数においては、「新勅撰詞書」「拾

表（1）

		語種別比率			品詞別比率						
		和語	漢語	混種語	名詞	動詞	形容詞	形動	副詞	連体	他
古今	異	88.7	10.3	1.0	68.1	24.7	2.7	0.9	2.6	0.5	0.5
	延	91.3	8.3	0.4	60.1	34.4	1.5	0.3	1.5	2.2	0.1
後撰	異	87.9	10.7	1.4	59.4	31.0	4.0	1.8	2.9	0.4	0.5
	延	92.6	6.9	0.5	54.0	37.9	3.3	0.8	2.9	1.0	0.1
拾遺	異	77.3	20.0	2.6	74.0	20.4	2.6	0.9	1.5	0.3	0.4
	延	78.4	20.2	1.4	66.7	29.3	1.7	0.3	1.2	0.7	0.1
後拾遺	異	80.6	17.2	2.2	68.8	23.0	3.6	1.9	2.1	0.4	0.2
	延	88.3	10.9	0.9	58.1	35.9	2.5	0.7	1.8	1.0	0.04
金葉	異	78.3	16.9	4.8	67.1	24.4	3.8	1.3	2.4	0.7	0.3
	延	88.5	9.0	2.5	59.2	36.5	1.8	0.6	1.3	0.4	0.1
詞花	異	78.3	19.3	2.4	66.8	24.8	3.9	1.4	2.1	0.6	0.6
	延	84.4	14.0	1.6	57.8	37.2	2.6	0.4	1.2	0.7	0.2
千載	異	67.7	29.6	2.8	73.4	19.2	3.1	1.0	1.6	0.3	1.3
	延	83.4	14.9	1.7	63.8	32.6	1.6	0.2	1.0	0.6	0.2
新古今	異	70.5	26.7	2.8	71.8	20.3	2.9	1.4	1.6	0.3	1.7
	延	79.5	19.0	1.5	67.3	29.0	1.8	0.4	0.8	0.4	0.3
新勅撰	異	65.5	31.3	3.2	75.9	17.9	2.3	0.7	1.3	0.4	1.5
	延	75.2	23.4	1.4	70.7	26.8	1.3	0.2	0.6	0.1	0.3

表（2）

	所属語数	語種別語数			品詞別語数								
		和語	漢語	混種	名詞	動詞	形容	形動	副詞	連体	接続	感動	句等
異計	949	610	311	28	711	181	15	6	13	4	0	0	19
	%	64.3	32.8	3.0	74.9	19.1	1.6	0.6	1.4	0.4	0	0	2.1
延計	4,946	3,702	1,161	83	3,641	1,143	90	9	30	14	0	0	19
	%	74.8	23.5	1.7	73.6	23.1	1.8	0.2	0.6	0.3	0	0	0.4

遺詞書」「新古今詞書」の順となる。

次に、品詞別構成比率をみると、名詞は、表(2)でわかるように、異なり語数で74・9%、延べ語数で73・6%となっているが、上掲九作品の「詞書」におけるそれと比較すると、異なり語数においては「新勅撰詞書」に次いで高率であり、延べ語数においては「新勅撰詞書」をしのぎ、最も高率であることがわかる。また、動詞の比率をみると、異なり語数においては「新勅撰詞書」に次いで低率であり、延べ語数においては、最も低率であることがわかる。

名詞の異なり語数において、最も近似した値をとるのは「拾遺詞書」であり、「新勅撰詞書」「千載詞書」がそれに続く。また、延べ語数においては、「新勅撰詞書」「新古今詞書」「拾遺詞書」「千載詞書」の順となる。一方、動詞についてみると、異なり語数において最も近似した値をとるのは「千載詞書」であり、「新勅撰詞書」「新古今詞書」「拾遺詞書」がそれに続く。また、延べ語数においては、「新勅撰詞書」「新古今詞書」「拾遺詞書」「千載詞書」の順となる。

以上、語種別構成比率、品詞別構成比率を概観したが、これらの値は、「新勅撰詞書」「新古今詞書」「千載詞書」と比較的近似したものであることがわかった。とりわけ「新勅撰詞書」との近似性が指摘できようが、『新勅撰和歌集』の成立が『続後撰和歌集』と最も近接した作品である点からすると、当然の結果とも言えよう。むしろここで注目しなければならないのは、「千載詞書」との類似性という点である。特に、異なり語数においては、成立がより近い「新古今詞書」よりも、構成比率で近似した値をとっている点は見逃せない。[4] これは、諸先学が説かれる、[5]『続後撰和歌集』における『千載和歌集』の影響の反映の結果ととらえることができるかもしれない。

次に、形容語についてみると、異なり語数においては4・0％、延べ語数においては2・9％となる。これらの値を、かつて調査した八代集の「詞書」および「新勅撰詞書」におけるそれらと比較すると、異なり語数においては最も低率であり、延べ語数においては「新勅撰詞書」（2・2％）に次いで低率であることがわかる。(6)

山口仲美氏は、形容語について、平安仮名文学作品を文体の面から和文系言語・訓読系言語・口誦系言語の三種に分類した上で、

口誦系言語、すなわち、歌物語では、詠歌に至るまでの事情を要約的に述べるだけであるため、形容語は、余り必要なかったのであろう。(7)

とされた。「詞書」は「口誦系言語」と必ずしも一致するものではないが、山口氏の指摘は、品詞別構成比率における形容語の低さという「詞書」の語彙の傾向を踏まえ、「詞書」の語彙・文体を考える上で示唆に富むものである。この点からすると、「続後撰詞書」は、非常に「詞書」らしい「詞書」であると言えそうである。筆者はかつて、「詞書」の語彙の特徴の一つとして、品詞別構成比率における名詞の比率の高さという点を指摘したことがある。(8)上掲したように、「続後撰詞書」における名詞の比率は、他の「詞書」におけるそれと比較しても高いが、このことからも、上述した「続後撰詞書」の「詞書」的性格の強さを指摘することができるであろう。

三―1

次に、「続後撰詞書」の基幹語彙についてふれたい。

ある作品の基幹語をどのように設定するかについては、様々な考え方があろう。ここでは、おおむね延べ語数の

1パーミル（五）以上の使用度数を持つ語をもって基幹語としたい。

右のような語を基幹語とすると、「続後撰詞書」における基幹語彙は、異なり語数で一六五語、延べ語数で三七七四語となる。同様に、「千載詞書」「新古今詞書」「新勅撰詞書」における基幹語彙を選定し、以下で、「続後撰詞書」におけるそれと比較したい。

「続後撰詞書」の基幹語のうち、「千載詞書」「新古今詞書」「新勅撰詞書」のいずれにおいても基幹語とはならないものは、異なり語数で二四語ある。(9) 以下、注意を要する語について、いささかふれることにする。

2

「けんちやう（建長）」「しやうぢ（正治）」は、いずれも年号であるが、「続後撰詞書」では、それぞれ六例、一二例使用されている。ところが、これらの語は、上記した三勅撰集の「詞書」においては、「新勅撰詞書」での「しやうぢ」の一例を除くと使用されていない。以下、まず「しやうぢ」からみることにする。

『千載和歌集』における「しやうぢ」「けんちやう」、『新古今和歌集』『新勅撰和歌集』における「けんちやう」は、各和歌集の成立時期からして、その「詞書」に使用されていないのは当然のことである。一方、「しやうぢ」は、「新古今詞書」「新勅撰詞書」に頻用されても当然の年号でありながら、「新勅撰詞書」に一例しか使用されていないのは、上記の通りである。その使用例は、

［例1］　正治二年百首歌たてまつりける春歌（七一）

というものである。一方、「続後撰詞書」での用例は、

［例2］　正治二年後鳥羽院に百首歌たてまつりける時、はるのはじめの歌（六）

［例3］　正治百首歌たてまつりける時（一三七）

［例4］　正治百首歌に（三四三）

［例5］　正治百首歌めしけるついでに（八〇四）

のように、「新勅撰詞書」の場合と同様、『正治百首（正治二年後鳥羽院初度百首・第二度百首）』に関する「詞書」で使用されている。

ところで、『正治百首』は、『新古今和歌集』の下命者後鳥羽上皇が主催したものである。したがって、『新古今和歌集』の撰集に当たり、撰歌資料として重要視するのは当然のものであった。事実、『新古今和歌集』には、『正治二年後鳥羽院初度百首』から七九首、『正治二年後鳥羽院第二度百首』から一〇首の、計八九首入集している。[10]『新古今和歌集』において、『正治百首』からの入集歌に関しては、時に、

［例6］　百首歌中に（二四九）

［例7］　百首歌に（三〇八）

のような「詞書」もあるものの、その多くは、

［例8］　百首歌たてまつりし時（一七）

［例9］　百首歌たてまつりしに（八三）

［例10］　百首歌たてまつりし時、春の歌（三）

のような「百首歌たてまつりし…」のような形式をとっている。勅撰集の下命者と、当該定数歌の主催者とが同一人物であることからして、このような形式の「詞書」をつけることは、特に問題とはならないであろう。しかし、「新勅撰詞書」において、撰者定家が「しやうぢ」という語を一例しか使用していないのは、当時の政治的な状況の中での意図的な忌避であると言わざるを得ない。承久の乱の失敗による配流の身の上となった後鳥羽院の主催した『正治百首』は、撰歌資料として重要なものであり、事実、撰者定家は、この『正治百首』から多く採歌してい[11]

る。しかし、「詞書」を付すに当たって、後鳥羽院を連想させる『正治百首』は、いくら出典名であったとしても、撰者定家を取りまく政治的状況からして、やはり控えなければならなかったのであろう。その結果、「しやうぢ」という語の使用がわずか一例にとどまったと思われる。

今井明氏は、『続後撰和歌集』の撰歌方針について、

為家は『新勅撰集』に示された定家の撰歌方針を崩すことなく、その枠組みのなかに後鳥羽院と定家の作を組み込んで行き、後鳥羽院・定家ふたりの組み合わせを中心に元久期の歌壇像を描き出そうとしたらしい。(12)

とされている。為家は、政治的理由から定家がなし得なかった後鳥羽院歌重視の方針による撰歌を『続後撰和歌集』において行い、撰歌資料として重視した『正治百首』から採歌した和歌の(13)「詞書」には、定家の意思を継いで(14)「正治百首歌」と明示した結果、「しやうぢ」という語が頻用されることとなったのであろう。

3

次に、「けんちやう(建長)」についてふれる。

「けんちやう」は、「続後撰詞書」においては、上記したように六例使用されている。うち、

[例11] 建長元年二月、さきのおほきおほいまうちぎみの家に行幸ありてしばし内裏になりにけるころ、梅花さかりにさけるよしきこしめして、人してむすびつけさせ給うける(五五)

[例12] 建長二年三月、熊野に御幸ありし時、まゐりていはしろの松にむかしを思ひいでてかきつけ侍りける(五六三)

の二例を除く四例は、

[例13] 建長二年詩歌をあはせられ侍りし時、江上春望(四一)

〔例14〕　建長二年九月、山中秋興といふ題にて詩歌をあはせられ侍りしついでに（四二〇）

のような『建長二年九月仙洞詩歌合』からの採歌であることを示す「詞書」の中で使用されたものである。

『続後撰和歌集』は、「当代賛頌の念が強い」[15]勅撰集であると言われるが、この『建長二年九月仙洞詩歌合』での四例を含め「けんちやう」の使用例は、そのような姿勢の結果の使用であると言えるかもしれない。

4

次に、「じふさんや（十三夜）」についてふれる。

「続後撰詞書」には「じふさんや」が一六例使用されている。また、「千載詞書」には三例、「新勅撰詞書」には一例、それぞれ使用されている。以下、具体的にみる。

「千載詞書」における三例は、

〔例15〕　後冷泉院の御時、九月十三夜月の宴侍けるに、詠み侍ける（三三五）

〔例16〕　十三夜の心を詠める（三三六）

〔例17〕　九月十三夜に詠める（一一八六）

というもの、「新勅撰詞書」における一例は、

〔例18〕　九月十三夜の月をひとりながめておもひいで侍ける（二八二）

というものである。一方、「続後撰詞書」における使用例は、

〔例19〕　九月十三夜十首歌合に、初秋露（二四七）

〔例20〕　九月十三夜十首歌合に、山家秋風（二六六）

のように、ほとんどが『建長三年九月影供歌合』から採歌したことを示す「詞書」中でのものであり、「千載詞書」

「新勅撰詞書」と同様に、歌題や詠歌の日時に関する「詞書」中での使用例は、
〔例21〕　ひさしくとしへて、みやこにかへりのぼりて侍りける九月十三夜、月くまなかりけるに、むかしもの申しける人のもとにつかはしける（一〇七四）
の一例にすぎない。

『建長三年九月影供歌合』からは「例19」「例20」のような用例を含め、二五首入集[16]しているが、この建長三年は、ちょうど『続後撰和歌集』の撰歌中であり、それにこのように大量に入集している点、先に述べた『建長二年九月仙洞詩歌合』などの場合と同様に、当代重視の姿勢のあらわれであると言える。そして、その結果、他の「詞書」以上に「じふさんや」という語が頻用されたのであろう。

5

次に、「とうゐん（洞院）」についてふれる。
「続後撰詞書」には「とうゐん」が七例使用されている。これらは、
〔例22〕　洞院摂政家百首歌に、霞（四二）
〔例23〕　洞院摂政家の百首歌に、郭公を（一七五）
のように、いずれも撰歌資料としての『洞院摂政家百首』の明示に使用されている。なお、『洞院摂政家百首』からは二二首入集[17]しているが、〔例22〕〔例23〕のように「洞院摂政家（の）百首歌に…」という形式の「詞書」を持たない残りの一五首は、「詞書」がある九首と、ない六首に二分される。「詞書」がある九首の中には、
〔例24〕　家百首歌よみ侍りけるに（四七四）
〔例25〕　家に百首歌よみ侍りける時、逢不遇恋（八七五）

のように、「家（に）百首歌…」とする藤原教実の詠歌が三首、

［例26］　百首歌よみ侍りける中に（九）

［例27］　旅心を（一二九九）

のような藤原道家の詠歌が三首あるのは目を引くが、「詞書」の形式の統一性という面からみると、必ずしもそれがなされているとは言えない。しかし、いずれにしても『洞院摂政家百首』は、定家の庇護者であった良経の嫡男である道家の発案・計画によるもののようであり[18]、撰者為家が撰歌に当たって重視したのも当然であり、結果的に「とうゐん」が「詞書」に頻用されることとなったのであろう。

6

次に、「さいおんじ（西園寺）」についてふれる。

「さいおんじ」の例は、「新勅撰詞書」で一例、「続後撰詞書」で八例使用されている。「新勅撰詞書」の一例は、

［例28］　西園寺にて三十首歌よみ侍ける春歌（一〇四〇）

というもので、入道前太政大臣藤原公経の詠の「詞書」に使用されている。一方、「続後撰詞書」における「さいおんじ」の使用例をみると、五例は、

［例29］　花ざかりに西園寺にすみ侍りけるに、人人まうできて歌よみ侍りけるに（七九）

［例30］　今上くらゐにつかせ給うて、太政大臣のよろこびそうし侍りける日、牛車ゆりて、そのころ西園寺のはなを見て（一三四一）

のような、前太政大臣藤原実氏の詠歌における「詞書」中でのものであることがわかる。なお、他には、

［例31］　西園寺入道前太政大臣家卅首歌よみ侍りけるに、秋歌（三一六）

のような、実氏の父である公経の催した『公経家三十首和歌会』の明示に使用されたものが二例[19]、

［例32］　宝治元年三月、前太政大臣の西園寺の家に御幸ありて花御覧ぜられける日、まゐりてよみ侍りける（九五）

のような実氏に関する記述での用例が一例ある。

実氏は、当代の権力者であり、撰者為家の庇護者たる人物でもある。また、入集歌も三四首[20]と多いことからして、結果的に、実氏およびその父である公経を示す「さいおんじ」が頻用されることとなったのであろう。

7

次に、「だうじよほふしんわう（道助法親王）」についてふれる。

「だうじよほふしんわう」は、「続後撰詞書」に、

［例33］　道助法親王の家に五十首歌よみ侍りけるに、初春の心を（七）

［例34］　道助法親王家の五十首歌に、庭花（一二九）

のような用例が、計一三例使用されている。ところが、使用される可能性のある「新勅撰詞書」において、その用例はない。「新勅撰詞書」と「続後撰詞書」において、なぜこのような差があるのかを、以下、考えることにする。

親王（内親王・法親王を含む）に関する「詞書」中の人物呼称の例をみると、「新古今詞書」においては、

［例35］　一品聡子内親王、すみよしにまうでて、人々うたよみはべりけるによめる（一九一三）

［例36］　守覚法親王、五十首歌よませ侍りけるに（三八）

［例37］　祐子内親王家にて、人々、花歌よみ侍りけるに（一〇三）

のような形式をとる。また、「新勅撰詞書」においても道助法親王に関する、

［例38］　入道二品親王家に五十首歌よみ侍けるに、山家月（二六七）

〔例39〕　入道二品親王家五十首、寄煙恋（七六一）

のような用例や、

〔例40〕　入道親王家にて、冬花といふ心をよみ侍ける（一一一八）

という用例以外は、「新古今詞書」と同様に、

〔例41〕　一品康子内親王、裳ぎ侍けるに（四五四）

〔例42〕　守覚法親王家に五十首歌よみ侍けるに、春歌（一四）

〔例43〕　後朱雀院御時、祐子内親王ふぢつぼにかはらずゝみ侍けるに、月くまなき夜…（一〇七四）

のような形式をとる。したがって、「続後撰詞書」における「だうじよほふしんわう」という人物呼称は、「詞書」としては一般的なものであり、「新勅撰詞書」における〔例38〕や〔例39〕のような「入道二品親王」という呼称が、むしろ例外的なものであることがわかる。

「新勅撰詞書」において「道助法親王」という呼称を避け、「入道二品親王」のような呼称をとったのは、後鳥羽院の皇子である道助の名を、出来る限り表に出さないようにという政治的配慮からであろうか。[21] 一方、「続後撰詞書」における「だうじよほふしんわう」の頻用は、「詞書」の一般的人物呼称形式であるということと、後鳥羽院重視という為家の撰集方針の一環として『道助法親王家五十首和歌』を撰歌資料として重視[22]したことが相俟った結果であると言えそうである。

8

次に、「けぶり（煙）」についてふれる。

「けぶり」は、「千載詞書」「新古今詞書」に各一例、「新勅撰詞書」に二例、「続後撰詞書」に五例使用されてい

る。

「千載詞書」の用例は、

〔例44〕山田の庵に煙立ちけるを見て詠める（一〇八八）

というもの、「新古今詞書」の用例は、

〔例45〕あづまのかたにまかりけるに、あさまのたけに煙のたつをみてよめる（九〇三）

というものである。また、「新勅撰詞書」の用例は、

〔例46〕入道二品親王家に五十首歌よみ侍りけるに、寄煙恋（六八七）

〔例47〕入道二品親王家五十首、寄煙恋（七六一）

というものである。一方、「続後撰詞書」には、

〔例48〕九月十三夜十首歌合に、寄煙忍恋（六六〇）

〔例49〕百首歌たてまつりし時、寄煙恋（七七六）

のような用例が、上記したように、計五例ある。

「千載詞書」や「新古今詞書」においては、実景かどうかは別として、「煙が立つ」状況の説明に使用されている。ところが、「新勅撰詞書」や「続後撰詞書」においては、すべて「寄煙恋」または「寄煙忍恋」のように歌題中で使用されている。

歌語としての「けぶり」は、多様なイメージを持つ語であり、和歌に頻用されている[23]。一方、「詞書」における「けぶり」という語の使用は、「詞書」というものの性格上、上述したような「煙」が立つ情景の描写に限られてしまう。その結果、歌語としての「けぶり」が多様なイメージを持つだけに、「けぶり」を詠む和歌の「詞書」中で「けぶり」という語は使いにくくなってしまったのであろう。したがって、「千載詞書」「新古今詞書」における

「けぶり」の使用は、ある意味では例外的なものであるとも言えそうである。なお、『詞花和歌集』以前の勅撰集の「詞書」にはそれが使用されず、中世の『千載和歌集』『新古今和歌集』の「詞書」に使用されている点は注目に値するが、この点については今後とも考えたい。

いずれにしても、「新勅撰詞書」「続後撰詞書」における「けぶり」の使用は、「千載詞書」「新古今詞書」におけるそれの使用とは一線を画したものとなっている。「新勅撰詞書」「続後撰詞書」における「けぶり」は、結び題の盛行という和歌史の流れ(24)の中で、「千載詞書」「新古今詞書」での例外的使用例のような、単なる情景の記述に使用されたものではなく、歌語としての「けぶり」が本来持っていたイメージを「こひ」と結びつけた、結び題として使用されているのである。「続後撰詞書」における「けぶり」という語の頻用は、この「新勅撰詞書」における父定家の方針を継承し、より徹底した結果であると言えるであろう。

9

次に、「かは（川）」についてふれる。

「かは」の用例は、「千載詞書」に一例、「新古今詞書」に二例、「続後撰詞書」に七例使用されている。以下、具体的にそれらをあげると、「千載詞書」の用例は、

〔例50〕　隔河恋といへる心を詠める（八八五）

というもの。「新古今詞書」の用例は、

〔例51〕　嘉応元年、入道前関白太政大臣、宇治にて河水久澄といふことを、人々によませ侍りけるに（七四三）

〔例52〕　隔河忍恋といふ事を（一一二九）

というものであり、いずれも歌題中での用例である。また、「続後撰詞書」の用例も、七例すべてが、

〔例53〕 建保二年内裏詩歌をあはせられけるに、河上花（一三五）
〔例54〕 河上月といへる心を（三三九）
〔例55〕 百首歌たてまつりし時、河紅葉（四三七）

のような歌題中のものであることがわかる。一方、『千載和歌集』『新古今和歌集』以外の八代集の「詞書」における「かは」の用例についてみると、「古今詞書」には五例、「後撰詞書」「拾遺詞書」「金葉詞書」に各一例、それぞれあるが、それらは、

〔例56〕 …しばし河のほとりにおりゐて、思ひやれば…しろきとりの、はしとあしとあかき、川のほとりにあそびけり。…（古今・四一一）
〔例57〕 源頼光が但馬守にてありける時、館の前にてけた川といふ川のある、上より舟の下りけるを…（金葉・六五九）

のように使用されている。一方、「千載詞書」以降の「詞書」においては、上述したように、すべて歌題中で使用されている。「けぶり」の項でも少しふれたように、院政期以降、句題・結び題は盛んになったとされるが、このような題詠の史的展開と、時代が下るにつれての「詞書」の簡略化という流れの中で、「かは」という語は、「金葉詞書」以前の、詠歌の場所の記述に使用されていたものから、結び題で限定的に使用されるものへと、質的な変化を遂げたようにも思える。(25)

10

次に、「ひやくばん（百番）」についてふれる。
「ひやくばん」は、「続後撰詞書」に、

〔例58〕　建保四年内裏百番歌合に（二七）

〔例59〕　建保二年内裏百番歌合に（二二二）

のような形で、計五例使用されている。ただし、〔例59〕の「建保二年」は「建保四年」の誤記とも考えられ、[26]結局、「続後撰詞書」における「ひやくばん」の用例は、すべて『建保四年閏六月内裏百番歌合』に関する和歌の「詞書」で使用されている、ということになりそうである。[27]

ところで、『建保四年閏六月内裏百番歌合』は、『新勅撰和歌集』の撰歌資料にもなっているにもかかわらず、「新勅撰詞書」には「ひやくばん」の例はない。そこで、以下、『建保四年閏六月内裏百番歌合』より採歌された『新勅撰和歌集』所収歌の「詞書」について、その実態をみることにする。

『新勅撰和歌集』には『建保四年閏六月内裏百番歌合』より採歌された和歌が一七首あるが、[28]それらの「詞書」をみると、「建保四年内裏百番歌合（…）」とするものはなく、

〔例60〕　建保六年内裏歌合、秋歌（三〇六）

〔例61〕　建保六年内裏歌合、恋歌（七〇三）

のような形式のものが、計一一首、

〔例62〕　建保六年内裏歌合に（九六四）

のような形式のものが、計二首、また、〔例60〕〔例61〕のような「詞書」をうけて「詞書」を省略したものが三首、

〔例63〕　建保二年内裏歌合、秋歌（五三四）

とするものが一首あることがわかる。

上掲したように、「詞書」を省略した三首を除き、一四首の「詞書」は、「内裏歌合」のように表記を統一している。このような「百番」を抜いた形に統一した結果として、「新勅撰詞書」では「ひやくばん」は使用されなかっ

た。一方、「続後撰詞書」においては、上掲したように「内裏百番歌合」と、出典をより正確に表記した結果として、「ひやくばん」の用例が頻出することとなったのである。

11

次に、「ともなふ（伴）」についてふれる。

「続後撰詞書」には「ともなふ」が五例使用されている。以下、それらを具体的にあげると、

[例64] 卯月のついたちごろ、内より女房ともなひて郭公ききにとて西園寺にまかれりけるに、はつこゑききてよみ侍りける（一七七）

[例65] 法成寺入道前摂政、なが月のころ、宇治にまかれりけるにともなひて、もみぢををりてみやこなる人のもとにおくりつかはすとて（四二七）

[例66] 元久二年冬、月あかかりける夜、和歌所のをのこどもともなひて大井河にまかりて、河辺寒月といふことをよみ侍りける（四九二）

[例67] 後徳大寺左大臣、西行法師などともなひて大原にまかれりけるに、来迎院にて、寄老人述懐といふ事をよみ侍りけるに（一一二〇）

[例68] 左大将済時ともなへりける女身まかりにけるを、かのちちのおほいまうちぎみ、ともかくもなさでなげくよしききてつかはしける（一二五三）

のようになる。

上掲した用例のような「連れていく」「連れ立つ」「連れ添う」意の表現は、『古今和歌集』以下の「詞書」においても、当然使用されたと考えられる。しかし、ここで比較をしている「千載詞書」「新古今詞書」「新勅撰詞書」

はもとより、「古今詞書」から「詞花詞書」までの各勅撰集の「詞書」においても、「ともなふ」の用例はない。

ところで、『新古今和歌集』には、先にあげた［例66］と類似する、

［例69］ 後冷泉院御時、うへのをのこ共、大井川にまかりて、紅葉浮水といへるこゝろをよみ侍りけるに（五五四）

のような「詞書」がある。この［例69］には、［例66］のように「ともなふ」は使用されていないものの、「ともなふ」の意が含まれているとも考えられる。また、『新古今和歌集』には、「ともなふ」と類似した意を持つ、

［例70］ 亭子院、みやたき御覧じにおはしましける御ともに、素性法師めしぐせられてまゐれりけるを、住吉のこほりにていとまたまはせて、…（八六九）

［例71］ いそのへちのかたに修行し侍りけるに、ひとりぐしたりける同行を尋ねうしなひて、もとのいはやのかたへかへるとて、…（九一七）

のような「ぐす」およびその複合語が使用された「詞書」もある。

表(3)は、八代集の「詞書」および「新勅撰詞書」「続後撰詞書」に使用された「ぐす」と、それを含む複合語のうち、「ともなふ」と類似した意味を持つ用例の数を、「ともなふ」とそれを含む複合語の用例数とともに示したものである。なお、（ ）内の数値は、複合語の用例数である。以下、具体的に何例か示すと、

［例72］ 方たかへに、人の家に人をくしてまかりてかへりてつかはしける（後撰・七九三）

［例73］ 京よりぐしてはべりける女をつくしにまかりくだりてのち、ことをんなにおもひつきて…（後拾遺・一〇〇六）

［例74］ 堀河院御時、女御殿女房達あまた具して花見ありきけるによめる（金葉・五三）

［例75］ 弟子に侍けるわらはの、おやにぐして人のくにへまかりけるに、さうぞくつかはすとてよめる（詞花・一七七）

表（3）

	古　今	後　撰	拾　遺	後拾遺	金　葉	詞　花	千　載	新古今	新勅撰	続後撰
ぐす	0	1	0	3(1)	11	5	2	3(1)	0	0
ともなふ	0	0	0	0	0	0	0	1(1)	0	5

〔例76〕藤原仲実朝臣備中守に罷れりける時、具して下りたりけるを、…（千載・八一八）

のようになる。

以上のような点からすると、「古今詞書」から「新勅撰詞書」において「ともなふ」という語が使用されない主たる理由として、「ともなふ」とほぼ同様な意味を持つ「ぐす」の使用という点が指摘できよう。また、先にみた〔例69〕のように、「ともなふ」が使用されなくても、〔例66〕と同様に「ともなふ」が含意される「詞書」の存在ということも、その理由の一つとなり得よう。ただし、時代が下るにしたがい漢語が増加するという一般的傾向に反してまで、なぜ「続後撰詞書」において和語の「ともなふ」が使用され、混種語の「ぐす」が使用されないのか、その理由は明確にはし得ない。この点については、今後とも考えたい。

12

次に、「あはす（合）」についてふれる。

「あはす」の用例は、「新古今詞書」で六例、「新勅撰詞書」で一例、「続後撰詞書」で六例使用されている。

「続後撰詞書」における「あはす」の用例は、

〔例77〕建保二年内裏詩歌をあはせられけるに、河上花（一三五）

〔例78〕建長二年、江上春望といへる題にて詩歌をあはせられ侍りしついでに（一五七）

〔例79〕建暦二年内裏詩歌をあはせられ侍りけるとき、羇中眺望（一三二四）

のように、詩歌合に関する「詞書」中で使用されている。一方、他の「詞書」ではどのように

なっているかをみると、「新古今詞書」における六例は、

〔例80〕　詩をつくらせて歌に合はせ侍りしに、水郷春望といふ事を（二五）

〔例81〕　摂政太政大臣家にて、詩歌を合はせけるに、水辺冷自秋といふ事をよみける（二六一）

〔例82〕　詩にあはせし歌の中に、山路秋行といへることを（五〇六）

のように、また、「新勅撰詞書」においては、

〔例83〕　建暦二年春、内裏に詩歌をあはせられ侍けるに、山居春曙といへるこゝろをよみ侍ける（九三）

のように、「続後撰詞書」の場合と同様、詩歌合に関する「詞書」中での用例であることがわかる。とするならば、「続後撰詞書」における「あはす」の頻用は、「詞書」の形式の統一化と同時に、撰歌資料としての詩歌合の重視の結果ということになりそうである。なお、形式の統一ということについては、「新勅撰詞書」には、詩歌合に関する「詞書」でありながら、「あはす」を使用しない、(29)

〔例84〕　建暦二年内裏詩歌合、羇中眺望といへるこゝろをよみ侍ける（五三三）

のような用例もあり、撰者定家による「詞書」の形式の統一が必ずしも徹底されていない点も指摘できる。

四

以上、「続後撰詞書」の自立語語彙に関して、「千載詞書」「新古今詞書」「新勅撰詞書」の自立語語彙との比較を中心に、いくつかの観点から、その使用実態をみてきた。ここでは、その要点を箇条的に再掲することにより、本章のまとめとする。

1　「続後撰詞書」の自立語語彙における異なり語数・延べ語数は、それぞれ九四九語、四九四六語となる。また、平均使用度数は5・21となる。

2　語種別構成比率、品詞別構成比率でみると、「続後撰詞書」の語彙は、「新勅撰詞書」「新古今詞書」「千載詞書」の語彙と相対的に近似した値をとる。

3　名詞や形容語の比率の高さからして「続後撰詞書」の語彙は、非常に「詞書」らしい「詞書」であると言える。

4　「続後撰詞書」と「新勅撰詞書」とにおける「しやうぢ」という語の使用状況には、非常に大きな差がある。これは、撰歌資料として、ともに『正治百首』を重視しながら、政治的理由から「しやうぢ」という語の使用を控えざるを得なかった「新勅撰詞書」における定家と、定家の意思を継ぐと同時に、当代賛頌という姿勢により『正治百首』と、出典名を明示した為家との撰集方針の差の結果と思われる。なお、為家の当代賛頌の念の強さについては、「けんちやう」「じふさんや」などの語の頻用にもみられる。また、「だうじよほふしんわう」という語の頻用も、為家の後鳥羽院重視—それは、為家の父定家の意思でもあった—という撰集方針の結果であると思われる。

5　「けぶり」や「かは」などの語の頻用は、結び題の盛行という和歌史の流れの中で、それらの語が質的な変化を遂げた結果である。

6　「続後撰詞書」には「ともなふ」という語が頻用されている。この「ともなふ」という語は、『新勅撰和歌集』以前の勅撰集の「詞書」において「ぐす」という語が担っていた意味を、「ぐす」にかわって担うようになったものであると考えられる。

7　「あはす」という語の頻用は、撰歌資料としての詩歌合の重視の結果であると言える。

おおむね、以上のようにまとめることができた。しかし、比率や語の有無、語の多寡などが何を意味しているのか、明確にはし得なかった点もある。この点、方法論の再考を含め、今後とも考えていきたい。

【注】

(1)『新編国歌大観　第一巻』(昭和五八年二月、角川書店)の解説『続後撰和歌集』(樋口芳麻呂氏執筆)。
(2)犬養廉他編『和歌大辞典』(昭和六一年三月、明治書院)の『続後撰和歌集』の項(樋口芳麻呂氏執筆)。
(3)本書第一部第一章〜第九章。
(4)ただし、水谷静夫氏が示された類似度D'(『数理言語学』〈昭和五七年一月、培風館〉、その他)によって計算すると、「千載詞書」と「続後撰詞書」の類似度D'は0・828となり、「新古今詞書」と「続後撰詞書」とのそれ0・852よりも低い。しかし、「千載詞書」と「新勅撰詞書」との類似度D'が0・829であることからすると、「千載詞書」と「続後撰詞書」との類似度D'は、相対的に高いとも言えそうである。
(5)佐藤恒雄「続後撰和歌集の撰集意識—集名の考察から—」(『国文学言語と文芸』五七号、昭和四三年三月)、その他。
(6)本書第一部第九章の注(8)参照。
(7)「平安仮名文における形容詞・形容動詞」(『国語語彙史の研究　一』昭和五五年五月、和泉書院)。
(8)本書第一部第九章、その他。
(9)具体的に示すと、
　あはす(合)・うらむ(恨)・おほし(多)・が(賀)・かうず(講)・かは(川)・かはる(変・代)・くらゐ(位)・けぶり(煙)・けんちやう(建長、年号)・さいおんじ(西園寺)・しいか(詩歌)・じふさんや(十三夜)・しやうぢ(正治、年号)・すすむ(勧)・せいしんこう(清慎公)・そうす(奏)・だうじよほふしんわう(道助法親王)・ちち(父)・とうゐん(洞院)・とぶらふ(訪)・ともなふ(伴)・ひやくばん(百番)・みやこ(都)の二四語である。
(10)(2)書、『正治百首』の項(谷山茂氏執筆)。
(11)久曽神昇・樋口芳麻呂校訂『新勅撰和歌集』(岩波文庫　昭和三六年四月、岩波書店)の解題によれば、『正治二年後鳥羽院百首』からは一七首入集。
(12)「続後撰和歌集に見る『新古今時代』—その撰歌と歌壇像—」(『香椎潟』四六号、平成一二年一二月)。
(13)小林強a「『続後撰和歌集』基礎資料稿—他出文献一覧及び原出典に関する資料稿—」(『自讃歌注研究会会誌』創

刊号、平成五年一二月)、b「『続後撰和歌集』基礎資料稿―他出文献索引稿―」(『自讃歌注研究会会誌』第二号、平成六年一〇月)によれば、『続後撰和歌集』には『正治百首』から一七首入集。うち、三八九番歌の「しやうぢ」は、表記誤認。なお、二二〇番歌・二三六番歌・二三九番歌・二八五番歌・五三四番歌・一三二五番歌の「詞書」には「しやうぢ」の語はない。

(14) 後嵯峨院の父祖に当たる後鳥羽院の主催した『正治百首』を重視することは、定家の意思であるとともに、後の注(15)でもふれている「当代賛頌」につながる。

(15) (2)書、同項。なお、『建長二年九月仙洞詩歌合』は、『続後撰和歌集』の下命者である後嵯峨院が主催したものである。

(16) (13)小林論文b。

(17) (16)に同じ。

(18) (2)書、「道家」の項(片山享氏執筆)。

(19) ただし、(13)小林論文aによれば、三一六番歌は『公経家三十首和歌会』の詠作中には含まれていない。なお、三一六番歌の「詞書」について小林氏は、「為家が万代集から直接撰歌したための誤認か」とされている。

(20) (2)書、同項。定家の四三首に次いで多い。なお、滝澤貞夫編『続後撰集総索引』(昭和五八年一一月、明治書院)付載の「人物索引」においては三六首とする。

(21) ただし、詠者名については『新勅撰和歌集』『続後撰和歌集』ともに「入道二品親王道助」とする。

(22) (13)小林論文bによれば、『道助法親王家五十首和歌』から一九首入集。また、道助法親王自身は九首入集。うち四首が『道助法親王家五十首和歌』からのものである。なお、「だうじよほふしんわう」という用例中、『道助法親王家五十首和歌』と関係しないものは、

[例A] 道助法親王春かくれ侍りにけるとしの秋、道深法親王又おなじさまになり侍りにけるをなげきてよみ侍りける(一二六六)

の一例にすぎない。

(23) 『千載和歌集』『新古今和歌集』において「けぶり」は、[例44]と[例45]にあげた『千載和歌集』一〇八八番歌、

『新古今和歌集』九〇三番歌での用例を含め、それぞれ一八例、三〇例使用されている。なお、『新古今和歌集』には「ゆふけぶり」という用例も五例ある。

(24)(2)書、「結題」の項(井上宗雄氏執筆)。

(25)「千載詞書」から「続後撰詞書」には、「古今詞書」などと同様な、場所の記述に用いられた用例は、偶然かもしれないがない。このようなことも、その傍証となろう。

(26)(13)小林論文a。

(27)(13)小林論文aによれば、「ひやくばん」を使用した「詞書」を持つ五首のうち、三〇一番歌は『惟明親王家十五首和歌会』を誤認したものとする。また、(13)小林論文bによれば、『建保四年閏六月内裏百番歌合』からは七首採歌されており、うち、「詞書」に「ひやくばん」が使用されているのは四首(二七、八二、二一二、二七三)であり、残りのうち二首(二八、二一三)は、前の和歌の「詞書」をうけて「詞書」が省略されている。なお、残りの一首は、

[例B] 道助法親王家の五十首歌に、松雪(五〇九)

という「詞書」をうけての五一〇番歌で、「詞書表記の不備」とされるものである。

(28)樋口芳麻呂「新勅撰和歌集と歌合─新勅撰和歌集出典考(一)─」(『国語国文学報』七集、昭和三三年二月)。なお、『建保四年閏六月内裏百番歌合』より採歌されたものは、「詞書」上は、例示したように「建保二年」「建保六年」と表記されている。

(29)(13)小林論文bによれば、詩歌合からは、『建暦二年五月十一日内裏詩歌合』から一首、『建保二年二月三日内裏詩歌合』から一首、『建保六年九月廿五日内裏当座詩歌合』から一首、『建長二年九月仙洞詩歌合』から四首の、計七首採歌している。うち六首の「詞書」には、例にみたように「あはす」が使用されているが、残りの一首(三九五番歌)には「詞書」は付されておらず、三九四番歌の「擣衣の心を」という「詞書」をうけた形になっている。

【補注】

本書第一部第九章を参照。

第二部　私撰集などの詞書の語彙

第一章　二条家三代集

一

「二条家三代集」（「家の三代集」とも）とは、俊成単独撰の『千載和歌集』、定家単独撰の『新勅撰和歌集』、為家単独撰の『続後撰和歌集』の総称で、二条家はじめ中世以降の歌人にとっては「三代集」と比肩する重要なものであった。本章では、この「二条家詞書」の自立語語彙を、主として「三代集」の「詞書」の自立語語彙と比較することにより、「二条家詞書」の語彙の特色の一端を明らかにしたいと思う。

二

まず、「詞書」の語彙における語種別構成比率についてみることにする。

表（1）は、八代集の「詞書」および「新勅撰詞書」「続後撰詞書」「三代集詞書」「二条家詞書」における異なり語数・延べ語数での語種別構成比率をまとめたものである。

表（1）からは、「三代集詞書」「二条家詞書」における漢語の比率をみた場合、異なり語数で17ポイント、延べ語数で8・4ポイント、それぞれ後者の方が増加していることがわかる。また、各「詞書」を単独で比較してみる

表（1）

		古今	後撰	拾遺	後拾	金葉	詞花	千載	新古	新勅	続後	三代	二条
和語	異	88.7	87.9	77.3	80.6	78.3	78.3	67.7	70.5	65.5	63.4	84.1	66.0
	延	91.3	92.6	78.4	88.3	88.5	84.4	83.4	79.5	75.2	71.5	87.7	78.5
漢語	異	10.3	10.7	20.0	17.2	16.9	19.3	29.6	26.7	31.3	32.6	14.1	31.1
	延	8.4	6.9	20.2	10.9	9.0	14.0	14.9	19.0	23.4	26.3	11.5	19.9
混種語	異	1.0	1.4	2.6	2.2	4.8	2.4	2.8	2.8	3.2	4.0	1.8	3.0
	延	0.4	0.5	1.4	0.9	2.5	1.6	1.7	1.5	1.4	2.2	0.7	1.6

と、時代が下るにしたがい漢語の比率が高まるという一般的傾向[1]は、「詞書」の語彙においてもみられることがわかる。

「二条家詞書」を構成する「詞書」の異なり語数における漢語の比率をみると、「千載詞書」「新勅撰詞書」「続後撰詞書」が、いずれも「新古今詞書」よりも高率になっていることがわかる。また、それらの「詞書」の延べ語数における漢語の比率をみると、成立の新しい順に高率となっていることがわかる。また、「新古今詞書」と、次の「新勅撰詞書」との差は4・4ポイントと、「詞花詞書」と「千載詞書」との差（0・9ポイント）や、「新勅撰詞書」と「続後撰詞書」との差（2・9ポイント）と比較した場合、相当大きなものとなっている。この差が、先に書いた、時代が下るにしたがっての漢語増加という一般的傾向の枠内のものなのかどうかは、必ずしも明確ではないが、注目に値する数値であることは確かである。

三—1

「詞書」の語彙における品詞別構成比率に関して、筆者はかつて『語い表』所載の諸作品と比較し、

1　名詞の比率が高い。
2　動詞の比率が低い。
3　形容語の比率が低い。

のような点を指摘したことがある。(2)「詞書」の語彙におけるこのような傾向は、「詞書」が、和歌・俳句などの作者・制作の動機・日時・場所・場面・対象・目的、その他前後の事情等について記し、また作品の主題・内容等について説明を加えたもの(3)であるためと思われる。以下、「二条家詞書」を品詞別構成比率の面からみることにする。

2

表(2)は、「三代集詞書」「二条家詞書」および「古今詞書」「新古今詞書」における異なり語数・延べ語数での品詞別構成比率をまとめたものである。

「二条家詞書」における比率は、「三代集詞書」と比較した場合、名詞の比率が高く、動詞の比率が低くなっている。また、形容語（形容詞・形容動詞・副詞・連体詞）の比率をみると、「二条家詞書」におけるそれは、「三代集詞書」におけるそれの、それぞれ72％（異なり語）、48％（延べ語）程度しか使用されておらず、その低さが目につく。また、「二条家詞書」における比率を「古今詞書」における比率と比較すると、形容動詞では異なり語数・延べ語数とも近似し、形容詞の延べ語数では「古今詞書」の方がわずかに低い値となるものの、やはり近似しているが、形容語全体で比較した場合、その差は歴然としている。また、「二条家詞書」における比率を「新古今詞書」における比率と比較した場合、名詞・動詞は「三代集詞書」と比較した場合より、その差は小さいことがわかる。また、形容語に関しても、「三代集詞書」の場合ほどではないものの、やはりその差は歴然としていることがわかる。

以上のような点からすると、「三代集詞書」と「二条家詞書」とにおける品詞別構成比率の差は、時代的要因も考慮しなければならないであろうが、同時に、「詞書」の編纂態度にも関わっていると思われる。つまり、「二条家詞書」における名詞の比率の高さ、動詞の比率の低さは、「詞書」を動きの少ない、固定的、類型的な、「詞書」本

表（2）

		名　詞	動　詞	形容詞	形　動	副　詞	連　体	他	形容語
三代集	異	68.6	24.1	3.0	1.4	2.0	0.2	0.6	6.7
	延	59.6	34.3	2.4	0.5	2.0	1.2	0.1	6.0
二条家	異	75.3	17.6	2.3	1.0	1.4	0.2	2.3	4.8
	延	68.7	28.1	1.6	0.2	0.7	0.4	0.3	2.9
古今	異	68.1	24.7	2.7	0.9	2.6	0.5	0.5	6.7
	延	60.1	34.4	1.5	0.3	1.5	2.2	0.1	5.4
新古今	異	71.8	20.3	2.9	1.4	1.6	0.3	1.7	6.2
	延	67.3	29.0	1.8	0.4	0.8	0.4	0.3	3.4

来の性格をより強めたものにしていると考えられる。この点は、形容語の比率の低さということからも裏づけられるであろう。

3

次に、「二条家詞書」の品詞別構成比率の中で、特異と思われる形容語について、以下、形容詞、連体詞の順にふれることにする。

まず、形容詞についてみたいが、「三代集詞書」において形容詞は、異なり語数で七〇語、延べ語数で三八一語使用されている。また、「二条家詞書」では、それぞれ四九語、二六七語使用されている。うち、共通するものは、異なり語数で三〇語、延べ語数は、「三代集詞書」においては二九八語、「二条家詞書」においては二四四語となっている。したがって、「三代集詞書」にのみ使用されている形容詞は、異なり語数で四〇語、延べ語数で八三語であり、「二条家詞書」におけるそれらは、それぞれ一九語、二三語である。

共通する形容詞の中には、六作品に共通する

あかし（明・赤）・おなじ（同）・とほし（遠）・なし（無）・ひさし（久）

や、五作品に共通する

いたし（甚・痛）・おほし（多）・おもしろし（面白）・ちかし

（近）・はかなし（果無）・ふかし（深）・ふるし（古）

なども属する一方、二作品にしか共通しない

したし（親）・たのもし（頼）・むつまし（睦）・よし（良・好）・よわし（弱）・わかし（若）

のようなものも属している。ここにあげた語の多くは、当然のことながら、大野晋氏が示された「平安時代和文脈系文学の基本語彙」（以下、「平安和文基本語彙」と略称する）[4]と共通する。と同時に、

［例1］　おなじ御時、きさいの宮の哥合のうた（古今・一七八）

［例2］　四五月許、とをきくにへまかりくたらむとするころ、郭公をきゝて（後撰・一七六）

［例3］　白河院花御覧じにおましましけるに、召しなかりければ、詠みて奉り侍りける（千載・四三）

［例4］　永保二年二月后の宮にて、梅花久薫といへる心を詠み侍りける（千載・一八）

のような使用例でわかるように、「詞書」に使用されるのも然るべきものと思われるものである。

次に、「三代集詞書」と「二条家詞書」に共通しない形容詞についてふれたい。

まず、「三代集詞書」に使用され、「二条家詞書」には使用されない形容詞をみると、ここに所属するのは、上述したように、異なり語数で四〇語、延べ語数で八三語である。ここで注意しなければならないのは、その多くが「後撰詞書」に使用されているということである。「後撰詞書」には、異なり語数で二九語使用されているが、うち、「古今詞書」「拾遺詞書」の両方、または一方にも使用されているものは五語であり、他の二四語は、「後撰詞書」における単独使用語である。なお、「古今詞書」単独使用語は五語、「拾遺詞書」単独使用語は五語となる。また、ここに所属する四〇語のうち、先の「平安和文基本語彙」と共通するものは二五語、共通しないものは一五語となる。共通する二五語のうち、「後撰詞書」における単独使用語は一四語と、非常に多いことがわかる。「後撰詞書」の語彙における物語的性格の強さについては、かつてふれたことがある[5]が、このような「平安和文基本語彙」

との共通性の高さは、その一端を示している。

次に、「二条家詞書」に使用され、「三代集詞書」に使用されない形容詞をみると、ここに所属するのは、上述のように、異なり語数で一九語、延べ語数で二三語である。うち、「千載詞書」にのみ使用されたものは、異なり語数で一三語である。同様に、「新勅撰詞書」にのみ使用されたものは三語、「続後撰詞書」にのみ使用されたものは二語、「千載詞書」と「新勅撰詞書」の二作品に使用されたものは一語と、「千載詞書」において形容詞が多用されていることがわかる。また、「平安和文基本語彙」と共通するものは一〇語（うち、「千載詞書」単独使用語と共通するもの六語）、共通しないもの九語となる。したがって、「二条家詞書」にのみ使用された形容詞のうち、「平安和文基本語彙」と共通するものは約53%となるが、この数値は、「三代集詞書」における同様な数値、約63%と比較し、注目に値する低さであることがわかる。

以上、形容詞に関してみてきたが、「三代集詞書」と「二条家詞書」とに共通して使用されている形容詞は、「平安和文基本語彙」との共通性が高く、また、実際の使用に当たっても、「詞書」としての要素に関わる、然るべきものであることがわかった。一方、「三代集詞書」と「二条家詞書」とに単独使用されている形容詞をみると、各作品の成立年代からして当然のことではあるが、「二条家詞書」に単独使用された形容詞の方が「三代集詞書」に単独使用された形容詞よりも、「平安和文基本語彙」との共通性が低いことも確認できた。なお、それぞれに単独使用された形容詞（群）をみると、複合したものが比較的多いという特徴はみうけられたが、両群の所属語には、必ずしも明確な差は見出しえなかった。

4

次に、形容語のうち、その使用が特徴的とも思える連体詞の「ある（或）」についてふれたい。

郵便はがき

料金受取人払郵便

神田局承認

3731

差出有効期間
平成21年6月
30日まで

101-8791

504

東京都千代田区猿楽町2-2-5

笠間書院 行

■ 注文書 ■

◎お近くに書店がない場合はこのハガキをご利用下さい。送料380円にてお送りいたします。

書名 冊数

書名 冊数

書名 冊数

お名前

ご住所 〒

お電話

ご愛読ありがとうございます

これからのより良い本作りのために役立たせていただきたいと思います。
ご感想・ご希望などお聞かせ下さい。

この本の書名＿＿＿＿＿＿＿＿＿＿＿＿＿＿＿＿＿＿＿＿

…………………………………………………………

…………………………………………………………

…………………………………………………………

…………………………………………………………

…………………………………………………………

…………………………………………………………

本読者はがきでいただいたご感想は、お名前をのぞき新聞広告や帯などで
ご紹介させていただくことがあります。何卒ご了承ください。

■本書を何でお知りになりましたか（複数回答可）

1. 書店で見て　2. 広告を見て（媒体名　　　　　　　　　　）
3. 雑誌で見て（媒体名　　　　　　　　　　）
4. インターネットで見て（サイト名　　　　　　　　）
5. 小社目録等で見て　6. 知人から聞いて　7. その他（　　　　　　　　　　）

■小社PR誌『リポート笠間』（年1回刊・無料）をお送りしますか。

はい　・　いいえ

◎はいとお答えいただいた方のみご記入下さい。

お名前

…………………………………………………………

ご住所　〒

…………………………………………………………

お電話

ご提供いただいた情報は、個人情報を含まない統計的な資料を作成するためにのみ利用させていただきます。また『リポート笠間』ご希望の場合は、個人情報はその目的（その他の新刊案内も含む）以外では利用いたしません。

「ある」は、「三代集詞書」に五五例（「古今詞書」に二六例、「後撰詞書」に一三例、「拾遺詞書」に一六例）、「二条家詞書」に二例（「千載詞書」「続後撰詞書」に各一例）、それぞれ使用されている。

「古今詞書」の二六例のうち二四例は、

［例5］　ある人のいはく、さきのおほきおほいまうちぎみの哥也（七、左注）

のように左注で使用されている。詞書での使用例は、

［例6］　女のおやのおもひにて山でらに侍りけるを、ある人のとぶらひつかはせりければ、返り事によめる（八四四）

と、他に一例あるのみである。また、ほとんどが「よみ人しらず」歌であり、「詞書」および詠者名がともに記されているものは、歌番号三五五の一首にすぎない。

「後撰詞書」には、

［例7］　おなし御時、みつし所にさふらひけるころ、しつめるよしをなけきて御覧せさせよとおほしくて、ある蔵人にをくりて侍ける十二首かうち（一一九）

［例8］　ある所にすのまへに、かれこれ物かたりし侍けるをきゝて、うちより女のこゑにてあやしく物のあはれしりかほなるおきなかなといふをきゝて（一一七二）

のような用例が、計一三例あるが、いずれも詞書での使用例であり、説明的な、比較的長い詞書において使用されている。なお、一三例中八例は、「よみ人しらず」歌、または、詠者名を欠く和歌の詞書で使用されている。

「拾遺詞書」には、詞書で一五例、左注で一例【補注】の、計一六例使用されているが、

［例9］　ある人のうふやにまかりて（二七〇）

［例10］　五月五日ある女のもとにつかはしける（七六七）

のような、「ある人」とする四例、「ある女」とする一例を除き、比較的長い詞書において使用されている。なお、一六例中八例は「よみ人しらず」歌、または、詠者名を欠く和歌の「詞書」で使用されている。

以上、「三代集」における「ある」の使用実態を具体的にみたが、それによれば、

1 説明的な、比較的長文の詞書において使用されることが多い。

2 左注においても使用される。

3 詠者名を記さないもの、または、「よみ人知らず」とするものが比較的多い。

のような点が指摘できよう。では、「二条家詞書」における「ある」は、いかがであろうか。以下、具体的にみたい。

「千載詞書」の使用例は、

[例11] 服に侍りける時、或る上人の来れりけるが、墨染の袈裟を忘れて取りに遣したりける、遣すとて詠める（五八〇）

というもの。また、「続後撰詞書」の使用例は、

[例12] 円盛法師てならひして侍りける障子を、あるところよりたづねられけるつかはすとて（一一五一）

というものである。これらは、二例とも比較的長文の説明的な詞書において使用されたものであり、この点からすれば、「三代集詞書」での使用例と相違はない。ただ、使用例が少ないので確とは言えないが、左注での使用例がない点、二例とも詠者名が記された和歌の詞書で使用されている点では、「三代集詞書」の場合と相違がみられる。三代集と比較した場合、二条家三代集は、「よみ人知らず」歌や詠者名を記さない和歌が少ないが、このような詠者名の匿名性の希薄化が結果的に事物を漠然とさす「ある」という語の減少につながったと考えられる。それは結局、「詞書」や詠者名表記における形式の統一を図ろうとする撰者の編纂・撰集方針の結果ということになるであ

ろう。なお、「ある」以外の連体詞においても、「ある」の場合ほど極端ではないものの、「二条家詞書」における使用度数が「三代集詞書」におけるそれよりも少ない。これらの両者における相違も、「ある」の場合と同様の理由によると考えられる。

四—1

次に、「三代集詞書」と「二条家詞書」の基幹語彙を通して、「二条家詞書」の使用語彙の特徴について考えたい。

ここで基幹語とするのは、「三代集詞書」および「二条家詞書」における延べ語数の、おおむね1パーミル以上の使用度数（「三代集詞書」16、「二条家詞書」17）を持つ語で、「三代集詞書」においては、異なり語数で一五三、延べ語数で一〇三五三、「二条家詞書」においては、異なり語数で一四三、延べ語数で一二〇三一である。

表(3)は、「二条家詞書」の語彙および「三代集詞書」の語彙を、それぞれ累積使用率によって一〇段階に分け、「二条家詞書」および「三代集詞書」の基幹語彙に関する部分のみ抜き出し、前者を基準として、各段階における所属異なり語数を示したものである。なお、「非共通基幹語」としたのは、「二条家詞書」における基幹語彙のうち、「三代集詞書」に使用例がないもの、および、使用例はあるものの、「三代集詞書」の基幹語彙ではないものである。なお、この**表**(3)から、「二条家詞書」の特徴的使用語を抽出するに当たり、その所属段階差が上、下各二段階以上ある語、および、非共通基幹語をもって「二条家詞書」の特徴的使用語とした。上述のようなものを特徴的使用語とすると、それは、「二条家詞書」における②段階に一語、③段階に三語、④段階に二語、⑤段階に一〇語、⑥段階に二一語、⑦段階に四五語、⑧段階に九語の、計九一語となる。

表（3）

段階	共通基幹語	「三代集詞書」の語彙における所属段階 ①	②	③	④	⑤	⑥	⑦	非共通基幹語
①	1	1	0	0	0	0	0	0	0
②	3	0	1	1	0	1	0	0	0
③	3	2	0	1	0	0	0	0	1
④	6	1	0	1	2	2	0	0	1
⑤	15	0	3	4	2	4	2	0	3
⑥	19	0	0	0	5	7	4	3	16
⑦	35	0	0	0	5	9	15	6	31
⑧	1	0	0	0	0	0	1	0	8
計	83	4	4	7	14	23	22	9	60

2

非共通基幹語は、**表**（3）でわかるように、異なり語数で六〇語ある。うち、「三代集詞書」において使用されていないものは、

じつしゆ（十首）・ほりかはゐん（堀川院）・くわんぱく（関白）・けんぽう（建保、年号）・ごじつしゆ（五十首）・しゆつくわい（述懐）・めいしよ（名所）・いはひ（祝）・きうあん（久安、年号）・じふさんや（十三夜）・じゆだい（入内）・すとくゐん（崇徳院）・せんごひやくばん（千五百番）・ないだいじん（内大臣）・ほふしやうじ（法性寺）・ろくねん（六年）・くさ（草）・しか（鹿）

の一八語である。うち、「きうあん（久安）」「けんぽう（建保）」という二語は、平安時代末期以降の年号であり、三代集成立時には存在し得ないものである。また、人物に関する「ほりかはゐん（堀川院）」「すとくゐん（崇徳院）」「ほふしやうじ（法性寺）」も、三代集成立以後の人物に関するものであり、当然のことながら「三代集詞書」には使用され得ないものである。以上の語以外に、この一八語の中には、問題になりそうな語が散見するので、以下、いくつかふれたい。

3

表(4)は、八代集の「詞書」および「新勅撰詞書」「続後撰詞書」における定数歌に関する「ひやくしゅ（百首）」「じつしゅ（十首）」「ごじつしゅ（五十首）」「せんごひやくばん（千五百番）」の使用度数をまとめたものである。この表(4)からすると、「ひやくしゅ」を除き、平安時代末期からの定数歌の隆盛と、それらの歌合を重要な採歌資料とした結果、「二条家詞書」や「新古今詞書」において頻用されたことがわかる。したがって、「二条家詞書」におけるこれらの語の頻用は、撰者の撰歌方針の結果であり、これらの語は、ある種の時代語とも言えるものである。この点、「二条家詞書」における「めいしよ（名所）」の頻用も同様な理由によると思われるので、以下、「めいしよ」についてふれる。

「めいしよ」は、「二条家詞書」において四一例（「新勅撰詞書」一三例、「続後撰詞書」二八例）使用されている。また、「新古今詞書」においても一例使用されているが、それは、

［例13］　教長卿、名所歌よませ侍りけるに（一六〇七）

というものである。

「新勅撰詞書」においては、「新古今詞書」と同様な、

［例14］　名所歌たてまつりける時、あしや（一二八四）

のような使用例や、

［例15］　名所百首歌たてまつりける時よめる（一二九七）

のような使用例とともに、

［例16］　前関白家歌合に、名所月（一二七七）

表（4）

	古今	後撰	拾遺	後拾遺	金葉	詞花	千載	新古今	新勅撰	続後撰
ひやくしゆ	0	0	4	1	23	15	157	192	118	123
じつしゆ	0	0	0	0	6	1	10	8	11	60
ごじつしゆ	0	0	0	0	0	0	0	64	17	20
せんごひやくばん	0	0	0	0	0	0	0	56	18	12

のような歌題中での使用例も、計七例みられる。また、「続後撰詞書」においても、

［例17］　名所歌たてまつりける時（一三四）

のような、「新古今詞書」と同様な使用例や、

［例18］　春日社にて名所歌十首歌人人にすすめてよませ侍りける時、花を（九九）

のような使用例とともに、

［例19］　建保三年内大臣家の百首歌に、名所花（六五七）

のような歌題中の使用例も、計一一例みられる。

筆者は、かつて「新勅撰詞書」における「めいしよ」の頻用について、

> 平安中期以降の名所歌合の流行、それに続く名所題百首歌の出現など、時代の嗜好を踏まえた撰者定家の撰歌の結果とも言えるものであろう。(6)

としたが、「二条家詞書」における「めいしよ」の頻用は、時代の嗜好であるとともに、定家や、その詠風を継いだ為家の嗜好でもあった。このような意味で、「めいしよ」は、「二条家詞書」の特徴的使用語であると言えそうである。

4

次に、「じふさんや（十三夜）」について、「じふごや（十五夜）」と比較することによりふれたい。

歌題としての「じふさんや」「じふごや」は、勅撰集にほとんどみられず、(7)その用例の多くは、

［例20］ 後冷泉院の御時、九月十三夜月の宴侍けるに、詠み侍ける（千載・三三五）
［例21］ 九月十三夜十首歌合に、おいののちはじめてめしいだされて、名所月といへることを（続後撰・一〇七三）
［例22］ 八月十五夜、和歌所にて、月前恋といふことを（新古今・一二八二）
［例23］ 延喜御時、八月十五夜月宴歌（新勅撰・二五四）

のように、詠歌の場や時の明示に使用されている。

表(5)は、八代集の「詞書」および「新勅撰詞書」「続後撰詞書」「続古今詞書」における「じふさんや」「じふごや」の使用度数である。この**表**(5)から「じふさんや」は、中世になって比較的使用されるようになる点、「じふごや」は、八代集において広く使用されている点などがみてとれるであろう。また、注意を要するのは、「千載詞書」においては、「じふさんや」のみ使用し、反対に、「新古今詞書」においては、「じふごや」のみ使用している点である。このことからすると、月に対する撰者の嗜好が、『千載和歌集』と『新古今和歌集』との間で微妙に相違しているとも考えられる。なお、**表**(5)からは、「新勅撰詞書」においては、「じふごや」が多く、「続後撰詞書」や「続古今詞書」では、「じふさんや」が再逆転していることもわかるが、これらを併せて考えると、詠歌の場や時としての「じふさんや」に対する嗜好は、二条家三代集における特色と思われ、その結果として「二条家詞書」に「じふさんや」が頻用されたと言えそうである。

5

次に、「しゆつくわい（述懐）」についてふれたい。

表(6)は、八代集の「詞書」および「新勅撰詞書」「続後撰詞書」に使用された「しゆつくわい」の使用度数を、各「詞書」の延べ語数に対する比率（パーミルで表示）とともに示したものである。この**表**(6)を一瞥すると「しゆ

表（5）

	古今	後撰	拾遺	後拾遺	金葉	詞花	千載	新古今	新勅撰	続後撰	続古今
じふさんや	0	0	0	1	1	1	3	0	1	16	10
じふごや	0	2	4	4	5	2	0	8	3	9	6

表（6）

	古今	後撰	拾遺	後拾遺	金葉	詞花	千載	新古今	新勅撰	続後撰
しゆつくわい	0	0	0	0	1	2	22	16	18	11
‰	0.00	0.00	0.00	0.00	0.24	0.75	3.14	2.01	3.56	2.22

つくわい」は、主として「千載詞書」以降で使用される中世的な語であり、しかも使用率からは、「二条家詞書」と「新古今詞書」との間に、相当大きな差があることがわかる。以下、具体的にみると、「金葉詞書」には、

[例24]　百首歌中に述懐の心をよめる（五九五）

のような使用例が、「詞花詞書」には、

[例25]　神祇伯顕仲ひろ田にて哥合し侍とて、寄月述懐といふ事を…（三四三）

のような結び題での使用例と、

[例26]　新院位におはしましし時、うへのをのこともをめして述懐の歌よませさせ給けるに…（三七三）

のような使用例がある。

「千載詞書」には、

[例27]　年頃修行にまかり歩きけるが、帰りまうで来て、月前述懐といへる心を詠める（九九二）

のような結び題での使用例が、計三例、「金葉詞書」における[例24]と同様な、

[例28]　…百首歌奉りける時、述懐の心を詠める（一〇二二）

のような「述懐の心」とする使用例が、計四例、「詞花詞書」における[例26]と同様な、

〔例29〕　賀茂の社の歌合に、述懐歌とて詠める（一一四三）

のような「述懐（百首）歌」とする使用例が、計一五例（うち二例は「述懐百首歌」）ある。また、「新古今詞書」においても、「千載詞書」における使用実態とほぼ同様で、結び題中での使用例が一例、「述懐の心」とする使用例が七例、「述懐の歌」とする使用例が一例、「述懐の百首歌」とする使用例が六例、それぞれあるほか、

〔例30〕　述懐によせて百首歌よみ侍りける時（二二一）

のような使用例もある。なお、「新勅撰詞書」には、

〔例31〕　百首歌の中に述懐（一一三五）

のような、「続後撰詞書」には、

〔例32〕　権僧正円経すすめ侍りける春日社名所十首歌に、述懐（一一六七）

のような、独立した歌題としての使用例もあるものの、他はおおむね「千載詞書」での使用実態と同様である。

以上、「しゅっくわい」の使用実態を具体的にみてきたが、その用法をまとめたものが**表**(7)である。この**表**(7)からは、

1　「千載詞書」以降、「新古今詞書」を除き、結び題としての使用例が複数ある。

2　「述懐の心」という使用例が「新古今詞書」に多く、対して「述懐の歌」という使用例が「二条家詞書」に多い。

3　「述懐百首歌」という使用例が「千載詞書」「新古今詞書」にある。

などの点がわかる。

3に関しては、その多くが『長秋詠草』から採歌されたものであり、撰歌資料としての『長秋詠草』の重視を、その因としている。また、1に関しては、結び題の盛行という和歌史の流れからして当然とも言えるものではある

が、「二条家詞書」よりも「新古今詞書」においてそれが少ない理由に関しては、必ずしも明確ではない。あるいは、2とも関係するかもしれないが、この点に関しては今後の課題としたい。

ところで、『毎月抄』には、

又、恋・述懐などやうの題を得ては、ひとへにたゞ有心の躰をのみよむべしとおぼえて候[8]

という記述がある。ここでは「しゆつくわい」が「有心」と結びつけられており、俊成・定家ら二条家三代集の担い手にとって「しゆつくわい」は、重要な意味を持つものとなっている。この「しゆつくわい」は、表(6)をみてもわかるように、中世和歌史上の重要な用語であり、その点からすれば、時代語とでも言うべきものである。しかし、同時に、『毎月抄』における記述や、「二条家詞書」における頻用からすると、この「しゆつくわい」は、二条家三代集を特徴づける語であるとも言え、その重要性が結果的に「二条家詞書」における「しゆつくわい」頻用につながったと言える。

表(7)

	金葉	詞花	千載	新古今	新勅撰	続後撰
結び題	0	1	3	1	3	4
…の心	1	0	4	7	5	2
…の歌	1	1	13	1	9	4
歌題	0	0	0	1	1	1
述懐百首歌	0	0	2	6	0	0

五―1

次に、非共通基幹語のうち、「三代集詞書」においても使用例があるものについてみることにする。ここに所属するのは、**表**(3)において「非共通基幹語」とする六〇語のうち、**四**―2で示した一八語を除いた四二語である。以下、いくつかの語について具体的にふれたい。

2

「死」を意味する表現として、「二条家詞書」には「かくる（隠）」が頻用されている。

表（8）は、八代集の「詞書」および「新勅撰詞書」「続後撰詞書」「続古今詞書」に使用された「かくる」と、同様に「死」を意味する「うす（失）」「みまかる（身罷）」「なくなる（亡）」の使用度数を示したものである。この**表**（8）からは、「かくる」および「みまかる」の使用が非常に広範であることがわかる。また、「かくる」は、「千載詞書」以降、その頻用が目立つ点、「なくなる」は、「三代集詞書」および「後拾遺詞書」において頻用されるが、「金葉詞書」以降では、「新古今詞書」を除き、ほとんど使用されない点、「うす」は、「詞花詞書」以降では、「なくなる」と同様に「新古今詞書」を除き、ほとんど使用されない点などもみてとれる。これらのことから、「三代集詞書」では「なくなる」と「みまかる」が、また、「二条家詞書」では「かくる」と「みまかる」が好まれている点、「新古今詞書」では、「三代集詞書」において好まれた「なくなる」「うす」も例外的に頻用されている点が指摘できよう。「新古今詞書」において、「かくる」「みまかる」が「二条家詞書」と同様に頻用されているものの、「二条家詞書」においてほとんど使用されない「うす」「なくなる」も頻用されているという点には注意を要するであろう。つまり、「三代集詞書」において「なくなる」が、「二条家詞書」において「かくる」が、それぞれ頻用されていることについては、時代の好尚もあろうが、それのみに理由を求めることは出来ないということである。

ところで、小久保崇明氏は、八代集における「死」に関する婉曲的表現である「かくる」「うす」「なくなる」を考察し、「なくなる」→「うす」→「かくる」と、より婉曲度が高くなり、忌詞的性格が強いと結論づけられている。[9] この点を踏まえると、「二条家詞書」には、忌詞的性格が強い「かくる」が、「三代集詞書」には、それが

表（8）

	古　今	後　撰	拾　遺	後拾遺	金　葉	詞　花	千　載	新古今	新勅撰	続後撰	続古今
かくる	3(3)	4(3)	3(1)	9(1)	6	3	21(1)	17	11	6	12
うす	1	2(1)	4	15	3	0	0	4	0	0	2
みまかる	18	13	1	21	3	7	21	26	12	12	17
なくなる	2	7(1)	17	14	0	0	2	10	0	0	2

＊注　（　）内は、うち「死」以外の意味の用例数

比較的弱い「なくなる」が好んで使用されていることになる。このような使用差は、やはり撰集態度が反映された結果とみるのが妥当であろう。そのように考えると、定家が撰者の一人として加わった『新古今和歌集』の「詞書」に「なくなる」が一〇例、「うす」が四例使用されている点や、為家が、為家に批判的な藤原光俊（真観）らとともに撰した『続古今和歌集』の「詞書」に「うす」「なくなる」が各二例使用されていることも意味を持ってくる。つまり、『新古今和歌集』や『続古今和歌集』が二条家三代集（『新古今和歌集』の場合は、『千載和歌集』）の撰集方針を必ずしも踏襲していない証左となるし、またそれは、「二条家詞書」における「死」に関する表現は、「みまかる」とともに、より忌詞的性格の強い「かくる」を中心として使用するという撰集方針であった証左ともなるであろう。なお、なぜ二条家三代集において、より忌詞的性格の強い語が使用されたかについては、今後とも考えたい。

3

次に、「よす（寄）」についてふれる。

表(9)は、八代集の「詞書」および「新勅撰詞書」「続後撰詞書」に使用された「よす」の使用度数を、各「詞書」の延べ語数に対する比率（パーミルで表示）とともに示したものである。以下、具体的にその使用実態をみる。

「後撰詞書」には、

［例33］　…御帳のめくりにのみ人はさふらはせたまうて、ちかうよせられさりけれ

表（9）

	古今	後撰	拾遺	後拾遺	金葉	詞花	千載	新古今	新勅撰	続後撰
よす	0	2	0	1	8	2	11	9	9	43
‰	0.00	0.29	0.00	0.11	1.90	0.75	1.57	1.13	1.78	8.69

は（六八三）

のような使用例が二例ある。また、「後拾遺詞書」には、

［例34］ うへのをのこどもうたよみ侍けるに、春心花によすといふことをよみはべり（九五）

のような、いわゆる寄物題に類した使用例がある。また、「金葉詞書」には、

［例35］ 寄水鳥恋といへることをよめる（三六四）

のような寄物題での使用例が八例あり、それらはいずれも「恋」に関するものである。また、「詞花詞書」には、

［例36］ 神祇伯顕仲ひろ田にて哥合し侍とて、寄月述懐といふ事をよみてとこひてはべりければつかはしける（三四三）

のような「述懐」に関する寄物題での使用例と、

［例37］ 所所の名を四季によせて人人哥よみ侍けるに、みしま江の春の心をよめる（二六八）

のような使用例がある。

「千載詞書」での一一例は、すべて寄物題での使用例で、

［例38］ 寄浦恋といへる心を詠める（八七七）

のような「恋」に関するものが九例あるほか、

［例39］ 寄霞述懐の心を詠める（一〇六一）

［例40］ 寄月念極楽といへる心を詠み侍ける（一二〇五）

のような使用例もある。

「新古今詞書」での使用例九例中、寄物題およびそれに類した使用例は七例ある。うち二例

は、

〔例41〕　述懐によせて百首歌よみ侍りける時（二二二一）

のように「…によせて…」とするものである。残りの五例中三例は、

〔例42〕　五十首歌たてまつりしに、寄雲恋（二〇八一）

のような「恋」に関する寄物題で、他の二例は、「懐旧」に関する寄物題で、それぞれ使用されている。

「新勅撰詞書」には、九例の使用例があるが、

〔例43〕　観音院に御封よせさせ給ける時の御歌（五八五）

という一例を除き、他の八例は、

〔例44〕　入道二品親王家に五十首歌よみ侍けるに、寄煙恋（六八七）

のような「恋」に関する寄物題で使用されている。

「続後撰詞書」では、

〔例45〕　入道前摂政家恋十首歌合に、寄網恋（七五七）

のような「恋」に関する寄物題で三六例、

〔例46〕　…来迎院にて、寄老人述懐といふことをよみ侍りけるに（一一二〇）

〔例47〕　寄月祝といへる心を（一三六一）

のような「述懐」「祝」に関する寄物題で、それぞれ三例使用されているほか、

〔例48〕　大日経、所畏、故能究竟心無、浄菩提心のこころを月によせてよみ侍りける（六一七）

のような使用例もある。

以上、「よす」の使用実態について具体的にみてきたが、ここでそれをまとめると、

1　寄物題およびそれに類するものでの使用例は、「後拾遺詞書」から出現するが、頻用されるのは「金葉詞書」あたりからである。

2　寄物題で使用される「よす」は、「新古今詞書」においても頻用されるが、特に「二条家詞書」においてそれが目立つ。

3　「よす」は、「恋」に関する寄物題において頻用される。

のような点が指摘できよう。特に、3に関しては「二条家詞書」と「三代集詞書」との間に大きな相違があり、注目される。

筆者は、「後葉詞書」における「こひ（恋）」の頻用について、恋歌の隆盛という和歌の史的展開と関連づけて考えたことがある。(10)「二条家詞書」における「よす」の頻用は、上に述べた恋歌の流行とともに、中世における結び題の隆盛が相俟った結果であろうが、それは同時に、「二条家詞書」の特色の一つとも言えるものであろう。この点、先にみた「二条家詞書」と「新古今詞書」における「よす」の使用差がその傍証となろう。

六

以上、二条家三代集の「詞書」に使用された自立語語彙の使用実態について、主として三代集の「詞書」におけるそれと比較してみてきた。以下、その要点を再掲し、本章のまとめとする。

1　「二条家詞書」における漢語の比率は、異なり語数で31・1％、延べ語数で19・9％となる。「三代集詞書」におけるそれらと比較すると、異なり語数で17・0ポイント、延べ語数で8・4ポイント高く、その差は歴然としている。また、「二条家詞書」と「新古今詞書」とを比較しても、その差は目につくが、それが、時代が下るにしたがって漢語の比率が高まるという語彙の一般的な傾向の枠内のものであるかどうかは必ずしも明確ではない。

2　品詞別構成比率からみて、「三代集詞書」と比較した場合の「二条家詞書」における名詞の比率の高さ、動詞の比率の低さは、「二条家詞書」を動きの少ない、固定的、類型的なものにしていると言える。

3　「二条家詞書」における連体詞「ある」の使用例の少なさは、三代集と比較した場合の二条家三代集における詠者名の匿名性の希薄化の結果であると言える。

4　「二条家詞書」における「ひやくしゆ」「じつしゆ」「ごじつしゆ」「せんごひやくばん」の頻用は、撰者の撰歌方針の結果である。また、それらの語は、平安末期からの定数歌の隆盛という和歌史の流れを踏まえた、ある種の時代語とでも言えるものである。

5　「二条家詞書」における「めいしよ」の頻用は、時代の嗜好を踏まえた二条家三代集の担い手である定家や為家らの撰歌の結果であり、その点からすると、「めいしよ」は、「二条家詞書」の特徴的使用語であると言える。

6　「二条家詞書」における「じふさんや」の頻用は、先に挙げた「めいしよ」同様、時代の嗜好を踏まえた俊成を始めとする二条家三代集の担い手の撰歌の結果である。詠歌の場や時の明示に使用された「じふさんや」に対する嗜好からすると、この「じふさんや」は、「二条家詞書」の特徴的使用語であると言える。

7　「二条家詞書」における「しゆつくわい」の頻用は、結び題の盛行や、撰歌資料としての『長秋詠草』の重視の結果である。と同時に、『毎月抄』の記述などから考えると、この「しゆつくわい」という語は、「二条家詞書」を特徴づける語であると言える。

8　「二条家詞書」における「死」に関する表現は、「みまかる」とともに、忌詞的性格の強い「かくる」を中心に使用するという編集方針によっていたようである。

9　「二条家詞書」における「よす」の頻用は、中世における恋歌や結び題の隆盛の結果であろうが、「二条家詞書」の特徴的使用語でもある。

おおむね、以上のような点が指摘できよう。比率や使用度数が何を意味しているか、明確にすることが出来なかった点もあるが、方法論を含めて今後とも検討していきたい。

【注】

（1）『語い表』の統計表（3）「語種別統計」参照。

（2）本書第一部第四章。

（3）国語学会編『国語学大辞典』（昭和五五年九月、東京堂出版）「詞書・左注」の項（井手至氏執筆）。

（4）「平安時代和文脈系文学の基本語彙に関する二三の問題」（『国語学』八七集、昭和四六年一二月）。

（5）本書第一部第二章。

（6）本書第一部第九章。

（7）犬養廉他編『和歌大辞典』（昭和六一年三月、明治書院）の「九月十三夜」「八月十五夜」の項（滝澤貞夫氏執筆）。

（8）久松潜一・西尾實校注『歌論集　能楽論集』（日本古典文学大系65　昭和三六年九月、岩波書店）。

（9）「八代集に於ける『隠る』『失す』『亡くなる』について」（『桜文論叢』六五巻、平成一八年一月）。

（10）本書第二部第三章。

【補注】

五八七番歌「ある人のいはく住吉明神のたくせんとそ」というものである。

第二章　三奏本『金葉和歌集』

一

『金葉和歌集』は、白河院の下命により源俊頼が編纂したものであるが、周知のように、初奏本、二度本は却下され、三奏本が中書本のまま嘉納された。しかし、世間には二度本が流布し、一般に『金葉和歌集』とは、二度本を意味していたようである。(1)このような事情もあり、筆者も、かつて二度本『金葉和歌集』の「詞書」の自立語語彙の使用実態についてみたことがある。(2)しかし、世間に流布しなかったとはいえ、『金葉和歌集』の終稿本は三奏本であり、三奏本系統の本の「詞書」の自立語語彙の使用実態をみることもそれなりの意義があるであろうと考える。本章では、主として「金葉詞書」およびその前後の『後拾遺和歌集』『詞花和歌集』の「詞書」の自立語語彙の使用実態と比較することにより、「三奏金葉詞書」の特色の一端について考えることにする。

二―1

「三奏金葉詞書」の異なり語数・延べ語数は、それぞれ九九一、四〇九七となる。また、平均使用度数は4・13となる。この4・13という数値は、かつて調査した「詞書」における同様な数値(3)と比較すると、「古今詞書」

「後撰詞書」「後拾遺詞書」「千載詞書」「新古今詞書」の語彙におけるそれよりも相当低く、「拾遺詞書」「詞花詞書」の語彙におけるそれよりは高いものであることがわかるが、これは、「金葉詞書」における場合と同様である。ただし、「金葉詞書」における数値が「古今詞書」におけるそれと近似していたのに対し、「三奏金葉詞書」におけるそれは、「拾遺詞書」における数値に近似しているという点で相違がみられる。

2

次に、用語の類似度の面から、「三奏金葉詞書」および「金葉詞書」の語彙についてみることにする。

類似度については、さまざまなものがあるが、ここでは、水谷静夫氏が示された計算式による、類似度D'[4]でみることにする。

表(1)は、「三奏金葉詞書」「金葉詞書」の語彙と、その前後の「後拾遺詞書」「詞花詞書」および「千載詞書」のそれとの類似度D'についてまとめたものである。この**表**(1)からは、当然のことながら、「三奏金葉詞書」の語彙と「金葉詞書」のそれとの類似度D'の高さがみてとれる。と同時に、注目すべき点は、「三奏金葉詞書」の語彙と、前後の「後拾遺詞書」「詞花詞書」の語彙との類似度D'の値が、「金葉詞書」と「後拾遺詞書」「詞花詞書」におけるそれよりも、わずかではあるが高いということである。ここに二度本『金葉和歌集』の革新性と、三奏本『金葉和歌集』の保守性—和歌史の流れから大きく逸脱しない編纂態度への回帰—をみてとることも可能であろう。

表（1）

	後拾詞書	詞花詞書	千載詞書	三金詞書
金葉詞書	0.821	0.803	0.832	0.953
三金詞書	0.826	0.814	0.832	

表（2）

	所属語数	語種別語数			品詞別語数								
		和語	漢語	混種	名詞	動詞	形容	形動	副詞	連体	接続	感動	句等
異計	991	763	186	42	666	246	36	12	21	7	0	0	3
	%	77.0	18.8	4.2	67.2	24.8	3.6	1.2	2.1	0.7	0.0	0.0	0.3
延計	4,097	3,538	450	109	2,447	1,483	75	29	46	14	0	0	3
	%	86.4	11.0	2.7	59.7	36.2	1.8	0.7	1.1	0.3	0.0	0.0	0.1

表（3）

	所属語数	語種別語数			品詞別語数								
		和語	漢語	混種	名詞	動詞	形容	形動	副詞	連体	接続	感動	句等
異語	976	764	165	47	655	238	37	13	23	7	1	0	2
	%	78.3	16.9	4.8	67.1	24.4	3.8	1.3	2.4	0.7	0.1	0.0	0.2
延語	4,218	3,735	378	105	2,499	1,541	77	26	56	16	1	0	2
	%	88.5	9.0	2.5	59.2	36.5	1.8	0.6	1.3	0.4	0.02	0.0	0.05

3

次に、「三奏金葉詞書」の語彙の語種別、品詞別構成比率についてみることにする。

表(2)は、「三奏金葉詞書」の語彙における語種別、品詞別異なり語数・延べ語数と、それぞれの比率をまとめたものである。また、**表**(3)は、「金葉詞書」の語彙に関して同様にまとめたものである。この**表**(2)・**表**(3)からは、二作品における共通歌の多さからか、語種別、品詞別の構成比率は、おおむね類似したものとなっていることがみてとれるであろう。しかし、「三奏金葉詞書」の語彙における漢語の構成比率が、異なり語数・延べ語数のいずれも「金葉詞書」のそれらに比して高いことには、多少、注意が必要であると考えるので、以下、この点についてふれたい。

漢語の異なり語数は、**表**(2)・**表**(3)に示したように、「三奏金葉詞書」で一八六語、「金葉詞書」で一六五語である。うち、共通するものは、異なり語数では一三六語、延べ語数では、「三奏金葉詞書」が三八二語、「金葉詞書」が三四八語となる。したがって、非共通語は、「三奏金葉詞書」では、異なり語数五〇語、延べ語数六八語、「金葉詞書」では、異なり語数二九語、延べ語数三〇語となる。

共通する一三六語について、「三奏金葉詞書」と「金葉詞書」との使用度数の差をみると、その多くが二以内であり、三以上のものは、一一語にすぎない。また、非共通語においては、そのほとんどが使用度数1であり、使用度数が3以上の語は、二語にすぎない。

表（4）は、共通語における使用度数差五以上、非共通語における使用度数5以上の、計八語について、「金葉詞書」「三奏金葉詞書」での使用度数をまとめたものである。以下、「三奏金葉詞書」における使用度数の方が多い語について、「だい」を中心に、いささかふれる。

表（4）

	金葉	三金
だい	22	35
だいじやうだいじん	13	19
だいり	7	20
てんとく	0	13
にふだう	1	6
びやうぶ	2	7
にようばう	13	8
ひやくしゆ	23	17

「だい（題）」は、**表**（4）に示したように、「三奏金葉詞書」に三五例あるが、うち、「題不知」で二九例、「題読人不知」で四例、それぞれ使用されている。この二九例の「題不知」の用例のうち、一一例が非共通歌で使用されたものである。したがって、共通歌では、「題不知」が一八例、「題読人不知」が四例使用されていることになる。この二二例のうち、「金葉詞書」でも「題不知」とするものは七例、「題読人不知」とするものは四例であり、他の一一例中、「詞書」を欠く二例を除く九例は、

［例1］　翫明月といへることをよめる（二・一九九）
［例2］　恋の心をよめる（二・四一〇）

のように、歌題を示したり、

［例3］　見かはしながら恨めしかりける人によみかけける（二・五一三）

のように、詠歌の事情を示す、具体的な「詞書」となっている。

『金葉和歌集』の撰者俊頼は、二度本『金葉和歌集』の編纂に当たり、詠歌事情を徹底的に追求し、題詠歌を重視したが、[5]その結果、「金葉詞書」においては「題不知」のような形式の「詞書」が減少したのであろう。しかし、撰者俊頼は、三奏本『金葉和歌集』の編纂に当たり、二度本の革新性を後退させる過程で、類型的な「題不知」という「詞書」を復活させたのではなかろうか。このように考えると、二度本との非共通歌に「題不知」という「詞書」が一一例もある理由も理解できるであろう。

次に、「びやうぶ（屏風）」の頻用についてふれたい。

「びやうぶ」は、**表**（4）に示したように、「三奏金葉詞書」に七例、「金葉詞書」に二例、それぞれある。「三奏金葉詞書」における七例のうち五例は、非共通歌における、

［例4］　鷹司殿の賀の屏風に、子日したるかたかけるところをよめる（三・二二三）

［例5］　屏風の絵に逢坂の関かけるところをよめる（三・一七六）

のような屏風歌に関するものであり、残りの二例も共通歌における、

［例6］　屏風の絵に、しかすがのわたりする人立ちわづらひたるかたかける所をよめる（三・五七三）

のような、やはり屏風歌に関する用例である。このような点からして、「三奏金葉詞書」において撰者俊頼は、新たに撰入した屏風歌に関しては、屏風歌であることを明示する形の「詞書」を付加したと考えられる。[6]

以上の他、「だいり」「てんとく」の頻用は、後述するように、三奏本『金葉和歌集』編纂に当たっての、撰歌資料としての『天徳四年内裏歌合』重視の、「だいじやうだいじん」「にふだう」の頻用も、後述するように、「宇治

入道前太政大臣」に関する和歌重視の結果と考えられる。

以上、「だい」「びやうぶ」をはじめとする漢語についてふれたが、このような語の存在が「三奏金葉詞書」の語彙における漢語構成比率を「金葉詞書」の場合とは相違させる一因となったと思われる。とするならば、漢語構成比率の相違は、撰者俊頼の、三奏本『金葉和歌集』編纂に当たっての撰歌・撰集方針の変更の結果であると言えそうである。

4

次に、「三奏金葉詞書」の基幹語彙についてふれたい。

どのようなものを、ある作品の基幹語とするかについては、基幹語という用語の定義と同様、より慎重な検討が必要であろうが、ここでは、おおむね延べ語数の1パーミル（四）以上の使用度数を持つ語をもって、仮に基幹語とする。

右のようなものを基幹語とすると、「三奏金葉詞書」の語彙における基幹語彙は、異なり語数で二〇三語、延べ語数で三〇一一語となる。また、延べ語数の三〇一一語は、「三奏金葉詞書」の全延べ語数四〇九七語の73・5％となる。(7) 一方、「金葉詞書」の語彙の基幹語彙に関する同様な数値は、それぞれ一九四語、三一二五語、74・1％となる。この二作品の数値は、共通歌が四九五首もあることからして当然のことではあるが、近似したものとなっている。なお、「三奏金葉詞書」の方が全延べ語数が少ないにもかかわらず、基幹語彙における異なり語数が多いのは、「金葉詞書」に比して高頻度語が比較的少ないことや、表現が類型化することによって中頻度語が比較的多く使用されていることなどがその一因となっていると考えられる。

表（5）

段階	共通基幹語	「平安時代和文脈系文学」の語彙における所属段階								非共通基幹語
		①	②	③	④	⑤	⑥	⑦	⑧	
①	1	0	0	0	0	1	0	0	0	0
②	5	2	2	0	0	0	0	1	0	0
③	6	0	1	0	2	0	2	0	1	1
④	12	2	1	2	2	3	1	0	1	1
⑤	19	0	1	2	5	4	2	3	2	7
⑥	27	0	3	2	1	10	5	3	3	7
⑦	55	1	0	3	4	9	10	15	13	13
⑧	30	0	1	2	2	4	7	5	9	19
計	155	5	9	11	16	31	27	27	29	48

三―1

次に、「三奏金葉詞書」の基幹語彙と、大野晋氏が示された「平安時代和文脈系文学の基本語彙」（以下、「平安和文基本語彙」と略称する）(8) との比較を通して「三奏金葉詞書」の語彙の性格の一端をみたい。

表(5)は、「三奏金葉詞書」および「平安時代和文脈系文学」（以下、「平安和文」と略称する）の語彙について、それぞれ累積使用率によって一〇段階に分け、「三奏金葉詞書」の基幹語彙および「平安和文基本語彙」に関する部分のみ抜き出し、前者を基準として、その所属語数を示したものである。

この**表**(5)から、「三奏金葉詞書」の特徴的使用語を指摘するには、様々な方法があろう。また、その方法の適否についても、慎重に検討する必要があろうが、ここでは、上、下各二段階以上の差があるものをもって特徴的な使用語とする。

「三奏金葉詞書」の基幹語彙における特徴的な使用語を、右のような基準によるものとすると、それは、①段階一語、②段階一語、③段階三語、④段階五語、⑤段階八語、⑥段階九語、⑦段階一七語、⑧段階一六語の、計六〇語であることがわかる。以下、

具体的にそれらを示すと、

Ⅰ　「三奏金葉詞書」の語彙における所属段階の方が上位の語

　よむ（詠）・つかはす（遣）・まかる（罷）・いへ（家）・うた（歌）・こひ（恋）・さき（先・前）・うぢ（宇治、地名）・あそん（朝臣）・ほととぎす（時鳥）・かへし（返）・くだる（下）・ぐす（具）・てんじやう（殿上）・ふぢ（藤）

Ⅱ　「平安和文」の語彙における所属段階の方が上位の語

　す（為）・あり（有）・もの（物・者）・なる（成）・うへ（上）・はべり（侍）・ほど（程）・おもふ（思）・まへ（前）・いか（如何）・また（又）・みや（宮）・いづ（出）・かぜ（風）・かた（方）・たつ（立、四段）・ちゆうぐう（中宮）・はる（春）・あまた（数多）・いかが（如何）・おなじ（同）・なし（無）・ゐん（院）・あき（秋）・その（其）・たてまつる（奉、四段）・とふ（訪・問）・みゆ（見）・わたる（渡）・いる（入、四段）・うち（内・内裏）・おはします（在）・きこゆ（聞）・これ（此）・しのぶ（偲・忍）・つかひ（使）・なく（鳴、四段）・のぼる（上・登・昇）・はじめ（始）・ほか（外）・まつ（待）・みす（見）・むすめ（娘）・ゆめ（夢）・わする（忘、四段）

のようになる。

2

まず、「三奏金葉詞書」の語彙における所属段階の方が上位の語群についてふれる。

ここに所属するのは、上掲一五語であるが、かつて調査した「詞書」での同様な語群と比較すると、「古今詞書」とは七語、「後撰詞書」とは五語、「拾遺詞書」とは八語、「後拾遺詞書」とは九語、「金葉詞書」とは一二語、「詞花詞書」とは九語、「千載詞書」とは五語、「新古今詞書」とは八語、それぞれ共通している。二度本『金葉和歌集』の「詞書」と共通する語が最も多いのは当然として、前後の『後拾遺和歌集』『詞花和歌集』の「詞書」との共通語がそれに次ぐことも、やはり注目に値するものであろう。また、ここに所属する語の多くが、他の「詞書」の同様な語群と共通する中で、「てんじやう」が他と共通しない点、「ほととぎす」「ふぢ」の二語が「金葉詞書」とのみ共通する点、「うぢ」「ぐす」の二語が「金葉詞書」を含む二作品の「詞書」と共通している点も注目に値する。以下、「ほととぎす」「ふぢ」「うぢ」「てんじやう」の順にふれたい。

「ほととぎす（時鳥）」は、「金葉詞書」で一八例、「三奏金葉詞書」で一八例、それぞれ使用されている。「ほととぎす」の用例がどちらか一方、または、両方の「詞書」において使用されている一六首の共通歌をみると、「金葉詞書」に一三例、「三奏金葉詞書」では一六例使用されていることがわかる。したがって、「三奏金葉詞書」でのみ使用されている用例は、三例であり、うち一例は、二度本『金葉和歌集』において「詞書」を欠いているものである。また、他の二例は、

〔例7〕　承暦二年内裏歌合に郭公をよめる（三・一一五）

〔例8〕　宇治前太政大臣家歌合に郭公をよめる（三・一二二）

に対する

〔例9〕　承暦二年内裏歌合に、人にかはりてよめる（二・一一二）

〔例10〕　宇治前太政大臣家歌合によめる（二・一二二）

のように、二度本『金葉和歌集』において「詞書」はあるものの「ほととぎす」の用例を欠いているものである。

上述のように「ほととぎす」の使用された「詞書」を持つ和歌に多少の相違はあるものの、かつてふれたよう(9)に、二度本『金葉和歌集』における伝統的景物を取り入れた撰者俊頼の撰歌態度は、三奏本『金葉和歌集』におい

ても維持され―むしろ強化され―、その結果、「ほととぎす」の用例が頻用されたと言えそうである。

次に、「ふぢ」の用例についてふれる。

「ふぢ（藤）」は、「金葉詞書」で一〇例、「三奏金葉詞書」で九例、それぞれ使用されている。うち共通歌においては、それぞれ八例使用されている。したがって、非共通歌での使用例は、「金葉詞書」において二例、「三奏金葉詞書」においては一例となる。このような「三奏金葉詞書」における「ふぢ」の用例の頻用も、「ほととぎす」の用例の場合と同様、二度本『金葉和歌集』において伝統的な景物を取り入れた撰者俊頼の撰歌態度[10]と、それを受けての三奏本『金葉和歌集』における撰歌態度の結果であろう。

次に、「うぢ（宇治）」についてふれる。

「うぢ」は、「金葉詞書」で一六例、「三奏金葉詞書」で二三例、それぞれ使用されている。うち、「金葉詞書」の一五例（一四首）、「三奏金葉詞書」の一七例（一六首）は、共通歌での用例である。したがって、「三奏金葉詞書」の共通歌における一七例中二例は、「金葉詞書」で非使用[11]ということになる。

「金葉詞書」における「うぢ」の頻用について、主として、撰集資料としての『嘉保元年八月十九日前関白師実歌合』重視の結果であろう点については既に述べた[12]。では、「三奏金葉詞書」における「うぢ」の頻用はいかなる理由によるのであろうか。

「三奏金葉詞書」の「うぢ」の用例のうち、共通歌での一七例をみると、『嘉保元年八月十九日前関白師実歌合』に関するものが七例、『長元八年五月十六日関白左大臣頼通歌合』に関するもの一例、「宇治前太政大臣」というもの四例、地名に関するもの五例となり、「金葉詞書」の場合とおおむね同様である。一方、非共通歌での六例をみると、「宇治入道前太政大臣」というもの三例、「宇治前太政大臣」というもの二例、地名に関するもの一例となっている。したがって、「三奏金葉詞書」においても「金葉詞書」の場合と同様に、『嘉保元年八月十九日前関白師実歌合』の重視、また、人名としての「宇治前太政大臣（師実）」の頻用が「うぢ」の用例の頻用に関係していることがわかる。と同時に、「宇治入道前太政大臣（頼通）」に関わる用例の増加が目立つが、これは、当代性、革新性に富む二度本『金葉和歌集』を、より穏当な歌人構成とした三奏本『金葉和歌集』の撰歌方針の結果であると言える。

以上の三語および、ここではふれなかった「ぐす（具）」に関して、その頻用の理由は「金葉詞書」の場合と概ね同様であると考えられる。しかし、「てんじやう（殿上）」の場合はどのように考えたらよいのであろうか。以下、「てんじやう」についてふれたい。

「てんじやう」は、「金葉詞書」で七例、「三奏金葉詞書」で九例、それぞれ使用されている。以下、その使用実態を具体的にみていくと、共通歌においては、

［例11］　永承四年殿上根合に、菖蒲をよめる（二・一二八）

［例12］　永承四年殿上歌合に菖蒲をよめる（三・一二七）

や、

［例13］　承暦二年御前にて、殿上の御をのこども題を探りて歌つかうまつりけるに…（二・二五七）

［例14］　承暦二年、御前にて殿上のをのこどもくさり題して歌つかうまつりけるに…（三・二五九）

のような用例が、それぞれ六例ある。また、共通歌に関するものの中には、

［例15］　題不知（二・二〇九）

［例16］　大炊殿におはしましける頃、殿上のをのこども御前にて歌つかうまつりけるに（三・二〇三）

や、

［例17］　堀河院御時、殿上人あまた具して花見に歩きけるに、…（二・五二二）

〔例18〕　堀河院の御時、殿上の人々あまた具して花見ありきける、…（三・五一三）

のように、「三奏金葉詞書」にのみ「てんじやう」の使用されたものもある。

非共通歌における使用例は、

〔例19〕　選子内親王いつきにおはしましける時、…殿上の御簾にむすびつけける歌（二・二九三）

〔例20〕　堀河院御時、御前にて殿上のをのこども題をさぐりて…（三・五四五）

というものである。

以上の「金葉詞書」および「三奏金葉詞書」における「てんじやう」の用例には、歌合の明示に使用された用例、場所や地位を示す用例がともにあり、「三奏金葉詞書」に「堀河院の御時…」とする「詞書」中での用例が二例あるほか(13)は、特に相違はみうけられない。

上述のような「てんじやう」の用法が一般的なものなのかどうかを検討するために、前後の「詞書」である「後拾遺詞書」「詞花詞書」における「てんじやう」の用例をみることにする。

「後拾遺詞書」では、

〔例21〕　永承六年五月殿上根合に、さなへをよめる（二〇五）

〔例22〕　後三条院東宮とまうしけるとき、殿上にて人人としのくれぬるよしをよみ侍けるに（四二三）

〔例23〕　八月ばかりに、殿上のをのこどもをめしてうたよませ給けるに、旅中聞雁といふこころを（二七七）

のように、「金葉詞書」および「三奏金葉詞書」とほぼ同様な使用法となっている。一方、「詞花詞書」では、

〔例24〕　新院殿上にて海路月といふことをよめる（二九三）

〔例25〕　四位して殿上おりて侍けるころ、鶴鳴皐といふ事をよめる（三四六）

のように、歌合の明示に使用された用例はないものの、「金葉詞書」や「三奏金葉詞書」と大差ない使用法となっ

表（6）

	古　今	後　撰	拾　遺	後拾遺	金　葉	三　金	詞　花	千　載	新古今
てんじやう	1	5(2)	6(6)	7(3)	7(1)	9(4)	2	3	3
うへのをのこども	2	1	0	12	0	0	6	11	6

ているとと言えそうである。また、八代集の他の「詞書」においても、おおむねこれらと同様なものであると言える。

ところで、「金葉詞書」および「三奏金葉詞書」をみると、［例13］［例14］［例16］［例20］の「てんじやうの（御）をのこども」、および、それに類似した［例18］の「てんじやうのひとびと」のような用例があることに気づかされる。これらは、「後拾遺詞書」における、

［例26］　うへのをのこどもうたよみ侍けるに、春心花によすといふことをよみはべりける（九五）

や、「千載詞書」における、

［例27］　二条院御時、上の男ども百首歌奉りける時、詠める（六七〇）

と同類の表現である。この［例26］［例27］と同類の表現が「金葉詞書」に一例、「三奏金葉詞書」に四例あることは注目に値する。

表（6）は、八代集の「詞書」および「三奏金葉詞書」における「てんじやう」と「うへのをのこども」の使用度数をまとめたものである。なお、（　）内の数字は、「てんじやう」の用例のうち、「うへのをのこども」に類似した表現と思われるものに使用された用例数である。この**表**（6）をみると、「てんじやう」は、「後撰詞書」から「三奏金葉詞書」にかけて比較的多く使用されていることがわかる。一方、「うへのをのこども」という表現は、「後拾遺詞書」を例外として、「てんじやう」の用例の少ない「古今詞書」「詞花詞書」「千載詞書」「新古今詞書」において「てんじやう」より使用度数が多いことや、「金葉詞書」および「三奏金葉詞書」においても使用されていないこともわかる。

以上のような点から考えると、「三奏金葉詞書」において「てんじやう」という用例が頻用される理由の一つとして、「うへのをのこども」の代替形である「てんじやうのをのこども」およびその類似表現での使用という点が指摘できそうである。とするならば、この「三奏金葉詞書」における「てんじやう」の頻用は、「詞書」の表現形式の伝統を踏まえた撰者俊頼の撰集態度の結果であるとも言えそうである。

3

次に、「平安和文」の語彙における所属段階の方が上位の語群についてふれる。

ここに所属するのは、上掲四五語であるが、かつて調査した「詞書」での同様な語群と比較すると、「古今詞書」とは二五語、「後撰詞書」とは二〇語、「拾遺詞書」とは一六語、「後拾遺詞書」とは一七語、「金葉詞書」とは三三語、「詞花詞書」とは二六語、「千載詞書」とは二三語、「新古今詞書」とは二一語、それぞれ共通していることがわかった。

「平安和文」の語彙における所属段階の方が上位の語群に所属しているものの多くは、上述のように、他の「詞書」における同様な語群の所属語と共通している。しかし、中には「はる」「あき」「たてまつる」のように、他の一作品の「詞書」とのみ共通するものもある。これらの語は、他の多くの「詞書」においては特異な用例とはみなされておらず、「三奏金葉詞書」の語彙の性格を、本当の意味で物語るものであるとも言えよう。以下、かつてふれた[14]「たてまつる」を除き、「はる」「あき」の順に、いささかふれることにする。

「はる（春）」の使用例は、「金葉詞書」に八例、「三奏金葉詞書」に七例、それぞれあるが、うち、二度本『金葉和歌集』と三奏本『金葉和歌集』の共通歌の「詞書」において五例使用されている。したがって、非共通歌の「詞書」における使用例は、「金葉詞書」に三例、「三奏金葉詞書」に二例、それぞれあることになる。この「金葉詞

書」および「三奏金葉詞書」における用例で特徴的なことは、

［例28］　早春の心をよめる（二・六）

［例29］　春の田をよめる（二・七三）

［例30］　はるの雪をよめる（三・九）

［例31］　天徳四年内裏歌合に暮春の心をよめる（三・九五）

のように、歌題と思われる部分での使用が目立つということである。同様な使用例は、「金葉詞書」には、他に三例、「三奏金葉詞書」には、他に二例、それぞれある。上述の点について比較するために、前後の勅撰集の「詞書」である、「後拾遺詞書」「詞花詞書」における「はる」の用例の使用実態をみることにする。

まず、「後拾遺詞書」をみると、一八例の「はる」の用例のうち、

［例32］　春はひむがしよりきたるといふ心をよみ侍ける（三）

［例33］　堀川右大臣の九条家にて、山ごとにはるありといふこころをよみはべりける（一〇六）

のような歌題に関するものは七例あるが、比率からすると、「金葉詞書」および「三奏金葉詞書」の場合より低い[15]ことがわかった。また、「春の部」での用例は一〇例と、「金葉詞書」の六例、「三奏金葉詞書」の五例よりも、比率において低い[16]こともわかった。

次に、「詞花詞書」をみると、「はる」の用例は九例ある。うち、歌題に関するものとしては、

［例34］　老人惜春といふ事をよめる（四七）

のような用例が四例ある。また、「春の部」での用例は三例である。これらのことから、「詞花詞書」の「はる」の用例に関しても、「後拾遺詞書」の場合と同様に、詠歌の事情等の説明部分での用例や、「春の部」以外での用例の比率が、「金葉詞書」および「三奏金葉詞書」の場合よりも高い[17]ことがわかる。

以上、「はる」の使用例についてふれた。その結果、「三奏金葉詞書」において—「金葉詞書」においても同様であるが—「はる」の用例は、前後の勅撰集の「詞書」に比して、歌題に関して使用される比率が高い、という傾向のあることがわかった。これは、諸先学も説かれる撰者俊頼の題詠歌重視の姿勢[18]が関係しているのかもしれない。

次に、「あき（秋）」の用例についてふれたい。

「あき」の用例は、「金葉詞書」に一〇例、「三奏金葉詞書」に五例、それぞれある。二度本『金葉和歌集』と三奏本『金葉和歌集』の「詞書」のどちらか一方、または、両方に「あき」の使用例がある共通歌は五首であるが、うち、「金葉詞書」には四例、「三奏金葉詞書」には三例の「あき」の用例が使用されている。したがって、非共通歌での使用は、「金葉詞書」で六例、「三奏金葉詞書」で二例となる。

「金葉詞書」の一〇例中七例、「三奏金葉詞書」の五例中三例の「あき」の用例が、

〔例35〕　秋隔一夜といへることを（二・一五五）

〔例36〕　雨中秋尽といへる事をよめる（三・二五八）

のような歌題中での使用例である。また、部立の面でみると、「金葉詞書」では七例、「三奏金葉詞書」では四例が、「秋の部」での用例であることもわかる。

次に、「はる」の場合と同様に、前後の勅撰集の「詞書」である、「後拾遺詞書」「詞花詞書」における「あき」の用例の使用実態についてふれる。

まず、「後拾遺詞書」についてみると、二五例の「あき」の用例のうち、

〔例37〕　俊綱朝臣のもとにて、晩涼如秋といふをよみ侍ける（二三二）

〔例38〕　毎家有秋といふこころを（三一五）

のような歌題中の用例とみなされるものは、一二例あることがわかる。また、「秋の部」で一三例、「秋の部」以外

で一二例、それぞれ使用されていることもわかった。

次に、「詞花詞書」の三例の「あき」の用例をみると、すべて

〔例39〕　春より法輪にこもり侍ける秋、大井河に紅葉のひまなくながれけるをみてよめる（一三二）

のように、詠歌の事情等の説明部分での使用例であり、歌題と思われる部分に使用された用例はないことがわかった。また、部立に関してみると、「秋の部」で一例、「秋の部」以外で二例、それぞれ使用されていることもわかる。

以上、「三奏金葉詞書」における「はる」および「あき」の使用例をみてきた。「三奏金葉詞書」の「はる」「あき」の用例は、前後の「後拾遺詞書」「詞花詞書」における当該例の使用実態と比較すると、

1　詠歌の事情等を説明する部分での使用例が少ない。
2　歌題中での使用例が比較的多い。
3　「春の部」または「秋の部」において多く使用されている。

のような特徴がある。このような点が「三奏金葉詞書」の「はる」「あき」の用例が「平安和文」の語彙における所属段階との比較において、他の「詞書」の場合と相違し、特異な用例であるとみなされる因となっていると思われる。換言すると、これらの語の特異性は、題詠歌を重視する撰者俊頼の編纂態度の結果であるとも言い得よう。

四―1

表(7)は、三―1において行ったのと同様な段階分けを「三奏金葉詞書」「金葉詞書」の語彙について行い、「三奏金葉詞書」の基幹語彙および「金葉詞書」の基幹語彙に関する部分のみ抜き出し、前者を基準として、その所属語数を示したもの(19)である。

表（7）

段階	共通基幹語	「金葉詞書」の語彙における所属段階 ①	②	③	④	⑤	⑥	⑦	⑧	非共通基幹語
①	1	1	0	0	0	0	0	0	0	0
②	5	0	2	3	0	0	0	0	0	0
③	7	0	1	3	3	0	0	0	0	0
④	13	0	0	1	7	5	0	0	0	0
⑤	24	0	0	0	0	13	10	1	0	2
⑥	33	0	0	0	0	1	22	8	2	1
⑦	55	0	0	0	0	0	10	41	4	13
⑧	33	0	0	0	0	0	2	17	14	16
計	155	1	3	7	10	19	44	67	20	32

この表（7）からもわかるように、「三奏金葉詞書」の基幹語彙と「金葉詞書」の基幹語彙との間には、共通歌の多さも理由となり、特異な使用語と思われるものは、ほとんどない。しかし、少ないながらも「三奏金葉詞書」における所属段階の方が上位の、だいり（内裏）・おもふ（思）・まつ（松）の三語、「金葉詞書」における所属段階の方が上位の、みす（見）・よす（寄）の二語を、それぞれ特異な使用語として指摘することができよう。以下、「だいり」と「おもふ」について具体的にその使用実態をみることにする。

2

「だいり（内裏）」の用例は、「金葉詞書」に七例、「三奏金葉詞書」に二〇例、それぞれある。うち、共通歌六首において、「金葉詞書」では五例、「三奏金葉詞書」では六例、それぞれ使用されている。したがって、非共通歌において使用されているのは、「金葉詞書」で二例、「三奏金葉詞書」で一四例となる。

「三奏金葉詞書」における一四例のうち一二例は、

［例40］　天徳四年内裏の歌合によめる（三・三）

［例41］　天徳四年内裏の歌合に郭公をよめる（三・一一七）

のような、『天徳四年三月三十日内裏歌合』に関するものであり、残りの二例は、

〔例42〕　六条内裏にて子日せさせ給けるによめる（三・二二四）

〔例43〕　寛和二年内裏歌合に月をよませ給へる（三・一六八）

というものである。したがって、「三奏金葉詞書」における「だいり」の頻用は、三奏本『金葉和歌集』編纂に当たっての撰歌資料としての『天徳四年三月三十日内裏歌合』の重視の結果であると言える。なお、「三奏金葉詞書」において一六例、「金葉詞書」において三例使用されている「よねん」の例も、同様な理由による頻用である。

次に、「おもふ（思）」についてふれることにする。

「おもふ」の用例は、「金葉詞書」に四例、「三奏金葉詞書」に一〇例、それぞれある。うち、「金葉詞書」における四例をみると、三奏本『金葉和歌集』との共通歌の「詞書」で三例、非共通歌の「詞書」で一例、それぞれ使用されている。また、共通歌での三例中、「三奏金葉詞書」にも「おもふ」のあるものは二例、ないものは一例となっている。一方、「三奏金葉詞書」における一〇例を中心にみると、二度本『金葉和歌集』との共通歌の「詞書」で四例（うち、「金葉詞書」においても使用されているものは、上述したように二例）、非共通歌の「詞書」で六例、それぞれ使用されている。

「三奏金葉詞書」における「おもふ」の使用例で特徴的なのは、二度本『金葉和歌集』との非共通歌の「詞書」において、

〔例44〕　もの思ひ侍りける時よめる（三・四一九）

のような「もの思ひ侍り」という例が二例、

〔例45〕　思ふこと侍りける頃雨の降るを見て（三・五〇九）

のような「思ふことあり（侍り）」という例が二例（他に、共通歌の「詞書」中に一例）あるということである。うち、

「もの思ひ侍り」の二例は「恋の部」で、「思ふことあり（侍り）」の例は、共通歌の「詞書」での一例を含め三例とも「雑の部」で使用されている。

「おもふ」の用例について、前後の勅撰集の「詞書」である「後拾遺詞書」「詞花詞書」での使用実態をみると、それは、「後拾遺詞書」に三三例、「詞花詞書」に六例、それぞれあることがわかる。これらのうち、「もの思ひ侍り」「思ふことあり（侍り）」と、その類似表現についてみると、「後拾遺詞書」においては、「もの思ひ侍り」が「恋の部」に二例、「雑の部」に一例、「思ふことあり（侍り）」が「雑の部」に二例、また、「詞花詞書」においては、「思ふこと侍り」が「雑の部」に一例、それぞれあることがわかる。このような点からして、「三奏金葉詞書」における「もの思ひ侍り」や「思ふことあり（侍り）」のような表現は、和歌史上の類型化された表現の一つであると言え、そのような表現が「三奏金葉詞書」に比較的多くみられるのは、革新性という点で二度本よりも後退させた三奏本『金葉和歌集』の編纂態度とも合致するものであったからであると言えよう。

五―1

次に、二度本『金葉和歌集』と三奏本『金葉和歌集』との共通歌の「詞書」の語彙についてみることにする。

共通歌四九五首の「詞書」の語彙における異なり語数、延べ語数は、「金葉詞書」においては、それぞれ八八九語、三三二三語、「三奏金葉詞書」においては、それぞれ八七八語、三二二二語となる。うち、共通しないものは、異なり語数で一九一語。「金葉詞書」でのみ使用されているものは、異なり語数で一〇一語、延べ語数で一一〇語、「三奏金葉詞書」でのみ使用されているものは、異なり語数で九〇語、延べ語数で九六語となる。この共通しない語は、異なり語数と延べ語数との関係からもわかるように、多くは使用度数1の語である。

次に、共通する七八八語（延べ語数は、「金葉詞書」三二一三語、「三奏金葉詞書」三一二六語）についてみると、うち、五九四語は「金葉詞書」と「三奏金葉詞書」での使用度数が等しい。また、「金葉詞書」での使用度数の方が「三奏金葉詞書」での使用度数より一多いものが七一語、二多いものが二二語、三多いものが三語、四以上多いものが七語、[20]「三奏金葉詞書」での使用度数の方が「金葉詞書」での使用度数より一多いものが七〇語、二多いものが一三語、三多いものが四語、[21]四以上多いものが四語であることもわかった。

共通する語の多くは二つの「詞書」での使用度数が等しいか、その差が三以内であることは、上述の通りであるが、以下、その差が四以上の語のうち、「こひ」と「こころ」について、その使用実態を具体的にみることにする。

2

まず、「こひ（恋）」の用例からふれることにする。

「金葉詞書」または「三奏金葉詞書」の一方、または両方に「こひ」の用例が使用された共通歌は三六首ある。「こひ」の使用度数は、「金葉詞書」では34、「三奏金葉詞書」では28であるが、それらは、

〔例46〕　恋の心を人〱のよみけるに、よめる（二・四〇三）

〔例47〕　恋の心を人々よみけるに（三・四一四）

のように、「金葉詞書」「三奏金葉詞書」のいずれにおいても「こひのこころ」となっているもの、

〔例48〕　顕季卿家にて、寄織女恋といふ心をよめる（二・三六三）

〔例49〕　顕季卿家にて寄七夕恋の心をよめる（三・三六六）

のように、一方が「…こひといふこころ」、他方が「…こひのこころ」となっているもの、

〔例50〕　たのめてあはぬ恋の心をよめる（二・三六七）

〔例51〕　頼めてあはぬ恋といへることを（三・三八二）

のように、一方が「…こひのこころ」、他方が「…こひといへる（いふ）こと」となっているもの、

〔例52〕　恋の心をよめる（二・三八三）

〔例53〕　恋の歌とてよめる（三・三九九）

のように、一方が「こひのこころ」、他方が「こひのうた」となっているもの、

〔例54〕　後朝恋の心をよめる（二・三八一）

〔例55〕　後朝の心を（三・三九八）

のように、一方に「こひ」の語がないもの等、その使用実態は多彩である。

右のような「金葉詞書」「三奏金葉詞書」における「こひ」の用例について、形式上まとめたものが**表**(8)である。この**表**(8)でわかるように、「金葉詞書」においては「こひのこころ」という用法を中心に、全三四例の67・6%に当たる二三例が「こころ」とともに用いられている。これに対し、「三奏金葉詞書」においては、同様のものは、全用例二八例の42・9%に当たる一二例にすぎない。

次に、非共通歌における「こひ」についてふれる。非共通歌をみると、「こひ」の使用度数は、「金葉詞書」において31（二九首）、「三奏金葉詞書」において4（四首）である。これらの用例について、共通歌における場合と同様に分類したのが**表**(9)である。この**表**(9)からも、「金葉詞書」においては、共通歌の場

表（8）

	金　葉	三　金
恋の心	11	5
…の恋の心	3	4
…恋の心	6	3
…恋といふ心	2	0
…恋といへる心	1	0
…の恋といふこと	0	1
…恋といふこと	0	1
…の恋といへること	2	0
…恋といへること	2	5
恋の歌	5	7
…の恋	1	0
恋	1	2
詞書なし・題しらず	2	8

表（9）

	金　葉	三　金
恋の心	11	1
…の恋の心	2	0
…恋の心	1	0
…恋といふ心	0	0
…恋といへる心	0	0
…の恋といふこと	0	0
…恋といふこと	0	0
…の恋といへること	1	0
…恋といへること	6	0
恋の歌	8	2
…の恋	1	0
恋	1	1
詞書なし・題しらず	0	0

合と同様に、「こころ」とともに用いられた用例が、他の形式よりも多いことがわかる。

井上宗雄氏は、その論文において、『金葉和歌集』の「詞書」では「…心を詠める」が激増し、「金葉詞書」では21％強、「三奏金葉詞書」では10％強となることを指摘されたが、[22]『金葉和歌集』の「詞書」における「こひ」と「こころ」の結びつきの強さも、このような「心を詠める」の激増に関係しているのであろう。ただ、「金葉詞書」に比し、「三奏金葉詞書」において、それが減少しているのは、いかなる理由によるのであろうか。この点については、今後とも考えたい。

3

次に、「こころ（心）」の用例についてふれる。

共通歌・非共通歌全体でみると、「こころ」の使用度数は、「金葉詞書」では１１６、「三奏金葉詞書」では65となる。また、共通歌での使用度数をみると、「金葉詞書」では81となるが、うち、「三奏金葉詞書」にもそのまま使用されたものは40、別語で言い換えられたものや使用されていないものが41となっている。一方、「三奏金葉詞書」を中心にみると、共通歌での使用度数は50となる。うち、「金葉詞書」でも使用されていたものは、上述のように40、「三奏金葉詞書」で新たに使用されたものが10となる。ところで、後藤重郎氏は、二度本『金葉和歌集』と三

奏本『金葉和歌集』における「こころ」を使用した「詞書」について考察し、

三奏本においては、再撰本と同じくA型即ち「通常の歌題＋の心を」の形をとるのが殆んどで、B型（筆者注、「…といへる（いふ）心を」の形をとるもの）としては…（筆者注、引用詞書省略）…の一首があるのみにて、C型（筆者注、A、B型以外）は0となり、再撰本よりもすつきりした形となつてゐる。(23)

とされた。また、「心をよめる」に対して使用される「ことをよめる」という形式について、二度本『金葉和歌集』、三奏本『金葉和歌集』のいずれにおいても「四季の部」の「詞書」に多く使用され、「恋の部」を除き、三奏本『金葉和歌集』の「冬の部」の「詞書」を例外として、D型（「こと」の上が二つ〈以上〉の観念が結合して名詞の題となっているもの）よりもE型（「こと」の上が完結した文をなしているもの）の方が多いとされた。(24) この後藤氏の高論の学恩を蒙りつつ、「金葉詞書」と「三奏金葉詞書」における「こころ」の使用実態について、以下、具体的にみることにする。

まず、二度本『金葉和歌集』と三奏本『金葉和歌集』との共通歌で、「金葉詞書」では使用され、「三奏金葉詞書」では非使用となっている用例についてふれる。

「金葉詞書」において使用され、「三奏金葉詞書」において非使用となっている「こころ」の用例は、上述したように四一例あるが、それらは、

〔例56〕　実行卿家の歌合に、霞の心をよめる（二・九）

〔例57〕（詞書ナシ）（三・五）

のように、三奏本『金葉和歌集』において「詞書」を欠くもの、

〔例58〕　祝の心をよめる（二・三一二）

〔例59〕　題不知（三・三一七）

のように「題不知」となっているもの、

［例60］ 摂政左大臣家にて夏月の心をよめる（二・一四一）

［例61］ 摂政左大臣家にて夏月をよめる（三・一三六）

のように、「…のこころ」を欠くもの、

［例62］ 夏月の心をよめる（二・一五二）

［例63］ 夏夜月をよめる（三・一四三）

のように、歌題が相違するもの、

［例64］ 後冷泉院御時、弘徽殿女御の歌合に、苗代の心をよめる（二・七五）

［例65］ 後冷泉院御時、弘徽殿女御歌合によめる（三・七七）

のように、歌題そのものを欠くもの、

［例66］ 鳥羽殿にて人〳〵歌つかうまつりけるに、卯花のこゝろをよめる（二・九八）

［例67］ 鳥羽殿にて人々卯花の歌よみけるに（三・一〇三）

のように、「こころ」が「うた」に置換しているもの、

［例68］ 寄石恋といふ心をよめる（二・五〇八）

［例69］ 寄石恋といへる事を（三・四八三）

のように、「こころ」が「こと」に置換しているもの、等に分類可能であるが、中心は、［例61］［例65］［例63］であると思われる。この［例61］と同様な用例が計九例（A）、［例65］と同様なものが計一四例（B）、［例63］と同様な例が計三例（C）、それぞれある。以下、これらの「詞書」を持つ和歌の主な他出文献名を、川村晃生・柏木由夫・工藤重矩氏校注『金葉和歌集　詞花和歌集』（新日本古典文学大系9　平成元年九月、岩波書店）の学恩を蒙りつつ

あげると、以下のようになる。

A　新時代不同歌合（三・一三六）[25]・長治元年五月二十六日左近衛権中将俊忠歌合（三・一三七）・天喜四年四月三十日皇后宮寛子春秋歌合（三・一七五）・寛治三年八月二十三日庚申太皇太后宮寛子扇歌合（三・二五五）・堀川百首（三・二八三）・堀川百首（三・二九九）・新時代不同歌合（三・三〇六）他出文献不明（三・一三八）（三・一四〇）

B　長久二年二月十二日弘徽殿女御生子歌合（三・七七）・長元八年五月十六日関白左大臣頼通歌合（三・一九五）・寛治三年八月二十三日庚申太皇太后宮寛子扇歌合（三・一九六）・永承四年十一月九日内裏歌合（三・二〇五）・嘉保元年八月十九日前関白師実歌合（三・二八六）・永承五年十一月修理大夫俊綱歌合（三・三一六）・長久二年二月十二日弘徽殿女御生子歌合（三・三一九）・嘉保元年八月十九日前関白師実歌合（三・三二九）・永久四年六月四日参議実行歌合（三・三三二）・天喜四年四月三十日皇后宮寛子春秋歌合（三・三三五）・永久四年六月四日参議実行歌合（三・三九一）・永久四年四月四日白河院鳥羽殿北面歌合（三・四二八）・寛治七年五月五日郁芳門院媞子内親王根合（三・四三五）・康和二年四月二十八日宰相中将国信歌合（三・四四三）

C　元永元年六月二十九日右兵衛督実行歌合（三・一三九）・元永二年七月十三日内大臣忠通歌合（三・一六六）・他出文献不明（三・一四三）

以上のようになるが、これからみる限りでは、「三奏金葉詞書」において「こころ」の省略された和歌と、その他出文献との間には、必ずしも明確な傾向はない。強いてあげれば、

1　Aには『新時代不同歌合』『堀河百首』からのものが、それぞれ二首ある。

2　Bには『長久二年二月十二日弘徽殿女御生子歌合』『嘉保元年八月十九日前関白師実歌合』からのものが、それぞれ二首ある。

という程度であり、他に、A・Bにまたがる『天喜四年四月三十日皇后宮寛子春秋歌合』『寛治三年八月二十三日

庚申太皇太后宮寛子扇歌合』からのものが、それぞれ二首あるということくらいであろう。

部立の面からみると、Aの「詞書」を持つ和歌九首は、すべて「四季の部」に属し、Bは、「四季の部」に五首、「賀の部」に五首、「恋の部」に四首、それぞれ属し、Cの三首は、すべて「四季の部」に属している。

次に、二度本『金葉和歌集』と三奏本『金葉和歌集』との共通歌で、「三奏金葉詞書」において新たに「こころ」が加わった用例についてふれる。

ここに該当する「詞書」を持つ和歌一〇首の主な他出文献名を示すと、
新時代不同歌合（三・九三）・天永元年四月二十九日右近衛中将師時山家五番歌合（三・一三二）・永久三年十月二十六日内大臣忠通前度歌合（三・三〇七）・宝物集、撰集抄（三・四四九）・肥後集（三・六二三）・他出文献不明（三・一九八）（三・三〇九）（三・三二八）（三・三六五）（三・三九六）

のようになり、上掲したA・B・Cの場合と比較すると、他出文献不明の和歌が多いことがわかる。また、「三奏金葉詞書」で「こころ」が省略された例のある『新時代不同歌合』を他出文献とする和歌の「詞書」に、新たに「こころ」が加わったことも注目に値する。なお、部立の面からみると、「四季の部」に五首、「賀の部」に一首、「恋の部」に三首、「雑の部」に一首、それぞれ属していることがわかる。

次に、二度本『金葉和歌集』と三奏本『金葉和歌集』との共通歌で、「金葉詞書」「三奏金葉詞書」において、ともに「こころ」が使用された用例についてふれる。

ここに該当する「詞書」を持つ和歌四〇首のうち、歌題に関係しない「こころ」の用例のある三首を除いた、三七首と他出文献に関して、その使用実態を箇条的に示すと、以下のようになる。
1　他出文献が不明なもの　一四首
2　百首歌・歌合を他出文献とするもの

ア　堀河百首　六首
イ　新時代不同歌合　二首
ウ　天喜四年四月三十日皇后宮寛子春秋歌合　二首
エ　嘉保元年八月十九日前関白師実歌合　一首
オ　永久四年六月四日参議実行歌合　一首
カ　康和四年閏五月二日・同七日内裏艶書歌合　一首

3　2以外を他出文献とするもの一〇首

以上のうち、ア〜オは「三奏金葉詞書」において「こころ」非使用となった、上掲A・B・Cと共通し、イは、「三奏金葉詞書」において「こころ」が新たに加わったものとも共通する。また、部立の面からみると、「四季の部」に一九首、「別離の部」に一首、「恋の部」に一〇首、「雑の部」に七首、それぞれ属していることがわかる。

以上、「三奏金葉詞書」において「こころ」が省略された用例を中心に、他出文献との関係からみてきた。その結果、「こころ」が省略された「詞書」を持つ和歌の多くには、他出文献として歌合・百首歌があることがわかった。一方、「こころ」が使用される「詞書」を持つ和歌は、他出文献不明のものが多いという傾向もみいだせた。しかし、他出文献がある和歌のみでみた場合、「こころ」の使用・非使用と出典との間に、特異な関係はみいだせなかった。また、部立との関係からすると、使用・非使用ともに「四季の部」でのものが多く、特に、非使用のものにおいてその傾向が顕著であることがわかった。

二度本『金葉和歌集』と三奏本『金葉和歌集』との共通歌における「こころ」という用例の使用実態をみると、「…の心を」という形式を中心に考えた場合、後藤氏も言われるように[26]、「こころ」の使用度数の少なさも関係してか、三奏本の方がすっきりしたものになっているようにも思える。また、井上氏のご指摘[27]のように、何らかの「詞書」の統一が図られたと思われるような傾向もみうけられた。しかし、二度本『金葉和歌集』と三奏本『金葉和歌集』との共通歌における「詞書」の形式の変更が、いかなる基準によって行われているかについては、明確に指摘し得なかった。あるいは、当代歌人の詠歌を多数撰入した革新的な歌集であった二度本『金葉和歌集』―その結果として激増した「心をよめる」という形式の「詞書」を、革新性を薄めた、穏やかな詠風の歌集である三奏本『金葉和歌集』を撰進するに当たって意図的に改変したのかもしれない。しかし、そうであったとしても、この改変がどのような基準によって行われたかについては、依然として明確ではない。この点に関しては今後とも考えていきたい。

六

以上、「三奏金葉詞書」の自立語語彙に関して、「金葉詞書」の自立語語彙との比較を中心にし、いくつかの観点から、その使用実態をみてきたが、その要点を再掲することにより、本章のまとめとする。

1　「三奏金葉詞書」の自立語語彙における異なり語数・延べ語数は、それぞれ九九一語、四〇九七語となる。また、平均使用度数は4・13となる。

2　延べ語数の1パーミル以上の使用度数をもつ語を基幹語とすると、「三奏金葉詞書」のそれは、異なり語数で二〇三語、延べ語数で三〇一一語となる。また、この三〇一一語は、全延べ語数四〇九七語の74・1%に当たる。

3　品詞別構成比率に関してみると、「三奏金葉詞書」の語彙における漢語のそれが、異なり語数・延べ語数のいずれにおいても、「金葉詞書」に比して高いものとなっている。その理由の一つとして、「だい」「びやうぶ」「だいり」「てんとく」などの語の頻用が考えられるが、これらの語の頻用は、三奏本『金葉和歌集』編纂に当たっての撰者俊頼の撰歌・撰集方針の変更の結果であると言える。

4 「三奏金葉詞書」の語彙と「後拾遺詞書」「詞花詞書」の語彙との類似度D'が、「金葉詞書」の語彙とそれらの語彙との類似度D'よりも高い。この類似度の差に、二度本『金葉和歌集』の革新性と、三奏本『金葉和歌集』の保守的性格をみてとることができる。

5 「三奏金葉詞書」において特徴的な「てんじやう」という語の頻用は、「詞書」の伝統を踏まえた「てんじやうのをのこども」という表現形式を使用した撰者俊頼の撰集態度の結果であると言える。

6 「三奏金葉詞書」における「だいり」という語の頻用は、三奏本『金葉和歌集』編纂に当たっての撰歌資料としての『天徳四年三月三十日内裏歌合』重視の、また、「おもふ」という語の頻用は、革新性という点で二度本よりも後退させた三奏本『金葉和歌集』の編纂方針の結果であると言える。

7 「こころ」という語は、「金葉詞書」と比較した場合、「三奏金葉詞書」において使用度数が減少している。この減少は、革新性を薄めた、穏やかな詠風の歌集である三奏本『金葉和歌集』を撰進するに当たり、撰者俊頼が意図的に「詞書」を改変した結果であると思われる。

大略、以上のようにまとめることができる。なお、今後の課題として、意味分野別構造分析法等[29]により、「三奏金葉詞書」の語彙の別の特徴も見いだしていきたいと考えている。

【注】

(1) 大曾根章介他編『日本古典文学大事典』(平成一〇年六月、明治書院)の『金葉和歌集』の項(川村晃生氏執筆)、川村晃生・柏木由夫「『金葉和歌集』解説」(川村晃生・柏木由夫・工藤重矩校注『金葉和歌集 詞花和歌集』(新日本古典文学大系9 平成元年九月、岩波書店)等参照。

（2）本書第一部第五章。

（3）本書第一部第一章～第八章。
下表は、各「詞書」の平均使用度数をまとめたものである。

作品名	異なり語数	延べ語数	平均使用度数
古今詞書	882	3,918	4.44
後撰詞書	1,276	7,003	5.49
拾遺詞書	1,287	5,203	4.04
後拾遺詞書	1,572	9,007	5.73
金葉詞書	976	4,218	4.32
詞花詞書	719	2,651	3.69
千載詞書	1,252	7,008	5.60
新古今詞書	1,427	7,945	5.57

（4）「用語類似度による歌謡曲仕訳『湯の町エレジー』『上海帰りのリル』及びその周辺」（『計量国語学』一二巻四号、昭和五五年三月）、『数理言語学』（昭和五七年一月、培風館）、その他。

（5）島田良二「後拾遺集と金葉集の恋歌について」（『平安文学研究』四五輯、昭和四五年一一月）、上野理『後拾遺集前後』（昭和五一年四月、笠間書院）、滝澤貞夫「金葉集の評価」（『講座平安文学論究　第三輯』昭和六一年七月、風間書房）、その他。

（6）滝澤氏は、（5）論文において、題詠歌にこだわる撰者俊頼の姿勢の一つとして、本来、題詠ではない和歌の「詞書」を題詠歌の「詞書」に改変した例を具体的に指摘しておられる。三奏本においては、そのような姿勢が後退したのかもしれない。

（7）西田直敏氏は、『平家物語の文体論的研究』（昭和五三年一一月、明治書院）において、「平家物語」の基幹語彙における同様な数値を76・4％とされた。また、大野晋氏は、「平安時代和文脈系文学の基本語彙に関する二三の問題」（『国語学』八七集、昭和四六年一二月）において、「平安時代和文脈系文学の基本語彙」を示されたが、それにおける同様な数値を79％とされた。これらの数値との関係からすれば、「三奏金葉詞書」の基幹語彙の選定にも、ある程度の妥当性はあると考える。

（8）（7）大野論文。

（9）（2）に同じ。

（10）（2）に同じ。

(11) 二度本『金葉和歌集』の五〇番歌、六〇四番歌。五〇番歌は「詞書」を欠き、六〇四番歌は、
公実卿かくれ侍て後、かの家にまかりけるに、…

のように、「詞書」はあるものの、「うぢ」を欠いている（「三奏金葉詞書」は、「…宇治の家にまかりたりけるに、…」とする）。
(12) (2) に同じ。
(13) 「金葉詞書」にも同様な例が一例あることは、［例17］で示した通りである。
(14) (2) に同じ。
(15) 「はる」の用例のうち、歌題と思われる部分で使用された用例の比率は、「金葉詞書」62・5％、「三奏金葉詞書」57・1％、「後拾遺詞書」38・9％となる。
(16) 「はる」の用例のうち、「春の部」で使用された用例の比率は、「金葉詞書」75・0％、「三奏金葉詞書」71・4％、「後拾遺詞書」55・6％となる。
(17) 「詞花詞書」に使用された「はる」の用例のうち、歌題と思われる部分での使用比率、「春の部」での使用比率は、それぞれ44・4％、33・3％となる。
(18) (5) 書・論文。
(19) したがって、⑧段階所属語であっても基幹語ではないものは除いてある。なお、「三奏金葉詞書」の基幹語であり、かつ、「金葉詞書」の⑧段階所属語でありながら度数3のものは、非共通基幹語の方に所属させているので注意が必要である。
(20) いはひ（祝）・いふ（言）・こころ（心）・こひ（恋）・つき（月）・ひと（人）・よむ（詠）の七語。
(21) うた（歌）・しる（知・領）・はな（花）・みる（見）の四語。
(22) 「『心を詠める』について―後拾遺・金葉集にみられる詞書の一傾向―」（『立教大学日本文学』三五号、昭和五一年二月）。
(23) 「勅撰和歌集詞書研究序説―千載和歌集を中心として―」（『講座平安文学論究　第三輯』昭和六一年七月、風間書房）。

（24）（23）に同じ。
（25）他出文献名の後の（　）内の「三」は、三奏本、「一三六」は歌番号を示す。以下、同様。
（26）（23）に同じ。
（27）（22）論文、「再び『心を詠める』について―後拾遺・金葉集にみられる詞書の一傾向―」（『立教大学日本文学』三九号、昭和五二年一二月）。
（28）田島毓堂『比較語彙研究序説』（平成一一年一〇月、笠間書院）、「語彙論の開発と確立―比較語彙論の進展と言語学への貢献―」（『比較語彙研究の試み　6』開発・文化叢書三六、平成一二年一二月）、その他。

第三章　『後葉和歌集』

一

『後葉和歌集』は、周知のように、藤原為経が『詞花和歌集』に対する不満から編したものであるが、『詞花和歌集』についての不満は為経だけではなく、撰進直後から世間一般にあったと言われている。その世間における不満の理由について谷山茂氏は、

1　『詞花和歌集』が歴代勅撰和歌集の中で最も小規模な撰集である。
2　『後拾遺和歌集』以来の反古今的時流に流れすぎている。
3　『詞花和歌集』撰集当時の歌人とその作品が必ずしも優遇されていない。

の各点を指摘されている。(1)

このような世間の一般的な不満とともに、為経が『後葉和歌集』を私撰した動機として、常盤家一族の和歌に対する顕輔の態度への不満が指摘されている。(2)

筆者は『詞花和歌集』の「詞書」について、その使用実態をみたことがあるが、(3) 本章では、そこで得た数値等との比較を適宜行うことにより、考察を進める。

詞書は、

和歌・俳句などの作者・制作の動機・日時・場所・場面・対象・目的、その他前後の事情等について記し、また作品の主題・内容等について説明を加えたもの(4)

であり、「撰者の、読者に対する享受の指示(5)」でもある。詞書のこのような機能・性格からすれば、私撰集である『後葉和歌集』の「詞書」は、勅撰集である『詞花和歌集』の「詞書」と差があると、当然予想される。そして、その相違は、『千載和歌集』の「詞書」と『新古今和歌集』の「詞書」との相違などとは、また異質なものである可能性もある。なぜならば、『後葉和歌集』は『詞花和歌集』を「破る(6)」ものであるので。

二―1

「後葉詞書」の自立語語彙における異なり語数・延べ語数は、それぞれ七三〇語、二七三三語であり、平均使用度数は3・74である。これらの数値は、かつて調査した「詞花詞書」と比較的近似していることがわかる。

表(1)は、かつて調査した勅撰集の「詞書」における異なり語数・延べ語数と、歌数の関係についてまとめたものである。(7)

筆者は、異なり語数・延べ語数と歌数との関係から「詞花詞書」について、

異なり語数・延べ語数の絶対数は少ないものの、質的な面では、決して他の「詞書」の語彙に劣るものではないとも言えそうである。(8)

としたことがあるが、**表**(1)からすると「後葉詞書」は、異なり語数の面では「詞書」の基層語的なものと歌数との関係で、「詞花詞書」と同様、相対的にバラエティに富んでいるように見える数値とはなるものの、延べ語数の面では、「詞花詞書」よりもむしろ他の「詞書」に類似していると言えそうである。

表（1）

作品名	歌数(A)	異なり語数(B)	延べ語数(C)	B／A	C／A
詞花詞書	409	719	2,651	1.76	6.48
千載詞書	1,285	1,252	7,008	0.97	5.45
新古今詞書	1,978	1,427	7,945	0.72	4.02
後葉詞書	590	730	2,733	1.24	4.63

2

次に、「後葉詞書」の基幹語彙についてふれる。

どのような語をもって、その作品の基幹語にするかについては、様々な考え方があろうが、ここでは、延べ語数のおおむね1パーミル（三）以上の使用度数を持つ語をもって、仮に基幹語とする。

「後葉詞書」において使用度数3以上の語は、異なり語数で一九八語、延べ語数で二〇九三語となる。この二〇九三語は、全延べ語数二七三三語の76・6％に当たるが、この数値は、筆者がかつて調査した「古今詞書」や「詞花詞書」での同様な数値76・3％、76・0％[9]や、西田直敏氏が示された『平家物語』の基幹語彙における同様な数値76・4％[10]、大野晋氏が示された「平安時代和文脈系文学の基本語彙」（以下、「平安和文基本語彙」と略称する）での同様な数値79％[11]に比較的近いものである。したがって、この一九八語を「後葉詞書」の基幹語彙とすることには、ある程度の妥当性があると考えるので、以下の考察における基幹語彙に関するものには、この一九八語を使用する。

三―1

次に、「後葉詞書」の基幹語彙と、大野晋氏が示された「平安和文基本語彙」とを比較し、いささかの考察を試みることにする。

表(2)は、「後葉詞書」および「平安時代和文脈系文学」（以下、「平安和文」と略称する）

表（2）

段階	共通基幹語	「平安時代和文脈系文学」の語彙における所属段階 ①	②	③	④	⑤	⑥	⑦	⑧	非共通基幹語
①	2	0	0	0	0	1	1	0	0	1
②	2	0	0	1	0	0	1	0	0	2
③	6	1	2	0	2	0	1	0	0	0
④	10	2	1	0	2	4	0	0	1	1
⑤	13	1	1	3	1	1	2	2	2	5
⑥	25	0	0	0	5	8	4	7	1	4
⑦	49	1	3	2	4	8	10	12	9	10
⑧	43	0	3	2	3	6	9	12	8	25
計	150	5	10	8	17	28	28	33	21	48

の語彙を、それぞれ累積使用率により一〇段階に分け、「後葉詞書」の基幹語彙および「平安和文基本語彙」に関する部分だけ抜き出し、前者を基準として、段階別にその所属語数をまとめたものである。したがって、両語彙とも、その累積使用率からして⑧段階の一部までとなる。なお、表中の「非共通基幹語」とは、あくまでも「平安和文基本語彙」と共通しないものであって、「平安和文」に使用されていないという意味ではないことを一言つけ加えておく。

ところで、段階分けを行った場合、どの程度の所属段階差がある語をもって特異な使用語とするかについては、慎重な検討が必要であろうが、ここでは、上、下各二段階以上の所属段階差があるものをもって特異な使用語とする。

表(2)からわかるように、特異な使用語は、①段階二語、②段階一語、③段階二語、④段階四語、⑤段階九語、⑥段階六語、⑦段階一八語、⑧段階二三語の、計六五語である。以下、具体的にそれらを示すと、

I 「後葉詞書」の語彙における所属段階の方が上位の語

よむ(詠)・うた(歌)・いへ(家)・さき(先・前)・まかる(罷)・つかはす(遣)・こひ(恋)・あそん(朝臣)・

びやうぶ（屛風）・さつき（五月）

II 「平安和文」の語彙における所属段階の方が上位の語

こと（事）・ひと（人）・みる（見）・す（為）・なる（成）・あり（有）・ひとびと（人人）・はべり（侍）・おはします（在）・おなじ（同）・まうす（申）・よ（夜）・かの（彼）・ひ（日）・たつ（立、四段）・のち（後）・よ（世）・つかうまつる（仕）・おもふ（思）・うへ（上）・もの（物・者）・ゐん（院）・おぼゆ（覚）・こ（子）・しのぶ（偲・忍、四段）・いづ（出）・かはる（変・代）・み（身）・みや（宮）・なし（無）・また（又）・よのなか（世中）・はかなし（果無）・かぜ（風）・かた（方）・これ（此）・おほし（多）・おもしろし（面白）・いる（入、下二段）・すぐ（過）・いかが（如何）・だいなごん（大納言）・きこゆ（聞）・あめ（雨）・あふ（合・逢）・かんだちめ（上達部）・かく（斯）・みかど（御門）・まつ・（待）・まへ（前）・むすめ（娘）・ほど（程）・とふ（訪・問）・ふる（降）・とも（供・伴）

のように、Iに一〇語、IIに五五語、それぞれ所属している。以下、具体的に考察を加える。

2

まず、「後葉詞書」における所属段階の方が上位の語についてふれる。

ここに属するのは、前掲した一〇語であるが、これらをかつて調査した「後撰詞書」「拾遺詞書」「詞花詞書」「千載詞書」「新古今詞書」における同様な語群[12]と比較すると、「まかる」「つかはす」の二語がすべての作品と、「よむ」「うた」「いへ」「あそん」の四語が四作品と、それぞれ共通し、他と共通しないのは「さつき」の一語だけであることがわかった。

以下、この語群で注目すべき「こひ」「さき」について、いささかふれる。

「こひ（恋）」は、「後撰詞書」「拾遺詞書」「詞花詞書」と共通せず、「千載詞書」「新古今詞書」と共通している。この「こひ」という語について、筆者はかつて、ある意味での時代語的要素を持ったものであるとした(13)が、「後葉詞書」における「こひ」の頻用も同様にとらえることができるであろう。ただし、「詞花詞書」にも「こひ」の使用例が五例ある点(14)と、「後葉詞書」における一六例中一三例が『詞花和歌集』とは共通しない歌の「詞書」で使用されている点にも注意が必要であろう。

前記一三例の「こひ」の語が使用された一三首の詠者としては、

教長、近衛院、顕方、治部卿雅兼、僧都覚雅、親隆朝臣、為忠朝臣、基俊、三御子

などの人々をあげることができるが、これらは当代または近代の人である。

為経が『後葉和歌集』を私撰した理由の一つとして、樋口芳麻呂氏は、

詞花集が古い時代の歌人の歌を多くとつて、当代に重点をおいていないのでこれを改めようとした(15)

という点を指摘されているが、撰者為経のこのような撰集意識が、当代または近代の歌人の歌を多量に入集させ、題詠の盛行(16)と相俟って、結果的に「こひ」の語の頻用となったとも考えられる。

次に、「さき」についてふれる。

「さき（先・前）」は、「詞花詞書」と共通するものである。筆者は「詞花詞書」における「さき」の頻用について、撰者の撰集意識の反映であろうとした(17)が、「後葉詞書」における「さき」も、「詞花詞書」での意味とは相違してはいるものの、やはり撰者為経の撰集意識の反映であると考える。

「後葉詞書」も「詞花詞書」も歌合に関する「詞書」で「さき」の用例の多くが使用されている。『詞花和歌集』で「さき」が用いられた「詞書」を持つ歌をみると、比較的古い時代の歌合でのものが中心であることがわかる。一方、『後葉和歌集』の場合は、『詞花和歌集』に入集した歌合の歌を比較的多く採った結果、古い時代の歌合の歌

も多くあるが、より特徴的なことは、『詞花和歌集』では少数であった忠通が催した歌合での歌が比較的多く入集していることである。『後葉和歌集』の撰者為経は、当代・近代を重視している。この撰集意識によって忠通主催の歌合の歌が多数入集し、結果的に「さき」の語が頻用されることになったのであろう。

以上、「後葉詞書」における所属段階の方が上位の語群についてみてきたが、ここに属する語の多くが他の「詞書」での同様な語群と共通するものであり、その意味で、「詞書」的性格の非常に強いものであることが確認できた。また、「こひ」や「さき」の頻用には、撰者為経の撰集意識の反映がみられるであろうこともわかった。

3

次に、「平安和文」の語彙における所属段階の方が上位の語群についてふれる。

ここに属するのは、前掲した五五語であるが、それらをかつて調査した「後撰詞書」「拾遺詞書」「詞花詞書」「千載詞書」「新古今詞書」における同様な語群[18]と比較すると、五作品と共通するものは、「なる」「あり」「おなじ」「おもふ」「もの」「なし」「ほど」「まへ」の八語、四作品と共通するものは、「こと」「ひと」「す」「ひとびと」「かの」「うへ」「み」「みや」の八語、三作品と共通するものは、「みる」「はべり」「おはします」「まうす」「よ（夜）」「ひ」「よ（世）」「ゐん」「いづ」「また」「かた」の一一語であり、他の「詞書」と共通しないものは、わずか八語にすぎない。

次に、「後葉詞書」以外の五作品の「詞書」における同様な語群に属するもののうち、「後葉詞書」での語群とは共通しないが、他の「詞書」相互間では比較的共通する主なものとして、「その（其）」「この（此）」「なか（中・仲）」「みゆ（見）」「つく（付・着、下二段）」「なく（鳴・泣）」「え（副詞）」などをあげることができる。これらの語の「後葉詞書」での使用実態をみると、「その」「この」「みゆ」「つく」「なく」「え」は、基幹語にもならない度数であり[19]、「詞書」に使われにくいという点では、他の「詞書」における使用実態と同様で、特に問題はなかろう。しかし、「なか」に関しては、少し事情が異なっている。

「後葉詞書」における「なか（中・仲）」の使用度数は53で、うち『詞花和歌集』との共通歌で九例、非共通歌で四四例、それぞれ使用されている。そして、共通歌での九例中七例が、非共通歌での四四例中三五例が、「百首」または「百首（の）歌」という語句とともに用いられている。このことから、『後葉和歌集』における百首歌からの大量入集が、結果的に「なか」の頻用となったことがわかる。

以上、「平安和文」の語彙における所属段階の方が上位の語群についてみてきたが、ここには、他の「詞書」における同様な語群とも共通する「あり」「なし」「もの」「こと」「ひと」「す」など、「詞書」が本来具有する簡潔性・具体性とは対極にある語が多数所属していることがわかる。

4

次に、「平安和文基本語彙」とは共通しない語群についてふれる。

ここに属するのは、**表**(2)で示したように四八語である。この四八語は、便宜的にではあるが、

ア　和歌関係　うたあはせ（歌合）・だい（題）・ひやくしゆ（百首）・いひつかはす（言遣）・かきつく（書付）

イ　時・時間　にねん（二年）・じようりやく（承暦、年号）・よねん（四年）・てんとく（天徳、年号）・くわんな（寛和、年号）

ウ　人物　だいじやうだいじん（太政大臣）・しんゐん（新院）・ほりかはゐん（堀河院）・いへなり（家成）・だいぶ（大夫）・あきすけ（顕輔）・くらんど（蔵人）・ためただ（為忠）・でし（弟子）・あきすけきやう（顕輔卿）・あきなか（顕仲）・うだいじん（右大臣）・くわうかもんゐん（皇嘉門院）・しらかはゐん

（白河院）・すけなり（資業）・ふぢはら（藤原）

エ　場所・場面　だいり（内裏）・きやうごく（京極）・さきやう（左京）・あふみ（近江）・かも（賀茂）・だいきやう（大饗）・だざい（太宰）・はりま（播磨）・ばう（房）・ひえいざん（比叡山）・ひろた（広田）・みちのくに（陸奥国）・みの（美濃）・みゐでら（三井寺）

オ　題材　おちば（落葉）・きぬぎぬ（後朝）

カ　その他　おとづる（訪）・こふ（乞）・こもりゐる（籠居）・なれつかうまつる（馴仕）・まうしおくる（申送）・まうでく（詣来）

のように分類することができる。

右の分類と所属語でわかるように、ここに属するのは、和歌に関する語と、「詞書」の基本的要素である時・所・人に関する語が多い。この点において、「平安和文基本語彙」と共通しないのも首肯できるものである。また、アに分類した諸語は、勅撰集の「詞書」とも多く共通している点からして、「詞書」を特徴づける基層的な語群であると言える。

四―1

次に、「後葉詞書」の語彙における語種別、品詞別特色についてふれることにする。

表（3）は、「後葉詞書」の語彙に関して、語種別、品詞別の異なり語数・延べ語数と、それぞれの構成比率とをまとめたものである。以下、**表**（3）により、語種別、品詞別の順に、その使用実態をみる。

表（3）

		所属語数	語種別語数			品詞別語数								
			和語	漢語	混種	名詞	動詞	形容	形動	副詞	連体	接続	感動	句等
異計		730	554	157	19	524	160	25	6	10	4	0	0	1
		％	75.9	21.5	2.6	71.8	21.9	3.4	0.8	1.4	0.5	0.0	0.0	0.1
延計		2,733	2,199	486	48	1,867	770	56	6	18	15	0	0	1
		％	80.5	17.8	1.8	68.3	28.2	2.0	0.2	0.7	0.5	0.0	0.0	0.04

2

まず、語種別の使用実態についてふれる。

「後葉詞書」の語彙における異なり語数での語種別構成比率は、**表**(3)からわかるように、和語75・9%、漢語21・5%、混種語2・6%である。これらの数値は、「詞花詞書」と比較した場合、和語が多少低く漢語が多少高いものの、和語の数値は三代集の「詞書」でのそれより低く、「千載詞書」「新古今詞書」での数値より高くなり、「詞花詞書」とおおむね同様な傾向を示している。[20] したがって、「後葉詞書」における語種別構成比は、時代が新しくなるにつれて和語の比率が低くなり、漢語の比率が高くなるという、勅撰集の「詞書」の語種別構成比率の変化の大枠内にあると言えそうである。ただし、他の私撰集の「詞書」は未調査であるため、「後葉詞書」の語彙における前記の傾向が特異なものであるかどうかは未詳である。【補注i】この点に関しては、今後の課題としたい。

3

次に、品詞別の使用実態についてふれる。

「後葉詞書」の語彙における異なり語数での名詞の比率は、**表**(3)でわかるように71・8%である。この数値をかつて調査した六勅撰集の「詞書」における数値[21]と比較すると、「後撰詞書」「詞花詞書」「古今詞書」よりも高く、「新古今詞書」「千載詞書」「拾遺詞書」に近似したものであることがわかる。また、動詞における比率(22)においても「拾遺詞書」「新古今詞書」「千載詞書」での同様な値に近似したものとなっている。

形容語（形容詞・形容動詞・副詞・連体詞）における比率(23)をみると、「後撰詞書」「詞花詞書」よりも相当低く、「新古今詞書」「千載詞書」に近似したものであることがわかる。

次に、名詞および動詞の延べ語数における比率(24)をみると、名詞においては、68・3%と、「新古今詞書」（67・3%）や「拾遺詞書」（66・7%）に比較的近似しているものの、比較した六勅撰集の「詞書」での同様な数値のどれよりも高いものとなっている。また、動詞での比率をみると、やはり「新古今詞書」（29・0%）や「拾遺詞書」（29・3%）に比較的近いものの、比較した六勅撰集の「詞書」での同様な数値のどれよりも低いものとなっている。

次に、『後葉和歌集』の歌のうち、『詞花和歌集』とは共通しない歌の「詞書」に使用された語彙における名詞・動詞の異なり語数での比率をみると、**表(3)**には示さなかったが、それぞれ73・4%、21・1%となることがわかった。これらの数値は、「後葉詞書」の全語彙における品詞別構成比率での数値より、名詞においては「千載詞書」「拾遺詞書」における同様な数値に、動詞においては「拾遺詞書」「新古今詞書」における同様な数値に、それぞれより近似するものである。

以上、「後葉詞書」の語彙における品詞別構成比率は、「詞花詞書」におけるそれよりも、相対的に「新古今詞書」「千載詞書」「拾遺詞書」におけるそれに近似したものであることがわかった。また、この傾向は、『詞花和歌集』との非共通歌における「詞書」の語彙において、より顕著であることもわかった。

表（4）

段階	共通語	「詞花詞書」の語彙における所属段階										非共通語
		①	②	③	④	⑤	⑥	⑦	⑧	⑨	⑩	
①	3	1	0	1	1	0	0	0	0	0	0	0
②	4	0	2	1	0	1	0	0	0	0	0	0
③	6	0	2	1	1	1	1	0	0	0	0	0
④	11	0	0	4	6	1	0	0	0	0	0	0
⑤	18	0	0	1	2	8	5	1	0	1	0	0
⑥	29	0	0	0	2	5	8	5	7	2	0	0
⑦	55	0	0	0	0	3	16	12	6	10	8	4
⑧	58	0	0	0	0	0	6	13	13	8	18	10
⑨	85	0	0	0	0	0	3	12	12	23	35	23
⑩	205	0	0	0	0	0	0	5	13	41	146	219
計	474	1	4	8	12	19	39	48	51	85	207	256

五—1

次に、「後葉詞書」の語彙と「詞花詞書」の語彙との共通語・非共通語についていささか考察を加えたい。

表(4)は、**三**—1での段階分けと同様な方法により、「後葉詞書」の語彙と「詞花詞書」の語彙とを、それぞれ一〇段階に分け、前者を基準として、段階別に所属語数をまとめたものである。

三—1と同様に、上、下二段階以上の所属段階差を持つ語をもって特異な使用語であるとすると、それは、①段階二語、②段階一語、③段階二語、⑤段階三語、⑥段階一一語、⑦段階二二語、⑧段階二四語、⑨段階一五語、⑩段階一八語の、計九七語となる。

2

「後葉詞書」の語彙における所属段階の方が上位の語について、その使用実態をみることにする。

前記の語は、五二語あるが、うち「後葉詞書」における使用度数が10以上のものとしては、「うた」「うたあはせ」「ひやくしゆ」「なか」「こころ」「こひ」「ちゆうなごん」「おなじ」「とし」「じようりやく」の一〇語をあげることができる。以下、各語についていささか述べる。

「後葉詞書」における「なか（中・仲）」の頻用は、百首歌からの大量入集の結果であるという点については、既に述べたが、「うた（歌）」「ひやくしゆ（百首）」についても同様の理由が考えられる。また、「こひ（恋）」の頻用が撰者為経の撰集意識の結果であろう点についても、既に述べた。

次に、「こころ（心）」についてふれる。

「心をよめる」という詞書について、井上宗雄氏は、

後拾遺集で急増し、金葉集で激増し、千載集でピークに達したかと思われる(25)

と言われている。つまり、「こころ」は、和歌史的にみた場合、『後拾遺和歌集』以後、題詠の盛行とともに増加した語であると言えよう。したがって、「後葉詞書」において頻用されるのは、史的な流れからすれば自然なものであり、むしろ「詞花詞書」における使用度数の少なさの方が問題となるものであろう(26)。

次に、「ちゆうなごん（中納言）」についてふれる。

「後葉詞書」における「ちゆうなごん」の度数は14であるが、うち一〇例が『詞花和歌集』との非共通歌の「詞書」でのものである。その一〇例を、より具体的にみると、八例が『保延元年八月播磨守家成歌合』をはじめとする家成主催の歌合から採歌された和歌の【補注ii】「詞書」に使用されたものであることがわかる。また、『詞花和歌集』との共通歌の「詞書」での四例中三例が「中納言家成」という用例であるが、これらは「詞花詞書」においては「左衛門督家成」とするものである。

以上のような点から考えれば、当代歌人を重視した撰者為経の撰集態度により、家成主催の歌合の歌が多数採られ(27)、その結果として「中納言」という語が頻用されたと言えよう。

次に、「おなじ（同）」についてふれる。

「後葉詞書」における「おなじ」の使用度数は10であり、うち八例が『詞花和歌集』との非共通歌の「詞書」で使用されている。この八例を具体的にみると、「同じ歌合に」「同じ歌たてまつりけるに」「同じ心を」「おなじおもひに」「おなじ品の心を」のような形で、すべて前の歌との関係の表示に使用されている。この点から考えると、「詞花詞書」と「後葉詞書」での「おなじ」の使用度数の差は、勅撰集としての『詞花和歌集』と私撰集としての『後葉和歌集』とにおける歌の配列への意識の差によるとは考えられないだろうか。

ある種の型にはまった勅撰集での歌の配列に比べ、私撰集では、勅撰集のような配慮をするもしないも撰者の自由であり、特に、『後葉和歌集』においては『詞花和歌集』を破ることに重点を置いたため[28]、かえって同一撰集資料からの歌を続けるようなことになり、その結果として「おなじ」の語を頻用することになったのであろう。

次に、「とし（年）」をみる。

「とし」の使用度数は10、うち『詞花和歌集』との共通歌の「詞書」で五例、非共通歌の「詞書」で五例、それぞれ使用されている。共通歌での使用例をみると、二例においては「とし」の語が使用されているが、他の三例中一例は「詞書」自体がなく、残りの二例は「詞書」はあるものの、「とし」の語は使用されていない。

最後に、「じようりやく（承暦、年号）」についてふれる。

「後葉詞書」における「じようりやく」の使用度数は10、『詞花和歌集』との共通歌の「詞書」で四例、非共通歌の「詞書」で六例、それぞれ使用されているが、これらはいずれも『承暦二年内裏歌合』『承暦二年内裏後番歌合』に関するものである。したがって、「じようりやく」という語が「後葉詞書」で頻用されているのは、『承暦二年内裏(後番)歌合』の歌を大量に入集したことによる結果であることがわかる。なお、「うたあはせ（歌合）」の頻用も、この『承暦二年内裏(後番)歌合』をはじめとする歌合から多数採歌した結果であろう。

以上、「後葉詞書」における所属段階の方が上位の語群をみてきたが、ここに属する語のうち、使用度数の多い語においては、撰者為経の撰集意識の反映の結果として頻用されているものが多いことがわかった。

3

次に、「後葉詞書」の語彙のうち、「詞花詞書」の語彙とは共通しない語についてふれることにする。ここに属するのは、表(4)でわかるように二五六語である。この二五六語は、

1　『詞花和歌集』との共通歌の「詞書」でのみ使用される語。　(二三語)
2　『詞花和歌集』との非共通歌の「詞書」でのみ使用される語。　(二二一語)
3　『詞花和歌集』との共通歌・非共通歌のどちらの「詞書」でも使用される語。　(一二語)

の三種の分類できる。

この分類のうち2に属する語が多いことは、当然予想されることであったが、『詞花和歌集』との共通歌にかかわる1、3が、計三五語ある点は注目に値するであろう。以下、1、3に属する語について、それぞれ具体的にあげ、その使用実態をいささかみることにする。

1　『詞花和歌集』との共通歌の「詞書」でのみ使用される語

ながす（流）・せつつ（摂津）・すみ（炭）・すずりばこ（硯箱）・あんらくぎやうぼん（安楽行品）・したふ（慕）・うけたまはる（承）・かりさうぞく（狩装束）・ちやうくわん（長寛、年号）・しきがみ（敷紙）・おほいまうちぎみ（大臣）・せんじふ（撰集）・かたりつたふ（語伝）・としごろ（年頃）・ふぢばかま（藤袴）・まかりわたる（罷渡）・やきならふ（焼慣）・ふたむらやま（二村山）・みわ（三輪）・よがる（夜離）・みやうじん（明神）・としただきやう（俊忠卿）・はるごま（春駒）

3　『詞花和歌集』との共通歌・非共通歌のどちらの「詞書」でも使用される語

くらんど（蔵人）・すぐ（過）・のこり（残）・なれつかうまつる（馴仕）・まうしおくる（申送）・あきすけきやう（顕輔卿）・ひえいざん（比叡山）・おもひいづ（思出）・いひおくる（言送）・とまる（止・泊）・とば（鳥羽）・むじやう（無常）

以上のような語が「後葉詞書」で使用され、「詞花詞書」で使用されていないのは、どのような場合なのか、以下、該当する「詞書」をいくつか具体的にあげるが、アには「後葉詞書」を、イには「詞花詞書」を、それぞれ示す。

まず、指摘できるのは、

［例1］ア　…すずりばこのふたに雪をいれて…（五九）

イ　…すずりの箱のふたに雪をいれて…（三七）

［例2］ア　長寛八年宇治前太政大臣家歌合に（二四二）

イ　長元八年宇治前太政大臣哥合によめる（一六四）

のように、「すずりばこ」「ちやうくわん」に対応する別語を使用したり、

［例3］ア　…女房の中に申しおくりける（四一五）

イ　…女房の中におくり侍ける（三九九）

のように、完全には対応しないが、類語を使用することにより、「詞花詞書」で当該の語を使用しないという場合である。

次に、

［例4］ア　比叡山にとしのくれぬることをよみける中に（四七四）

イ　歳暮の心をよめる（一五九）

のように、「後葉詞書」において、より具体的に記述するのに当該の語を使用したり、逆に、

［例5］　ア　安楽行品願成仏道の心を（五八二）

　　　　イ　舎利講のついでに、願成仏道の心を人人によませ侍けるによみ侍ける（四一三）

のように、簡潔に歌題を明示するのに使用する場合がある。

三番めには、

［例6］　ア　或人云、この歌みわの明神の御歌ども…（五七五　左注）

　　　　イ　（四〇九　左注　なし）

のように、対応する「詞書」が『詞花和歌集』にない場合が指摘できる。

以上のほかにも、様々な場合が考えられるであろうが、

［例7］　ア　ながされ侍りけるに、はりまにて月をみて、よめる（二六六）

　　　　イ　はりまにはべりける時、月みてよめる（三八八）

のような「ながす」の使用には、注意を要するであろう。

右の「ながす」は、「後葉詞書」では二例使用されているが、ここに勅撰集と私撰集との差を見いだすことができるであろう。「ながさる」という表現が、勅撰集にはふさわしくないと考えられるからである。

以上、「詞花詞書」との共通歌でありながら「後撰詞書」においては使用され、「詞花詞書」においては使用されない語群について、その使用実態をいささかみた。それによると、「すずりばこ」と「すずりのはこ」のように、別語の使用による当該語の非使用という場合を中心に、様々な場合があることがわかった。また、勅撰集の「詞書」にはふさわしくないと考えられる語が、この語群に属していることもわかった。

六

次に、水谷静夫氏が示された類似度D'[29]からみた「後葉詞書」の語彙と他の「詞書」の語彙との関係についてふれる。

表(5)は、「詞花詞書」「後葉詞書」の語彙と「古今詞書」「後撰詞書」「拾遺詞書」「千載詞書」「新古今詞書」の語彙との類似度D'をまとめたものである。この**表**(5)でわかるように、類似度D'は、「後葉詞書」の語彙と「詞花詞書」の語彙とにおけるものが最も高い。『後葉和歌集』が『詞花和歌集』を批判して作られたものであるにせよ、『後葉和歌集』の40%弱の歌が『詞花和歌集』と共通している点からみれば、当然の帰結と考えられる。また、「後葉詞書」の語彙と「千載詞書」「新古今詞書」の語彙との類似度D'の値が、「詞花詞書」の語彙と「千載詞書」「新古今詞書」の語彙とのそれらよりも、それぞれ高い点も注目に値する。

表(5)

	詞花詞書	後葉詞書
古今詞書	0.727	0.713
後撰詞書	0.766	0.748
拾遺詞書	0.759	0.756
詞花詞書	——	0.887
千載詞書	0.822	0.832
新古今詞書	0.814	0.820

谷山茂氏は、『詞花和歌集』『後葉和歌集』『千載和歌集』の関係について、

> 俊成が千載集撰進にあたって義兄弟為経私撰の『後葉集』を相当に利用していることは明らかであり、『後葉集』と千載集との間にはまた少なからざる近似性が見出せるのである。そして、『後葉集』は詞花集の歌をなお二百二十一首も残しており、千載集との一致歌は五十八首であるところなどから眺めると、『後葉集』はなお依然として千載集よりも詞花集の方に近い。[30]

と言われているが、三作品の「詞書」の語彙における類似度D'の値は、それを裏付けるものとなっている。

以上のような点よりも、より注目に値するのは、「後葉詞書」「詞花詞書」の語

彙と「古今詞書」の語彙との類似度D'の値であろう。
『後葉和歌集』は、樋口芳麻呂氏も言われるように[31]、『古今和歌集』的風雅を逸脱する傾向にある『詞花和歌集』に対して、『古今和歌集』への復帰を明らかにしようとしたものである。そして、谷山茂氏も指摘されるように[32]、部立や詠風も『古今和歌集』に近いものがあると考えられるものでもある。にもかかわらず、類似度D'の値からすると、「詞花詞書」の語彙と「古今詞書」の語彙との方が、「後葉詞書」の語彙と「古今詞書」の語彙よりも類似性が高くなる。これは、いかなることを意味しているのであろうか。あるいは、古い時代の評価が定まった人々の歌を重視し、当代や近代の人々の歌をあまり採らなかった撰者顕輔の撰集態度が、結果的に、早い時代の勅撰集の「詞書」の語彙に類似した語彙を使用させたのかもしれない。

右の点については、

1 「詞花詞書」の語彙と「後撰詞書」「拾遺詞書」の語彙との類似度D'の値が、「後葉詞書」の語彙と「後撰詞書」「拾遺詞書」の語彙とのそれよりも、それぞれ高い。
2 「詞花詞書」の語彙と「千載詞書」「新古今詞書」の語彙との類似度D'の値が、当代や近代を重視した「後葉詞書」の語彙と「千載詞書」「新古今詞書」の語彙とのそれよりも、それぞれ低い。

という結果が、その傍証となろう。

七

次に、スピアマンの順位相関係数[33]によって、「後葉詞書」の語彙と他の「詞書」の語彙との関係をみることにする。

順位相関係数を計算するに当たって、その対象とするのは、「古今詞書」「後撰詞書」「拾遺詞書」「詞花詞書」

「千載詞書」「新古今詞書」「後葉詞書」の各基幹語彙のうち共通する、以下の五〇語である。

よむ（詠）・うた（歌）・とき（時）・しる（知）・だい（題）・つかはす（遣）・いふ（言）・ひと（人）・まかる（罷）・いへ（家）・す（為）・をんな（女）・うたあはせ（歌合）・もと（元・本・下）・たてまつる（奉、四段）・かへし（返）・こと（事）・みる（見）・はな（花）・はべり（侍）・つき（月）・ところ（所）・あり（有）・のち（後）・きく（聞）・もの（物・者）・なる（成）・ひ（日）・あそん（朝臣）・くに（国）・とし（年）・かへる（帰）・ひさし（久）・あき（秋）・はる（春）・まうす（申）・やま（山）・あふ（合・逢）・かく（書）・よ（夜）・かへりごと（返言）・あした（朝）・おもふ（思）・なし（無）・おなじ（同）・かみ（上・守）・さくら（桜）・まうづ（詣）・まへ（前）・もみぢ（紅葉）

表（6）は、「詞花詞書」「後葉詞書」を中心にし、順位相関係数をまとめたものである。この**表**（6）からわかるように、「詞花詞書」と「後葉詞書」との順位相関係数が最も高い。これについては、類似度D'に関する箇所で既述したように、『後葉和歌集』の入集歌からして当然と考えられるものである。また、「詞花詞書」の語彙と「千載詞書」の語彙との相関係数の低さが目につくものの、全体的には、先の類似度D'での結果と似たものとなっている。ただ、

1 「後撰詞書」に関する相関係数の低さ。

2 「詞花詞書」「後葉詞書」と「古今詞書」の相関係数。

の二点については、注目に値するものであろう。

まず、1の「後撰詞書」の順位相関係数についてふれる。**表**（5）でみた「後撰詞書」の語彙に関する類似度D'の値は、特に目立ったものではなかった。ところが、**表**（6）でわかるように、「詞花詞書」「後葉詞書」と

表（6）

	詞花詞書	後葉詞書
古今詞書	0.678	0.733
後撰詞書	0.413	0.400
拾遺詞書	0.734	0.717
詞花詞書	——	0.814
千載詞書	0.695	0.801
新古今詞書	0.727	0.767

うか。

「後撰詞書」との相関係数は、他の相関係数と比較した場合、極端に低い。これは、如何なる理由によるのであろうか。

相関係数の計算の対象となった語の「後撰詞書」における順位を、他の「詞書」におけるそれと、いくつか比較してみると、三四位の「よむ」が他の「詞書」においては五位以内（「詞花詞書」「後葉詞書」とも一位）、三八・五位の「うた」が一四・五位以内（「詞花詞書」一四位、「後葉詞書」一二位）、一七位の「とき」が八位以内（「詞花詞書」「後葉詞書」とも八位）、四九位の「うたあはせ」が二一位以内（「詞花詞書」六・五位、「後葉詞書」三位）、四位の「かへし」が一四位以下（「詞花詞書」三七位、「後葉詞書」三六位）、一九位の「ひさし」が二八位以下（「詞花詞書」四四位、「後葉詞書」四五・五位）と、はなはだしく相違していることがわかる。この相違が、「後撰詞書」に関する順位相関係数を極端なものにしたと考えられる。[34]一方、類似度D'においては、共通語であるかどうかが問題であり、その語の度数順位は関係がないため、順位相関係数ほど極端な数値にはならないのであろう。

次に、2の「詞花詞書」「後葉詞書」と「古今詞書」との順位相関係数についてふれる。「詞花詞書」の語彙と「古今詞書」の語彙との類似度D'が、「後葉詞書」の語彙と「古今詞書」の語彙とのそれよりも高い点については既にふれた。ところが、順位相関係数でみると、表(6)でわかるように、「後葉詞書」と「古今詞書」との相関係数が、「詞花詞書」と「古今詞書」とのそれよりも高くなる。この相矛盾したような結果は、どのように解釈すべきなのであろうか。

表(7)は、順位相関係数の調査の対象とした五〇語のうちの、七作品の「詞書」における合計度数順位一〇位までの語と、「古今詞書」「詞花詞書」「後葉詞書」における一〇語中の順位を示したものである。この**表**(7)を一瞥すれば、使用度数上位語においては「後葉詞書」と「古今詞書」との方が、「詞花詞書」と「古今詞書」とよりも、順位相関が強いことがわかるであろう。[35]この点から考えれば、「後葉詞書」と「古今詞書」との係数の高さは、あ

表（7）

順位	単　語	古今詞書	詞花詞書	後葉詞書
1	よむ	1	1	1
2	うた	3	8	2
3	とき	2	5	7
4	しる	6	3.5	5
5	だい	5	3.5	4
6	つかはす	9.5	10	10
7	いふ	8	2	6
8	ひと	4	9	8
9	まかる	7	7	9
10	いへ	9.5	6	3

るいは、

1　五〇語という、限定された語での順位であり、度数の小さい語にも存在する各「詞書」の特色を示す語群が反映されていない。

2　基幹語の中の、より「詞書」の基層的な語の相関の強さが、より強く反映されている。

などの理由によるのかもしれない。一方、類似度D'の方は、先にもふれた顕輔の撰集態度の結果による細部における類似性が、「詞花詞書」の語彙と「古今詞書」の語彙との類似度D'を「後葉詞書」の語彙と「古今詞書」の語彙とのそれよりも高いものにしたのであろう。このように考えるならば、類似度D'の値と矛盾するような順位相関係数での結果も、首肯できるものと言えそうである。

八

以上、「後葉詞書」の自立語語彙に関して、いくつかの観点から、その使用実態をみてきたが、その要点を再掲することにより、本章のまとめとする。

1　「後葉詞書」の自立語語彙における異なり語数・延べ語数は、それぞれ七三〇語、二七三三語であり、平均使用度数は3・74となる。

2　延べ語数のおおむね1パーミル以上の使用度数を持つ語を基幹語とすると、「後葉詞書」のそれは、異なり語数で一九八語、延べ語数で二〇九三語となる。また、この二〇九三語は、全延べ語数の76・6%に当たる。

3　「後葉詞書」の語彙における所属段階の方が、「平安和文」の語彙における所属段階よりも上位の、特徴的と思われる使用語は一〇語あるが、これらの多くは他の「詞書」での同様な語群と共通するものであり、「詞書」的性格の強いものであることがわかる。また、ここに属する「こひ」や「さき」の頻用は、撰者為経の撰集意識の反映の結果であると思われる。

4　「後葉詞書」の語彙における語種別構成比率は、勅撰集の「詞書」におけるそれの枠内にある。

5　「後葉詞書」の語彙における品詞別構成比率は、「詞花詞書」におけるそれよりも、相対的に「新古今詞書」「千載詞書」「拾遺詞書」におけるそれに近似している。

6　「後葉詞書」の語彙における所属段階の方が、「詞花詞書」における所属段階よりも上位の、特徴的と思われる使用語は五二語ある。このうちの使用度数の多い語においては、撰者為経の撰集意識の反映の結果として頻用されているものが多いことがわかった。

7　「後葉詞書」の語彙と六勅撰集の「詞書」の語彙との類似度D'でみると、「後葉詞書」の語彙は「詞花詞書」の語彙との類似性が最も高いことがわかる。しかし、この結果は、『後葉和歌集』と『詞花和歌集』との共通歌の多さからして当然と思われるものである。

8　「詞花詞書」の語彙と「古今詞書」の語彙との類似度D'の値は、「後葉詞書」の語彙と「古今詞書」の語彙とのそれよりも高い。これは、『詞花和歌集』の撰者顕輔と『後葉和歌集』の撰者為経との撰集意識の差によるものと思われる。

9　順位相関係数をみると、類似度D'での結果と、おおむね同様な結果となることがわかる。

【注】

（1）『谷山茂著作集　三』（昭和五七年一二月、角川書店）三九五頁～三九六頁。
（2）樋口芳麻呂「詞花和歌集雑考」（『国語国文学報』五集、昭和三〇年一二月）、（1）書、四一〇頁～四一一頁。
（3）本書第一部第六章。
（4）国語学会編『国語学大辞典』（昭和五五年九月、東京堂出版）の「詞書・左注」の項（井手至氏執筆）。
（5）井上宗雄「勅撰和歌集の詞書について―主として後拾遺集～新勅撰集の場合―」（『平安朝文学研究』復刊一号、昭和五六年七月）。
（6）「破る」については、（1）書、三九三頁～三九七頁参照。
（7）本書第一部第六章～第八章。
（8）（3）に同じ。
（9）本書第一部第一章・第六章。
（10）『平家物語の文体論的研究』（昭和五三年一一月、明治書院）八四頁。
（11）「平安時代和文脈系文学の基本語彙に関する二三の問題」（『国語学』八七集、昭和四六年一二月）。
（12）本書第一部第二章・第三章、第六章～第八章。
（13）本書第一部第七章。ただし、同章において「題材の変化」とした部分、「題詠という、詠み方の変化」と訂する必要があろう。
（14）『詞花和歌集』において「こひ」の語が使用された「詞書」を持つ五首の和歌のうち、四首が『後葉和歌集』との共通歌であるが、うち一首については『後葉和歌集』の方に「詞書」がない。
（15）（2）樋口論文。
（16）『詞花和歌集』も題詠の盛行した時に撰ばれた点では『後葉和歌集』と同様であるが、撰者顕輔の恋の歌に対する好尚から、「詞花詞書」に「こひ」という語があまり使われなかったと思われる。（1）書、四〇〇頁参照。
（17）『詞花和歌集』の撰者顕輔の当代・近代の歌人に対する慎重な態度が、より古い時代の歌人の歌を採ることになり、その結果として「詞書」に「さき」の語が頻用されることになったのであろう。本書第一部第六章参照。

(18)(12)に同じ。
(19)「え」は度数1、他は度数2である。
(20)各「詞書」の異なり語数における和語・漢語の語種別比率は、**表**(A)のようになる。
(21)各「詞書」の異なり語数における名詞、動詞、形容語の比率は、**表**(B)のようになる。
(22)(21)に同じ。
(23)(21)に同じ。
(24)各「詞書」の延べ語数における名詞・動詞の比率は、**表**(C)のようになる。
(25)『心を詠める』について—後拾遺・金葉集にみられる詞書の一傾向—」(『立教大学日本文学』三五号、昭和五一年二月)。
(26)「詞花詞書」における「こころ」の語の少なさについては、未だその理由を見出し得ていない。今後の課題とした

表(A)

	和　語	漢　語
古今詞書	88.7	10.3
後撰詞書	87.9	10.7
拾遺詞書	77.3	20.0
詞花詞書	78.3	19.3
千載詞書	67.7	29.6
新古今詞書	70.5	26.7

表(B)

	名　詞	動　詞	形容語
古今詞書	68.1	24.7	6.7
後撰詞書	59.4	31.0	9.1
拾遺詞書	74.0	20.4	5.2
詞花詞書	66.8	24.8	7.9
千載詞書	73.4	19.2	6.1
新古今詞書	71.8	20.3	6.2

表(C)

	名　詞	動　詞
古今詞書	60.1	34.4
後撰詞書	54.0	37.9
詞花詞書	57.8	37.2
千載詞書	63.8	32.6

い。本書第一部第六章参照。

(27) 松野陽一「平安末期私撰和歌集の研究5—後葉集の研究—」(『文芸論叢』八号、昭和四七年二月)。

(28) 松野陽一「平安末期私撰集の研究1—後葉・今撰・続詞花・月詣の配列と構成—」(『文芸論叢』三号、昭和四二年二月)において、『後葉和歌集』の春部の歌の配列について、

後葉集は、伝統的な構成や歌学的分類意識をもととして詞花集の配列を「破ろう」としていることが知られる。この「破ろう」という意識が、配列の有機性に破綻をきたさしめている部分の多い原因となっていよう。

と述べておられる。

(29) 「用語類似度による歌謡曲仕訳『湯の町エレジー』『上海帰りのリル』及びその周辺」(『計量国語学』一二巻四号、昭和五五年三月)、『数理言語学』(昭和五七年一月、培風館)第三章「用語の類似度」、『語彙』(朝倉日本語新講座2、昭和五八年四月、朝倉書店)第五章第四節「数量化Ⅳ類による作品解析」、その他。

(30) (1)書、三〇七頁。

(31) (2)樋口論文。

(32) (1)書、四〇九頁。

(33) 田中章夫「語彙研究における順位の扱い」(『国語語彙史の研究　七』昭和六一年一二月、和泉書院)に示されているものによった。

(34) 「後撰詞書」の語彙が、他の「詞書」の語彙と相違し、相対的に散文的要素が強い点については、既にふれた。本書第一部第二章・第三章参照。

(35) 「詞花詞書」と「古今詞書」との類似度D'は0・291、「後葉詞書」と「古今詞書」のそれは0・424となる。

【補注】

(i) 「続詞花詞書」「秋風詞書」においても「後葉詞書」と同様に勅撰集の「詞書」における語種別構成比率の変化の大枠内にあると言える。したがって、「後葉詞書」における語種別構成比率は特異なものとは言えない。本書第二部第四章・第五章参照。

（ii）萩谷朴『平安朝歌合大成　増補新訂　第四巻』（平成八年七月、同朋出版）によれば、「中納言家成」とする「詞書」をもつ八首中、四首が『保延元年八月播磨守家成歌合』、三首が『保延元年（十月）播磨守家成歌合』、一首が『保延二年左京大夫家成歌合』から採歌されたものであることがわかる。

＊「後葉詞書」の底本については【凡例1】に示したものによったが、異本所収の六首の「詞書」については、【凡例2】でもふれたように語彙調査の対象から除外した。

第四章　『続詞花和歌集』

一

『続詞花和歌集』は、藤原清輔撰の私撰集であり、

> 若い頃から採集していた和歌が二条天皇の認めるところとなり、補訂を進めるうちに崩御に会い、初志を遂げぬまま一〇〇〇首二〇巻にまとめたもの

で、特色としては、

> 詞花集批判の立場から、古今集以来の二〇巻仕立を採用した後葉集を意識したものとなっている。…（略）…時代別・個人別・素材源別に偏する点はない。撰者自身の作を入れぬ点を含めて、穏健な撰集態度がうかがえる。…（略）…平安後期全体に目配りのゆき届いた撰集となっている。

などが指摘されているもの[1]である。本章では、このような点を考慮し、主として父顕輔撰の『詞花和歌集』および為経撰の『後葉和歌集』の「詞書」の自立語語彙と比較し、「続詞花詞書」の語彙の性格の一端をみることにする。

二

「続詞花詞書」の異なり語数・延べ語数は、それぞれ一四五三語、六一七二語となる。したがって、平均使用度数は4・25となる。この数値は、ここで比較の主たる対象としている「詞花詞書」における同様な数値[2]3・69や、「後葉詞書」における3・74よりも高いものとなっている。また、かつて調査した「詞花詞書」以外の八代集の「詞書」の自立語語彙における同様な数値[3]と比較してみると、「拾遺詞書」における4・04、および、前述した「詞花詞書」よりは高いものの、他の六勅撰集のそれらよりも低く、「金葉詞書」「古今詞書」における数値4・32、4・44に相対的に近似したものとなっていることがわかる。このような点からすると、「続詞花詞書」の語彙は、撰進当初から批判されていた父顕輔の撰した『詞花和歌集』や、それを批判して為経によって私撰された『後葉和歌集』の「詞書」の語彙よりも、より勅撰集的性格が強いものとなっているとも言えそうである。ただし、前後に成立した『後拾遺和歌集』『千載和歌集』『新古今和歌集』の「詞書」における同様の数値がいずれも5・5以上であるのに対し、その低さは歴然としているが、この点については後述したい。

三―1

次に、「続詞花詞書」の語彙における語種別、品詞別構成比率についてみることにする。

表(1)は、「続詞花詞書」の語彙に関して、語種別、品詞別の異なり語数・延べ語数と、それぞれの構成比率をまとめたものである。また、**表**(2)は、「詞花詞書」と「後葉詞書」における語種別、品詞別構成比率をまとめたものである。以下、語種別構成比率についてみることにする。

表(1)および**表**(2)からは、異なり語数において、和語は「詞花詞書」が多少高く、漢語は多少低いものの、おおおむね近似していることがわかる。また、延べ語数においては、和語は「後葉詞書」が多少低く、漢語は高くなっており、異なり語数の場合より、その差は大きいものの、近似していると言えそうである。

次に、「続詞花詞書」の語種別構成比率を、「詞花詞書」以外の八代集の「詞書」におけるそれと比較してみると[4]、異なり語数においては、後の時代の「千載詞書」や「新古今詞書」との関係において和語が多少高く、漢語が多少低いものの、時代が下るにしたがい和語の比率が低下し、漢語の比率が上昇するという一般的傾向の枠内にあることがわかる。また、延べ語数においても、和語がわずかに高く、漢語が低いものの、異なり語数の場合と同様に、一般的傾向の枠内のものであると言えそうである。以上のような点をもって、「続詞花詞書」の語種別構成比率が勅撰集的傾向を持っていると言えるかどうかは、同じ私撰集の『後葉和歌集』の「詞書」とほぼ同様の傾向である点や、私家集の「詞書」の語彙における傾向と比較調査していない点からして、明確には言えないが、勅撰、私撰を問わず、撰集の一般的傾向であるとは言えそうである。この点については、「詞書」以外の作品の語彙との比較を含め、今後とも考えたい。

次に、品詞別構成比率についてふれる。

表(1)および**表**(2)を比較すると、「後葉詞書」の比率が「詞花詞書」「続詞花詞書」と相違していることがわかるであろう。

まず、名詞の比率では、「後葉詞書」の比率が、異なり語数においては約5ポイント、延べ語数においては7・5ポイント~10・5ポイント、「詞花詞書」「続詞花詞書」より高いことがわかる。また、動詞の比率では、名詞の場合とは逆に、異なり語数においては2・5ポイント~2・9ポイント、延べ語数においては5・7ポイント~9ポイント、それぞれ低いことがわかる。

次に、「続詞花詞書」「後葉詞書」の品詞別構成比率を八代集の「詞書」におけるそれと比較すると[5]、名詞の異な

表（1）

	所属語数	語種別語数			品詞別語数								
		和語	漢語	混種	名詞	動詞	形容	形動	副詞	連体	接続	感動	句等
異計	1,453	1,098	311	44	974	355	58	21	29	5	1	0	10
	%	75.6	21.4	3.0	67.0	24.4	4.0	1.4	2.0	0.3	0.1	0.0	0.7
延計	6,172	5,271	807	94	3,752	2,094	156	32	83	44	1	0	10
	%	85.4	13.1	1.5	60.8	33.9	2.5	0.5	1.3	0.7	0.02	0.0	0.2

表（2）

		語種別比率			品詞別比率						
		和語	漢語	混種語	名詞	動詞	形容詞	形動	副詞	連体詞	その他
詞花詞書	異	78.3	19.3	2.4	66.8	24.8	3.9	1.4	2.1	0.6	0.6
	延	84.4	14.0	1.6	57.8	37.2	2.6	0.4	1.2	0.7	0.2
後葉詞書	異	75.9	21.5	2.6	71.8	21.9	3.4	0.8	1.4	0.5	0.1
	延	80.5	17.8	1.8	68.3	28.2	2.0	0.2	0.7	0.5	0.04

り語数においては、「古今詞書」から「詞花詞書」までは、「後撰詞書」および「拾遺詞書」を除き、66・8%〜68・8%と、「続詞花詞書」とほぼ同様な数値をとることがわかる。また、「千載詞書」「新古今詞書」においては、71・8%〜73・4%と、「後葉詞書」の比率と近似した数値であることもわかる。名詞の延べ語数における比率では、「後撰詞書」「拾遺詞書」を除き、「古今詞書」から「千載詞書」は「続詞花詞書」と、「新古今詞書」は「後葉詞書」と、それぞれ相対的に近似した数値であることがわかる。次に、動詞の比率をみると、異なり語数においては、「古今詞書」から「詞花詞書」までは、「後撰詞書」「拾遺詞書」「後拾遺詞書」を除き、24・4%〜24・8%と、「続詞花詞書」と近似した数値であることがわかる。また、延べ語数においては、「古今詞書」は「続詞花詞書」と、「新古今詞書」は「後葉詞書」と、それぞれ近似していることもわかる。

　以上、品詞別構成比率からすると、「後葉詞書」の語彙は、中世の勅撰集である『千載和歌集』『新古今和歌集』の「詞書」の語彙と相対的に近似しているのに対し、「続詞花詞書」の語彙は、『古今和歌集』以来の中古の伝統的な勅撰集の「詞書」の語彙と相対的に近似していることがわかる。これは、『続詞花和歌集』の編者清輔が、その和歌に関して、

万葉語などを取り入れて新味を出そうとするものもあるが、必ずしも成功せず、むしろ伝統的な落着いた詠風の作に、見るべきものがある。(6)

と評されることとも関係するかもしれない。歌の家としての六条藤家を継ぐ者としての伝統重視の姿勢が、「詞書」にも反映されていると言えるのではなかろうか。

2

次に、形容語(形容詞・形容動詞・副詞・連体詞)についてふれたい。

「続詞花詞書」の語彙における形容語は、**表**(1)に示したように、異なり語数で一一三語、延べ語数で三一五語となる。また、それらの総語数に対する比率は、それぞれ7・8%、5・1%となる。また、**表**(2)からは、「詞花詞書」におけるそれらの比率が、それぞれ8・0%、4・9%となり、【補注i】「後葉詞書」におけるそれらが、それぞれ6・1%、3・4%となる【補注ii】ことがわかる。この三歌集の「詞書」における数値からは、「詞花詞書」の比率と「続詞花詞書」の比率とが近似し、「後葉詞書」における比率が、いずれも低率であることがわかる。

筆者は、かつて八代集の「詞書」における形容語について調査したが、その数値と比較すると、(7)「詞花詞書」「続詞花詞書」は、異なり語数での比率においては「後拾遺詞書」「金葉詞書」に、延べ語数での比率においては「古今詞書」に、それぞれ近似し、「後葉詞書」は、異なり語数・延べ語数とも「千載詞書」「新古今詞書」の比率に近似していることがわかる。なお、「続詞花詞書」の延べ語数における5・1%という数値は、「後撰詞書」(7・

表（3）

	金葉詞書	詞花詞書	後葉詞書	続詞花詞書	千載詞書
新古今詞書	0.814	0.814	0.820	0.825	0.861
千載詞書	0.832	0.822	0.832	0.849	
続詞花詞書	0.812	0.817	0.820		
後葉詞書	0.803	0.887			
詞花詞書	0.803				

9%）、「後拾遺詞書」（5・9%）、「古今詞書」（5・4%）に次ぐものである。「続詞花詞書」よりも形容語の比率の高い三勅撰集の「詞書」のうち、「後撰詞書」および「後拾遺詞書」は、物語的性格の強いものであることについては既にふれた。[8] これらの数値と大差があるものの、「続詞花詞書」における形容語の比率の高さは、他の「詞書」と比較した場合、上記二勅撰集の「詞書」と同様の物語的性格を有する可能性を考慮しなければならないものであると言えそうである。

四

次に、水谷静夫氏が示された類似度D'[9]を使用し、「続詞花詞書」の語彙について考えることにする。

表(3)は、「続詞花詞書」の語彙と、「金葉詞書」「詞花詞書」「後葉詞書」「千載詞書」「新古詞書」のそれとの類似度D'をまとめたものである。この**表**(3)からは、

1　「詞花詞書」の語彙と「後葉詞書」の語彙との類似度D'が最も高い。

2　「続詞花詞書」の語彙と「千載詞書」「新古今詞書」の語彙との類似度D'が「後葉詞書」の語彙と「千載詞書」「新古今詞書」の語彙との類似度D'よりも、それぞれ高い。

のような点が指摘できよう。

1に関しては、谷山茂氏も言われるように、[10]『詞花和歌集』と『後葉和歌集』には共通歌が二二一首ある点からして当然とも言え、それを類似度の点から裏付けた

ものと言えよう。

2に関してみると、「金葉詞書」―「続詞花詞書」―「千載詞書」という連続と、「金葉詞書」―「詞花詞書」―「千載詞書」、「金葉詞書」―「後葉詞書」―「千載詞書」という連続を、類似度D'という観点から比較した場合、「続詞花詞書」が関与する連続の類似度D'が最も高率になる。この点は注目に値するであろう。もちろん、『続詞花和歌集』と『千載和歌集』との共通歌数が、『後葉和歌集』と『千載和歌集』との共通歌数の、約二・八倍(11)であることも関係していると思われるが、

千載集と一六二首、新古今集と八〇首共通していることも勅撰集的な撰歌基準をもっていたことを物語っていよう。(12)と言われるように、撰者清輔の勅撰集たらんとした撰集態度のあらわれであり、それが結果的に、「詞書」の語彙に関しても、勅撰集の流れの中に入れても違和感を感じさせない類似度D'の高さにつながったと思われる。

五―1

次に、「続詞花詞書」における基幹語彙についてふれたい。

どのような語をもって、ある作品の基幹語とするかについては、基幹語彙という用語の定義とともに、さまざまな問題を含んでいようが、ここでは、ある作品において一定以上―具体的には、延べ語数のおおむね1パーミル以上―の使用度数をもつ語をもって、その作品の基幹語とする。

右のようなものを基幹語とすると、「続詞花詞書」における基幹語彙は、使用度数6以上の、異なり語数で一七八語、延べ語数で四一一三語ということになる。なお、この四一一三語は、「続詞花詞書」の全延べ語数六一七二語の66・6%に当たる。

表（4）

段階	共通基幹語	「後葉詞書」の語彙における段階								非共通基幹語
		①	②	③	④	⑤	⑥	⑦	⑧	
①	4	2	0	1	1	0	0	0	0	0
②	6	0	1	2	1	2	0	0	0	0
③	10	0	2	1	4	1	2	0	0	0
④	14	0	1	0	4	3	2	2	2	1
⑤	28	1	0	2	1	5	11	6	2	1
⑥	33	0	0	0	0	3	5	15	10	17
⑦	23	0	0	0	0	0	3	8	12	41
計	118	3	4	6	11	14	23	31	26	60

2

次に、1で選定した「続詞花詞書」の基幹語彙と、同様に選定した「後葉詞書」の基幹語彙とを比較することにより、「続詞花詞書」の語彙の特徴的使用語を抽出し、その性格の一端をみることにする。

表(4)は、「続詞花詞書」の語彙と「後葉詞書」の語彙とを、それぞれ累積使用率によって一〇段階に分け、「続詞花詞書」および「後葉詞書」の基幹語彙部分を抜き出し、前者を基準として、各段階所属語数を示した[13]ものである。この**表**(4)を使用し、「続詞花詞書」の特徴的使用語を抽出する場合、さまざまな方法があると思われ、その方法の妥当性についても慎重に検討すべきであろうが、いちおう、**表**(4)における所属段階差が上、下各二段階以上あるもの、および、非共通基幹語[14]をもって、「続詞花詞書」の特徴的な使用語としたい。

右のような方法により抽出したものを「続詞花詞書」における特徴的使用語とすると、それは、①段階に二語、②段階に三語、③段階に三語、④段階に八語、⑤段階に一二語、⑥段階に二七語、⑦段階に四一語の、計九六語あることがわかる。紙幅の関係上、具体的

表（5）

	古　今	後　撰	拾　遺	後拾遺	金　葉	詞　花	千　載	新古今	後　葉	続詞花
異なり	193	180	193	187	194	193	142	159	198	178
延べ	2,990	4,981	3,491	6,075	3,125	2,015	5,019	5,693	2,093	4,113
延べ　％	76.3	71.1	67.1	67.4	74.1	76.0	71.6	71.7	76.6	66.6

には示さないが、**七**において、いくつかの語の使用実態についてふれる。

六

二で「続詞花詞書」の平均使用度数の低さについてふれたが、ここで再度考えてみることにする。

『続詞花和歌集』は、父顕輔の撰した『詞花和歌集』に次ぐ勅撰集たらんとしたが、二条天皇の崩御のために、それが叶わなかったと言われているものであり、勅撰集的な撰集態度で編纂されている。にもかかわらず、平均使用度数でみる限り、「後拾遺詞書」「千載詞書」「新古今詞書」などと大きく相違していることは先に述べた。では、なぜこのように平均使用度数が低いのであろうか。結論から先に述べると、

1　高頻度語の内容的貧弱さ。

2　低頻度語の多さ（特に度数1の語の多さ）。

の二点から説明できよう。

まず、1からふれる。

表(5)は、八代集の「詞書」および「後葉詞書」「続詞花詞書」の基幹語彙における異なり語数・延べ語数と、延べ語数の、各「詞書」の全延べ語数に対する比率を示したものである。この**表**(5)によると、八代集における基幹語彙の累積使用率は、「古今詞書」の76・3％から「拾遺詞書」の67・1％までの間に収まっていることがわかる。一方、「後葉詞書」は、76・6％と、「古今詞書」における同様な数値よりも高率であり、八代集の「詞書」と

は異質なものであることがわかる。また、『後葉和歌集』の批判の対象となった『詞花和歌集』の「詞書」の同様な数値は、「古今詞書」よりは低率となってはいるものの、前後の「金葉詞書」「千載詞書」「新古今詞書」よりも相当高く、「後葉詞書」と同様な傾向を有している可能性は否定できないものとなっている。これに対して「続詞花詞書」は、66・6%と、八代集における同様な数値のどれよりも低率であることがわかる。なお、表には示さなかったが、各「詞書」の基幹語彙における異なり語数の、各「詞書」の全異なり語数に対する比率をみると、「後葉詞書」(27・1%)、「詞花詞書」(26・8%)が群を抜いて高く、「古今詞書」(21・9%)、「金葉詞書」(19・9%)がそれに続いている。それに対して「続詞花詞書」は、11%台の「新古今詞書」「千載詞書」「後拾遺詞書」と相対的に近似し、12・3%となっていることからすると、基幹語彙の異なり語数は、後の時代の各「詞書」と大きな相違は見られず、結局、各基幹語の使用頻度そのものが「千載詞書」「新古今詞書」と比較した場合、低いということになるのであろう。

次に、2についてふれたい。

表(6)は、八代集のうちの後半四集の「詞書」および「後葉詞書」「続詞花詞書」における度数1の語の異なり語数と、各「詞書」の全異なり語数に対する比率、各「詞書」における度数1の単独使用語数[15]と、各「詞書」の全異なり語数に対する比率を示したものである。この**表**(6)からすると、度数1の語の比率は、「後葉詞書」において多少高く、「千載詞書」において多少低いものの、ほぼ一定の範囲内に収まっていると言えそうである。

次に、単独使用語についてみると、「新古今詞書」が語数、比率とも最も高く、「続詞

表（6）

	金　葉	詞　花	千　載	新古今	後　葉	続詞花
度数1　異	553	416	679	810	424	839
%	56.7	57.9	54.2	56.8	58.1	57.7
度数1単異	251	81	300	439	82	407
%	25.7	11.3	24.0	30.8	11.2	28.0

花詞書」がそれに次いでいる。また、度数1の語の比率と、度数1の単独使用語の比率の差をみると、「新古今詞書」のそれが26・0ポイントと最も小さく、次いで「続詞花詞書」、わずかの差で「千載詞書」「金葉詞書」が続いていることがわかる。「新古今詞書」において度数1の単独使用語が多い点は、歌風の史的変遷と関係していると思われる。一方、「続詞花詞書」においては、軽々には論じられないが、入集作者と関係があるかもしれない。

鈴木徳男氏は、『続詞花和歌集』において名前の知られる作者三八七名の勅撰集への初出に関して調査され[16]、『詞花和歌集』以前の勅撰集を初出とする作者を二一九名とされた。また、『続詞花和歌集』を初出とする作者を一六八名二五三首とされたが、この『続詞花和歌集』を初出とする作者の多さが、「詞書」の記述の多様性につながり、結果的に、他の「詞書」には使用されない度数1の語を多数使用することになったのかもしれない。なお、「詞花詞書」と「後葉詞書」における単独使用語の少なさ、および、比率の低さに関しては、『詞花和歌集』と『後葉和歌集』との共通歌の多さが、その因となっていると思われる[17]。

以上、「続詞花詞書」における平均使用度数の低さについてみてきたが、これは、先にも述べたように、主として高頻度の基幹語の少なさと、度数1の単独使用語の多さが、その因となっていると思われる。

七—1

次に、五—2において抽出した「続詞花詞書」の特徴的使用語について、具体的にいくつかふれることにする。

まず、「ひとびと（人人）」についてふれる。

「続詞花詞書」には「ひとびと」の使用例が九〇例ある。以下、具体的にみると、

［例1］　前坊かくれさせたまひて御はてすぎて、人人行きわかれけるあした、ひたちの乳母もとにつかはしける（三八七）

表（7）

		古　今	後　撰	拾　遺	後拾遺	金　葉	詞　花	千　載	新古今	後　葉	続詞花
ひとびと	使用度数	6	6	19	54	36	7	16	33	14	90
	‰	1.53	0.86	3.65	6.00	8.53	2.64	2.28	4.15	5.12	14.58

〔例2〕　修行にいでたちけるに、人人まうできあひて、いつのほどにかかへりきたり侍るべきなど申し侍りければ（六七四）

のような一般的な説明部分での使用例もあるものの、そのほとんどは、

〔例3〕　新院人人に百首歌めしけるに（一一）

〔例4〕　新院人人に百首歌めしけるに、旅の心を（七一二）

〔例5〕　法性寺入道前太政大臣連夜見月心人人によませ侍りけるに（一七五）

〔例6〕　白河院御時、題をさぐりて殿上の人人に歌よませさせ給ひけるに、朝霧をつかうまつりける（二一三）

のような形で、歌合・歌会をはじめとして人々が寄り集まり歌を詠むという場面の説明や出典の明示に使用されているものである。これら、歌合・歌会およびそれに類する場面の説明に「ひとびと」が頻用されるのは、時代が下るにしたがい歌会が盛行するという和歌の史的展開と関係するのであろう。

表(7)は、八代集の「詞書」および「後葉詞書」「続詞花詞書」における「ひとびと」の使用度数と、各「詞書」における延べ語数に対する比率（パーミルで表示）をまとめたものである。さきに、「続詞花詞書」における「ひとびと」の頻用は歌会の盛行と関係すると述べた。この**表**(7)をみると、「詞書」によって例外はあるものの、大きな傾向としては、「拾遺詞書」あたりから「ひとびと」は漸増していると言えそうであり、いちおう、首肯できるものとなっている。しかし、同時に、「続詞花詞書」における「ひとびと」の頻用は、それだけでは説明できないものであることも、**表**(7)の数値は示している。では、何が「続詞花詞書」の「ひと

びと」の頻用の因となっているのであろうか。前掲した「例3」「例4」は、「しんゐん」と併用する「ひとびと」の使用例であるが、「続詞花詞書」には、これと同様な例が、計三三例ある。うち、

［例7］　新院御時、御方違のところにて人人におほみき給ひてよもすがらあそばせ給ひけるに、左京大夫顕輔にたびごとに人人さけをすすめければ、ゐひてなにとなくいへりけることを歌にとりなして、するをいひける（九五〇）

など六例を除く二七例が『久安百首』を出典としている和歌(18)の「詞書」に使用された用例である点に注意を要する。この「新院」とは崇徳天皇のことであり、当時の政治状況からすると『久安百首』の重視は必ずしも歓迎されるものではなかった。(19)このような点を踏まえると、「続詞花詞書」における「ひとびと」の頻用の主たる要因は、批判されるであろうことを覚悟の上で『久安百首』を重視し、それを出典とする和歌に「新院人人に百首歌めしけるに」という、形式化された「詞書」を付した撰者清輔の編纂方針の結果であると言えそうである。なお、「後葉詞書」との比較においては特徴的使用語とならなかった「しんゐん」の頻用も、上述「ひとびと」の場合と同様な理由によるものであろう。

2

次に、「にようばう（女房）」についてみることにする。

表(8)は、八代集の「詞書」および「後葉詞書」「続詞花詞書」における「にようばう」の使用度数を、各「詞書」の延べ語数に対する比率（パーミルで表示）とともにまとめたものである。なお、「をんな（女）」についても同様の数値を参考として示した。

この**表**(8)からは、「にようばう」は「古今詞書」から漸増し、「金葉詞書」「詞花詞書」において頻用され、「千

表（8）

		古今	後撰	拾遺	後拾遺	金葉	詞花	千載	新古今	後葉	続詞花
にようばう	使用度数	1	0	1	7	13	7	11	9	2	22
	‰	0.26	0.00	0.19	0.78	3.08	2.64	1.57	1.13	0.73	3.56
をんな	使用度数	20	225	78	137	16	26	31	55	11	62
	‰	5.10	32.13	14.99	15.21	3.79	9.81	4.42	6.92	4.02	10.05

載詞書」「新古今詞書」において再び減少に転じていることがみてとれる。このような史的展開の延長線上に「続詞花詞書」における頻用はあるとも考えられようが、後の「千載詞書」との関係から言うと、やはり「続詞花詞書」における「にようばう」の頻用は特異であると言えそうである。このような点を踏まえ、以下、「続詞花詞書」における「にようばう」の使用実態を具体的にみることにする。

「続詞花詞書」には、**表**(8)に示したように、二二例の「にようばう」の使用例があり、その多くは、当然のことではあるが、

[例8]　上達部上の人人雲林院の花見けるに、斎院女房のもとよりしめのうちのはなはかひなき花とせうそこ侍りければ（六七）

[例9]　麗景殿女御大盤所より、女房の藤花を山吹にさしてたまはされたりければ（八七）

[例10]　皇嘉門院中宮と申しける時、宮女房と内の御方の女房と歌合あるべしとていどみあへるあひだ、歌よみつついひかはしけるに、我が御方の女房にかはらせ給ひて、宮の御方にさしおかせ給ひける（七三八）

のように、院・中宮・女御・斎院などに仕える女官に関する記述において使用されている。この点においては、勅撰集の「詞書」の場合と同様である。では、何故、「続詞花詞書」において「にようばう」が頻用されているのであろうか。

表(9)は、八代集の後半四集と『後葉和歌集』『続詞花和歌集』に関して、「詞書」の付された歌数と、一「詞書」当たりの平均使用語数を示したものである。

表(9)

	金　葉	詞　花	千　載	新古今	後　葉	続詞花
詞書有歌数	588	376	956	1,494	505	818
平均語数	7.17	7.05	7.33	5.32	5.41	7.55

この**表**(9)からは、「金葉詞書」から「千載詞書」が七語台、「新古今詞書」が五語台と、歴然たる差がある点、「続詞花詞書」が前者と、「後葉詞書」が後者と、それぞれ近似している点などがわかる。また、同時に、「続詞花詞書」が他の「詞書」よりも使用語数が多い点もわかるが、この点と、**表**(8)での使用比率からすると、「続詞花詞書」における「にようばう」の頻用には、「詞書」の長文化傾向と何らかの関連性がある可能性もうかがえる。この点、**表**(8)に示した「をんな」の使用実態にも同様なことが言えよう。

「続詞花詞書」には「をんな」が六二例ある。その使用例の中には、

[例11]　ある所にあはぢといひける女の、せうそこすれどかへりごとをいはざりければ(五二三)

のように、女房の意のものや、

[例12]　一院くらゐにおはしましける時、右のおほいまうち君右衛門督ときこえけるころ、ものいふ女房侍りけるを、うへめすなりとききて、かの女のもとへ人にかはりてつかはしける(八〇七)

のように、同一人物について、同一「詞書」中で「にようばう」「をんな」と併用するものもあるが、その多くは、

[例13]　もの申しけるをんな身まかりて三七日ばかりになりけるに、かの家につかはしける(四二五)

[例14]　女のもとにはじめてつかはしける(四八七)

のような用例である。また、部立でみると、「恋」に三六例、「哀傷」に九例、「別」に二例、その他に一五例と、偏在しているが、この点も他の「詞書」の場合と大きな相違はない。[20]

「にようばう」「をんな」の使い分けに関しては、多少の例外はあるものの、「続詞花詞書」と、比較した八代集の後半四集の「詞書」との間では大差ないものとなっている。

ところで、**表**(8)をみると、「をんな」は、「後撰詞書」において圧倒的な高率を示しているが、これは、「後撰詞書」の物語的性格と関係があるであろう点については、既に述べた。(21) また、「後拾遺詞書」においても「後撰詞書」と同様な性格がみうけられる点についても、既に述べている。(22) これらの「詞書」には遠く及ばないものの、「続詞花詞書」は、後の「千載詞書」「新古今詞書」や、それらと類似する「後葉詞書」と比較した場合、やはり「をんな」の使用比率が高いと言えよう。以上のような点から考えると、「続詞花詞書」における「にようばう」の頻用は、『続詞花和歌集』を編纂するに当たり撰者清輔が比較的長文の「詞書」を付したことが、その因の一つとなっていると言えるであろう。

3

次に、「そう（僧）」についてふれたい。

表(10)は、八代集の「詞書」および「後葉詞書」「続詞花詞書」に使用された「そう」の使用度数を、各「詞書」の延べ語数に対する比率（パーミルで表示）とともにまとめたものである。なお、参考に「そうじやう（僧正）」「そうづ（僧都）」のそれも示した。以下、「そう」について、具体的にみることにする。

「続詞花詞書」には、

［例15］……御前になくなくふせりける夢に、御帳のうちよりちひさきそうのいでてよみかけける（四七六）

［例16］なかごろある僧の夢に、いときよげなる僧三人いきあひてよみける歌、一人は（四七七）

［例17］前中宮の越後あみだこうおこなひけるに、僧どものゐたるところに雪のふりいりけるをみて、……（九

表(10)

		古今	後撰	拾遺	後拾遺	金葉	詞花	千載	新古今	後葉	続詞花
そう	使用度数	0	0	0	0	2	0	1	0	0	8
	‰	0.00	0.00	0.00	0.00	0.47	0.00	0.14	0.00	0.00	1.30
そうじやう	使用度数	4	0	0	1	1	1	0	1	2	2
	‰	1.02	0.00	0.00	0.11	0.24	0.38	0.00	0.13	0.73	0.32
そうづ	使用度数	0	0	0	0	1	0	2	1	0	1
	‰	0.00	0.00	0.00	0.00	0.24	0.00	0.29	0.13	0.00	0.16

四七）

のような使用例が、計八例ある。また、「金葉詞書」には、

［例18］　……見忘れて傍なりける僧に、いかなる人にか、ことのほかに験ありげなる人かな、……（五八七）

［例19］　清海聖人、後生なを恐れ思て眠り入りたりける枕上に、僧の立ちてよみかけける歌（六三二）

のような使用例が、「千載詞書」には、

［例20］　前大納言公任、入道し侍りて長谷に侍りける時、僧の装束法服など送り侍とて遣しける（一〇九七）

のような使用例が、それぞれある。

これらの使用例は、その用法において何ら差は感じられない。先に示した**表(10)**において、「そうじやう」「そうづ」を加えた用例数でみると、例外はあるものの、「そう」の用例は「金葉詞書」あたりから漸増していることがわかる。しかし、それも、必ずしも明確な傾向というほどのものでもない。このような中で、「続詞花詞書」における「そう」の頻用は特異であると言える。

「続詞花詞書」の「そう」の使用例八例をみると、それが使用された「詞書」を持つ七首のうち、作者名を表示するものは三首（三例）、表示しないものは四首（五例）、また、部立に関しては、「釈教」の部で二首（三例）使用されているのが特徴的であると言えるかもしれない。

表（11）

		古今	後撰	拾遺	後拾遺	金葉	詞花	千載	新古今	後葉	続詞花
せうそこ	使用度数	1	20	4	1	0	0	4	0	0	10
	‰	0.26	2.86	0.77	0.11	0.00	0.00	0.57	0.00	0.00	1.62
ふみ	使用度数	5	42	6	15	3	2	3	9	1	10
	‰	1.28	6.00	1.15	1.67	0.71	0.75	0.43	1.13	0.37	1.62

松野陽一氏は、『続詞花和歌集』について、一にも引いたように「時代別・個人別・素材源別に偏する点はな」く、「平安後期全体に目配りのゆき届いた」ものとなっているとされた[23]が、このような撰歌範囲の広がりが詠者や詠歌対象（内容）の広がりとなり、結果的に「そう」の頻用につながったとは考えられないであろうか。

4

次に、「せうそこ（消息）」と「ふみ（文）」についてふれる。

表（11）は、八代集の「詞書」および「後葉詞書」「続詞花詞書」における「せうそこ」「ふみ」の使用度数を、各「詞書」の延べ語数に対する比率（パーミルで表示）とともにまとめたものである。この**表**（11）からは、「後撰詞書」における両語の頻用とともに、「後拾遺詞書」「新古今詞書」における「ふみ」の頻用、「続詞花詞書」における両語の頻用が指摘できるであろう。以下、「続詞花詞書」における使用実態を、「せうそこ」「ふみ」の順に、具体的にみることにする。

「続詞花詞書」には、

［例21］せうそこつかはしける女こと人にとききて、ふづきの七日つかはしける（五一六）

［例22］つのくになるところにしほゆあみにまかれりける比、中納言国信せうそこして侍りけるに（七〇一）

［例23］ことありてあづまのかたへまかりけるみちに、京よりあはれなることども申

しおくれりける消息の返事に（七一九）

のように、「つかはす」「す」「まうしおくる」などの語と併用して「恋に関する手紙」を「送る」という使用例とともに、

［例24］かたらひける人のいづちともしらせでうせにけるほどに、……もしあり所きこえばつてよとて、せうそこをあづけてくだりけるのち、……（五七五）

のように、同じく「恋に関する手紙」の意ではあるが、直接「送る」意の動詞とは併用されない使用例や、

［例25］身まかりにける女のせうそこどもの侍りけるを見てよめる（四二三）

のように、「はべり」と併用される使用例もある。

以上、「続詞花詞書」における「せうそこ」の使用例からは、［例22］のような「す」と併用されたものが五例と、最も多い点、その多くが異性間の手紙のやりとりに関する使用例の中で、

［例26］……みののくにの野がみといふところにやどれるに、かのくにのかみ知房朝臣せうそこして、さけなどおくれりける返事に（七三二）

のように、「男から男」という使用例もある点[24]、「恋」の部での使用例が三例ある点、などを指摘することができる。

次に、「ふみ」の使用例をみると、

［例27］女のもとにつかはせる文を返したりければ（四九九）

［例28］たばといふ人にものいふときくをとこの、又ふみをおこせければ（五一一）

［例29］ふみかよはす人、内わたりにもらすときききてつかはしける（五七六）

［例30］をとこのもとへやるふみを人に見すらんなどいひて（五九〇）

のように、異性間の恋の手紙のやりとりに関する使用例がほとんどで、その多くは、「つかはす」「おこす」「かよはす」「やる」のような動詞と併用されている。なお、一〇例中九例が「恋」の部での使用例であることは、「せうそこ」の場合と大きく相違している。

以上、「続詞花詞書」における「せうそこ」「ふみ」の使用実態を概観したが、「ふみ」の方が「恋」の部において多用されているという点を除き、その使用差は、必ずしも明確ではないことがわかった。では、他の「詞書」において「せうそこ」と「ふみ」は、どのように使用されているのであろうか。以下、この点についてふれるが、三代集における使用傾向については、かつて調査した(25)ので、ここでは「後拾遺詞書」から、順次みることにする。

「後拾遺詞書」には、「せうそこ」が一例、「ふみ」が一五例、それぞれ使用されている。「せうそこ」の使用例は、

［例31］　皇后宮みこのみやの女御ときこえけるとき、さとへまかりいでたまひにければ、そのつとめてさかぬきくにつけて御消息ありけるに（九二二）

という、後三条院が女御に手紙を出すという場面で使用されたものである。また、「ふみ」の使用例には、

［例32］　一条院の御時皇后宮かくれたまひてのち、帳のかたびらのひもにむすびつけられたるふみをみつけたりければ、……（五三六）

のように、皇后宮の帝に宛てた手紙という使用例もあるものの、その多くは、

［例33］　ふみつかはすをんなの、かへりごとをせざりければよめる（六二五）

［例34］　ふみかよはすをむな、ことかたざまになりぬとききてつかはしける（六三九）

［例35］　元輔ふみかよはしけるをむなをもろともにふみなどつかはしけるに、もとすけにあひてわすられにけりとききて、をんなのもとにつかはしける（九三一）

のように、恋に関するものである。なお、併用する動詞としては、「かよはす」「つかはす」「やる」「おこす」を指摘できるが、なかでも「かよはす」が七例、「つかはす」が四例と、多数を占めている。また、「恋」の部には五例使用されている。

次に、「金葉詞書」「詞花詞書」をみる。

「金葉詞書」には、

［例36］　文ばかりつかはして言ひ絶えにける人のもとにつかはしける（三七三）

［例37］　皇后宮にて人〳〵恋歌つかうまつりけるに、被返文恋といへることをよめる（四〇七）

［例38］　物申ける人のかれぐ〳〵になりて後、思出でて文つかはしたりける返事に言ひつかはしける（四五八）

のように、「ふみ」の用例が三例あるが、いずれも恋に関する使用例である。また、「詞花詞書」には、

［例39］　ふみつかはしける女の、いかなる事かありけん、今さらに返事をせず侍ければいひつかはしける（二一七）

［例40］　人の四十九日の誦経の文にかきつけける（四〇〇）

のように、「ふみ」の用例が二例ある。うち、［例39］は、恋に関する使用例である。

「千載詞書」には、「せうそこ」が四例、「ふみ」が三例、それぞれ使用されている。「せうそこ」の使用例には、

［例41］　忍びて物申侍ける女の、消息をだに通はし難く侍けるを、唐の枕の下に師子作りたる口の内に、深く隠して遣し侍ける（八九八）

のように、恋に関するものもあるが、恋とは無関係の、

［例42］　大炊御門右大臣隠れ侍りて後、七月七日母の三品の許に、消息のついでに遣し侍りける（五八五）

のような、母への手紙という用例、

［例43］　少将に侍りける時、大納言忠家隠れ侍りにける後、五月五日中納言国信中将に侍りける時、消息して侍

りけるついでに、遣し侍りける（五七一）

のような、男から男への手紙という用例、

［例44］上東門院に侍りけるを、里に出でたりける頃、女房の消息のついでに箏の琴伝へにまうでんといひて侍けれぱ、遣しける（九七四）

のような、女から女への手紙という用例もある。また、「ふみ」には、

［例45］元知りて侍ける男の、異人に物申と聞きて文を遣したりければ、いひ遣しける（九〇九）

［例46］時々物申ける女の許に文を遣したりけるを、よもあらじとて返して侍りければ、遣しける（九一一）

［例47］山寺に籠りて侍ける時、心ある文を女のしば〱遣し侍ければ、詠みて遣しける（一一九二）

という三例の使用例があるが、いずれも恋に関するものと思われ、いずれも「つかはす」と併用されている。

「新古今詞書」には、「ふみ」が九例使用されている。

［例48］上東門院小少将身まかりてのち、つねにうちとけて書きかはしける文の、物の中に侍りけるをみいでて、加賀少納言がもとにつかはしける（八一七）

のような、女から女への手紙という用例、

［例49］前大僧正慈円、文にては思ふほどの事も申しつくしがたきよし、申し遣はしてはべりける返事に（一七八五）

のような、男から男への手紙という用例もあるが、多くは恋に関する手紙という意のものであり、うち四例が「つかはす」と併用されている。なお、

［例50］かよひ侍りける女のはかなくなり侍りけるころ、かき置きたる文ども、経のれうしになさんとて、とり出でて見侍りけるに

という「詞書」を有する八二六番歌は、『続詞花和歌集』の四二三番歌と共通し、「続詞花詞書」においては、上

掲、［例25］のように「身まかりにける女のせうそこどもの侍りけるを見てよめる」とするものである。この点からすると、「新古今詞書」は、用語の統一が図られていると言えそうである。

以上、「せうそこ」と「ふみ」の使用例をみてきたが、以下、「続詞花詞書」の使用実態を中心にまとめると、

1 「続詞花詞書」における「せうそこ」と「ふみ」の間には、必ずしも明確な使用差は見出せない。

2 「続詞花詞書」における「ふみ」の用例は、「恋」の部において頻用される傾向があるが、これは、八代集の「詞書」における「ふみ」の使用傾向と同一である。

3 「後拾遺詞書」や「千載詞書」における「せうそこ」は、必ずしも恋に関する手紙という意味を持たないが、この点において「続詞花詞書」における使用実態と、多少相違する。

4 「続詞花詞書」における「せうそこ」「ふみ」の頻用は、「続詞花詞書」における物語的傾向のあらわれとも考えられる。

のような点が指摘できよう。なお、4の点については、かつて「後撰詞書」における「せうそこ」「ふみ」の「恋」の部での頻用を、諸先学の説かれる「後撰詞書」の物語的性格の強さと関連づけて考えた。(26)

八

以上、「続詞花詞書」の自立語語彙に関して、主として「詞花詞書」「後葉詞書」におけるそれとの比較を通して、その使用実態の一端をみてきた。ここで、その要点を再掲することにより、本章のまとめとする。

1 「続詞花詞書」の自立語語彙における異なり語数・延べ語数は、それぞれ一四五三語、六一七二語となる。また、平均使用度数は、4・25となる。

2 「続詞花詞書」の語彙における平均使用度数は、八代集の「詞書」におけるそれと比較した場合、相当低い。

これは、高頻度の基幹語の少なさと、使用度数1の単独使用語の多さが、その主たる要因となっている。

3　語種別構成比率からすると、「続詞花詞書」の語彙は、時代が下るにしたがい和語の比率が低下し漢語の比率が上昇するという、八代集の「詞書」の語彙におけるそれと、ほぼ同様の傾向を持っている。

4　品詞別構成比率からすると、「続詞花詞書」の語彙は、『古今和歌集』以来の伝統的な勅撰集の「詞書」の語彙と、相対的に近似しているが、これは、撰者清輔の伝統重視の姿勢の反映であると思われる。

5　「続詞花詞書」は、形容語の比率の高さからすると、物語的性格を有する可能性を考慮しなければならないものである。

6　類似度D'の数値からすると、「金葉詞書」―「詞花詞書」―「千載詞書」という連続よりも、「金葉詞書」―「続詞花詞書」―「千載詞書」という連続の方が、より自然である。これは、勅撰集たらんとした『続詞花和歌集』の撰者清輔の撰集態度の結果であると思われる。

7　延べ語数の1パーミル以上の使用度数をもつ語を基幹語とすると、「続詞花詞書」におけるそれは、異なり語数で一七八語、延べ語数で四一一三語となる。また、この四一一三語は、全延べ語数の66・6％に当たる。

8　「続詞花詞書」における「ひとびと」「しんゐん」の頻用は、批判を覚悟の上で『久安百首』を撰歌資料として重視した撰者清輔の撰集方針の結果であると思われる。

9　「続詞花詞書」における「にようばう」の頻用は、『続詞花和歌集』を編纂するに当たり撰者清輔が、比較的長文の「詞書」を付したことが、その要因の一つとなっている。また、「せうそこ」「ふみ」の頻用も、この物語的傾向のあらわれとも考えられる。

おおむね、以上のようにまとめることができる。

【注】

（1）犬養廉他編『和歌大辞典』（昭和六一年三月、明治書院）の『続詞花和歌集』の項（松野陽一氏執筆）。
（2）本書第一部第六章、第二部第三章。
（3）本書第一部第一章〜第五章、第七章・第八章。
（4）八代集の「詞書」における語種別、品詞別構成比率に関しては、本書第一部第九章や第一〇章などに載せた。
（5）（4）に同じ。
（6）（1）書、「清輔」の項（藤岡忠美氏担当）。
（7）（4）本書第一部第九章の注（8）参照。
（8）本書第一部第二章・第四章。
（9）「用語類似度による歌謡曲仕訳『湯の町エレジー』『上海帰りのリル』及びその周辺」（『計量国語学』一二巻四号、昭和五五年三月）、『数理言語学』（昭和五七年一月、培風館）、その他。
（10）『谷山茂著作集　三』（昭和五七年一二月、角川書店）三〇七頁。本書第二部第三章も参照。
（11）（10）書、同頁により『後葉和歌集』と『千載和歌集』との共通歌を五八首とし、（1）書、同項により『続詞花和歌集』と『千載和歌集』との共通歌を一六二首として計算した。
（12）（1）書、同項。
（13）最下位段階の所属語数は、基幹語部分のみ抜き出している関係上、その段階所属語の一部である。なお、段階分けに際しては、累積使用率によって一〇段階に区分けするが、その場合、実際の累積使用度数が基準値と一致することはほとんどありえない。基準値に、より近似した累積使用度数の語群までをその段階の所属語としている関係上、各段階の実際の累積使用度数は、基準値と比較した場合、過不足があることに注意。
（14）「非共通基幹語」とは、「続詞花詞書」の基幹語のうち、「後葉詞書」に使用例がないもの、および、使用例はあるものの「後葉詞書」の基幹語とはならないものとする。
（15）ここでいう単独使用語は、あくまでも『金葉和歌集』以下の四勅撰集の「詞書」および「後葉詞書」「続詞花詞書」という限定のもとで単独に使用されているものである。したがって、ここで対象としなかった勅撰集の「詞書」においては使用されているものもあることに注意を要する。

(16)『続詞花集』の撰集について―勅撰集初出別入集作者一覧―」(『国文論叢』三三輯、昭和六三年三月)。

(17)「詞花詞書」と「後葉詞書」の類似度の高さについては、本書第二部第三章でふれた。

(18)『久安百首』からの入集歌数について、小林勝巳氏は三九首とされる(「続詞花和歌集所載百首和歌・歌合・歌会・私家集等の歌に関する覚書」『名古屋大学国語国文学』一〇号、昭和三七年五月)。また、河合一也氏は、二五二番歌が現存する『久安百首』にみられないことから三八首とされる(「続詞花集の撰集資料について」『語文』五二輯、昭和五八年六月)。

(19)当時の人々の崇徳院に対するとらえ方については、原水民樹「崇徳院の復権」(『国学院雑誌』八七巻八号、昭和六一年八月)に詳しく、それを受けて、鈴木徳男「『続詞花集』の成立」(『国語と国文学』六六巻一二号、平成元年一二月)は、『続詞花和歌集』が勅撰集に認定されなかった要因を、「崇徳院を追慕し、その時代を重視」したためであるとされた。

(20)たとえば、「金葉詞書」の場合は、「恋」一二例、その他四例、「千載詞書」の場合は、「恋」一九例、「哀傷」七例、「離別」一例、その他四例、「新古今詞書」の場合は、「恋」四五例、「哀傷」六例、「離別」二例、その他二例であり、「恋」「哀傷」「離別」に偏在するという点において、「続詞花詞書」との相違は感じられない。

(21)拙稿「三代集の『詞書』の語彙について」(『城西文学』一三号、平成二年一二月)。

(22)本書第一部第四章。

(23)(1)書、同項。

(24)この使用例は、「来訪」の意とも解釈されるものであるが、その場合でも、方向的に「男から男」となる点、他の使用例とは相違したものとなっている。

(25)拙著『「詞書」の語彙―三代集を中心に―』(城西大学学術研究叢書11　平成八年一二月)。

(26)(25)に同じ。

【補注】

(ⅰ)「詞花詞書」の形容語の異なり語数における比率は、表(2)からすると、四捨五入の関係で8・0%となるが、形容語異なり語数五七の、全異なり語数に対する比率でみると7・9%となる。なお、本書第一部第九章の表(A)においては、「詞花詞書」における数値を7・9としている。

(ii) 「後葉詞書」の形容語の比率は、表(2)からすると、四捨五入の関係で、異なり語数6・1%、延べ語数3・4%となるが、形容語の異なり語数四五・延べ語数九五の、全異なり語数・全延べ語数における比率でみると、それぞれ6・2%、3・5%となる。

第五章　『秋風和歌集』

一

『秋風和歌集』は、藤原光俊（真観）撰の私撰集であり、その特色としては、
従前の勅撰集の詠歌との重複を全く避けていること、古今集以来絶えていた雑躰の部を設けたこと、四季にすべて各二巻を配当していること(1)
などが指摘されている。また、成立時期に関しては、『続後撰和歌集』との関係でいまだ結論が出ていないようであるが(2)、

ほぼ同時に成立した続後撰集との関係は注目すべきである。すなわち、為家が撰者となった続後撰集に対して、反御子左派の重鎮である真観がその歌才を傾けて編撰したのが本集である(3)。とも言われているものである。このような点を考慮し、本章では、主として為家撰の『続後撰和歌集』の「詞書」および『千載和歌集』『新古今和歌集』『新勅撰和歌集』の「詞書」の自立語語彙と比較し、「秋風詞書」の語彙の性格の一端をみることにする。

二―1

「秋風詞書」の異なり語数・延べ語数は、それぞれ一〇三〇語、五六五三語となる。したがって、平均使用度数は5・49となる。この数値は、かつて調査した勅撰集の「詞書」の自立語語彙における同様な数値(4)と比較した場合、「後拾遺詞書」「千載詞書」「新古今詞書」におけるそれよりも低いものの、「古今詞書」「拾遺詞書」「金葉詞書」「詞花詞書」「新勅撰詞書」「続後撰詞書」におけるそれよりは高く、「後撰詞書」とほぼ同じものであることがわかる。八代集の「詞書」における平均使用度数の単純平均が4・86である点、ほぼ同時期の成立である「続後撰詞書」におけるそれが5・21である点からすると、私撰集としての『秋風和歌集』の「詞書」の語彙は、平均使用度数の点で勅撰集の一般的な「詞書」の語彙とは、多少相違していると言えそうである。ただし、「千載詞書」「新古今詞書」の語彙における平均使用度数が、それぞれ5・60、5・57であることからすれば、「続後撰詞書」のそれよりも「秋風詞書」のそれの方が、中世初期の勅撰集の「詞書」である「千載詞書」「新古今詞書」の数値に近似しているとも言える。

2

次に、「秋風詞書」の語彙における語種別、品詞別構成比率について、この順にみることにする。

表(1)は、「秋風詞書」の語彙の異なり語数・延べ語数、および、それぞれの構成比率をまとめたものである。この**表**(1)の数値を、かつて調査した「続後撰詞書」の異なり語数における数値と比較すると、和語は、「秋風詞書」の方が0・7ポイント、漢語は、「続後撰詞書」の方が1・8ポイント、それぞれ高いことがわかる。また、延べ語数に関してみると、和語は、「秋風詞書」の方が0・8ポイント、漢語は、「続後撰詞書」の方が1・3ポイ

表（1）

	所属語数	語種別語数			品詞別語数								
		和語	漢語	混種	名詞	動詞	形容	形動	副詞	連体	接続	感動	句等
異計	1,030	670	319	41	767	187	25	11	21	3	0	0	16
	％	65.0	31.0	4.0	74.5	18.2	2.4	1.1	2.0	0.3	0.0	0.0	1.6
延計	5,653	4,275	1,255	123	4,033	1,447	77	14	54	12	0	0	16
	％	75.6	22.2	2.2	71.3	25.6	1.4	0.2	1.0	0.2	0.0	0.0	0.3

ント、それぞれ高く、異なり語数の場合と同傾向を示している。また、「続後撰詞書」以外の「詞書」における同様な数値と比較すると、和語においては、「新勅撰詞書」の延べ語数での数値を除き、最も低いものとなり、漢語においては、「新勅撰詞書」での数値を除き、最も高いものとなっている。このような点からすると、「秋風詞書」の語彙における語種別構成比率は、時代が下るにしたがい和語の比率が低下し、漢語の比率が高まるという、語種別構成比率の一般的傾向の枠内のものであると言えそうである。しかし、「続後撰詞書」との比較においては、前述したように、ほぼ同時代に成立した作品であるにもかかわらず、わずかながら差がある。この差が何に起因しているかについては、「続後撰詞書」および「新勅撰詞書」の語彙との関係で、より詳細な検討を要するであろう。この点については、『秋風和歌集』の撰者真観の反御子左派意識の反映である可能性を指摘するに留め、詳細な検討は今後の課題としたい。

次に、品詞別構成比率についてふれる。

品詞別構成比率において注目すべきは、形容語（形容詞・形容動詞・副詞・連体詞）の比率であろう。かつて調査した八代集の「詞書」における数値[5]をみると、異なり語数において最も高率となるのは「後撰詞書」（9・1％）であり、最も低率なのは「拾遺詞書」（5・2％）である。一方、八代集以降の「新勅撰詞書」は4・6％、「続後撰詞書」は4・0％[6]と、いずれも八代集における数値よりも低率になる。これに対して、「秋風詞書」は5・8％と、「新勅撰詞書」や「続後撰詞書」よりも、相対的に八代集の「詞書」における比率に近似したものとなる。ただし、延べ語数においては、「続後撰詞書」が2・9％と、「秋風詞書」における2・8％よりも高く、相対的に八代集の「詞書」における比率と近似している。形容語全体を見た場合は、前述のようになり、「秋風詞書」と「続後撰詞書」や「新勅撰詞書」との差は、必ずしも明確にはならない。しかし、形容語の中から副詞のみ取り出してみると、その差は歴然としている。(7) この「秋風詞書」における副詞頻用の理由は、必ずしも明確ではないが、あるいは三―3でもふれるように、『秋風和歌集』の撰者真観の撰集方針の結果による「秋風詞書」の長文的傾向、および、物語的性格の強さによっているのかもしれない。

3

次に、水谷静夫氏が示された類似度D'(8)を使用することにより、「秋風詞書」の語彙について考えることにする。

表(2)は、「秋風詞書」の語彙と、「千載詞書」「新古今詞書」「新勅撰詞書」「続後撰詞書」のそれとの類似度D'をまとめたものである。この**表**(2)をみると、

1 「秋風詞書」の語彙と「千載詞書」の語彙との類似度D'が、僅差ではあるが「千載詞書」の語彙と「新勅撰詞書」「続後撰詞書」の語彙とのそれよりも高い。

2 「秋風詞書」の語彙と「新古今詞書」の語彙との類似度D'が、「秋風詞書」の語彙と「新勅撰詞書」の語彙とのそれよりも高い。

のような点がわかる。

1については、二―1でみたように、「千載詞書」「新古今詞書」の語彙における平均使用度数が、「新勅撰詞書」「続後撰詞書」の語彙におけるそれよりも、「秋風詞書」の語彙におけるそれに、相対的に近似している点と関係し

表（2）

	千載詞書	新古詞書	新勅詞書	続後詞書
秋風詞書	0.8294	0.8514	0.844	0.857
続後詞書	0.8282	0.8520	0.856	
新勅詞書	0.8288	0.8508		
新古詞書	0.861			

ているかもしれない。ただし、「新古今詞書」の語彙に関する類似度D'では、「秋風詞書」とのそれよりも「続後撰詞書」とのそれの方が、わずかながら高く、必ずしも二—1での結果とは一致していない点にも留意が必要であろう。類似度と平均使用度数の関係については、今後とも考えたい。

次に、2についてふれたい。

『秋風和歌集』の撰者真観は、和歌を定家に学び、『新勅撰和歌集』にも四首入集している。このような事情からして、真観は定家を完全に否定しているとは考えにくい。にもかかわらず、「秋風詞書」の語彙と、定家の単独撰である『新勅撰和歌集』の「詞書」のそれとの類似度が、「秋風詞書」の語彙と、定家が撰者の一人として関わり、後鳥羽院親撰の体をなす『新古今和歌集』の「詞書」のそれとの類似度よりも、何故低いのであろうか。

佐藤恒雄氏は、定家の思考が『新勅撰和歌集』編纂時には、新古今歌風を否定するところまで変化していた、と指摘されたが[9]、このような『新勅撰和歌集』の編纂に関わる定家の変化に対し、真観はある種の拒否反応を示すと同時に、『新古今和歌集』に後鳥羽院をみた結果、「秋風詞書」の語彙と「新勅撰詞書」のそれとの類似度D'の値が、「秋風詞書」の語彙と「新古今詞書」のそれとの類似度D'の値より低いものとなったとは考えられないであろうか。

4

次に、「秋風詞書」における基幹語彙と、特徴的使用語の抽出についてふれたい。

ある作品の基幹語について、どのようなものをそれと決めるかについては、基幹語という用語の定義とともに慎重に検討する必要があろうが、ここでは、おおむね延べ語数の1パーミル（六）以上の使用度数をもつ語をもって基幹語とする。

右のようなものを基幹語とすると、「秋風詞書」における基幹語彙の異なり語数・延べ語数は、それぞれ一四二語、四一九六語となる。また、この四一九六語は、「秋風詞書」の全延べ語数五六五三語の74・2％に当たることもわかった。以下、この基幹語彙を使用し、「続後撰詞書」の語彙と比較することにより、「秋風詞書」の語彙における特徴的使用語を抽出したい。抽出に当たっては、

1　「秋風詞書」の語彙を、その累積使用率によって一〇段階に分け、高頻度語の方から順に①段階、②段階のようにグループづけする。

2　「続後撰詞書」の語彙に関しても、1と同様に段階分けを行う。

3　1および2で行った段階分けのうち、各「詞書」の基幹語彙に関する部分のみ抜き出し、「秋風詞書」を基準として、各段階に所属する語数を示す。

のような手順を踏んでまとめられた**表**(3)を使用する。

どのような語をもって、ある作品における特徴的使用語とするかについては、基幹語の選定と同様、さまざまな方法があるであろう。ここでは、**表**(3)における所属段階差が上、下各二段階以上あるもの、および、比較する「続後撰詞書」において基幹語とはならないものをもって、「秋風詞書」の特徴的な使用語としたい。

右のようなものを「秋風詞書」における特徴的な使用語とすると、それは、②段階で一語、⑤段階で三語、⑥段階で六語、⑦段階で一五語、⑧段階で二八語の、計五三語となる。どのような語が特徴的な使用語であるかについては、紙幅の都合上、いちいち示さないが、いくつかの語の使用実態については、**三**において具体的にみることに

表（3）

段階	共通基幹語	「続後詞書」の語彙における段階 ①	②	③	④	⑤	⑥	⑦	⑧	非共通基幹語
①	2	2	0	0	0	0	0	0	0	0
②	3	0	2	0	1	0	0	0	0	0
③	3	0	2	0	1	0	0	0	0	0
④	9	0	0	4	3	2	0	0	0	0
⑤	12	0	0	0	2	6	2	2	0	1
⑥	23	0	0	0	1	4	7	9	2	3
⑦	32	0	0	0	0	2	10	9	11	13
⑧	18	0	0	0	0	1	4	3	10	23
計	102	2	4	4	8	15	23	23	23	40

する。

三―1

まず、「いひつかはす（言遣）」についてふれる。

表(4)は、「千載詞書」「新古今詞書」「新勅撰詞書」「続後撰詞書」「秋風詞書」における「いひつかはす」、および、その差が問題になりそうな「つかはす（遣）」の使用度数をまとめたものである。この**表**(4)をみると、「秋風詞書」における「いひつかはす」の使用度数は、非常に特徴的であることがわかるであろう。

表(4)にも示したように、「秋風詞書」における「いひつかはす」および「つかはす」の使用度数は、それぞれ50、51である。以下、「つかはす」から具体的にみることにする。

五一例の「つかはす」のうち、

[例1] 中務卿のみこのもとに、桜のはなのさかりなりけるをつかはすとて（一〇六四）

[例2] …夜ふけて殿上にねぬひとやさぶらふと式部命婦をぐして見せにつかはさせたまけるに、…（一一三八）

のような、品物を「贈る」(10)、人を「行かせる」意の一二例を除いた三九例が、ここで問題とする和歌に関する用例である。それに

表（4）

	千　載	新　古	新　勅	続　後	秋　風
いひつかはす	4	3	0	0	50
つかはす	108	146	83	65	51

は、

［例3］　人のもとにつかはしける（三三二）

［例4］　九条右大臣につかはしける（八一〇）

［例5］　梅のはなにつけて、をんなのもとにつかはしける（七五六）

［例6］　さねかたのあそんのかはらやの歌のかへりごとによみてつかはしける（七一七）

［例7］　さらにわすれじなどちぎりて侍りける人のたえにければつかはしける（九六七）

などの用例がある。

次に、「いひつかはす」の用例をみると、

［例8］　雪ふりて月さえたる夜人のもとにいひつかはしける（五四二）

［例9］　ものいひける男のとほくまかりけるにいひつかはしける（九九二）

［例10］　東三条院のこじじうがりいひつかはしける（八五四）

［例11］　花見にまでこんとたのめたる人のちるまでおともせざりければ、いひつかはしける（九六）

などの用例がある。

「秋風詞書」における「つかはす」「いひつかはす」について、その使用形式を所属用例数とともに示したものが、**表**(5)である。この**表**(5)からは、

1　品物とともに和歌を贈るという場合に関しては、「つかはす」が担っている。[11]

2　「人物＋（のもとに・に・がり）」という例に関しては、「つかはす」が二八例、「いひつかはす」が二三例であり、用例数だけでは、その差は感じられない。

表(5)

	いひつかはす	つかはす
人物+のもとに	13	19
人物+(…)に	5	6
人物+がり	5	0
…(を)よみて	0	2
…につけて	0	1
…につけて…のもとに	0	2
…のもとに…につけて	0	1
…にさして	0	2
その他の形式	27	6
物を贈る、行かせる	0	12

3 「がり」は、「いひつかはす」とのみ併用されている。

4 1から3のような形式化された「詞書」以外のものは、「秋風詞書」においては、主として「いひつかはす」が担っている。

のような点が指摘できよう。以下、より具体的に「つかはす」および「いひつかはす」の使用実態をみることにする。

「秋風詞書」には、

[例12] むらさき式部がもとにふみつかはしけるを、たまさかにのみ返事しはべりけるが、なほかきたえにければいひつかはしける(七五三)

[例13] かれにけるをとこのもとにすすきを折りてつかはしたりければ、むかし見したもとにてぞなどかへりごとにいひてはべりければ、またいひつかはしける(八九九)

のような、「つかはす」と「いひつかはす」が併用される「詞書」がある。この二つの「詞書」においては、品物を贈る場合は「つかはす」を、和歌の場合は「いひつかはす」を、それぞれ使用するという明確な差がある。しかし、品物に関係しない形式化された用例においては、先にみたように、その差は必ずしも明確ではない。この点に関しては、近接して使用された、

[例14] 月のあかかりける夜かれがれに成りにけるをとこのもとにいひつかはしける(九〇二)

[例15] わすれにける人のもとにつかはしける(九〇四)

〔例16〕　ひさしくおとせざりける男のもとにいひつかはしける（九〇五）

などをみると、一層その感を強める。

以下、上掲した〔例15〕〔例16〕など、物には関係しない形式化された用例のうち、比較的用例が多くある「人物＋のもとに」という用例を使用し、より具体的にみることにする。

表(6)は、「つかはす（いひつかはす）」動作が誰に対して行われたかをまとめたものである。この**表**(6)をみると、「つかはす」の方が「いひつかはす」より「女」の比率が高く、「男」「人」の比率が低いことがわかる。しかし、何故そのようになるのか、その理由は必ずしも明確ではない。次に、その「女」の用例を具体的に示すと、「いひつかはす」には、

〔例17〕　つらきさまにはべりける女のもとにいひつかはしける（九一一）

〔例18〕　女のもとにいひつかはしける（九二九）

のような用例が、また、「つかはす」には、

〔例19〕　しぐれける日、をんなのもとにつかはしける（七四二）

〔例20〕　女のもとにつかはしける（七五七）

〔例21〕　えなんあふまじかりける女のもとに、つかはしける（八二七）

のような用例が、それぞれある。

「女」を修飾する語句をはじめ、何も他に語句がない、最も形式化された「女のもとにつかはしける（いひつかはしける）」という用例は、「いひつかはす」の方が四例中一例であるのに対し、「つかはす」の方は八例中五例と、きわだった差がある。このことから、「いひつかはす」の方が、詠歌の状況をより具体的に記述する

表（6）

	いひつかはす		つかはす	
	用例数	%	用例数	%
をんな	4	30.8	8	42.1
をとこ	2	15.4	2	10.5
ひと	5	38.5	5	26.3
その他	2	15.4	4	21.1

「詞書」に使用されやすく、「つかはす」は、より形式化された「詞書」に使用されやすい、と言えそうである。なお、「男」「人」に関しても、「女」の場合と同様な傾向はみうけられるが、(12)「女」の場合ほど明確ではない。

以上、「秋風詞書」の「いひつかはす」の使用実態を「つかはす」と比較してみてきたが、まとめると、

1　和歌を贈る場合の表現は、「続後撰詞書」においては「つかはす」に統一されていたが、「秋風詞書」においては「いひつかはす」「つかはす」がともに担っている。

2　「秋風詞書」において「いひつかはす」「つかはす」が併用されていることは、用語使用という点における編纂上の不統一のようにも思われる。

3　より形式化された表現、および「品物」とともに和歌を贈る場合は「つかはす」を使用する傾向がある。一方、より具体的、説明的な「詞書」には「いひつかはす」を使用する傾向がある。

のようになるであろうか。このような点からすると、「秋風詞書」における「いひつかはす」の頻用は、撰者真観の編纂方針に基づく用語使用の結果であると言える。

2

次に、「しやうぢ（正治）」「けんにん（建仁）」「じようきう（承久）」という年号に関する用例について、この順にふれる。

「秋風詞書」には、「しやうぢ」の使用例が三三例ある。それらは、

〔例22〕　正治二年にたてまつりける百首の中に、春の歌（三四）

〔例23〕　正治二年にたてまつりける百首歌に（三八八）

のように、『正治百首』からの採歌であることを明示する「詞書」中で使用されている。

『正治百首』は、初度（『正治二年後鳥羽院初度百首』）、再度（『正治二年後鳥羽院第二度百首』）の二度にわたって正治二年に後鳥羽院により催されたものである。筆者は、『続後撰和歌集』におけるこの百首についてふれたことがある(13)が、「続後撰詞書」における「しやうぢ」の使用度数は12に過ぎなかった。一方、「秋風詞書」においては、その使用度数が33にもなっている。これはいかなる理由によるのであろうか。単に『正治百首』を撰歌資料として重視した結果の頻用かもしれない。あるいは、撰歌資料として重視しつつも政治的理由から『正治百首』と明示し得なかった定家の意思を継いで、後鳥羽院の催した百首歌からの採歌に関して「正治百首歌」とした『続後撰和歌集』の撰者為家に対して、『秋風和歌集』の撰者真観は、為家への対抗心から後嵯峨院の祖父に当たる後鳥羽院の催した『正治百首』を撰歌資料としてより重視し、その結果として「しやうぢ」という語が頻用されたのかもしれない。

次に、「けんにん」の用例についてふれたい。

「秋風詞書」には「けんにん」が八例使用されているが、

〔例24〕　建仁元年の和歌所のうたあはせに、ひさしき恋の心をよませたまける（九三七）

〔例25〕　建仁二年和歌所にて、暮春のこころをつかうまつりける（一〇八一）

の二例を除くと、

〔例26〕　建仁の五十首歌合のうた（一八）

と同様の形式の、『建仁元年老若五十首歌合』から採歌された和歌の「詞書」中で使用されたものである。一方、「続後撰詞書」におけるそれは、

〔例27〕　建仁元年五十首の歌たてまつりける時（二六）

〔例28〕　建仁元年八月十五夜和歌所撰歌合に、河月似氷といへることを（三四二）

[例29]　建仁二年鳥羽殿にて、池上松風といふことをはじめて講ぜられけるに（一三五八）
[例30]　建仁三年和歌所にて釈阿に九十賀たまはせける時、しろかねの杖のたけの葉にかきつくべき歌めされけるに（一三六四）

という四例である。

この「秋風詞書」および「続後撰詞書」における「けんにん」の使用は、いずれも建仁期に催された歌合を撰歌資料として重視した結果と言える。

次に、「じようきう」の例をみると、「秋風詞書」には七例あるが、「続後撰詞書」には、用例はない。「秋風詞書」における「じようきう」の例は、

[例31]　承久二年十月入道前摂政大井にまかりて、逍遙し侍りけるにたまはせける（四五〇）

を除き、

[例32]　承久元年内裏の歌合に、秋夕露を（三〇二）
[例33]　承久二年だいりにて、待月といふことをつかうまつりける（三八六）

のような歌合・歌会に関する「詞書」で使用されたものである。このような点から、「じようきう」の頻用は、「けんにん」の場合と同様、承久期に催された歌合・歌会を撰歌資料として重視した結果であると言える。

以上、年号に関する「しやうぢ」「けんにん」「じようきう」の例をみてきたが、その用例の多くは、後鳥羽院の催された歌合などに関する「詞書」中での使用であることがわかった。為家の撰した『続後撰和歌集』においても後鳥羽院重視の姿勢はみうけられたが[14]、勅撰集という性格上、そこには幕府に対する配慮もうかがえ、その姿勢は抑えられたものとなっている。それに対して『秋風和歌集』においては、撰者真観が准勅撰となるよう願って編纂したためか[15]、『続後撰和歌集』の撰者為家への対抗心からか、後嵯峨院の祖父である後鳥羽院重視の姿勢は、より

強調されたものとなっている。

後鳥羽院重視の姿勢は、「ごとばゐん（後鳥羽院）」という用例の使用に端的に表れている。「続後撰詞書」には、「ごとばゐん」という用例がわずか二例しか使用されていないが、「秋風詞書」においては三〇例使用されていることからも理解できるであろう。以下、「秋風詞書」における「ごとばゐん」の使用例を具体的にみることにする。

「秋風詞書」には、

〔例34〕後鳥羽院の御時たてまつりはべりける五十首のうたに、月照滝水といふことをよみはべりける（三四六）

〔例35〕後鳥羽院御時宇治にてかうぜられける五首歌中に、夜恋といふことを（八二六）

のような「ごとばゐん」の使用例もあるものの、その多くは、

〔例36〕後鳥羽院のおほんときたてまつりける百首のはるのうた（一〇）

〔例37〕後鳥羽院のおほんときの百首のうた（二一七）

のような形で使用されている。これらは、『建保四年二月後鳥羽院百首』から採歌された和歌の「詞書」中での使用例である。これからしても、「ごとばゐん」という語の頻用は、撰歌資料として『建保四年二月後鳥羽院百首』を重視した『秋風和歌集』の撰者真観の撰集方針の結果であることがわかるであろう。

3

次に、「秋風詞書」において一〇例使用されている「いと（甚）」についてふれる。

表(7)は、八代集の「詞書」および「新勅撰詞書」「続後撰詞書」「秋風詞書」における「いと」の使用度数を、各「詞書」における「いと」を含む副詞の異なり語数・延べ語数、全延べ語数に対する副詞の構成比率とともに示したものである。この**表**(7)で、勅撰集の「詞書」における副詞の延べ語数での比率は、物語的性格が比較的強い

表（7）

		古今	後撰	拾遺	後拾	金葉	詞花	千載	新古	新勅	続後	秋風
いと		9	29	3	10	0	3	3	3	0	0	10
副詞	異	23	37	19	33	23	15	20	23	14	13	21
	延	57	200	64	159	56	31	69	64	28	30	54
	延%	1.45	2.86	1.23	1.77	1.33	1.17	0.98	0.81	0.55	0.61	0.96

「後撰詞書」「後拾遺詞書」を除き、時代が下るにしたがい低下し、特に、「千載詞書」あたりからは1％以下になることがわかる。ところが、「続後撰詞書」とほぼ同時に成立した「秋風詞書」においては、「詞花詞書」のレベルまでには回復していないものの、「千載詞書」とほぼ同レベルまで増加している。このような点からすると、「秋風詞書」における副詞の使用は、勅撰集の「詞書」におけるそれの一般的傾向とは相違した、特異なものであると言えそうである。このような副詞の使用状況を考慮しつつ「いと」についてみると、「古今詞書」および先に述べた物語的性格の強い「後撰詞書」「後拾遺詞書」を除き、「詞書」において「いと」が頻用されなかったのは、おそらく、「とても、たいへん」という「いと」の意味と、詠歌の事情や時・場所などを客観的に記述しようとする「詞書」の基本的姿勢とが、必ずしも合致するものではなかったからであろう。このような「いと」が「秋風詞書」において、「後撰詞書」には遠く及ばないものの、比較的物語的性格の強い「後拾遺詞書」と同数使用されている点には注意を要する。つまり、「秋風詞書」は、中世の撰歌集の「詞書」にしては比較的長文の[16]、物語的性格の強いものであると言えるかもしれないからである。とするなら、この副詞「いと」の頻用も、撰者真観の撰集方針の結果ということになるであろう。

4

「秋風詞書」には、「えいぐ（影供）」という用例が一〇例ある。これらは、

［例38］　影供十首歌合に、朝草花を（二六七）

［例39］　影供十首歌合に、寄月恨恋といふことをよませたまける（九三八）

のような形で使用されているが、すべて『建長三年九月影供歌合』から採歌された和歌の「詞書」に使用されたものである。なお、当該歌合からは二五首採歌されているが[17]、他の一五首は、「詞書」がある一〇首との連続によって「詞書」が省略されている。一方、「続後撰詞書」にも『建長三年九月影供歌合』から二五首採歌されているが[18]、これらの和歌の「詞書」は、

［例40］　九月十三夜十首歌合に、初秋露（二四七）

［例41］　九月十三夜十首歌合に、名所月（五三五）

のように、「九月十三夜十首歌合」という形に統一されている。同一の歌合を、「影供十首歌合」と表記するか、「九月十三夜十首歌合」と表記するかは、撰者の出典に関する方針の結果であろう。「秋風詞書」において真観は、何故、「続後撰詞書」と同様に「九月十三夜十首歌合」とはせず「影供十首歌合」としたのかは不明だが、あるいは『続後撰和歌集』の撰者為家への対抗心から別の表記法をとったのかもしれない。いずれにしても、「えいぐ」の使用は、『秋風和歌集』の撰者真観の撰集方針の結果ということになろう。

5

次に、「こと（事）」と「こころ（心）」についてふれる。

ここでふれようとする「こと」と「こころ」は、**二**―4において「秋風詞書」の語彙における特徴的使用語として抽出されたものではない。しかし、その使用に関して特色があると思われるので、具体的にみることにする。

表(8)は、「千載詞書」「新古今詞書」「新勅撰詞書」「続後撰詞書」「秋風詞書」における「こと」と「こころ」の使用度数をまとめたものである。この**表**(8)によると、「秋風詞書」の「こと」と「こころ」の使用度数に関し

表（8）

	千　載	新古今	新勅撰	続後撰	秋　風
こと	37	118	13	46	162
こころ	303	149	145	111	59

ては、他の「詞書」と差があることがわかるであろう。以下、「続後撰詞書」における「こと」および「こころ」の使用実態と比較することにより、「秋風詞書」の「こと」および「こころ」について考えたい。

「秋風詞書」には、「こと」の用例が一六二例あるが、うち、

［例42］　名たつことはべりけるころ、人のかへりごとに（七一六）

［例43］　ひとのなげくこと侍りけるを、とぶらひつかはさずとてうらみおこせてはべりければ（一二一七）

のような用例を除くと、直接歌題をうける「こと」の使用例は一五六例になる。この一五六例の中には、

［例44］　百首歌たてまつりける時、見花といふことを（七七）

［例45］　秋恋といふことをよみ侍りける（九五三）

のように、必ずしも複雑とは思われない歌題に使用された用例もあるが、そのほとんどは、

［例46］　行路秋花といふことを（二六五）

のような結び題や、

［例47］　維摩経のこころをよみはべりけるに、この身はあつまれるあわのごとしといふことを（五六一）

［例48］　文集の御歌に、草堂深鎖白雲澗といふことを（一一九一）

のような経文・詩句などをうけた用例、すなわち複雑な題に使用されたものであることがわかる。一方、「続後撰詞書」における「こと」の使用例をみると、

［例49］　松下納涼といふことを（二三一）

［例50］　山鹿といふことを（三〇六）
のように、歌題に関するものが二二例、
［例51］　かたらひけるをとこ、なからん世までわすれじとたのめけるが、なやむこと侍りけるを、ひさしくとはざりけるにつかはしける（九四九）
［例52］　おもふこと侍りけるころ（二〇八七）
のように、歌題には直接関係ないものが二四例あることがわかる。歌題に関する二二例の用例の中には、［例50］のように、必ずしも複雑とは言えない歌題に関して使用されているものもあるが、そのほとんどは、［例49］や、
［例53］　廬山雨夜草庵中といふことを、年ごろいかなりけむと思ひけるに、世をのがれてのちよみ侍りける（一二二四）
のように、複雑な歌題に関する部分で使用されている。
次に、「こころ」の使用例についてみることにする。
「秋風詞書」には、「こころ」の用例が五九例あるが、うち、
［例54］　ひとの心かはりはべりけるころ、松に浪こえたるかたかきたる絵をみて（九〇一）
［例55］　津のかみになりてくだりけるときつねひらたびのこころおくりたりける、かへりごとに（九九三）
のような用例を除く五四例が、直接歌題をうけた用例ということになる。この五四例中、四八例が、
［例56］　百首たてまつりけるとき、はやき秋の心を（二三五）
［例57］　たつはるのこころをよみはべりける（一）
のように、「歌題＋のこころを（…）」という形式の「詞書」中で使用されている。また、その四八例をみると、
［例58］　普賢十願をよみたまへりけるに、称讃如来の心を（五五九）

［例59］　あふてあはぬこひの心をよみ侍りける（九三三）

のような経文や結び題をうけた「こころ」の用例もあるものの、その多くは、前掲した［例56］［例57］のような単純な歌題をうけた用例であることがわかる。

次に、「続後撰詞書」における「こころ」の用例についてふれる。

「続後撰詞書」には、「こころ」の用例が一一一例あるが、うち、

［例60］　心にもあらでわかれける人につかはしける（八四〇）

［例61］　心ならずさとに侍りけるころ、内より花のさかり見せまほしきよしおほせごとありければ（一〇三七）

のような用例を除く一〇二例が、直接歌題をうけた用例ということになる。この一〇二例中、四五例が、

［例62］　はじめのはるの心を（五）

［例63］　駒迎の心を（三四〇）

のように、「歌題＋のこころを（…）」という形式の「詞書」中で、また、三七例が、

［例64］　百首歌たてまつりし時、見花といへる心を（九三）

［例65］　寄橋述懐といへる心を（一〇二八）

のように、「歌題＋といへる（いふ）こころを（…）」という形式の「詞書」中で使用されている。なお、前者には、

［例66］　法文百首歌よみ侍りけるに、菩薩清涼月、遊於畢竟空の心を（六二三）

［例67］　後朝恋の心を（八二三）

のような経文や結び題をうけた「こころ」の用例もあるが、その多くは、前掲した［例62］や［例63］のような単純な歌題をうけた用例である。また、後者は、前掲した［例64］のような用例もあるものの、そのほとんどが、

［例65］や、
［例68］　後一条院御時、中宮斎院に行啓侍りけるに、庚申の夜、月照残菊といへる心をよみ侍りける（四七九）
のような複雑な歌題をうけた用例である。
ところで、井上宗雄氏は、『金葉和歌集』の「詞書」に使用された「こと」と「こころ」について、
そして注意されることは…（略）…単純な歌題に「心をよめる」と記されていることである。…（略）…金葉集において更に注意されることは、後拾遺で「心をよめる」と記されていた複雑な題についていえば、「ことをよめる」と記したものが頗る多いのである。(19)
のように述べられている。また、後藤重郎氏は、井上氏の論をうけて、「千載詞書」を精査され、
結び題や複合の題の場合は、必ずといってよいほど「…といへる（いふ）心をよめる」と記し、単純な題、通常の歌題の場合は「…の心をよめる」と記し、截然たる表記の別を行つてゐることが知られるのである。(20)
とされたが、「秋風詞書」と「続後撰詞書」における「こと」「こころ」についてみると、井上氏が言われるように、「こと」は複雑な題に使用され、後藤氏の言われるように、「…のこころ」は単純な場合、「…といへるこころ」は複雑な場合に使用されていることがわかった。ただし、「続後撰詞書」においては、「…のこころ」「…といへるこころ」が共存するのに対して、「秋風詞書」においては、「…といへるこころ」の用例がなく、複雑な題の場合は、もっぱら「こと」が使用されるのは何故なのか、その理由ははっきりしない。いずれにしても、「続後撰詞書」と「秋風詞書」における「…のこころ」の使用度数がほぼ同じである点、「秋風詞書」における「こと」の使用度数が、「続後撰詞書」における「こと」および「…といへるこころ」表現の使用度数の約二・六倍ある点からして、「秋風詞書」の方が結び題をはじめとする複雑な歌題を多用し、しかもその複雑な歌題に関しては、「秋風詞書」の方が、より統一された形式をとっているということは言えそうである。その結果、「秋風詞書」においては、「続後

撰詞書」と比較した場合、「こと」が頻用され、「こころ」が頻用されなかったのであろう。

四

以上、「秋風詞書」の自立語語彙に関して、主として「続後撰詞書」におけるそれとの比較を通して、その使用実態の一端をみてきた。ここで、その要点を再掲することにより、本章のまとめとする。

1 「秋風詞書」の自立語語彙における異なり語数・延べ語数は、それぞれ一〇三〇語、五六五三語となる。また、平均使用度数は、5・49となる。

2 「秋風詞書」の語彙と「新勅撰詞書」のそれとの類似度D'の値は、「秋風詞書」の語彙と「新古今詞書」のそれとの類似度D'の値よりも低いが、これは、『新勅撰和歌集』編纂時の定家の変化に対して、『秋風和歌集』の撰者真観が、ある種の拒否反応を示すとともに、『新古今和歌集』の編纂に後鳥羽院の姿をみた結果とも考えられる。

3 延べ語数のおおむね1パーミル以上の使用度数をもつ語を基幹語とすると、「秋風詞書」におけるそれは、異なり語数で一四二語、延べ語数で四一九六語となる。また、この四一九六語は、全延べ語数の74・2%に当たる。

4 和歌を贈る場合の表現は、「続後撰詞書」においては「つかはす」に統一されていたが、「秋風詞書」においては「いひつかはす」「つかはす」がともに担っている。また、「秋風詞書」においては、より形式化された表現をとる「詞書」、および品物とともに和歌を贈る場合には「つかはす」を、より具体的、説明的な「詞書」には「いひつかはす」を、それぞれ使用する傾向がある。

5 「秋風詞書」での年号に関する「しやうぢ」「けんにん」「じようきう」という用例の頻用は、後鳥羽院重視の結果と思われる。為家撰の『続後撰和歌集』においても後鳥羽院重視の姿勢はみうけられたが、『秋風和歌集』においては、撰者真観が准勅撰となるよう願って編纂したためか、『続後撰和歌集』の撰者為家への対抗心からか、後嵯峨院の祖父である後鳥羽院重視の姿勢は、より強調されたものとなっている。

6 「ことばゐん」「えいぐ」などの語の頻用は、撰歌資料として『建保四年二月後鳥羽院百首』や『建長三年九月影供歌合』を重視した『秋風和歌集』の撰者真観の撰集方針の結果であろう。

7 副詞「いと」の頻用は、比較的長文で、物語的性格の強い「詞書」を付した『秋風和歌集』の撰者真観の撰集方針の結果であると思われる。

8 「秋風詞書」と「続後撰詞書」を比較した場合、前者の方が結び題をはじめとする複雑な歌題を多用し、しかもその複雑な歌題に関しては、より統一された形式をとっているようであるが、その結果、「秋風詞書」に「こと」が頻用され、「こころ」が頻用されなかったと思われる。

おおむね、以上のようにまとめることが出来よう。ここで行わなかった順位相関係数【補注】など、別の観点からの考察に関しては、今後の課題としたい。

【注】

（1） 犬養廉他編『和歌大辞典』（昭和六一年三月、明治書院）の『秋風和歌集』の項（安井久善氏執筆）。

（2） 安井久善氏は、「秋風集の成立は、建長三年十、十一、十二の三ヶ月の間と推定して大過なからうと思はれる」（『校本秋風和歌集とその研究』一九頁。昭和二六年三月）や、「建長三年末頃までにはその大部が成立したのものと推定される」（『秋風和歌集』解説。古典文庫二六〇、昭和四四年二月）のように、『続後撰和歌集』とほぼ同時期とされている。一方、小林強氏は、「続後撰和歌集と秋風和歌集との成立の前後関係に関する一試論」（『研究と資料』

三一輯　平成六年七月）において、安井説に疑問を出されている。

（3）（1）に同じ。

（4）本書第一部第一章〜第一〇章。なお、第一部第五章および第二部第二章の注に、八代集の「詞書」の平均使用度数に関してまとめた表を載せた。

（5）八代集の「詞書」および「新勅撰詞書」における形容語の比率については、本書第一部第九章の注（8）参照。

（6）本書第一部第一〇章。

（7）異なり語数における比率をみると、「新勅撰詞書」は1・3％、「続後撰詞書」は1・4％であり、延べ語数における比率をみると、ともに0・6％である。

（8）「用語類似度による歌謡曲仕訳『湯の町エレジー』『上海帰りのリル』及びその周辺」（『計量国語学』一二巻四号、昭和五五年三月）、『数理言語学』（昭和五七年一月、培風館）、その他。

（9）「新勅撰和歌集成立への道」（『新古今集とその時代』和歌文学論集8　平成三年五月、風間書房）。

（10）当然のことながら、［例1］も「品物につけて和歌を贈った」という意味においては、和歌に関する用例となる。しかし、後の［例5］とは相違し、表面的には「もの」を贈ることが中心となっているので、ここに属させた。以下、同様。

（11）この点に関しては、「秋風詞書」の「つかはす」のうち、ここでの考察の対象外とした一二例中一一例が「品物を贈る」という用例であることからもわかる。

（12）「男」に関してみると、「男のもとにつかはしける」という例は、「つかはす」の用例二例中一例、「人」に関してみると、「人のもとにつかはしける」という例は、「つかはす」の用例五例中一例、それぞれある。なお、「男のもとにいひつかはす」「人のもとにいひつかはす」という例は、いずれもない。

（13）（6）に同じ。

（14）（6）に同じ。

（15）安井氏は、真観が『秋風和歌集』の撰歌に当たり、それ以前の九勅撰集との重複を避けるという方針を堅持したことに関して、（2）の古典文庫の解説において、「撰者が本集をもって勅撰に准ぜしめるという自負のもとに撰んだか、または万一勅撰々者の宣旨が下った場合でも、直ちにこれをもって奏覧することができるという場合を想像させる」とされている。

(16)『続後撰和歌集』において「詞書」のある和歌は九八五首。したがって、平均使用語数は五・〇二語。一方、『秋風和歌集』において「詞書」のある和歌は一〇六五首。したがって、平均使用語数は五・三一語となる。その差はわずか〇・二九語ではあるが、このような数値からも「秋風詞書」の方が長文化していると言えるであろう。なお、副詞の使用の差については、勅撰集と私撰集という撰集の性格の差による点も大きいと思われるが、この点に関する考察は、今後の課題としたい。

(17)(2)小林論文。なお、安井氏は、(2)の校本において二六首とする。

(18)(2)小林論文。

(19)「『心を詠める』について―後拾遺・金葉集にみられる詞書の一傾向―」(『立教大学日本文学』三五号、昭和五一年二月)。なお、井上氏には、「再び『心を詠める』について―後拾遺・金葉集にみられる詞書の一傾向―」(『立教大学日本文学』三九号、昭和五二年一二月)というご高論もある。

(20)「勅撰和歌集詞書研究序説―千載和歌集を中心として―」(『講座平安文学論究　三輯』昭和六一年七月、風間書房)。

【補注】

田中章夫「語彙研究における順位の扱い」(『国語語彙史の研究　七』昭和六一年一二月、和泉書院)参照。なお、本書第一部第三章・第六章・第七章、第二部第三章では、順位相関係数による考察も行っている。

初出一覧

初出は、以下に示す通りである。
各章は、最初から体系だてて記述したものではないため、記述内容に多くの重複がある。【凡例】にも書いたが、一書に纏めるに当たっては、数値を現段階のものに改めるとともに、でき得る限り用語の統一を図った。その結果、書きかえた箇所も相当あるが、基本的にはもとの拙稿を生かし、結論に変更はない。

第一部　勅撰集の詞書の語彙

第一章　『古今和歌集』
（「古今和歌集」詞書の語彙について」『湘南文学』一七号、昭和五八年三月）

第二章　『後撰和歌集』
（「後撰和歌集」の「詞書」の語彙について」『此島正年博士喜寿記念国語語彙語法論叢』昭和六三年一〇月、桜楓社）

第三章　『拾遺和歌集』
（「拾遺和歌集」の「詞書」の語彙について」『城西大学女子短期大学部紀要』八巻一号、平成三年三月）

第四章　『後拾遺和歌集』

第五章　『金葉和歌集』
（「後拾遺和歌集」の「詞書」の語彙について」『城西大学女子短期大学部紀要』一二巻一号、平成七年一月）
第六章　『詞花和歌集』
（「金葉和歌集」の「詞書」の語彙について」小久保崇明編『国語国文学論考』平成一二年四月、笠間書院）
第七章　『千載和歌集』
（「詞花和歌集」の「詞書」の語彙について」『城西大学女子短期大学部紀要』一〇巻一号、平成五年一月）
第八章　『新古今和歌集』
（「千載和歌集」の「詞書」の語彙について」『城西大学女子短期大学部紀要』九巻一号、平成四年一月）
第九章　『新勅撰和歌集』
（「新古今和歌集」の「詞書」の語彙ついて」『湘南文学』一九号、昭和六〇年三月）
第一〇章　『続後撰和歌集』
（「新勅撰和歌集」の「詞書」の語彙について」『城西大学女子短期大学部紀要』一九巻一号、平成一四年三月）
（「続後撰和歌集」の「詞書」の語彙について」『城西大学女子短期大学部紀要』二〇巻一号、平成一五年三月）

第二部　私撰集などの詞書の語彙

第一章　二条家三代集
（「二条家三代集の「詞書」の語彙について」『城西大学語学教育センター研究年報』二号、平成一八年三月）

第二章　三奏本『金葉和歌集』
（「三奏本「金葉和歌集」の「詞書」の語彙について」『城西大学女子短期大学部紀要』一八巻一号、平成一三年三月）
第三章　『後葉和歌集』
（「「後葉和歌集」の「詞書」の語彙について」『城西大学女子短期大学部紀要』一一巻一号、平成六年一月）
第四章　『続詞花和歌集』
（「「続詞花和歌集」の「詞書」の語彙について」『湘南文学』三九号、平成一七年三月）
第五章　『秋風和歌集』
（「「秋風和歌集」の「詞書」の語彙について」『湘南文学』三八号、平成一六年三月）

あとがき

本書の内容や考察の目的については、「はじめに」に記したが、論集という形にまとめた今、その目的の些かではあるがなし得たのではないかと思っている。今後、未調査の勅撰集・私撰集、私家集の詞書・左注や、歌語についても考えたいと思っているが、その調査に当たっては、常に語彙研究にとって最適な方法論とはどのようなものか自問しつつ行いたいと思っている。

本書がなるに当たっては、多くの方々のお世話になった。大学院時代の指導教授であった故此島正年先生や、同じく大学院で教えていただいた故金子金治郎先生からは、方法論とともに学問の厳しさを教わった。小久保崇明先生には、国語学に導いていただき、大学生の時から相変わらず公私ともに指導いただいている。

筆者は、卒業論文で『沙石集』の敬語を扱ったが、仏教説話ということもあり、敬語の考察以前の問題として、内容の理解に苦労した。そのようなこともあり、修士論文では、指導教授であった此島先生のご助言により『とはずがたり』の敬語を取り上げた。その後、『とはずがたり』との関係で、中世の日記文学である『中務内侍日記』の敬語等をも視野に入れるようになったが、その過程で、散文とも韻文とも性格を異にする詞書・左注に興味を持ち、その語彙に関して考えるようになった。詞書・左注の語彙を主たる研究の対象としてからは、いちいちお名前は挙げないが、直接に、また、そのご著書・論文を通して語彙・和歌関係の多くの先学の学恩を蒙った。本書が、そのご恩に報いることができたかどうかを思う時、忸怩たるものがある。この出版を機に、少しでも諸先学の学恩に報いるべく精進したいと思う。

最後になったが、このようなものの出版を快諾くださった笠間書院池田つや子社長、多大の煩労をおかけした同社の大久保康雄氏に衷心よりお礼申し上げたい。

二〇〇八年一〇月一〇日

若林俊英

索　　　　引

1．本索引は、本書所出の事項・書名・人名・語句を抽出してまとめたものである。
2．配列は現代仮名遣いによる五十音順としたが、語句に関してのみ歴史的仮名遣いによった。
3．書名に関しては、出典となった歌合等を中心とし、ここで論じている『古今和歌集』等の勅撰集・私撰集や、比較に用いた『源氏物語』等は採らなかった。なお、第２部第２章であげた「他出文献」に関しては、特に『　』により示したもののみ採った。
4．人名に関しては、フルネームによって項目を立てた。
5．連続する頁にわたってある場合は～をもって示した。

【あ行】

【か行】

【さ行】

【た行】

【な行】

【は行】

【ま行】

【や行】

【ら行】

【わ行】

●**著者略歴**
若 林 俊 英（わかばやし　としひで）

1953（昭和28）年７月　兵庫県に生まれる。
1976（昭和51）年３月　都留文科大学文学部国文学科卒業。
1981（昭和56）年３月　東海大学大学院文学研究科博士課程後期単位取得退学。
現在　城西大学語学教育センター准教授。

著書『彰考館本　中務内侍日記総索引』（共編　1988年　新典社）
『「詞書」の語彙―三代集を中心に―』（1996年　城西大学学術研究叢書11）

詞書《ことばがき》の語彙論《ごいろん》

平成20(2008)年11月25日　初版第１刷発行©

著　者　若 林 俊 英

発行者　池田つや子

発行所　有限会社　**笠間書院**
〒101-0064　東京都千代田区猿楽町2-2-3
☎03-3295-1331㈹　FAX 03-3294-0996
振替00110-1-56002

NDC分類：814.6

ISBN978-4-305-70377-4　壮光舎印刷
落丁・乱丁本はお取りかえいたします。
出版目録は上記住所までご請求下さい。
http://kasamashoin.jp/